BASTEI LÜBBE

ROGER ZELAZNY'S

Am Ende aller Märchen

Fantasy-Roman
von Robert Asprin, David Drake,
Jane Lindskold
und Michael A. Stackpole

Ins Deutsche übertragen
von Rainer Schumacher

BASTEI
LÜBBE

BASTEI-LÜBBE-TASCHENBUCH
Band 20297

Erste Auflage:
Dezember 1996

Deutsche Lizenzausgabe 1996
Bastei-Verlag
Gustav H. Lübbe GmbH & Co.,
Bergisch Gladbach
Originaltitel: Forever After
Lektorat: Stefan Bauer
Titelbild: David Mattingly
Umschlaggestaltung:
Quadro Grafik, Bensberg
Satz: Fotosatz Schell, Hagen a.T.W.
Druck und Verarbeitung:
Brodard & Taupin,
La Flèche, Frankreich
Printed in France

ISBN 3-404-20297-X

Man hat mich gebeten, dieses Buch, Rogers letztes Werk, all jenen zu widmen, die ihn liebten. Was ich hiermit tue.

Jane Lindskold

DANKSAGUNG

Viele Menschen halfen Roger während seiner letzten Tage und leisteten mir Beistand während der traurigen, einsamen Wochen nach seinem Tode. Zu diesen gehören: Kay McCauley, Kirby McCauley, Gerald und Lorry Hausman, George R.R. Martin, Parris, Melinda Snodgrass, Carl Keim, Sage Walker, Pati Nagel, Chris Krohn, Fred und Joan Saberhagen, Walter John Williams, David Weber, Mike Stackpole, Liz Danforth, Jay Haldeman, Steve Brust und Neil Gaiman. All diesen Freunden und all jenen, die Briefe schrieben, anriefen oder auf andere Weise ihre Hilfe anboten oder ihr Mitgefühl ausdrückten, danke ich von ganzem Herzen.

Jane Lindskold

INHALT

* Alle Vorspiele und das Nachspiel wurden von Roger Zelazny geschrieben

VORSPIEL

ZUM ERSTEN

Prinz Rango trat auf den Balkon und betrachtete die beiden Kometen, die ihre Bahn am nächtlichen Himmel zogen.

Zwei?

Prinz Rango blinzelte. Der schwache Lichtschein am westlichen Horizont war gestern noch nicht dagewesen. Wahrscheinlich würde sich bald ein dritter Komet zu den beiden anderen gesellen. Erscheinungen dieser Art waren die typischen Vorboten dramatischer Ereignisse – Tod des Monarchen, Naturkatastrophen, Revolutionen ... kein Rabatt mehr bei Freunden und Verwandten, unerklärlicher Verlust eines Gewinnloses ... Rango lächelte. Er brauchte solche Zeichen nicht, um zu wissen, daß tiefgreifende Veränderungen bevorstanden. Prinz Rango war Teil dieser Veränderungen.

Urplötzlich war die Nacht von einem ohrenbetäubenden Gekreisch erfüllt. Irgend jemand bearbeitete seine Violine mit einer Vehemenz, wie man sie hierzulande noch nie gehört hatte ... jedenfalls nicht seit gestern Nacht. So ging das nun seit einer Woche. Mitten in der Nacht begann der mysteriöse Violinist sein Instrument zu traktieren, und nach kurzer Zeit wurde er von anderen überlauten Musikern in seinem Konzert unterstützt. Ja ... es ging schon wieder los. Irgendeine Art Baß ... ein frenetischer Trommelwirbel. Es konnte nicht mehr lange dauern, bis ein Sänger Gedichte in einer unverständlichen Sprache grölen würde.

Prinz Rango war ein dunkelhaariger, stattlicher Mann. Er hob seinen Weinbecher, nahm einen kleinen

Schluck ... und im gleichen Augenblick erscholl im Osten ein unheimliches Donnern, das die Erde unter seinen Füßen erbeben ließ.

Rango seufzte und wandte den Kopf in Richtung des neuen Geräuschs. Seit zwei Monaten lebte er in einem Land, das nicht von Bürgerkrieg zerrissen war – ein merkwürdiges Gefühl. Für mehr als zehn Jahre war Rangos Heimat ein Tummelplatz für Meuchelmörder und Anhänger der schwarzen Magie gewesen. Kleinere kriegerische Konflikte waren ebenso zu einem Bestandteil des täglichen Lebens geworden wie Blutfehden, Duelle und wilde Verfolgungsjagden. Überall waren Helden auf der Suche nach Abenteuern durch das Land gezogen. Die Menschen hatten sich gegenseitig betrogen, so gut sie konnten, und Heldentaten waren ebenso an der Tagesordnung gewesen wie Akte unglaublicher Bosheit. Im Endeffekt hatten all diese Kleinigkeiten nur auf ein Ziel hingeführt, den großen Krieg zwischen Gut und Böse ... Ordnung gegen Chaos, Licht gegen Dunkelheit und so weiter und so weiter. Die Götter der Dunkelheit hatten mit ihren strahlenden Verwandten gestritten, und die Welt hing seither in ihren eisernen Klauen, zwischen ihren alles zermalmenden Kiefern und in ihren ... was Götter sonst noch an kriegerischen Gliedmaßen haben mochten. Als endlich wieder etwas Ruhe einkehrte, war das Gute – in Gestalt von Prinz Rango und seinen Gefährten – gerade noch mit einem blauen Auge davongekommen.

Rango setzte den Kelch ab und lächelte. Am Ende wäre die Sache beinahe schiefgegangen. Nichts war so gelaufen, wie sie es geplant hatten. Aber jetzt war Prinz Rango hier, im königlichen Palast von Caltus, der Hauptstadt der Faltane, und seine Hochzeit und Krönung waren nur noch zwei Monate entfernt. Die

Gefahren waren vorbei, und er konnte sich endlich auf seine Ehe mit der großen, dunkelhaarigen Prinzessin Rissa freuen.

Während das donnernde Geräusch aus dem Osten immer lauter wurde – selbst die bizarre Nachtmusik konnte es nicht übertönen –, dachte Prinz Rango an all die Abenteuer der vergangenen Jahre zurück, die letzten Sommer ihren Höhepunkt erreicht hatten …

Am Vorabend der alles entscheidenden Schlacht hatten alle Zeichen auf einen Sieg Kalarans hingedeutet – Kalaran der Halbgott, der dem Bösen verfallen war, ehemaliger Sonnenvogel von Vallada Tahana, dem Heim der Götter. Nur vier Dinge hatten dem endgültigen Sieg der Finsternis im Wege gestanden: das Amulett, der Ring, das Schwert und die Schriftrolle – Anachron, Sombrisio, Mothanger und Gwykander.

Dem abtrünnigen Hingu-Meister Gar Quithnick war es gelungen, das verschollene Amulett wiederzufinden. Anachron besaß eine magieabweisende Kraft, die die Verteidiger des Guten vor dem Zorn Kalarans bewahrt hatte. Rissa und ihre blonde Gefährtin Jancy Gaine hatten den Ring der Macht aus der Stadt der Toten, Anthurus, geborgen. Mit seiner Hilfe hatten sie Kalarans Macht so weit reduziert, daß er sich mit dem Prinzen auf einen Nahkampf einlassen mußte. Trotzdem hätte es dem Herrn der Finsternis keinerlei Schwierigkeiten bereitet, einen sterblichen Helden zu besiegen – egal wie muskulös er auch sein mochte –, aber *der* muskulöse Arm *dieses* Helden führte das Schwert Mothanger. Rango und sein treuer Begleiter Spotty Gulick hatten die göttermordende Waffe von *ihren* Abenteuern mitgebracht. Außerdem gab es ja noch die Schriftrolle von Gwykander, die die Worte für den uralten Ritus des Großen Exorzismus enthielt. Jahrhundertelang hatte sie am Grund eines monsterverseuchten Sees gelegen, und beinahe hätte die Schriftrolle Faltane nicht mehr rechtzeitig erreicht. Aber als es darauf ankam, war sie zusammen mit den anderen magischen Gegenständen zur Stelle. Wenn er an all die merkwürdigen Zufälle zurückdachte, die diese vier Werkzeuge der Macht zur rechten Zeit am rechten Ort zusammengeführt hatten, so mußte Prinz Rango zugeben, daß er und seine Gefährten einfach nur unglaubliches Glück gehabt hatten. Die Schlacht hatte lange auf des Messers Schneide gestanden.

Ein schmaler, weißer Streifen zeichnete sich am Himmel ab und verbreiterte sich immer mehr, je näher er der Erde kam. Kurz darauf erscholl in der Ferne ein dumpfer Knall, dem ein tiefes Grollen folgte.

Rango schüttelte den Kopf. Er wußte, daß das Phänomen, das er gerade beobachtet hatte, keines natürlichen Ursprungs gewesen war, aber was konnte es sonst sein? Prinz Rango war mehr als nur ein wenig beunruhigt. In den letzten Jahren war sein Leben von zu vielen unerklärlichen Ereignissen bestimmt worden.

Obwohl Rango nicht wußte, worum es sich bei dem himmlischen Phänomen handelte, so glaubte er doch die Ursache zu kennen. Er war sogar selbst dafür verantwortlich ... jedenfalls teilweise. Alles gehörte irgendwie zusammen – der blutige Regen, die absonderliche Nachtmusik, das komische Ding, unter dessen herannahenden Schritten die Erde erzitterte ... Seit einiger Zeit war es sogar zu einer wahren Flut von Mißgeburten gekommen: Schafe mit zwei Köpfen, Kälber mit drei Augen und fünf Beinen ...

Rango stieß einen Seufzer aus, und ein Lächeln erschien auf seinem Gesicht. Er würde schon damit fertigwerden. Prinz Rango hatte in den vergangenen Jahren sowohl kleinere Ärgernisse als auch den drohenden Weltuntergang gemeistert. Er war schon immer einer der Klügsten gewesen.

Auf der Oberfläche des kleinen Sees am Fuß der nördlichen Hügelkette zeichneten sich plötzlich kleine Wellen ab. Das Wasser lief langsam über das östliche Ufer, als hätte jemand den Untergrund auf einer Seite angehoben. Rango nickte. Das hatte gerade noch gefehlt. Die Landschaft hatte seit kurzem die unangenehme Angewohnheit, sich ständig zu verändern. Im Augenblick war noch nicht zu erkennen, wohin das Wasser floß. Trotzdem würde der See am nächsten Morgen nur noch ein Schlammloch sein ... *oder er ist am Abend bereits wieder voll,* dachte Prinz Rango. In der näheren Umgebung von Caltus waren die Grenzen zwischen den Realitäten durchlässig geworden. Irgendwo würde sich schon ein Fluß finden, der sich auf den Weg machen würde, um den ausgetrockneten See wieder aufzufüllen.

Morgen würde es erneut ein Treffen mit den königlichen Beratern geben ... natürlich würde es das. Sie würden über die Situation diskutieren. Rango wurde langsam alles klar. *Ja.*

Da er nichts besseres zu tun hatte, wartete Prinz Rango, bis die Quelle der erderschütternden Schritte in Sichtweite kam – ein ungeheuer großes und schwerfälliges Reptil mit langem Hals und noch längerem Schwanz. Die gigantische Echse stampfte langsam durch die Stadtmitte, während sie im Vorübergehen vereinzelte Alleebäume und die Reetdächer der Bauernhäuser abgraste. Rango beobachtete das Tier, bis es am westlichen Horizont im gefärbten Licht des aufgehenden Halbmondes verschwand. Der Prinz trank den Rest seines Weins, drehte sich um und verschwand in seinen Gemächern.

Als Prinz Rango am nächsten Nachmittag auf der einst malerischen Uferpromenade stand und die Dinosaurierspuren neben dem ausgetrockneten See inspizierte, näherte sich ihm Prinzessin Rissa.

»Rango, was zum Teufel ist hier eigentlich los?« fragte sie.

»Anscheinend hat sich ein weiterer Teil unserer Realität verabschiedet ...« erklärte Rango.

Prinzessin Rissa betrachtete die feuchte, braune Masse und schüttelte den Kopf.

»Das habe ich nicht gemeint«, unterbrach sie ihren Verlobten und deutete mit einer beiläufigen Geste auf das neu entstandene Schlammloch. »Ich habe von der Versammlung gesprochen, zu der man mich nicht eingeladen hat.«

Rango zuckte zusammen und wich einen Schritt zurück.

»Es war eine ziemlich trockene Angelegenheit«, erwiderte er. »Ich dachte nicht, daß es dich interessieren würde.«

»Wenn Jancy nicht gewesen wäre, hätte ich noch nicht einmal davon erfahren«, erklärte Rissa verärgert. »Sie kam vorhin vorbei, um mir mitzuteilen, daß du ihr Sombrisio abnehmen und ihn wieder zu den Ghulen bringen willst.«

Ein tiefes Gurgeln aus der Mitte der Schlammgrube unterstrich Rissas wütende Gestik. Der Prinz und die Prinzessin blickten in Richtung des Geräuschs und sahen, wie eine große Schlammasse in einem Loch in der Mitte der Grube verschwand. Einen Augenblick später war ein kurzes unterirdisches Grollen zu hören, und eine dampfende Flüssigkeit wurde fast zehn Meter hoch aus der Tiefe emporgeschleudert. Die Luft war von Schwefelgeruch erfüllt.

»Das ist einer der Gründe für das heutige Treffen«, erklärte Prinz Rango. »Darüber haben wir geredet.«

»Jancy hat mir erzählt, du hättest ihr befohlen, den Ring nach Anthurus zurückzubringen und so gut wie möglich zu verstecken.«

»Das stimmt.«

»... und daß du Gar Quithnick aussenden willst, um Gelfait zu suchen und dort das Amulett Anachron zu verstecken?«

»Das stimmt auch.«

»... und Spotty soll nach Norden in die Penduggens ziehen, um Mothanger loszuwerden?«

»Stimmt.«

»... und Domino Blaid soll die Schriftrolle von Gwykander wieder zu dem verfluchten See bringen, der so eine Art Bibliothek für magische Literatur ist?«

Rango nickte.

»Das sind meine Pläne. Es handelt sich ausnahmslos um abgehärtete, fähige Leute, die sich ziemlich langweilen ... jetzt, wo der Frieden ausgebrochen ist. Sie sind genau die Richtigen, um all diese Gegenstände an sicheren Orten zu verbergen, damit sie im Fall des Falles wieder zur Hand sind.«

»Ich habe nicht ihre Fähigkeiten in Frage gestellt, Rango«, erwiderte Prinzessin Rissa, während eine gelbe Wolke an ihnen vorüberzog. Es roch nach faulen Eiern. »Ich habe mich nur gefragt, warum du die Artefakte ausgerechnet jetzt verschwinden lassen willst. Ich verstehe einfach nicht, wie du es ertragen kannst, von Mothanger getrennt zu werden. Das Schwert hat dir mehr als einmal das Leben gerettet. Auch der Gedanke, Sombrisio und seine Macht aufzugeben, bereitet mir Kopfschmerzen. Wir verdanken dem Ring mindestens ebensoviel wie Mothanger.«

»Mir geht es genauso«, sagte Prinz Rango. »Trotzdem ... die Umstände haben sich geändert. Obwohl sie für uns in der Vergangenheit von unschätzbarem Wert waren, stellen sie jetzt eine nicht zu unterschätzende Gefahr dar.«

»Bist du dir da wirklich ganz sicher?« fragte Rissa, während die Erde erneut erbebte und der Geysir eine noch höhere Schlammfontäne ausstieß.

»Ziemlich sicher«, antwortete Prinz Rango und reichte seiner Verlobten ein Taschentuch. »Ich habe die unterschiedlichsten Experten und die fähigsten Zaubermeister konsultiert. Alle waren sich einig. Wenn vier derartig mächtige Gegenstände auf so engem Raum zusammen sind, dann ist das zuviel des Guten. Sie haben ihre Macht gebündelt, und die merkwürdigen Ereignisse in letzter Zeit sind das Resultat davon. Sie beschädigen die Substanz unserer Realität. Es kann nur *noch* schlimmer werden. Die Zauberer haben mir erklärt, das sei der eigentliche Grund, warum man solche Gegenstände überhaupt an so unzugänglichen Orten verstecken würde. Man findet ja auch nie mehr als einen von ihnen an ein und demselbem Ort. Das soll uns nicht das Abenteurerleben schwerer machen. Diese Dinger sind so mächtig, daß sie ihre ganze Umgebung einem ungeheuren Druck aussetzen, wenn man sie nah beieinander aufbewahrt und sie Gelegenheit bekommen, ihre Kräfte zu vereinigen. Hier in Caltus haben wir vier solche Gegenstände – *vier*! Wir sind uns alle einig, daß das der Grund für all die magischen Störungen ist, die uns in letzter Zeit heimgesucht haben. Und wie gesagt ... es wird immer schlimmer werden.«

»Ich weiß nicht recht«, sagte Rissa. Der Geysir brach erneut aus, und vereinzelte Tropfen der stinkenden Flüssigkeit trafen den Rücken der Prinzessin. »Nehmen wir einmal an, ein paar von Kalarans Fieslingen hätten den Krieg überlebt und würden plötzlich wieder auftauchen. Bei einigen von ihnen wäre es ganz nützlich, Mothanger oder Sombrisio zur Hand zu haben. Aber worauf ich eigentlich hinauswill ist: Sollten wir nicht noch ein zweites Gutachten einholen?«

Rango schüttelte den Kopf.

»Ich habe die größten Experten befragt, die ich finden konnte, und wie ich dir bereits erklärt habe: Sie waren sich *alle* einig. Wenn wir uns jetzt aufmachen würden, um noch ein paar weise Männer aufzutreiben, würden wir damit ein unkalkulierbares Risiko eingehen, und am Ergebnis würde es trotzdem nichts ändern. Sie würden dieselben Schlußfolgerungen ziehen wie ihre Kollegen. Nein, nein, nein ... je schneller wir die Artefakte loswerden, desto eher wird wieder Ruhe einkehren.«

»Vielleicht solltest du einen hier behalten«, schlug Rissa vor. »Mothanger oder Sombrisio zum Beispiel. Dann könnten sie ihre Energien nicht mehr bündeln. Keiner von ihnen hat einen derartigen Effekt hervorgerufen, als sie noch für sich allein waren. Laß uns einfach zwei oder drei wegschicken und abwarten, ob sich die Lage wieder stabilisiert.«

»Auch darüber haben wir gesprochen«, erklärte Rango. »Das hört sich zwar ganz logisch an, aber leider haben sie hier bereits zuviel Schaden angerichtet. Wenn es schon zu magischen Spannungen gekommen ist, dann reicht einer dieser Gegenstände aus, um die Lage noch weiter zu verschlimmern. Trotzdem hast du recht. Einer von ihnen wäre bei weitem nicht so schlimm wie vier, doch es wäre immer noch ein Risiko.«

»Könntest du sie nicht einfach in alle vier Himmelsrichtungen bringen lassen, bis sich der Effekt auf Null reduziert hat?« fragte die Prinzessin.

Rango seufzte und wandte sich von seiner Verlobten ab, während der Geysir in seinem Rücken erneut gurgelte. Eine Schar Vögel flatterte sinnlos um die beiden Menschen herum.

»Rein technisch gesehen sollte dein Vorschlag eigentlich funktionieren«, erklärte Prinz Rango schließlich. »Aber wir dürfen unsere Sicherheit nicht außer acht lassen. Wenn wir sie an leicht zugänglichen Orten aufbewahren würden, könnten sie unseren Feinden in die Hände fallen. Daran haben wohl auch die Alten gedacht, als sie sie so gut wie möglich verbargen. Erstens muß man sie so weit wie möglich auseinanderbringen, und zweitens dürfen sie nicht für jedermann zugänglich sein. Deswegen kommt es immer wieder zu solchen abenteuerlichen Irrfahrten, wie wir sie gerade hinter uns haben.«

Prinzessin Rissa trat einen Schritt auf ihren Verlobten zu.

»Anscheinend haben sich deine Experten eine Menge Gedanken gemacht ...«, sagte sie langsam.

»Ich glaube, jede Generation muß diese elementaren Wahrheiten für sich selbst entdecken«, fuhr Prinz Rango in seinem Vortrag fort. »Wenn man die Antworten erst einmal gefunden hat, erklärt das die Ähnlichkeiten in der gesamten heroischen Dichtung. Moralphilosophen und Literaturkritiker haben immer darauf hingewiesen, daß die ganze Heldenliteratur nur symbolisch gemeint sei. Wenn der Held ... oder die Heldin ... einen steilen Berg besteigt, durch Wüsten zieht oder Monster und übernatürliche Mächte bekämpft, dann sei dies nur ein Symbol für den inneren Kampf des Protagonisten, der solcherart geläutert sein Volk auf eine neue Bewußtseinsstufe führt. Aber jetzt sehen wir diese traditionellen Interpretationen mit anderen Augen. Sie sind nichts weiter als vollkommen unsinniges patriotisches Geschwafel, die die Werte der Gesellschaft auf Kosten des Individuums glorifizieren ... ganz zu schweigen von ihrer fremdenfeindlichen Tendenz. Der wirkliche Grund für all diese Heldenepen ist ausgesprochen real: Es ist gefährlich, mehrere magische Gegenstände für längere Zeit an ein und demselben Ort aufzubewahren.«

Die Prinzessin starrte ihren zukünftigen Ehemann durch einen Schleier aus gelbem Dampf an. Schließlich sagte sie: »Ich habe dich noch nie so reden hören ... so ... so philosophisch ... noch nie ... ich meine damals ... während unserer Abenteuer ...«

Prinz Rango lächelte düster.

»Seit dem Ende des Krieges habe ich viel Zeit gehabt nachzudenken«, erwiderte er. »Zeit genug, um mir über die Folgen meiner Handlungen klarzuwerden und die Fehler zu erkennen, die ich begangen habe.«

Prinzessin Rissa trat einen weiteren Schritt auf Rango zu.

»Vielleicht hast du zuviel nachgedacht«, sagte sie und legte die Hand auf seinen Arm. »Liebling, wenn man nur denkt, ohne zu handeln, dann ist das genauso schlecht wie umgekehrt.«

Plötzlich war seine Braut ihm so nah, daß Rango die Berührung ihres weichen Körpers spürte. Seine Kiefermuskulatur verkrampfte sich für einen kurzen Augenblick. Dann nahm Prinz Rango seine Prinzessin in die Arme und preßte sie an sich.

»Du hast natürlich recht«, seufzte er. »Ich will nur, daß alles erledigt ist ... für *uns*. Das Leben soll in geregelten Bahnen verlaufen, bevor wir ... du weißt schon ... ›und sie lebten glücklich bis ans Ende ihrer Tage‹ und so weiter und so weiter.«

»Natürlich«, erwiderte Prinzessin Rissa. »Ich verstehe dich.«

Sie hob den Kopf, um Rango in die Augen zu blikken.

»Zuerst habe ich gedacht, ich hätte dich verärgert ... oder du hättest dich verändert«, sagte Rissa. »Ich hatte den Eindruck, du würdest mir aus dem Weg gehen, aber jetzt verstehe ich dich.«

Prinz Rango nickte.

»Ich hatte es in letzter Zeit nicht besonders leicht, weißt du?« erklärte er. »Manchmal glaube ich, der Frieden ist komplizierter als der Krieg. Es tut mir leid, wenn ich dich vernachlässigt habe. Bis zu unserer Hochzeit werde ich alles geregelt haben. Das verspreche ich dir.«

»Ich kann es kaum erwarten«, sagte Prinzessin Rissa. »Trotzdem ... ich fühle, daß etwas zwischen uns nicht stimmt ...«

»Das hätte ich dir gesagt«, entgegnete Prinz Rango. »Mach dir keine Sorgen ... nur Staatsgeschäfte.«

Rango senkte den Kopf und küßte seine Braut. Einen Augenblick später bebte die Erde, und ein heißer Regen ergoß sich über das Paar. Prinz Rango löste sich von seiner Geliebten, ergriff ihre Hand und zog sie hinter sich her in Richtung Stadt.

»Es wird nicht mehr lange dauern, bis diese Dinge aufhören«, erklärte er. »Dann werden wir mehr Zeit für uns haben. Leider haben wir bis dahin noch einiges zu tun.«

»Das sehe ich ein«, erwiderte die Prinzessin, während sie versuchte, mit ihrem Bräutigam schrittzuhalten. »Aber vielleicht können wir selbst in dieser unvollkommenen Welt für ein paar Stunden einen einsamen Ort finden, der noch nicht von irgendwelchen Merkwürdigkeiten heimgesucht wurde.«

»Ich wünschte, das wäre so.« Prinz Rango mußte brüllen, um das Getöse des Erdbebens zu übertönen.

»Aber jetzt muß ich wieder zu einem Treffen, das sich mit unserer gegenwärtigen Lage befaßt. Wir werden uns später wiedersehen.«

Rango saß im hinteren Teil des Raumes und trank eine Tasse Tee. Er war müde. Die Ereignisse der letzten Tage, dieses Treffen und seine morgendliche Begegnung mit Prinzessin Rissa hatten ihn sowohl emotional als auch physisch mitgenommen. Deshalb überlies es der Prinz einem anderen, den Rat über seine Pläne zu informieren. Oberst Dominik Blaid – nein, verdammt ... *General Domino* Blaid, er hatte die Beförderung gerade erst vor einer Woche unterzeichnet – genoß den Respekt aller Anwesenden, und außerdem besaß sie die Erfahrung unzähliger militärischer Einsatzbesprechungen.

Prinz Rango betrachtete Blaid, als würde er eine exotische Vogelart studieren. Bis kurz vor Kriegsende hatte jedermann geglaubt, der Kavallerieoffizier Dominik Blaid sei der fähigste Taktiker der ganzen Armee. Schließlich war er der Sohn des berühmten Generals Kerman Blaid. Sie hatten auch mit allem recht behalten – außer mit dem Geschlecht. Der alte Kerman hatte unbedingt einen Sohn gewollt, doch seine verstorbene Frau war anderer Meinung gewesen und hatte einem hübschen jungen Mädchen das Leben geschenkt. Der Vater des Kindes hatte sich davon wenig beeindrucken lassen und beschlossen, das Beste aus seiner mißlichen Lage zu machen. Er hatte seine Tochter in Männerkleidung gesteckt, die männliche Version ihres Namens benutzt, und als sie alt genug war, um auf einem Pferd zu sitzen, hatte General Kerman mit der militärischen Ausbildung des Mädchens begonnen. Die – oder der – kleine Domino

– oder Dominik – besaß ein unglaubliches Talent, genau wie die sechs oder sieben Generationen von Blaids vor ihr – oder ihm.

Domino hatte ein Gefecht nach dem anderen gewonnen und war dank ihrer überdurchschnittlichen Begabung schnell befördert worden.

Irgendwann in den letzten Wochen des Krieges war Domino Blaid von einem feindlichen Pfeil an der Schulter verwundet worden. Nachdem sie die gegnerische Stellung eingenommen hatte, war sie ohnmächtig geworden und vom Pferd gefallen. Gar Quithnick, ein schamloser Bewunderer des jungen Oberst, war sofort an die Seite seines gefallenen Helden gesprungen, um ihm das Hemd vom Leibe zu reißen und seine Hingu-Heilkünste anzuwenden. Als Gar bemerkte, daß sein großes Vorbild in Wahrheit eine Frau war, hatte er sich sofort verliebt. Doch leider teilte seine Angebetete seine Gefühle nicht – jedenfalls nicht mit Gar.

Rango lächelte und nahm einen Schluck von seinem Tee, während Domino die Versammlung eröffnete. Sie bevorzugte noch immer männliche Kleidung, trug ihr Haar kurz und sprach wie ein Soldat. Es war schwer zu glauben, daß sie sich ausgerechnet in einen Dichter verliebt hatte. Das war Prinz Rango zumindest von seinem Geheimdienst berichtet worden. Der Mann hieß Jord Inder.

Domino fühlte sich auch in der Gesellschaft von Spotty Gulick sehr wohl – allerdings war nichts Romantisches an dieser Beziehung. Spotty hatte lange Jahre in der Infanterie gedient und in so mancher Schlacht an Dominos Seite gekämpft. Deshalb gab es viele Gemeinsamkeiten zwischen den beiden. Doch Spotty bevorzugte kleine Blondinen. Der Oberst – der

General, verdammt – war über einen Kopf größer als der stämmige Infanterieoffizier.

Im Gegensatz zu Spotty überragte Gar Quithnick seine Angebetete um einige Zentimeter. Er besaß einen schlanken Körper, dunkles Haar und blasse Augen. Seine Bewegungen waren die eines Tänzers und verrieten nichts von seinen eigentlichen Fähigkeiten: Gar Quithnick war das tödlichste Wesen auf zwei Beinen. Schon als Kind war er in der Kampfkunst der Hingu ausgebildet worden und hatte später in Kalarans Leibgarde gedient. Nachdem er jedoch erfahren hatte, welche Rolle sein Herr bei der Ermordung seiner Eltern gespielt hatte, war Gar Quithnick desertiert und hatte sich der Fahne Prinz Rangos angeschlossen. Seine erste Heldentat hatte er bei dem berühmten Verzögerungsmanöver von Bardu Defile vollbracht. Bardu Defile war der einzige Übergang zur Ebene von Paradath. Der Paß war so eng, daß nur zwei Krieger nebeneinander gehen konnten. Gar Quithnick hatte sich zusammen mit sechs anderen freiwillig gemeldet, den Durchgang zu verteidigen, um Prinz Rangos angeschlagener Armee einen geordneten Rückzug zu ermöglichen. Er war sich durchaus bewußt gewesen, daß es sich um ein Selbstmordkommando handelte. Gar hatte nur gehofft, fünf Minuten durchzuhalten – oder vielleicht zehn. Aber als es endlich zum Kampf gekommen war, wurde der Paß fast eine ganze Stunde gehalten, obwohl sechs der insgesamt sieben Freiwilligen bereits nach einer halben Stunde gefallen waren. Gar Quithnick hatte nur überlebt, weil er blutüberströmt zusammengebrochen war und die durch den Paß strömenden Feinde keinen Schwertstreich für einen offensichtlich toten Mann verschwenden wollten.

Trotz seiner Heldentaten besaß Gar keine richtigen

Freunde. Er war noch immer ein Anhänger der Todesphilosophie der Hingu, und in seinem Blick lag ein Anflug von Fanatismus. Spotty, der im Laufe seiner langen Karriere viele fanatisierte Gegner bekämpft hatte, hatte zunächst gehofft, daß der Frieden Gars Gedanken von Tod und Vernichtung befreien würde – ihn ›menschlicher‹ machen würde, wie Spotty sich ausgedrückt hatte. Doch Gars Gefühle blieben weiter ein Mysterium. Er sprach niemals über sich selbst und seine Gedanken – mit Ausnahme seiner Liebe zu Domino.

Prinz Rango trank den Rest seines Tees und konzentrierte sich auf das Ende von Dominos Ausführungen über die Lösung des gegenwärtigen Problems: die Gefahren, die durch die Anhäufung magischer Gegenstände entstanden waren, und ihre Beseitigung. Einige der Anwesenden stellten dieselben Fragen, mit denen Rissa ihren Verlobten bereits am Morgen konfrontiert hatte. Prinz Rango schüttete sich eine weitere Tasse Tee ein, während Domino durch den Raum lief und sich nachdenklich mit ihrer Reitgerte an der Nase kratzte.

»Und wann sollen wir uns auf den Weg machen?« fragte Jancy Gaine.

Domino blickte zu Rango, der sich daraufhin erhob und erklärte: »Übermorgen. Ihr werdet einen Tag brauchen, um euch entsprechend vorzubereiten.«

»Rissa wollte vorher noch mit dir über die Angelegenheit sprechen«, sagte irgend jemand.

»Das ist bereits geschehen«, erwiderte Prinz Rango.

Er wollte sich gerade wieder setzen, als er Gar Quithnicks Blick spürte. Rango drehte sich zu dem Assassinen um und hob eine Augenbraue.

»Du hast eine Frage, Gar?«

»Ja«, antwortete der Hingu-Krieger leise. »Das

Amulett Anachron kann nur an seinem traditionellen Aufbewahrungsort sicher verwahrt werden, der Kapelle des Bergdorfs Gelfait. Aber leider existiert dieser Ort nur von Zeit zu Zeit. Niemand weiß, wann er das nächste Mal wieder auftauchen wird. Es kann Jahre, Jahrzehnte oder auch mehrere Generationen dauern. Wenn ich losziehe, um das Amulett in die Kapelle zu bringen, habe ich keine Garantie dafür, daß das Dorf auch dort sein wird.«

Rango lächelte.

»Es gibt eine alte Überlieferung, die besagt, daß der Ort erscheinen wird, wenn das Amulett in der Nähe ist. Diese Geschichte ist in den vergangenen Jahrhunderten fast in Vergessenheit geraten, doch meine Berater glauben, daß etwas Wahres daran ist. Anachron und Gelfait hängen irgendwie zusammen.«

»Ich verstehe«, sagte Gar. »In diesem Fall werde ich mich sofort auf den Weg machen, sobald ich das Amulett in Händen halte.«

»Deine Reisegruppe kann sich so schnell vorbereiten?« fragte Prinz Rango.

»Ich war auf mich allein gestellt, als ich das Amulett holte«, erwiderte Gar. »Und ich werde allein sein, wenn ich es zurückbringe.«

»Ich werde auf dieses Problem zurückkommen, wenn Domino ihre Ausführungen beendet hat«, sagte Prinz Rango und gab Domino Blaid ein Zeichen, fortzufahren.

Rango fühlte sich von Jancy Gaine beobachtet, doch als er zu ihr hinüberblickte, wandte sie die Augen ab. Sie wollte ihm auf diese Weise ihre Meinung mitteilen – als wenn er sie nicht bereits kennen würde. Jancy Gaine besaß eine stämmige Figur und war noch etwas größer als Domino. Sie hatte als Rausschmeißerin für den Zuhälter gearbeitet, an den Prinzessin Rissa als

Sklavin verkauft worden war. Jancy hatte in der Neuerwerbung ihres Herrn sofort die letzte Überlebende des königlichen Hauses von Regaudia erkannt, das von Kalaran zerstört worden war. Nachdem sie Prinzessin Rissa aus dem Bordell befreit hatte, waren die beiden Frauen zusammen mit Jancys Gefährten, dem Elfen Calla Mallanik, durchs Land gezogen und hatten viele Abenteuer erlebt. Während einer dieser Reisen hatten sie auch den Ring Sombrisio in der Stadt der Toten gefunden und anschließend Prinz Rango getroffen.

Rango runzelte die Stirn. Jancy war der Prinzessin treu ergeben. Er zweifelte nicht daran, daß Jancy Gaine jederzeit ihr Leben für Prinzessin Rissa opfern würde ... mit Männern kam sie überhaupt nicht zurecht. Vielleicht hatte das mit dem zu tun, was sie im Bordell erlebt hatte – oder vielleicht hatte es auch einen tieferen Grund. Der einzige Mann, dem Jancy wirklich zu vertrauen schien, war Prinz Rango. Gar hielt sie beispielsweise für ›gespenstisch‹, und auch mit Spotty, den sie eigentlich gut leiden konnte, sprach sie nur sehr wenig. Wenn sie mit einem der Anwesenden ein Gespräch anfangen würde, dann nur mit Domino – allein wegen des Geschlechts.

Prinz Rango zuckte mit den Schultern. Sowohl Domino als auch Spotty kannten Jancys Marotten. Trotzdem behandelten sie sie mit großer Herzlichkeit. Selbst Gar Quithnick war äußerst zuvorkommend zu der großgewachsenen Kriegerin. Er hatte sogar einmal mit Jancy zu Abend gegessen. Erst sehr spät hatte Gar bemerkt, daß Jancys Kommunikationsversuche nur darauf hinausliefen, etwas über die Todesästhetik der nördlichen Stämme zu erfahren – jene Wilden, die sich in Tierfelle hüllten und vor einer Schlacht ein wildes Geheul anstimmten. Manchmal pflegten diese Barbaren nach einem Kampf die sterblichen Überreste ihrer Feinde zu verspeisen. Prinz Rango erinnerte sich daran, daß Jancy nach diesem Abendessen Gar zum ersten Mal mit dem Attribut ›gespenstisch‹ belegt hatte.

Plötzlich herrschte Stille im Raum. Prinz Rango schreckte aus seinen Gedanken hoch. Nachdem die letzten Fragen beantwortet worden waren, hatte sich Domino Blaid zu ihm umgedreht. Sie salutierte, indem sie die Reitgerte an ihre Stirn hob, und wartete darauf, daß Rango das Wort ergriff.

»Vielen Dank, General Blaid«, sagte der Prinz und erhob sich von seinem Stuhl. »Domino«, ergänzte er lächelnd. »Ich möchte nur noch einige Dinge hinzufügen. Zunächst zu dir, Stiller. Mothanger befindet sich in einem der unterirdischen Gewölbe des Palastes und wird dir übergeben werden, sobald du zum Aufbruch bereit bist. Jancy, du kannst die Sache mit Sombrisio zuerst mit Rissa besprechen ...«

»Das haben wir bereits«, unterbrach Jancy. »Danke.«

»Gut«, erwiderte Prinz Rango und schenkte ihr sein freundlichstes Lächeln. »Die anderen beiden Gegenstände, das Amulett Anachron und die Schriftrolle von Gwykander, stehen genaugenommen nicht zu meiner Verfügung. Die Priester halten sie für eine Art Reliquie, und deshalb werden sie seit der letzten Schlacht im Tempel aufbewahrt. Ich will mich zu diesem Zeitpunkt nicht zu den politischen Implikationen dieser Handlungsweise äußern, um einen Konflikt zwischen weltlicher und geistlicher Macht zu vermeiden. Meine Berater verhandeln bereits mit den Hohenpriestern, um sie von der Gefährlichkeit dieser sogenannten ›Reliquien‹ zu überzeugen. Bis übermorgen sollte auch dieses Problem erledigt sein. Aus diesem Grund wirst du noch warten müssen, Gar. Ich werde sowohl dich als auch Domino, die die Verantwortung für die Schriftrolle übernimmt, sofort davon in Kenntnis setzen, falls Schwierigkeiten bei den Verhandlungen auftreten sollten. Noch Fragen?«

Prinz Rango blickte sich um. Als sich niemand zu Wort meldete, fuhr er fort:

»Ich möchte euch vier Männer vorstellen, die euch auf euren Reisen begleiten werden.« Prinz Rango deutete in den hinteren Teil des Raumes. Auf einer der steinernen Bänke saßen zwei bärtige alte Männer, die von zwei glattrasierten Jünglingen eingerahmt wurden. Sie erhoben sich hintereinander, als Rango ihre Namen nannte. »Rolfus«, rief er den ersten Jüngling, »wird Stiller begleiten. Piggon wird sich Domino anschließen. Squill wird mit Jancy gehen, und Spido wird Gar Gesellschaft leisten. Sie sind Kleinmagier – das heißt, sie sind nur in einer einzigen magischen Technik unterwiesen worden. Sie sind Kommunikationsexperten. Auf diese Art und Weise werde ich ständig über eure Fortschritte und Probleme auf dem laufenden sein. Außerdem werden sie es mich wissen lassen, wenn ihr eure Aufgaben erfüllt habt. Es ist wichtig für mich, diese Informationen *sofort* zu bekommen. Ich will den Thron ohne den Ballast der Vergangenheit besteigen.«

Gar Quithnick hob die Hand. Prinz Rango nickte ihm aufmunternd zu. »Wie ich bereits vorhin erklärt habe«, sagte Gar, »reise ich allein schneller.«

Rango lächelte.

»Im allgemeinen stimmt das«, erwiderte der Prinz. »Aber wie *ich* bereits erklärt habe, sind diese Informationen von entscheidender Bedeutung für meinen Amtsantritt. Und wenn du glaubst, Spido würde dich aufhalten, dann täuschst du dich. Er hat sich uns angeschlossen, nachdem wir das Armbruss-Ausbildungszentrum südlich von Kalarans Hauptstadt befreit hatten. Spido hat einige Jahre Hingu-Training hinter sich und freut sich darauf, mit dir zu dienen.«

Spido verbeugte sich vor Gar, der mit einer komplizierten Handbewegung antwortete.

»Diese Antwort ist ausreichend«, sagte Gar.

»Hat sonst noch jemand irgendwelche Fragen?« Rango ließ seinen Blick erneut durch den Raum schweifen. Niemand meldete sich. »Dann danke ich euch und wünsche euch allen eine gute Reise.«

Am Abend kam ein Priester mittleren Grades mit Namen Lemml Touday in den Palast, der seinen zukünftigen Herrscher unter vier Augen sprechen wollte. Als Prinz Rango davon erfuhr, befahl er seinem Kammerherrn, den Mann sofort zu ihm zu bringen.

Nachdem die Diener verschwunden waren, musterte Rango die stämmige Gestalt des Priesters, den man in seine Privatgemächer geführt hatte.

»Bringt Ihr schlechte Nachrichten?« fragte der Prinz. »Oder soll ich Euch zur Feier des Tages einen Becher meines besten Weins anbieten?«

»Ich ziehe das letztere vor«, erwiderte Lemml.

Rango bedeutete dem Mann sich zu setzen und füllte etwas Wein in zwei goldene Kelche.

Nachdem die beiden Männer sich zugeprostet hatten, fragte Prinz Rango: »Ich nehme an, es gibt ein Problem mit dem Amulett und der Schriftrolle?«

»Nein«, entgegnete der Priester. »Die Verhandlungen verlaufen ganz in Eurem Sinne. Sie sind zwar auf morgen vertagt worden, aber Eure Experten haben ziemlich überzeugende Argumente. Ganz unter uns, sie haben bereits jeden, der etwas zu sagen hat, von ihrem Standpunkt überzeugt.«

»Oh?« Prinz Rango starrte sein Gegenüber verblüfft an. »Das verstehe ich nicht. Seid Ihr hier, um mir etwas über meine Freunde und Feinde in der Priesterschaft zu verraten?«

Der Priester lächelte.

»Nein, daran habe ich nun wirklich nicht gedacht. Ich denke an etwas viel ... Wertvolleres.«

»Und was soll das sein?«

»Ich bin der Bewahrer des Schädels.«

Prinz Rango schüttelte verwirrt den Kopf.

»Ich weiß nicht, was das bedeutet.«

»Das Wesen des Bösen, der gefallene Sonnenvogel, Fürst Kalaran«, erklärte Lemml. »Ich bin der Bewahrer seines Schädels.«

»Oh«, sagte Rango erneut. »Ich habe nicht gewußt, daß man ihn aufbewahrt hat.«

Der Priester nickte.

»Einen Monat lang hat man ihn auf der höchsten Turmspitze des Tempels zur Schau gestellt. Dann wurde er von allen Weichteilen befreit und in einem Kräutersud konserviert. Unser größter Künstler schuf zwei kleine Statuen – Dämon und Lichtbote –, die er im Inneren des Kopfes befestigte. Jetzt wird der Schädel in einer juwelenbesetzten Truhe an einem versteckten Ort aufbewahrt ... und ich bin sein Wächter. Meine Aufgabe ist es, jeden Tag nachzusehen, ob die helle oder die dunkle Figur aus dem Auge gekommen ist.«

Rango nickte verständnisvoll.

»Und wie war bis jetzt das Ergebnis?« fragte er.

»Seitdem das Artefakt geschaffen wurde, erschien immer nur die Figur des Lichtboten ...«

»Das ist gut.«

»... bis heute morgen. Heute ist zum ersten Mal die Figur des Dämons erschienen.«

»Das ist nicht gut. Wenn ich Euch richtig verstanden habe, dann bedeutet das so etwas wie ein böses Omen?«

»Ja. Der Schädel ist genau für diesen Zweck präpariert worden. Er ist eine Art Warnsystem.«

»Was haben die Hohepriester zu diesem Zeichen gesagt?«

»Nichts. Ich habe es ihnen noch nicht erzählt.«

»Aha! Ich verstehe ...«

»Vielleicht würde man es dahingehend interpretieren, daß man sich zum gegenwärtigen Zeitpunkt nicht von dem Amulett und der Schriftrolle trennen sollte. Oder daß all die Merkwürdigkeiten der letzten Tage in ein gefährliches Stadium getreten sind – ihr wißt schon ... Riesenechsen, die durch die Stadt stapfen, und so weiter. Wenn man das Omen auf die zweite Weise auslegen würde, käme das den Bemühungen Eurer Experten sehr entgegen. Aber was denkt *Ihr*? Wie wird man es interpretieren?«

Rango rieb mit der Hand über seinen Nacken. Er war verspannt. Politik!

»Ihr seid sowohl für die Sicherheit des Artefakts als auch seine Interpretation verantwortlich?«

»Ja. Allerdings könnte ein Hohepriester meine Auslegungen in Frage stellen.«

»Das heißt ...?«

»Man könnte den Vorgang geheimhalten, bis die vier Reisegruppen auf dem Weg sind. In einem solchen Fall würde man eher der zweiten Interpretation zuneigen. Habt Ihr eine besondere ... Vorliebe?«

»Die habe ich in der Tat. Und habt Ihr eine ... Wohltätigkeit, die Euch besonders am Herzen liegt?«

»Wohltätigkeit beginnt im eigenen Heim. Meint Ihr nicht auch?«

»Das ist auch meine Erfahrung«, erwiderte Prinz Rango, während er auf die gekreuzten Schwerter an der Wand zu seiner Rechten blickte.

»... und falls mir etwas zustoßen würde«, fuhr Lemml fort, »würde mein Nachfolger die ungewöhnliche Erscheinung sofort bemerken. Wahrscheinlich würde er sie falsch interpretieren und den Vorgang sofort melden.«

Rango nahm einen tiefen Schluck von seinem Wein. Der Priester tat es ihm nach.

»Ihr habt recht daran getan, zu mir zu kommen«, sagte Rango. »Es war eine sehr patriotische Tat. Ich verspüre das Bedürfnis, etwas Gold für einen guten Zweck zu spenden. Ich nehme an, Ihr habt entsprechende Vorbereitungen getroffen?«

»Natürlich.«

Durch die geöffneten Fenster hörten die beiden Männer, wie ein frenetischer Trommelwirbel die allabendliche Kakophonie einleitete. Einige Augenblicke später erscholl die Stimme des unverständlichen Dichters, gefolgt von einem donnernden Geräusch, als das riesige Reptil durch die Stadt zog. Der Saurier stieß ein lautes Brüllen aus, das die Weinkelche über den kleinen Tisch in den königlichen Gemächern hüpfen ließ.

TEIL I

KUNST UND WISSENSCHAFT: DIE GESCHICHTE VON GAR QUITHNICK

1. Kapitel

Es beginnt am Ende

Die Zeremonie dauerte bereits mehrere Stunden. Gar Quithnick langweilte sich zu Tode, und um sich die Zeit zu vertreiben, zählte er die Möglichkeiten, wie er den Hohepriester umbringen könnte, ohne mehr als zwei Muskeln zu bewegen. Er kam auf 153. Das war bemerkenswert, denn die Handbewegung, die man mit dieser Zahl in der Kunst des Hingu in Verbindung brachte – ›Schmetterling mit Reißzähnen und Schwanzstachel‹ –, war außerordentlich kompliziert. Es wäre sehr schwer, auf diese Art und Weise die mit Gold durchwirkte Robe des Priesters zu durchdringen. Wahrscheinlich würde nicht genug tödliche Energie den Körper des Mannes erreichen, um seine Leber zu zerreißen. Ein blauer Fleck wäre der schlimmste Schaden, den man verursachen könnte.

Gar Quithnick war gerade dabei, seine Überlegungen auf die Verwendung von drei Muskeln auszudehnen und den Einsatz nichtmetallischer Schlagwaffen mit einzukalkulieren, als der Hohepriester sich vom Altar des Sonnengottes abwandte und das Amulett in die Höhe hielt. »Sehet! Sehet! Anachron! Das zeitlose Amulett des fernen Gelfait, wo es zu Füßen Valnarthas ruhte. Er, der über Anachron gewacht hat, als es in der Einöde von Rahoban auf seinen Finder wartete. Jetzt ist es wieder bereit zu reisen. Laßt den *Hingist* näher kommen.«

Unter normalen Umständen hätte sich Gar über diese abschätzige Bezeichnung geärgert, aber es war der höflichste Terminus, mit dem ihn seine Verbündeten seit der letzten Schlacht belegt hatten. Gar Quithnick bewegte seinen schlanken Körper vollkommen geräuschlos in Richtung Altar. Selbst die dichten Weihrauchschwaden wurden von keinem Windhauch gestört. Nach dem Tode Kalarans und dem Verschwinden seines alten Meisters Udan Kann wußte Gar, daß ihm keine ernste Gefahr drohte. Trotzdem ließ er seinen Blick aufmerksam durch den Tempel schweifen. Lebenslanges Training in den Künsten des Hingu konnte man nicht von heute auf morgen ablegen. Götter, Göttinnen und ihre unbedeutenderen Verwandten starrten ihn aus den Nischen des Altarraumes mit steinernen Augen an.

Auf der rechten Seite standen Prinz Rango und Prinzessin Rissa und hinter ihnen ... Domino Blaid. Gar hatte gehofft, sie würde ihm in diesem Augenblick in die Augen sehen und ihm zeigen, daß sie seine Gefühle teilte. Er wußte, daß sie füreinander bestimmt waren. Sie gehörten zusammen wie Blut und Leben, Tod und Schmerz. Trotzdem leugnete Domino diese Verbindung. Der Dichter Jord Inder hatte ihr Herz gestohlen.

Wäre Gar ein Dieb gewesen, so hätte er es sich zurückgeholt. Mit den Mitteln eines Assassinen konnte er zwar die unliebsame Konkurrenz beseitigen, aber nicht Dominos Liebe gewinnen. Zum ersten Mal in seinem Leben bekam Gar nicht, was er wollte. Nachdem er sich mit der Situation abgefunden hatte, hatte er beschlossen, seine ganze Energie auf die Vervollkommnung seiner Kunst zu richten.

Der Hohepriester war ein alter Mann mit weißen Haaren und einem gelblichen Bart, der nach Wein und Weihrauch roch. Ehrfürchtig verbeugte er sich vor dem Meuchelmörder. »In Eure Hände geben wir dieses Amulett, auf daß Ihr es sicher nach Gelfait geleiten mögt.«

Gar hob die rechte Hand. Der alte Priester sprang

einen Schritt zurück. »Ich werde das Amulett nicht aus *Eurer* Hand entgegennehmen«, erklärte der Hingu-Meister und richtete seinen Blick auf Prinz Rango. »Mein Lehnsherr, der Führer der Gelfaiti, gab mir Anachron aus freiem Willen, und ich gab es Euch. Als Ihr es getragen habt, hat es uns vor den Schrecken Kalarans geschützt. Der Tempel ist widerrechtlich in seinen Besitz gelangt. Wenn ich Anachron nun in seine Heimat zurückbringen muß, dann will ich es aus Eurer Hand empfangen, damit sich der Kreis schließt.«

Gars Anliegen überraschte Prinz Rango, doch der zukünftige Monarch ließ sich nicht so leicht aus der Fassung bringen. »Ich verstehe, Hingu-Grashanshao, und werde diesen Fehler mit Freuden korrigieren.«

Ein flüchtiges Lächeln erschien auf Gars Gesicht. Der Prinz hatte den Ehrentitel benutzt, der auf Gar übergegangen war, nachdem Udan Kann verschollen war. Rango beruhigte die aufgeregte Rissa mit einem leichten Händedruck und trat auf den Assassinen zu. Der Hohepriester war offensichtlich darüber verärgert, daß er nicht mehr im Mittelpunkt des Spektakels stand. Trotzdem reichte er dem Prinzen das Amulett, ohne zu zögern, und Rango legte es Gar um den Hals.

Anachron und die dazugehörige Halskette waren unerwartet leicht. Das Amulett bestand aus purem Gold, und in seiner Mitte hatten die unbekannten Schöpfer eine große Sonne aus Diamanten geformt. Normalerweise hätte das Gewicht eines derart üppigen Schmuckstücks selbst einem so durchtrainierten Mann wie Gar Quithnick Schweißperlen auf die Stirn getrieben. Doch statt dessen war seine Gegenwart nicht unangenehmer als die zärtliche Berührung einer Geliebten oder der ›Schlag der samtenen Hand‹, der die Rippen eines Menschen zerbrach und die Splitter ins Herz trieb.

Der Hohepriester runzelte wütend die Stirn und starrte Gar an, als hätte er die Gedanken des Hingu-Meisters erraten. Dann hob er erneut die Hände und fuhr mit gebieterischer Stimme fort. »So möge der Pfad eben, das Herz rein und der Geist mit Liebe erfüllt sein.«

»So sei es«, sagte Gar ernst.

»Das war's dann. Du hast das Amulett.« Prinz Rango, der inzwischen wieder an die Seite seiner Verlobten zurückgekehrt war, sprach in einem ungewöhnlich herzlichen Tonfall. »Du willst wirklich sofort aufbrechen?«

»In letzter Zeit scheint niemand mehr Entschlußfreudigkeit zu schätzen, mein Herr. Wäre diese Zeremonie nicht gewesen, wäre ich bereits im Herzen der Öde auf der Suche nach Gelfait. Spido hat sich freundlicherweise um Pferde und Proviant gekümmert. Allerdings bräuchte ich keines von beiden, wenn er mich nicht begleiten würde. Wenn Ihr mir gestattet, ihn zurückzulassen, werde ich die Aufgabe in wesentlich kürzerer Zeit erledigt haben.«

Prinz Rango schüttelte reumütig den Kopf. »Wenn mich nicht die Staatsinteressen zu einem solchen Verhalten zwingen würden, würde ich deiner Bitte entsprechen. Aber leider kann ich nichts mehr daran ändern. Spotty und Jancy haben sich bereits mit ihren Begleitern auf den Weg gemacht. Wenn ich dir und Domino gestatten würde, ohne Begleitung zu reisen, würden sich die anderen fragen, warum ich ausgerechnet *sie* überwachen lasse. Und gerade du, mein Freund, solltest eigentlich die Mühen zu schätzen wissen, die ich auf mich genommen habe, um den Priestern Anachron abzuringen.«

»Ich weiß. Ich werde Euch nicht weiter bedrängen, Herr. Mein Wunsch entsprang nur dem Bedürfnis, Euch so gut wie möglich zu dienen.«

»Diene mir einfach so loyal, wie du es in Bardu Defile getan hast, Gar.«

Gar schauderte bei dem Gedanken an die damaligen Ereignisse. Es war ein kaum merkliches Zittern, das noch nicht einmal Wellen in einem Weinglas verursacht hätte ... hätte er eins in der Hand gehalten. Als Gar blutüberströmt zwischen all den Leichen im Paß von Bardu Defile gelegen hatte, hatte er sich bereits mit dem Tod abgefunden. Doch kurz bevor sich sein Schicksal erfüllen konnte, war Prinz Rango erschienen und hatte die heilenden Kräfte Anachrons herbeigerufen. In diesem Augenblick verwandelte sich Gar Quithnick von einem eingeschworenen Feind Kalarans in einen treuen Diener des Prinzen.

»Selbst wenn mich dieser Auftrag mein Leben kosten sollte, werde ich ihn erfüllen.« Gar verneigte sich vor dem Prinzen, warf Domino einen kurzen Gruß zu und wandte sich von den Menschen ab, die er ›Freunde‹ nannte. Auf dem Weg aus dem Tempel hinaus warf er einen flüchtigen Blick auf den Eingang der Gruft, die den Schädel Kalarans enthielt. Für einen Augenblick dachte Gar, es wäre besser, den Schädel anstatt das Amulett aus der Stadt zu entfernen. Aber eine Mission wartete auf ihn, und der Gedanke verschwand in einer dunklen Ecke seiner Seele, wo er Gar den Rest seines Lebens Alpträume bereiten würde.

2. Kapitel
Betrügereien

Gar blinzelte, als er aus dem dunklen Tempelinneren ins helle Sonnenlicht trat. In seiner dunklen Kleidung litt er noch stärker unter der Hitze des Tages. Andere Menschen wären unter diesen Umständen ins Schwitzen geraten, aber Gar war die unmenschlichen Temperaturen in der großen Einöde gewohnt. Ein Reiter, der drei weitere Pferde an ihren Zügeln führte, näherte sich dem Hingu-Meister. Dahinter bemerkte Gar zwei Männer, die ihn mit haßerfülltem Blick anstarrten.

»Spido, bleib wo du bist«, rief Gar seinem Begleiter zu und wandte sich an die beiden Männer. »Egal, was man euch gezahlt hat. Es ist den Versuch nicht wert, mich zu töten.«

Die beiden sahen sich so ähnlich, daß man sie für Vater und Sohn hätte halten können. »Du selbst hast uns bezahlt«, schrie der Jüngere. »Mein Onkel und ich sind die letzten Überlebenden unserer Familie, die du auf dem Gewissen hast, *Verräter*! Du hast uns unser Leben genommen, und jetzt werden wir es dir mit gleicher Münze heimzahlen.«

»Ich sollte keine halben Sachen machen«, erklärte Gar sachlich und sprang die Stufen des Tempels hinab. Er landete schwer und deutlich hörbar auf der Erde des Vorhofes. Seine Gegner schienen nicht bemerkt zu haben, daß der Assassine soeben mit einem ›Drachenstampfer‹ auf ihre Schatten getreten war. Gar nahm die ›Großwaran-Stellung‹ ein, wehrte den heranstürmenden Onkel mit dem Ellbogen ab und benutzte den ›Schlag der samtenen Hand‹, um den Mann mit seiner verstorbenen Familie zu vereinigen.

Anschließend löste er sich von seinem ersten Opfer und wich dem Schwertstreich des angreifenden Neffen mit einem Flickflack aus. Gar landete mit der Leichtigkeit einer Feder und stieß blitzschnell mit dem Zeigefinger der rechten Hand zu. Der ›Schlag der Drachenfliege‹ zerriß die Halsschlagader des jungen Mannes und führte zu einem tödlichen Blutstau im Gehirn.

Noch bevor der Jüngling seinen letzten Atemzug machen konnte, befand sich Gar wieder an Spidos Seite und betrachtete seinen Begleiter. Der junge Zauberer starrte mit aufgerissenem Mund auf die beiden Leichen. Damit hatte Gar gerechnet, doch er behielt seine Gedanken für sich. Er schwang sich in den Sattel und nickte seinem Gefährten aufmunternd zu. »Hast du etwas zu sagen, Spido?«

»Ihr habt sie einfach so getötet.« Spido schnippte mit den Fingern und schüttelte den Kopf. » ... *einfach so!*«

»Genau *das* ist die Aufgabe eines Assassinen, wie du vielleicht weißt.«

»Ja, ja ... natürlich weiß ich das. Schließlich war ich ja in Armbruss, nicht wahr? Aber ... einfach so ... zack, zack, und sie sind tot.«

Gar ritt die Straße zum Stadttor hinunter. Er haßte Pferde. Sie waren zu schwerfällig für einen Meuchelmörder seiner Klasse. »Sie wußten, was sie erwarteten«, erklärte Gar.

Spido ritt an Gars Seite. »Ich bin mir da nicht so sicher, Herr. Die beiden hätten es vielleicht mit einem Grashalm aufnehmen können, aber nicht mit Euch.«

»Sein Pech, wenn mich ein Bauer mit einem Grashalm verwechselt. Aber auf diese Weise sehen sie wenigstens ihre Familie wieder.« Gar blickte zu Spido hinüber. Der junge Magier hatte den Kopf über die

Schultern gedreht und starrte noch immer auf die beiden Körper, die regungslos vor dem Tempel lagen. »Erzähl mir von deiner Familie, Spido« sagte der Hingu-Meister.

»Och, da gibt es nicht viel zu erzählen.« Der stämmige Jüngling zuckte mit den Achseln. Die beiden Reisenden näherten sich Caltus' Westtor. »Mein Papa ist weggelaufen und im Krieg gefallen ... jedenfalls glauben wir das ... aber Ihr habt ihn ja nicht umgebracht. Meine Mama und mein Onkel leben immer noch in Torfay, oben in den Bergen ... etwas südlich von Gelfait ... jedenfalls südlich von dem Ort, an dem wir Gelfait vermuten.«

Gar nickte. Ein Armbrustschütze trat aus einer der Seitenstraßen und feuerte seine Waffe ab. Der Assassine fing das schlecht gezielte Geschoß mit einer lässigen Handbewegung auf und schleuderte es wieder zurück auf den Angreifer. Der Mann würde zwar nicht sterben, aber Gar hatte sichergestellt, daß der Schütze sich nicht mehr vermehren konnte.

Spido wurde bleich, als der Attentäter ihnen mit seiner neugewonnenen Sopranstimme wilde Flüche hinterherrief. »Ist es nicht verdammt gefährlich, ein Hingu-Meister zu sein?« fragte er.

»Ein Hingu-Shanshao lebt im Schatten des Todes. Er findet Trost in seiner Gegenwart.« Gar gähnte. »Du erinnerst dich doch bestimmt an den dritten Grundsatz?«

»Natürlich, aber die Praxis ist irgendwie ... realer als die Theorie.«

»Ah, du weist mich mit der Vierten der Dreizehn Wahrheiten in die Schranken.« Gar hob eine Augenbraue und blickte seinem Reisegefährten in die Augen. Spido errötete und wünschte, sich in einem Mauseloch verkriechen zu können. »Du hast viel in

Armbruss gelernt«, fuhr Gar fort. »Ich nehme an, du hast deine Zeit dort sehr genossen?«

»Sehr, Herr.«

Als die beiden Reisenden das Westtor erreichten, war ihre Konversation zum Stillstand gekommen. Rangos Soldaten beeilten sich, Gar den Weg frei zu machen. Aufgrund ihres Geschreis ging ein Pferd durch. Das wäre nicht weiter schlimm gewesen, hätte das Tier nicht einen Karren hinter sich hergezogen, der mit Essiggemüse beladen war. Eingelegte Gurken sprangen wie röhrenförmige Frösche über das Kopfsteinpflaster, und Spargel ergoß sich in einer phallischen Lawine über die Zuschauer.

Spido ahmte Gars lässige Bewegung nach, mit der der Hingu-Meister kurz zuvor den Armbrustbolzen aus der Luft gefangen hatte, und erwischte eine der herumspringenden Gurken. Der junge Magier hielt seine Beute triumphierend in die Höhe. Leider wurde die majestätische Handlung jäh von einigen Spargelstangen unterbrochen, die gegen Spidos Kopf flogen. Spido sann auf Rache. Er biß seinem Gefangenen den Kopf ab und zerkaute ihn mit offensichtlichem Wohlbehagen.

Gar sagte kein einziges Wort, als das ungleiche Paar Caltus verließ. Er kannte die Strecke, die sie zu bewältigen hatten, und fürchtete, sein Begleiter würde ihn nur behindern. Sie mußten zunächst Richtung Norden, bis sie die Täler von Dunn erreichten. Dann würde sie ihr Weg nach Nordwesten führen, in die Einöde von Rahoban. Jenseits der Öde lagen die Berge, und dort – in einem tiefen Bergtal – das Dorf Gelfait.

Gar sorgte sich – außer um Spido – nur um eins, und das war Gelfait selbst. Das Dorf hatte keinen festen Platz in der Zeit. Jedenfalls behaupteten das die zahlreichen Legenden. Gelfait erschien nur in unregelmäßigen Abständen, und seit mehr als hundert Jahren hatte niemand das Dorf gesehen. Auch Gar war noch nie dort gewesen. Der Assassine zweifelte zwar nicht an der Existenz des Ortes, aber er fragte sich, ob es wirklich erscheinen würde, wie die Gelehrten vorausgesagt hatten.

Gars Furcht war in der Art und Weise begründet, wie er Anachron ursprünglich erhalten hatte. Auf einer seiner früheren Abenteuerreisen war er inmitten der Einöde von einem fürchterlichen Sturm überrascht worden. Herumwirbelnder Staub und die herumfliegenden Zweige der wenigen Pflanzen, die in dieser lebensfeindlichen Umgebung gedeihen konnten, hatten den Assassinen gepeinigt. Der rötliche Sand der Öde war zu einem blutigen Zyklon geworden, durch den goldene Blitze zuckten. Gars Kleidung wurde zerrissen, und Sand war in seinen Mund gedrungen. Der Sturm war immer schlimmer geworden.

Der Hingu-Shanshao hatte schnell erkannt, daß der Sturm unnatürlichen Ursprungs war. Plötzlich waren Männer in archaischen Rüstungen durch die Mauer aus Sand getreten. Ihr Anführer war der legendäre Belamon, der das Amulett Anachron in die Täler von Dunn bringen wollte, um die Bedrohung seiner Welt durch eine Art Proto-Kalaran zu beenden. Er hatte sich Gar genähert und ihn zum Zweikampf herausgefordert. Der Gelfaiti-Krieger hatte Gars Verlangen nach Anachron gespürt und ihn für einen Sendboten des Bösen gehalten. Zunächst hatte Gar versucht, dem legendären Helden die Situation zu erklären, doch Belamon hatte nicht glauben wollen, daß er und seine Mannen sich auf ihrer jahrhundertelangen Suche verirrt hatten. Statt dessen hatte er sich für den

Kampf als einzig mögliche Lösung des Problems entschieden.

Ein kaum merkliches Lächeln zeichnete sich auf Gars Gesicht ab, als er sich an den Kampf erinnerte. Inmitten eines magischen Sturms hatten ein Gigant aus längst vergangenen Zeiten und ein Assassine miteinander gerungen, der sich in vollem Bewußtsein von der Vergangenheit gelöst hatte. Die Schläge, die Belamon in dieser Nacht verteilt hatte, hätten Berge spalten können, aber Gar war kein leichtes Ziel gewesen. Doch auch der Hingu-Meister hatte bei seinem Gegner keinen Wirkungstreffer erzielen können. Belamon hatte sowohl dem ›Stoß des tollwütigen Lemuren‹ als auch der ›tödlichen Liebkosung der Orchidee‹ widerstanden, und selbst ›der Hammer schlägt den Meißel‹ war wirkungslos an dem archaischen Riesen abgeprallt. Gar war von der Ausdauer und den Fähigkeiten des Gelfaiti-Kriegers sehr beeindruckt gewesen. Andererseits wurden auch seine eigenen kämpferischen Leistungen von den umstehenden Gelfaiti mit Beifall bedacht.

Nachdem die beiden Kämpfenden sich vollkommen verausgabt hatten, hatten sie gleichzeitig gerufen: »Stop!« Belamon hatte sich auf seinen Speer gestützt, als könne er nicht mehr ohne Hilfe aufrecht stehen. »Obwohl sich Eure Geschichte in meinen Ohren immer noch nach Betrug anhört, zeigt mir Euer Mut, daß Ihr kein Arg im Herzen tragt. *Euch* unterwerfe ich mich.«

Gar hatte zunächst nach Atem gerungen und versucht, den Puls zu verlangsamen. Dann hatte er den Kopf geschüttelt. »Nein, ich bin es, der sich unterwerfen muß. In Euch habe ich Bestätigung für das gefunden, was ich schon seit langem vermutete. Unsere heutige Gesinnung und unsere heutige Kampfkunst sind nur ein Schatten vergangener Größe. Ihr seid mir überlegen.«

Die umstehenden Krieger hatten einen verwunderten Schrei ausgestoßen, und Belamon hatte gelächelt. »Ihr habt mich geschlagen, Gar Quithnick. Die Legende besagt, daß Anachron nicht mit Gewalt genommen werden kann. Das Amulett muß aus freiem Willen gegeben werden. Wir haben es über unzählige Generationen unter uns herumgereicht, damit es nicht verlorenginge. Trotzdem ist es uns nicht gelungen, Anachron an seinen Bestimmungsort zu bringen. Jetzt ist die Zeit gekommen, es einem anderen anzuvertrauen ... *Euch*. Ich hoffe, Ihr werdet uns in ehrenvoller Erinnerung behalten. Das Abenteuer nähert sich seinem Ende, und wir werden in unsere Heimat zurückkehren.«

Gar hatte Anachron aus Belamons Händen entgegengenommen und den Gelfaiti hinterhergeblickt, als sie sich in Richtung Westen auf den Weg machten. Nachdem sie verschwunden waren, hatte sich auch der unnatürliche Sturm gelegt.

Jetzt befand sich der Hingu-Meister erneut auf dem Weg in die große Einöde, und er fragte sich, ob Gelfait wirklich aus seinem Limbo in die Gegenwart zurückkehren würde, wenn Anachron in seine Nähe kam. Die Legenden besagten, daß das Dorf nur zwischen Sonnenauf- und -untergang erscheinen würde ... was viele Menschen dazu veranlaßte, es für eine Fata Morgana zu halten. Gar mußte Gelfait in genau diesem Augenblick erreichen.

Falls Anachron das Dorf nicht herbeirufen würde, blieben dem Hingu-Meister nur zwei Möglichkeiten. Erstens konnte er so lange in den Bergen warten, bis Gelfait endlich erscheinen würde. Ein solches Exil würde einigen Höflingen in Caltus Grund zum Feiern geben – und so mancher rachsüchtige Bauer würde einem frühzeitigen Tod entgehen. Aber dann hätte Gar keinen Zugang mehr zu den Archiven Faltanes, die bis in die Zeit der Gelfaiti zurückreichten und in denen er eine Lösung für sein Problem zu finden hoffte.

Außerdem würde er Domino Blaid nie mehr wiedersehen. Also überlegte Gar – im Falle eines Mißlingens seiner Mission – unverrichteter Dinge nach Caltus zurückzukehren, um neue Instruktionen einzuholen. Die Tatsache, daß er Anachron wieder zurückbringen mußte, stellte kein Problem dar. Wenn nur *ein einziges* der vier Artefakte in Caltus war, sollte es keine weiteren Schwierigkeiten geben.

Während Gar über diese Möglichkeit nachdachte, schweiften seine Gedanken immer wieder zu Domino Blaid. Ihn überkam ein merkwürdiges Gefühl, auf das er während seiner Shenkai-Ausbildung in Armbruss nicht vorbereitet worden war. Udan Kann und die anderen Hingu-Kun hatten Gar tausend Arten gelehrt, seine Mitmenschen ins Jenseits zu befördern – und das, ohne auch nur mit der Wimper zu zucken. Emotionen waren einem Meuchelmörder unbekannt.

Gar wurde von einem lauten Rülpser aus seinen Gedanken gerissen. Spido lächelte verlegen und klopfte sich mit der Faust auf die Brust. »'tschuldigung. Das passiert jedes Mal, wenn ich Essiggurken esse.«

Gar zuckte mit den Achseln. »Rülpsen ist kein Verbrechen, Spido.« Der Assassine grinste seinen Begleiter an. »Allerdings ist es ein Verbrechen, einen Hingu-Kun zu spielen ... ohne einer zu sein.«

Spidos Gesicht wurde kreidebleich. »Ich spiele niemanden.«

»Stimmt. Niemand würde dich ernsthaft für einen

Hingu-Assassinen halten.« Gar führte sein Pferd näher an den jungen Magier heran. »Warum hast du gelogen und mir vorgegaukelt, in Armbruss gewesen zu sein?«

»Ich hab' nicht gelogen. Ich war da.« Spido hob selbstbewußt den Kopf und streckte sein Kinn in die Luft. »Ich war dort … *wirklich*.«

Gar schüttelte langsam den Kopf. »Spido, in Armbruss werden nur Kinder ausgebildet, die keine Familie mehr haben. Du hast mir vorhin selbst erzählt, daß deine Mutter und dein Onkel noch leben. Daraus schließe ich, daß du zumindest *versuchst*, mich zu hintergehen.«

»Nein … äh … ja … Moment.« Spido hob abwehrend die Hände. Er bewegte sich so langsam, daß selbst ein querschnittsgelähmter Hingu-Dan ihn mit einer beiläufigen Geste hätte töten können. »Ich habe Armbruss vor vier Jahren *infiltriert*. Ich mußte einfach. Es war mein Schicksal, wißt Ihr.«

Gar runzelte die Stirn. »Du bist als Erwachsener nach Armbruss gekommen? Was hast du dort gelernt, Spido?«

Der junge Mann schluckte verlegen. »Nun, im ersten Jahr hab' ich eine Menge geputzt, wißt Ihr … und gewienert und gebohnert. Aber das hab' ich ziemlich gut gemacht, und deswegen bin ich aufgestiegen. Im zweiten Jahr hab' ich dann gelernt zu kochen.«

»Phantastisch. Dann sind unsere Mahlzeiten ja gerettet.« Der Meuchelmörder starrte seinen Gefährten zweifelnd an. »Und in deinem dritten Jahr? Hast du etwas über Hingu gelernt?«

Spido nickte stolz. »Ich habe einen Schlag gelernt.«

»Zeig ihn mir.«

Spido klatschte in die Hände.

»Noch mal.«

Angespornt durch Gars Stimme, klatschte Spido immer schneller in die Hände. »Mein Meister hat gesagt, ich sei schnell genug, um Fliegen, Mücken und so'n Zeug zu fangen. Er war stolz auf mich.«

»Dein Shanshao war ein guter Beobachter.«

»Das war er, o ja. Es war Nindal Gor. Habt Ihr ihn gekannt?«

»Das habe ich.« Gar nickte gedankenverloren. »In Bardu habe ich ihm den fünften, siebzehnten und einundzwanzigsten Wirbel gebrochen. Dann habe ich dasselbe mit seinen Beinen gemacht und seine Lunge zerrissen. Und dann habe ich ihn natürlich getötet.«

Spidos Augen schienen aus den Höhlen zu quellen. Er zog ein derart verdutztes Gesicht, als hätte ihn jemand mit dem ›fünften Stich des Lotos‹ traktiert. »Das habt Ihr mit ihm gemacht?«

»Aber nur weil er mein Freund war.« Gar blickte in die Ferne. »Als ich noch klein war, hat er mir immer erzählt, er wolle an einer Gehirnblutung sterben, während er es mit drei Frauen gleichzeitig treibt. Ich dachte, er würde die Ironie zu schätzen wissen.«

»Das sehe ich auch so, Herr. Er war immer für Ironie zu haben.«

So wie die Ironie, einen kleinen Hinterwälder zu beobachten, der Assassine werden wollte, dachte Gar. Der Hingu-Grashanshao blickte wieder zu Spido hinüber. »Also hast du einige Zeit in Armbruss verbracht. Ich nehme an, du weißt, welchen Einfluß deine Geschichte auf die Entscheidung gehabt hat, dich zu meinem Reisegefährten zu bestimmen. Warum wolltest du mit mir kommen?«

»Nun, Herr. Das ist eine lange Geschichte ...«

»... die du etwas verkürzen wirst ...«

»... um es kurz zu machen ... es ist mein Schicksal, wißt ihr.«

»Aha, dein Schicksal. Versuch es noch einmal ... und diesmal vielleicht nicht ganz so kurz.«

»Ja, Herr. Wißt Ihr, Herr, ich bin aus Torfay, und das ist nur ein sehr kleines Dorf. Die meisten unserer Männer sind während des Krieges als Soldaten zu Prinz Rango gegangen, und als sie weg waren, kam jemand, der sich Dolonicus der Großmütige nannte, und erklärte sich zum Bürgermeister, was er nicht ist, weil der Bürgermeister als Soldat zu Prinz Rango gegangen ist, und sein Zeremonienschwert hat noch niemand zurückgebracht, und deshalb haben wir noch keinen neuen Bürgermeister, obwohl der alte wahrscheinlich tot ist, wißt Ihr, Herr.«

»Sprechen alle Leute aus Torfay so wie du?«

»Nur die von uns, die man erzogen hat, Herr. Nun hat dieser Dolonicus, so hat mir meine Mutter erzählt, die mir regelmäßig schreibt ... das heißt, sie schreibt mir nicht selber, sondern bittet jemand anderes, es für sie zu tun, wißt Ihr ... also, dieser Dolonicus hat früher für Kalaran gekämpft. Jetzt behauptet er, der Herr von Torfay zu sein, und es ist mein Schicksal, ihn zu besiegen und aus dem Dorf zu jagen.«

Gar hob eine Augenbraue. »Du verwendest den Terminus ›Schicksal‹ als Synonym für ›Absicht‹ oder ›Wunsch‹.«

»Verzeiht, Herr, aber es ist mein *Schicksal*. Ich habe eine Prophezeiung gehört, wißt Ihr, Herr, und ich weiß, daß sie etwas mit mir zu tun hat. Deshalb muß ich alles richtig machen, damit alles ein gutes Ende nimmt. ›Auf den Schwingen des Todes/da kommt er geflogen/ die Mächtigen zu töten/ die Toten zu trösten‹.«

»*Das* ist deine Prophezeiung?«

»Nun, nicht die ganze, Herr, aber der Teil über Euch, Herr.«

»Über mich?«

Spido nickte enthusiastisch. »Das habe ich selbst herausgefunden, Herr. Wißt Ihr, der Anfang, das mit den ›Schwingen‹, reimt sich irgendwie auf Hingu, Herr, und deshalb werde ich mit Euch nach Torfay kommen und der Hingu des Todes sein.«

»Hingu *bedeutet* Tod in der alten Sprache der Thermean ... weißt du?«

»Nein, Herr, trotzdem danke, Herr. Aber ihr seid sicher derjenige, der der Tod des Todes sein kann ... wenn es Euch nichts ausmacht, so genannt zu werden, Herr.« Spido rieb sich die Hände. »Den Rest des Gedichts habe ich noch nicht ganz verstanden. ›Blume des Lebens/geboren aus Liebe/Gestalt einer Göttin/ wird den Sieg ihm geben‹.«

»Das ist auch Teil deiner Prophezeiung?«

»Das ist es, Herr.« Spido lächelte stolz. »Ich habe noch nicht herausgefunden, mit welcher Göttin ich schlafen muß, Herr.«

»Es ist schon schwer, ein Held zu sein.«

»Ich habe nichts anderes erwartet, Herr.«

Besonders, wenn deine Prophezeiung ein Produkt der Propaganda Prinz Rangos ist. Gar hatte sich an den Grundsätzen des Hingu orientiert, die er bereits mit der Muttermilch eingesaugt hatte, um soviel wie möglich über seinen Konkurrenten, dem Dichter Jord Inder, herauszufinden. Normalerweise hätte er solche Informationen dazu verwendet, sein Opfer auf angemessene Art und Weise vom Leben zum Tode zu befördern, doch in diesem Fall wollte Gar nur verstehen lernen, was Domino zu dem gutaussehenden Poeten hinzog.

Gar hatte sich vorher noch nie mit Poesie beschäftigt. Auch jetzt wußte er noch immer nicht, *was* Kunst war. Er wußte nur, was ihm gefiel und was nicht. Im Gegensatz zu einigen Kunstkritikern, die Jords Vorstellungen rezensiert und mit der Geschicklichkeit eines Hingu-Dan auseinandergenommen hatten, hatte Gar etwas in den Gedichten gefunden, was er sich selbst nicht erklären konnte – Ruhe und Frieden. Jords Worte erzählten von Liebe und anderen tiefen Gefühlen. Während des Krieges hatte der junge Poet Propagandaverse geschrieben, die die Menschen scharenweise in Rangos Armee gelockt hatten.

Das Gedicht, das Spido zitiert hatte, war eines der einfältigeren Werke, die man Jord zuschrieb. Gerüchte besagten, der Künstler habe es im Fieberwahn immer und immer wieder vor sich hin gemurmelt, während er in Kalarans Verliesen schmachtete. Jetzt war ›Der Tag des Kriegers‹ – so der Name des Gedichtes – in den Rang einer Prophezeiung erhoben worden. Die einzelnen Verse wurden mit Rangos Gefährten in Verbindung gebracht, die dem Prinzen bei seinem Sieg über den Fürsten der Finsternis beigestanden hatten. Spido hatte den Abschnitt, der sich auf Gar bezog, korrekt identifiziert.

Der zweite Vers, den der junge Magier vorgetragen hatte, wurde gemeinhin für eine Anspielung auf die Liebe zwischen Rango und Rissa gehalten. Er hätte sich auch auf einen Vorfall beziehen können, der sich auf Gars Reise nach Bardu Defile ereignet hatte; aber das war unmöglich. Zu diesem Zeitpunkt war das Gedicht bereits im ganzen Land verbreitet gewesen, und Gar bezweifelte, daß Jord während seiner Gefangenschaft mit dem zweiten Gesicht gesegnet worden war. Das Werk war so allgemein gehalten, daß man alles hineininterpretieren konnte. Spido war ein gutes Beispiel dafür.

Der Hingu-Meister wandte sich an seinen Gefährten, um ihm den Irrtum zu erklären, doch Spidos vertrauensvoller und glücklicher Gesichtsausdruck hielt ihn davon ab. In der Vorkriegszeit, als Gar noch Kalaran und Udan Kann gedient hatte, hätte es ihm großes Vergnügen bereitet, den Geist des jungen Mannes zu zerbrechen. Jetzt war er nicht mehr dazu fähig. Zunächst hatte Gar nur Verachtung für Spido empfunden, weil er es nicht bis zum Hingu-Dan gebracht hatte, doch nun respektierte er den Mut des pummeligen Jünglings – und es gehörte viel Mut dazu, seine sichere Heimat in den Bergen zu verlassen, um sich in Armbruss einzuschleichen. Ein solcher Geist verdiente Hochachtung … oder zumindest sollte man ihn nicht brechen.

»Spido, mich würde interessieren, *wie* du Torfay befreien willst.«

Das Lächeln verschwand aus dem Gesicht des jungen Mannes, und er zuckte zusammen. »Herr, ich dachte, wir könnten einen kleinen Abstecher nach Torfay machen, bevor wir in Richtung Gelfait weiterziehen.«

»Das ist unmöglich. Wir haben einen Auftrag.«

»Das weiß ich, Herr, aber ich dachte …«

»Du dachtest?« Gar setzte ein leidenschaftsloses Gesicht auf. »Ich habe Rango versprochen, mich ohne Verzögerung nach Gelfait zu begeben, und ich werde mich von nichts und niemandem davon abbringen lassen.«

»Aber Herr, auf dem ganzen Weg in die große Einöde wimmelt es nur so von Banditen.«

»Es gibt Mittel und Wege, mit ihnen fertigzuwerden.«

»Das weiß ich, Herr, aber ich habe nicht genug Seil mitgenommen.«

»Versuche wie ein Hingu-Kun zu denken, Spido. Ich brauche kein Seil.«

»Verzeiht, Herr, aber Ihr könnt sie nicht hängen, wenn Ihr kein Seil habt.«

Gar schüttelte den Kopf. »Was bewirkt das Hängen, Spido?«

»Es tötet sie, Herr.«

»Kannst du das etwas präzisieren?«

»Äääh, es tötet sie ... tot, Herr.«

»Wir reden über Methodik, Spido, nicht über Philosophie. Was macht das Hängen mit ihren Körpern?«

»Nun, äääh ... außer bei den Großen, die mit den Füßen auf die Erde kommen, bricht es ihnen das Genick.«

»Guuut, Spido.« Gar stieß mit dem Zeigefinger in die Luft und teilte eine vorüberfliegende Drachenfliege in zwei Hälften. »Ein Hingu-Grashanshao kennt 323 Arten, einem Menschen das Genick zu brechen – Methoden, die Belagerungsmaschinen oder dreißig Jahre alten Brandy benötigen, abgerechnet.«

»Bedeutet das, Banditen sind kein Problem, Herr?«

»Genau. Als Lehnsmann Prinz Rangos bin ich dazu verpflichtet, Banditen zu töten.«

Spido dachte einen Augenblick über die Äußerungen des Hingu-Meisters nach, bevor er erwiderte: »Nun, Herr, verzeiht mir, aber ist es nicht wahrscheinlich, daß Eure Feinde wissen, wohin Ihr zieht, und daß sie Euch auflauern werden?«

»So wie die beiden Bauern, die mich in der Stadt überfallen haben?«

Spido runzelte die Stirn. »Ich verstehe, was Ihr damit sagen wollt, Herr, aber wie Ihr bereits vorhin erwähnt habt: Der vierte der dreizehn Grundsätze ...«

»... der dreizehn *Wahrheiten*.«

»Natürlich, Herr. Ich meine das mit der Realität und der Theorie und so ... Wäre es da nicht besser, einen anderen Weg zu nehmen, um Schwierigkeiten zu vermeiden?«

Gar dachte einen Augenblick darüber nach. Bereits vor ihrer Abreise hatte den Assassinen ein beunruhigendes Gefühl beschlichen, was ihre Reiseroute betraf. »Obwohl dein Vorschlag durchaus Sinn macht«, erklärte Gar schließlich, »habe ich einige Probleme damit.«

Spido erbleichte und schüttelte den Kopf. »Oh, ich werde kein Problem sein, Herr.«

»Es ist doch deine Pflicht, Prinz Rango über jeden unserer Schritte Bericht zu erstatten, oder?«

»Ja, Herr, aber ...«

»Aber ...?«

»Nun, Herr, um ehrlich zu sein ... ich habe mit den drei anderen in der Nacht vor unserer Abreise gepokert und gemerkt, daß sie meine Gedanken nicht lesen konnten, und da kam ich auf die Idee ... sie einfach zu belügen, Herr.«

»Aber Rango könntest du nicht hinters Licht führen.«

»Verzeiht, Herr, aber ich bin *hier*, und *er* ist in Caltus und glaubt, ich sei ein Hingu-Kun.«

»Habe schon verstanden.«

»Ihr seht also, Herr, wir könnten von unserem Weg abweichen, während ich falsche Meldungen nach Caltus sende, und wenn euch jemand auflauert, würde er sich ganz schön wundern. Der Umweg würde zwar etwas länger dauern, aber er wäre es wert.«

Gar spürte, wie sich sein Magen verkrampfte. *Ich kann es mir nicht leisten, Zeit zu verlieren,* dachte er. Je mehr Zeit er verlieren würde, desto länger wäre er von Domino getrennt. Gar wußte, daß er ihre Liebe nicht gewinnen konnte, solange Jord lebte, doch sie hatte ein Feuer in ihm entfacht, das nicht so leicht zu löschen war. Er konnte es nicht ertragen, für längere Zeit von ihr getrennt zu sein. Nichts – auch nicht die Aussicht auf eine angenehmere Reise – konnte ihn davon abhalten, seinen Auftrag so schnell wie möglich zu erfüllen.

»Nein, Spido, wir werden weiterreisen wie geplant.«

Der junge Magier schüttelte den Kopf. »Das ist schade, Herr, aber ich verstehe Euch. Trotzdem … Dolonicus' Killermaschinen das Land zu überlassen …«

Gar hob interessiert den Kopf. »Killermaschinen?«

»Nun, Herr, eigentlich sind es eher Monster. Er hat drei davon – jedenfalls hat das meine Mutter gesagt, die allerdings nur bis vier zählen kann, seit sie diesen Unfall mit dem Schlachtmesser hatte. Sie nennt sie ›SchrecklicheKrallenSchnellJäger‹.«

»Deine Mutter hat eine bemerkenswerte Vorstellungskraft … Ist Spido dein richtiger Name?«

Der Magier stöhnte. »Das wollt Ihr bestimmt nicht wissen, Herr. Ist ja auch egal. Diese Dinger haben schreckliche, sichelförmige Klauen an ihren Hinterbeinen, und ihre Haut ist mit glänzenden Federn bedeckt, und sie haben lange Zähne. Dolonicus benutzt sie zur Hirschjagd. Sie sind schneller als Pferde, und sie jagen im Rudel und reden miteinander. Sie haben lange Schwänze, um das Gleichgewicht zu halten, und kurze Arme … so wie diese großen Echsen, die sich am Schlammsee in Caltus herumgetrieben haben, Herr.«

»Sind diese Dinger sehr gefährlich?«

»Die gefährlichsten, Herr.« Spido nickte ernst. »Mein Onkel Gordo nennt sie ›Fleischschneider‹ wegen der langen Wunden, die sie in ihre Beute schlagen.«

»Und es gibt drei von ihnen?«

»Drei. Und sie jagen immer zusammen.«

»Und sie bedrohen treue Bürger des Königreichs von Faltane?«

»Die treuesten, Herr. Diese Klauendinger sind eine eindeutige Bedrohung für Prinz Rangos Reich.«

Gar nickte nachdenklich. »Ich nehme an, sie sind gefährlicher als Banditen.«

»Ich habe gewußt, daß Ihr so denken würdet, Herr. Wir gehen also nach Torfay und machen den Dingern den Garaus?«

»Ich würde meine Pflichten vernachlässigen, wenn ich es nicht tun würde.«

»Das ist auch meine Meinung, Herr.«

»Spido, ich glaube, du hast *doch* etwas in Armbruss gelernt.«

»Das ist Ironie, nicht wahr, Herr?«

»Das ist es in der Tat. Und wenn du mich belogen hast, wirst du noch etwas anderes lernen.«

»Bei meiner Ehre! Ich würde eher sterben, bevor ich Euch belüge, Herr.«

»Mit Sicherheit würdest du's hinterher tun, Spido.«

3. Kapitel

Heimsuchungen und Enthüllungen

Gar hatte sich aus zwei Gründen dazu entschlossen, Spido die Planung der Reiseroute zu überlassen. Erstens stammte Spido aus Torfay und war im Laufe seines jungen Lebens bereits zweimal zwischen Caltus und seiner Heimat hin und her gereist, bevor er sich auf den Weg nach Armbruss gemacht hatte. Er kannte nicht nur den Weg, sondern auch geeignete Übernachtungsmöglichkeiten. Die Herbergen, in die Spido seinen Herrn führte, waren ordentlich. Trotzdem hätte niemand vermutet, daß der Hingu-Grashanshao des Königs in ein solches Gasthaus einkehren würde.

Der zweite Grund, warum Gar dem jungen Magier die Führung überließ, war wesentlich schwerwiegender. Es gab eine Menge Leute, die Gar feindlich gesinnt waren und ihn gut genug kannten, um sein Verhalten vorauszusehen. Das würde ihnen jedoch nichts nützen, wenn Spido die Entscheidungen traf. Der junge Möchtegern-Hingu-Dan führte Gar nicht auf geradem Weg in seine Heimat. Das gab dem Assassinen Gelegenheit, sich mit der Schönheit der Landschaft zu befassen. Gar war noch nie aufgefallen, daß die ländlichen Gebiete Faltanes einen gewissen ästhetischen Reiz besaßen. Während die beiden Abenteurer durch die Täler von Dorn reisten, die weit im Südwesten der Berge lagen, erinnerte sich Gar an ein Gedicht Jord Inders, ›Täler und Berge‹. In diesen Versen wurden die Täler von Dorn mit einem seidenen Teppich verglichen, den die Götter einfach auf die Erde geworfen und in zerknittertem Zustand liegengelassen hatten. Zwar bezogen sich einige Metaphern eindeutig auf die weibliche Anatomie – gemeint war natürlich Domino Blaid, was Gar sehr schmerzte –, doch der größte Teil beschrieb die Landschaft von Dorn auf einzigartige Weise. Der Hingu-Meister mußte das Einfühlungsvermögen des Dichters neidlos anerkennen.

Eines Morgens, während die beiden Reisenden durch eines der vielen kleinen Täler ritten, wandte sich Gar an seinen Begleiter. »Kannst du eine Frau in diesen Hügeln erkennen, Spido?«

»Ich bin mir nicht ganz sicher, Herr. Sollte ich?«

»Die Fruchtbarkeit des Bodens, die geschwungenen Hügel und tiefen Täler?«

»Ist das eines jener ›verschleierten Bilder‹, wie sie ein Mann sieht, wenn er einen Sonnenstich hat, Herr? Ich habe noch einen Hut übrig, Herr.«

»Danke, Spido, aber mir geht es gut. Ich habe mich nur an etwas erinnert.«

»Oh, an jemanden, in den Ihr verknallt seid?« Gar runzelte verärgert die Stirn, und Spido fügte eilig hinzu: »Natürlich ›verknallt‹ auf Hingu-Grashanshao-Art; wenn Ihr wißt, was ich meine, Herr.«

»Ich weiß, was du meinst, Spido.« Gar dachte einen Augenblick über die Bemerkung seines Reisegefährten nach und nickte schließlich. »Die Liebe ist eine fremdartige und starke Macht. Glaubst du nicht auch?«

»Das ist sie, Herr. Prinz Rango hat den alten Kalaran deswegen umgebracht ... aus Liebe zu seinem Land und zu Prinzessin Rissa.« Spido lächelte. »Und ich hab' meine Mama lieb. Deshalb schreibe ich ihr – na ja, nicht an sie direkt, sondern an jemanden, der es ihr vorlesen kann. Ich hab' ihr alles erzählt, was ich erlebt habe ... und daß ich kommen werde, um Dolonicus zu töten ... und seine mörderischen Klauendinger.«

»Ich habe nicht von der Liebe zu einem Verwandten gesprochen.«

»O ja, Herr. Das weiß ich, Herr ...«

Spidos Stimme wurde zu einem Flüstern. Gar blickte den jungen Mann neugierig an. »Hast du eine Geliebte in Torfay?«

Spido errötete und nickte verlegen. »Jetzt habt Ihr mich erwischt, Herr. Die holde Kürbisblüte ist meine große Liebe.«

»Kürbisblüte?«

»Nun, Herr. Sie ist das zwölfte von zwölf Kindern, und die anderen sind alle nach Blumen benannt, Dahlie und Osterglocke und Rose und ...«

»... und deine Mutter mit ihrer blühenden Phantasie hat den Eltern mit Kürbisblüte auf die Sprünge geholfen.«

»Woher habt Ihr das gewußt, Herr?«

»Ein Hingu-Grashanshao weiß viele Dinge, Spido.«

»Ja, Herr. Das verstehe ich, Herr, aber wie dem auch sei ... Dolonicus ist eine Bedrohung für meine holde Kürbisblüte.«

»Will er sie zur Frau nehmen?«

»Nicht ganz, Herr. Er will sie an seine Klauendinger verfüttern.« Spido schüttelte den Kopf. »Er wollte sie zuerst zur Frau nehmen, aber sie wollte ihn nicht und schüttete ihm kochende Suppe auf den Schoß ... natürlich war sie schon immer etwas tolpatschig ...«

»... aber sie hat einen edlen Charakter und ist von unvergleichlicher Tugend.«

»Ihr sprecht, als würdet Ihr sie kennen, Herr, aber wie dem auch sei ... obwohl es nur ein paar Tropfen Suppe waren, hatte Dolonicus sich etwas verbrüht und war sehr aufgebracht. Kürbisblüte mußte sich verstecken und zieht nun von einem Haus zum anderen, um bei jenen Unterschlupf zu finden, die ihr helfen wollen ...«

Gars Augen wurden zu schmalen Schlitzen.

»Sie versteckt sich natürlich hauptsächlich bei Junggesellen«, erklärte er. »Dolonicus vermutet Kürbisblüte nicht in der Wohnung eines alleinstehenden Mannes, weil sich eine Frau von ihrer Tugendhaftigkeit natürlich niemals an einem solchen Ort verbergen würde.«

»Ein Hingu-Grashanshao muß das zweite Gesicht

haben, Herr. Ihr sprecht, als hättet Ihr die Briefe meiner Mama gelesen ... nun, nicht *ihre* ...«

»Du hast mir das Verfahren bereits viermal erklärt, Spido.«

»Da habt Ihr recht, Herr. Also ... Kürbisblüte ist der Grund, warum wir nach Torfay gehen und Dolonicus töten müssen, und sie ist der Grund, warum Ihr mein Training als Hingu-Shanshao fortführen müßt, damit ich Dolonicus mit meinen eigenen Händen töten kann.«

»Bevor ich damit beginne, möchte ich zunächst feststellen, was du *wirklich* über Hingu weißt. Wie sich herausgestellt hat, wußtest du noch nicht einmal, daß weder die dreizehn Wahrheiten noch die neun Grundsätze existieren.«

»Nein, Herr.«

»Aber sie *existieren*, Spido.«

Der junge Zauberer war vollkommen verwirrt. »Ja, Herr ... ich meine, nein, Herr .. glaube ich ...« Spido ließ die Schultern hängen. »Ich glaube, ich habe eine Menge zu lernen, nicht wahr?«

»Du und jeder andere Hingu-Kun«, erwiderte Gar. Er wollte Spido nicht noch mehr verängstigen. »Die Wissenschaft des Hingu ist nur der degenerierte Nachfahre der wesentlich älteren *Kunst* des Tian-Shi-Sheqi. Hingu ist das thermeanische Wort für Tod. Tian-Shi-Sheqi ist kaum zu übersetzen. Man könnte es in unserer Sprache als ›Kreis des Lebens‹ bezeichnen, doch selbst dieser Terminus besitzt nicht die allumfassende Bedeutung des alten Wortes. Wenn du so willst, dann ist Tian-Shi-Sheqi die philosophische Grundlage der Hingu-Techniken.«

»Wenn Ihr meint, Herr.«

»Tian-Shi-Sheqi betrachtet den Tod nicht als das Ende des Lebens, sondern als den Kulminationspunkt aller Lebenserfahrung. Die meisten Menschen erwarten, daß im Angesicht des Todes ihr ganzes Leben an ihrem geistigen Auge vorüberzieht. Auf diese simple Art und Weise nähert sich der Laie der Seele des Tian-Shi-Sheqi. Jemand, der diese Kunst ausübt, ist wie ein Dichter, der die Substanz des Lebens zu einem Kunstwerk formt.«

Spido war nicht mehr ganz so verwirrt. »Die Dichtkunst verstehe ich, Herr. Ich habe selbst schon einige Verse geschrieben ... unter anderem auch etwas über Euch.«

Aha, dachte Gar, *Domino, dein Geliebter ist offensichtlich nicht der einzige Künstler in Faltane.* »Wirklich. Wie lauten sie?«

»O nein, Herr. Ich glaube nicht, daß das eine gute Idee wäre.«

»Aber du *willst* doch, daß ich sie höre.«

»O ja, Herr. Ihr könnt Eure Hand jetzt wieder herunternehmen.« Spido schluckte verlegen und senkte den Kopf. »Es geht so: ›Weiß er nicht, was er soll machen/ dann läßt er Genicke krachen‹.«

Gar konnte sich ein Lächeln nicht verkneifen. »Spido, das ist ... etwas Besonderes.«

»Wirklich?«

»Ja, wirklich. Du hast zwar nicht viel in Armbruss gelernt, aber das könnte sich auch als vorteilhaft erweisen. Dein kleiner Vers stellt eine hervorragende Beschreibung meiner Person dar.«

»Wirklich?«

»Ja. Glaub es mir. Du hast die Essenz meiner Persönlichkeit in Worte gefaßt.« Gar nickte feierlich. Zum ersten Mal seit ihrer Abreise bereute der Assassine nicht, den Jungen mitgenommen zu haben. »Deine dichterischen Fähigkeiten haben mich davon überzeugt, daß du ein angeborenes Talent besitzt, um die

Konzepte des Tian-Shi-Sheqi zu verstehen. Ich werde dir alles beibringen, was ich weiß. Es wird wunderbar werden.«

»Wollt Ihr das wirklich, Herr?«

»Ja, ja, ja.« Gar blickte seinen Lehrling mit funkelnden Augen an. »Hast du schon einmal von der Schlacht an der Steinkreuzung gehört?«

»Dort ist Kalarans ›Legion der Erbarmungslosen Vergeltung‹ beim Klang von Prinz Rangos Trompeten einfach tot umgefallen, nicht wahr?«

»Genau. Weißt du auch, warum sie auf diese Art und Weise gestorben sind?«

Spido zuckte die Achseln. »Tian-Shi-Sheqi, nehme ich an, Herr.«

»Richtig. Was ist die Seele eines Soldatenlebens, Spido?«

»Furcht, Herr?«

»Wieder richtig. In der Nacht vor der Schlacht habe ich mich in Kalarans Lager geschlichen und bin zwischen den Schlafenden umhergewandelt. Mit Hilfe der Tian-Shi-Sheqi-Technik des Kuo-Tak ist es mir gelungen, die Legionäre mit einer einzigen Berührung zum Tode zu verurteilen.«

»Verzeiht, Herr, aber sie starben auf dem Schlachtfeld. Ihr seid bestimmt sehr schnell, doch nicht schnell genug, um jeden von ihnen mit einer einzigen Berührung zu töten.«

»Nein, nein, nein. Du mißverstehst mich. Das Kuo-Tak tötet zwar mit einer Berührung, aber der Zeitpunkt des Todes wird verzögert. Jedes beliebige Geräusch, jeder Klang oder jeder Geruch kann einen solcherart behandelten Mann vom Leben zum Tode befördern. Der Trick ist, die Lebensenergie des Opfers mit einem bestimmten Ereignis in Verbindung zu bringen. Dann muß man nur noch auf den Auslöser drükken.« Gar starrte verzückt in die Ferne. »Ich wußte, daß in den Herzen jener Männer Selbstzweifel aufkommen würden, wenn wir das Signal zum Angriff gaben. Das ist nichts Ungewöhnliches. Jeder Soldat kennt solche Zweifel ... egal wie selbstbewußt er ist. Ich habe diesen Augenblick gewählt, um ihre Existenz als Menschen und Soldaten zu beenden. Kuo-Tak hat sie getötet, als unsere Trompeten das Zeichen zum Kampf gaben.«

Spidos Pferd entfernte sich ein wenig von Gar. »Faszinierend, Herr, wirklich. Hat Udan Kann Euch das beigebracht?«

»Dieser Idiot? Nein. Für ihn ist Hingu nur eine Wissenschaft ... Formeln und Techniken, die man auswendig lernen muß. Die anderen Hingu-Shanshao, gegen die ich während des Krieges gekämpft habe, waren schwach und langsam ... mit den Augen des Tian-Shi-Sheqi betrachtet. Ich hatte keine Mühe, sie zu töten ... wie deinen Shanshao.«

»Und Ihr würdet auch Udan Kann töten, wenn wir auf ihn treffen?«

Gar nickte. »Früher ist er einmal ein großer Meister gewesen, aber jetzt bin ich der Hingu-Grashanshao. Vielleicht weiß ich noch nicht alles, was er weiß, aber ich kenne Dinge, die er niemals verstehen wird.«

Die beiden Reisenden ritten eine Weile schweigend nebeneinander her. Schließlich schlug Spido vor zu rasten. Sie schlugen ihr Lager am Rande eines kleinen Wäldchens auf, das sich am Ufer eines kristallklaren Flusses erstreckte. Gar überließ es seinem Reisegefährten, das Abendessen zuzubereiten und die Pferde zu versorgen. Der Assassine ging zu einer kleinen Lichtung in der Nähe und trainierte zwei Stunden lang.

Die Sonne war bereits untergegangen, als er wieder ins Lager zurückkehrte. Die kurze Zeit intensiven

Ausdauertrainings hatte Gar auf andere Gedanken gebracht. Die Erinnerung an seinen alten Lehrmeister machte ihn jedesmal so wütend, daß er das Bedürfnis verspürte, irgend jemanden umzubringen. Der alte Hingu-Grashanshao war wie ein Vater für Gar und die anderen Waisen gewesen, die in Armbruss erzogen wurden. Gar hatte immer geglaubt, seine Eltern seien bei einem Unfall ums Leben gekommen. Als er die Wahrheit erfahren hatte – nämlich daß Udan Kann seine Eltern im Auftrag Kalarans getötet hatte –, hatte er beschlossen, Armbruss zu verlassen und sich den Truppen Prinz Rangos anzuschließen.

Spido hatte gerade seine zweite Schüssel Haferschleim gegessen und klopfte sich behaglich auf den Bauch. »Ich koche zwar nicht schlecht, aber das ist nichts im Vergleich zu meiner Mama.«

»Deine Rundungen sind Beweis genug für ihre Künste, Spido.«

»Sie würde auch Euren Bauch anschwellen lassen, Herr.« Spido versank für einen Augenblick in Gedanken und nickte schließlich. »Ihr könntet bei uns bleiben, Herr. Meine Mama hätte bestimmt nichts dagegen. Schließlich habt Ihr dunkles Haar. Nur Eure Augen würden sie ein wenig beunruhigen. Sie hält nicht viel von Nordmännern ... im Gegensatz zu Jancy Gaine. Ich muß gestehen, daß Jancy mir recht gut gefällt. Was würde ich nicht für ein Lächeln von ihr geben ... aber sie ist sehr geizig mit ihrem Lächeln.«

Gar runzelte die Stirn. »Auf mich hat sie immer einen freundlichen Eindruck gemacht.«

»Verzeiht, Herr, aber im Vergleich mit Euch wirkt ein Felsen geradezu ausgelassen.«

»Jancy gefällt dir also.« Gar warf dem jungen Magier einen vielsagenden Blick zu. »Würde eine solche Tändelei nicht deine Beziehung mit der holden Kürbisblüte gefährden?«

»Nun, wie meine Mama immer zu sagen pflegt: Männer sind dazu bestimmt, nach Schätzen zu suchen ... wenn Ihr wißt, was ich meine. Es liegt in unserer Natur. Daraus kann man uns keinen Vorwurf machen. Trotzdem«, Spidos Stimme wurde zu einem leisen Flüstern, »ich würde eine Maid nur beglücken, wenn's wegen der Prophezeiung wäre.«

»Du meinst das mit der Göttin?«

»Ja, Herr.«

»Jancys einzigartige Fähigkeiten sind zwar ein göttliches Geschenk, aber sie ist bestimmt keine Göttin.«

»Ich habe die Möglichkeit berücksichtigt, daß es sich bei dem Gedicht um eine Allegorie handeln könnte, Herr.«

»Gute Idee.«

Gar hob den Kopf und blickte zum Rand des Lagers. »Siehst du die Frau dort drüben, Spido?«

»Ist das wieder so eine ›Anspielung‹, Herr?«

»Nein. Ich meine die blau schimmernde Frau dahinten.«

»Jetzt, wo Ihr es sagt ... ich sehe wirklich jemanden.« Spido erhob sich von seinem Platz und starrte angestrengt in die Richtung, in die Gar deutete. »Sie leuchtet, Herr. Glaubt Ihr, daß sie meine Göttin ist?«

»Das weiß ich nicht, Spido. Vielleicht sollte ich hingehen und nachsehen.«

»Ich kann doch gehen, Herr. Das macht mir überhaupt nichts aus.«

»... und dann willst du sie in dieses Lager führen, wo überall Müll herumliegt? Sie *ist* eine Göttin, Spido.«

»Da habt Ihr wieder einmal recht, Herr. Soll ich Euch rufen, wenn ich bereit bin?«

»Mach das, Spido.«

Während Spido durchs Lager wuselte, bewegte sich Gar auf die glühende Frau zu. Ein purpurnes Licht umgab sie, das einige Blumen in der Nähe zum Blühen gebracht hatte. Hinter ihr graste eine wunderschöne Hirschkuh.

Gar lächelte der leuchtenden Frau zu, verbeugte sich vor ihr und sagte in respektvollem Ton: »Deine Gegenwart ehrt mich, Osina von den Blumen. Welchem Umstand verdanke ich deine Anwesenheit?«

Osina errötete ein wenig. Ihr langes, flachsblondes Haar wurde von einem leichten Windstoß durcheinandergewirbelt. »In letzter Zeit habe ich viel von dir gehört. Ich mußte dich einfach aufsuchen.« Die Halbgöttin breitete die Arme aus und enthüllte ihren nackten Körper. »Der einzige Sterbliche, der meinen Reizen widerstehen kann, erweckt meine Neugier. Ich habe viel von dir gelernt.«

»Dein Interesse ehrt mich, Osina.«

»Und? Willst du mich jetzt haben, oder hast du dich noch immer nicht für ein Geschlecht entschieden?«

Osina lachte, als Gar verlegen zu Boden blickte. »Meine Entscheidung stand niemals in Frage.«

»Als wir letztes Mal darüber gesprochen haben, schien darüber noch einige ... Verwirrung zu bestehen. Wenn ich mich recht erinnere, fühltest du dich zu Oberst Dominik Blaid hingezogen ... einem deiner Waffenbrüder.«

»Ja, aber er war eine *sie*.«

»Das hast du damals nicht gewußt.«

»Stimmt, aber ich habe es gefühlt.«

»Und was sagen dir deine Gefühle jetzt?«

»... daß sie ihr Herz einem anderen geschenkt hat.«

Osina streckte ihren Arm aus und streichelte Gar

sanft über die Wange. »Du wirst mir erneut widerstehen. Habe ich nicht recht?«

»Solange wir beide leben, hoffe ich, daß Domino meine Gefühle eines Tages erwidern wird.«

»Dann habe auch ich noch Hoffnung.«

Gar erstarrte. »Denk ja nicht daran, ihr ein Leid zuzufügen.«

Die gertenschlanke Göttin hob die Hände. »Beruhige dich, Grashanshao-Tian-Shi. Mein Halbbruder Kalaran ist das schwarze Schaf der Familie. Ich, ich bin bloß jemand, der in deiner Gegenwart erblüht.«

»Sicherlich erblühst du auch für andere.«

»Nicht wirklich. Es ist sehr schwer, einen guten Bestäuber zu finden.«

»Herr, o Herr, alles ist bereit ... Heeeerrr!«

Osina blickte an Gar vorbei zum Lager. »Wer ist dieser aufgedunsene, nackte Mann, der dort drüben herumhüpft?«

»Das ist Spido. Er ist ein großer Held, der eine Prophezeiung entschlüsselt hat, die ihn zum Befreier seines Dorfes machen wird. Er liebt seine Kürbisblüte und glaubt, eine Liebesaffäre mit einer Göttin haben zu müssen.«

Osina runzelte die Stirn. »Kürbisblüte aus Torfay?«

»Du kennst sie?«

»Ich beschütze meine Blumenkinder, und dieses ist ein ziemliches Unkraut.«

»Du weißt das, und ich weiß das, aber Spido ahnt nichts. Ich möchte es ihm so schonend wie möglich beibringen.«

Osina schielte in Richtung Lager. »Im Augenblick ist das mit dem ›schonend‹ so eine Sache, aber ich habe eine Idee.«

Die Göttin der Blumen wandte sich von Gar ab und winkte der goldenen Hirschkuh. Das Tier wurde von einem fliederfarbenen Licht eingehüllt und verwandelte sich in eine junge, nackte Frau. Sie hatte kurzgeschnittenes Haar, große Rehaugen und leicht gespitzte Ohren. Das Mädchen bückte sich, pflückte ein Gänseblümchen und trottete langsam aufs Lager zu, während sie genüßlich auf der Pflanze herumkaute.

»Das mit der Hirschkuh war ja ein toller Trick!«

Osina schloß die Augen. »Ich habe nur einen Zauber aufgehoben, den mein Bruder, der Gehörnte, vor ungefähr hundert Jahren gewirkt hat. Als er Elise zum ersten Mal sah, hat er sich sofort in sie verliebt. Mein Bruder verwandelte sie in eine Hirschkuh ... am Ende war sie auch nur eine seiner zahlreichen Jagdtrophäen. Im darauffolgenden Sommer hat er sich in einen Schwan verknallt und ist in den Süden geflogen. Das hat Elise das Herz gebrochen. Ich mußte mich einfach um sie kümmern.«

»Trotzdem war es nett von dir, Spido diesen Gefallen zu tun.«

»Kein Problem. Elise hat sowieso gerade einige meiner Vettern gefressen.«

Gar starrte verwirrt auf die Blumen, die überall um ihn herum blühten. »Deine Vettern? Waren sie es, die mich gefunden haben?«

»Nein. Du mußt ein Gänseblümchen schon foltern, bevor es etwas ausplaudert.« Osina setzte sich ins Gras und bedeutete Gar, sich neben sie zu setzen. »Die ätherischen Winde haben mir von dir berichtet. Sie haben die Kommunikation zwischen deinem Spido und seinen Kollegen überwacht. Übrigens halten sie ihn für einen geographischen Volltrottel.«

Gar setzte sich ihr gegenüber. »Das ist Teil seiner Prophezeiung. Er macht in seinen Berichten falsche Angaben.«

»Ist ja auch egal. Ich habe einige Stellen besucht, die er in seinen ›Berichten‹ erwähnt hat. Sie waren ziemlich übervölkert.«

Der Assassine hob interessiert den Kopf. »Oh? Diener deines Bruders?«

»Ja. Sie wollten mich deflorieren.« Osina lachte laut auf. »Jetzt sind sie nur noch Rasendünger. Du solltest mir dankbar sein.«

»Warum?«

»Ich habe so viele von ihnen umgebracht, daß die anderen glauben, du seist wirklich dort gewesen.«

Gar nahm ihre Hand und küßte die rosenzarte Haut. »Ich stehe in deiner Schuld. Du hast mich nicht nur beschützt, sondern mir auch bestätigt, daß sich unter diesen Kleinmagiern ein Verräter befindet.«

»Das muß nicht unbedingt der Fall sein. Es hätte auch jemand anderes Spido belauschen können ... wie ich zum Beispiel.«

»Kalaran?«

»Der ist anderweitig beschäftigt.«

»Das ist eine natürliche Folge des Todes.«

»Stimmt. Trotzdem ... es ist sehr leicht, deine Kleinmagier hinters Licht zu führen. Sie sind wie Blumen mit nur einer Blüte. Sie wissen nur, wie sie ihre Kommunikationsverbindung aufrecht erhalten, und sie senden ihre Nachrichten an Menschen, die sie nicht sonderlich gut kennen. Das einzige, was man für eine solche Verbindung braucht, ist ein Name. Wenn ein Feind mit Hilfe einer Taufe oder einer ähnlichen Zeremonie den entsprechenden Namen annehmen würde, bekäme er die Nachricht ebenso wie der eigentliche Empfänger.«

»... und wenn er selbst ein solcher Kleinmagier wäre, könnte er Truppen aussenden, um mir aufzulauern.« Gar starrte mürrisch auf ein Gänseblümchen, das sofort verwelkte. »Rangos Verbindungen sind nicht mehr sicher. Leider ist Spido meine einzige Möglichkeit, um den drei anderen eine Warnung zukommen zu lassen. Es sei denn ... *du* würdest das für mich übernehmen.«

Osina berührte die verwelkte Blume, die sofort wieder zu blühen begann. »Das könnte ich tun ... aber ich werde es nicht. Ich darf mich nicht in die Angelegenheiten von Sterblichen einmischen.«

»Und was du mir bis jetzt erzählt hast, ist *keine* Einmischung?«

Die Göttin schüttelte langsam den Kopf. »Ich habe nur meine Rolle in dem beginnenden Drama erfüllt. Das Amulett, das du um deinen Hals trägst, hat eine Vergangenheit und eine Zukunft. Du bist nur sein Hüter, der es sicher durch die Gegenwart geleitet.« Eine bedrückende Stille breitete sich aus, die jedoch bald von lautem Stöhnen aus Richtung des Lagers unterbrochen wurde. Osina erhob sich und blickte lächelnd auf den Assassinen. »Leb wohl, Gar Quithnick. Erinnere dich immer daran, daß ich in jeder Blume bin, an der du riechst, und daß das Gras, das deine Beine streichelt, meine Finger sind.«

4. Kapitel

Ein anderer Name

Am nächsten Morgen befanden sich die beiden Abenteurer wieder auf dem Weg nach Torfay. Spido hob die Hand vor den Mund, um ein Gähnen zu verbergen. »Entschuldigt, Herr, daß ich heute morgen nicht früh genug wach war, um alles vorzubereiten. Es tut mir leid, daß Ihr warten mußtet.«

Gar zuckte mit den Schultern. »Ich habe keine Probleme damit, die Zeit totzuschlagen.« Der junge Magier blickte den Assassinen verwundert an. »Das war ein Scherz, Spido«, fügte Gar schnell hinzu.

»Natürlich, Herr.« Spido zwang sich zu einem Lächeln, doch der Versuch endete in einem Gähnen.

»Du bist ja hundemüde«, bemerkte Gar Quithnick.

»Ja, Herr.« Der junge Mann blickte über die Schulter. Gar folgte dem Blick seines Reisegefährten und bemerkte einen goldenen Schimmer zwischen den Bäumen. »Darf ich Euch eine Frage stellen, Herr?«

»Selbstverständlich.«

»Ich denke darüber nach, mir einen anderen Namen zuzulegen. Glaubt Ihr, Buck würde zu mir passen?«

Gar schüttelte den Kopf. »Kommt nicht in Frage, Spido. Anhänger des Hingu oder Tian-Shi-Sheqi haben keine Spitznamen.«

»Ihr habt noch nie einen Spitznamen gehabt, Herr?«

»Nein ... jedenfalls nicht offiziell. Seit ich in Prinz Rangos Diensten stehe, hat man mir so manchen Namen gegeben.«

»Ich weiß, Herr. Ich kenne viele davon ... Todesmaschine, Tödlicher Gesandter, Mörderischer Missionar, Sohn einer räudi ...«

»Du mußt sie nicht alle aufzählen.« Gar lächelte auf mysteriöse Art und Weise. »Udan Kann hat mir einen neuen Namen gegeben. Ich glaube, das könnte man als Spitzname bezeichnen.«

Spido nickte zuversichtlich. »Und wie hat er Euch genannt, Herr?«

»Nachdem ich zu Prinz Rango übergelaufen bin, hat Udan Kann allen Hingu-Kun verboten, meinen

Namen in seiner Gegenwart auszusprechen. Er nannte mich nur noch: den Ausgestoßenen.«

»Er scheint Eure Tat sehr persönlich genommen zu haben.«

»O ja, aber es war unvermeidlich.« Gar schüttelte den Kopf. »Udan Kann hat meine Eltern und meine Schwester ermordet. Er hat sie einfach erwürgt und mich zu einem Waisen gemacht.«

»Er hat sie erwürgt, Herr? Ich kann Eure Verärgerung verstehen.«

»Mein Vater war ein gebildeter Mann, der große Pläne mit Faltane hatte. Er hat sich gegen Kalarans Machtübernahme zur Wehr gesetzt.« Gars Stimme wurde wütend. »Udan Kann hat meine Familie aus unserem Anwesen gezerrt und ihnen das Leben aus den Körpern gequetscht. Er hat mir den Mord mit allen Details haarklein beschrieben. Mein alter Lehrmeister schien sich noch genau an die bläuliche Farbe ihrer Gesichter zu erinnern, während sie ihren letzten Atemzug taten. Er war stolz, und ich war entsetzt.«

»Da hattet Ihr auch allen Grund zu, Herr. Das hätte mich auch ganz schön geärgert. Wenn er das gleiche mit meiner Mama gemacht hätte ...«

»Ja, du verstehst mich wirklich, Spido. Es wäre falsch, deine Mutter zu erwürgen.«

»Das wäre es mit Sicherheit, Herr.«

»Nach allem zu urteilen, was du mir von ihr erzählt hast, müßte sie in der Küche sterben, während sie ein exzellentes Mahl für dich und Kürbisblüte zubereitet. Es müßte eine vollkommen neue Kreation sein ... etwas, das ihre ganze Phantasie beansprucht. Und im entscheidenden Augenblick – dem Augenblick der Inspiration – würde sie sterben.«

Spido zuckte zusammen, und die Farbe wich aus seinem Gesicht. »Aber dann wäre sie ja tot, Herr.«

»Ja, aber sie wäre im Geist des Tian-Shi-Sheqi gestorben, Spido. Meine Schwester und meine Eltern hätten einen solchen Tod verdient gehabt.«

»In der Küche meiner Mama?«

»Nein, Spido. Sie hatten einen Tod verdient, der ihr ganzes Leben in diesem einen Augenblick widerspiegeln würde. Mein Vater hätte während der Arbeit sterben sollen – als der Visionär, der er immer gewesen ist –, anstatt einfach zu ersticken. Der Mann besaß keine Eigenschaft, die einen solchen Tod gerechtfertigt hätte. Meine Mutter stammte aus adeligem Hause. Sie hätte mit Musik sterben sollen oder während sie im Garten lustwandelte. Und meine Schwester war doch noch ein Kind. Sie hätte in einem Märchen sterben sollen, umgeben von Feen, Elfen und Süßigkeiten.«

»Ihr habt allen Grund, ihn zu hassen, wo er doch Eure ganze Verwandtschaft umgebracht hat.«

»Udan Kann hat meine Familie nicht einfach nur umgebracht. Er hat sie abgeschlachtet. Wenn er seine Aufgabe auf angemessene Art und Weise erfüllt hätte, wären wir nicht verfeindet; doch seine Gefühllosigkeit hat uns für immer voneinander getrennt. Wenn wir uns wiedersehen, werde ich ihn ohne zu zögern töten.«

»Ich würde auf Euch wetten, Herr.« Spido gab seinem Pferd die Sporen und entfernte sich ein Stück von Gar. »Darf ich Euch noch eine Frage stellen, Herr?«

»Sicher.«

»Hat Euch schon einmal jemand gesagt, daß Ihr etwas Unheimliches an Euch habt?«

Gar beschloß, daß Spido seine Ausbildung zum Hingu-Kun so schnell wie möglich aufnehmen sollte. In den nächsten drei Wochen verbrachte der junge

Magier den größten Teil der Reise damit, hinter den Pferden herzulaufen, um seine Kondition zu verbessern. Morgens und abends trainierte Spido seine Reaktion und seine Schnelligkeit. Nach den abendlichen Übungen jagte er oft hinter dem goldenen Hirsch her, um seine neugewonnenen Fähigkeiten noch weiter zu verbessern, und wenn er das Tier ›zur Strecke‹ gebracht hatte, erfreute er sich an der Belohnung.

Die Übungen zeigten schon bald Wirkung – besonders nachdem Gar die Rationen seines Schülers um die Hälfte gekürzt hatte. Der pummelige junge Mann wurde rasch schlanker und muskulöser. Der Hingu-Meister wollte seinen Schüler zunächst in den Grundzügen des Schwertkampfes unterrichten, doch Spido besaß ein ungewöhnliches Talent für den waffenlosen Kampf. Dies stellte ein Problem dar. Um derartige Techniken effektiv einsetzen zu können, mußte der Kämpfende näher an seinen Feind heran, als ihm lieb war.

Am Vorabend ihrer Ankunft im Tal von Torfay bat Gar seinen Lehrling um besondere Aufmerksamkeit. »Du bist ein vielversprechender Tian-Shi-Kun, Spido, aber leider haben wir nicht mehr genug Zeit, deine Ausbildung zu beenden, bevor du das Gelernte in die Tat umsetzen mußt. Deshalb werde ich dir jetzt etwas zeigen, was außer mir niemand kennt. Man nennt es Wan-Tej.« Gar ballte die Faust und steckte den Daumen zwischen Zeige- und Mittelfinger. »Es handelt sich um einen besonderen Stoß mit dem Daumen. Wenn du Dolonicus auf diese Weise triffst und dabei seinen Namen rufst, wird er sterben.«

Spido starrte auf seine Hand. »Wirklich? Einfach *zack*, ›Dolonicus‹, und er ist tot?«

»Das garantiere ich.« Gar verbeugte sich vor seinem Schüler, der den Gruß des Meisters respektvoll erwiderte. »Morgen werden wir Torfay erreichen. Ich werde mich um diese Klauendinger kümmern, während du Dolonicus tötest. Übermorgen wirst du ein Held und Torfay befreit sein.«

5. Kapitel

Die vier Arbeiten des Gar Quithnick

Torfay lag in einem tiefen Tal, das von steilen Felswänden eingerahmt wurde. Es schlängelte sich von Süden nach Norden, und an beiden Enden befand sich ein schmaler Zugang, der nicht breiter als eine Meile war. Am Fuß der Berge erstreckten sich dichte Bambuswälder. Nur entlang des Flusses, der durch die Mitte des Tales floß, war der dichte Urwald beseitigt worden, so daß die Menschen Terrassen anlegen konnten, um sie landwirtschaftlich zu nutzen. Die Felder wurden von ordentlichen Furchen durchzogen, und überall zeugten kleine Bambusaquädukte und Wasserräder von der Sorgfalt, mit der die Einheimischen die dunkle Erde bearbeiteten.

Gar hockte am Rande eines kleinen Bambuswäldchens und beobachtete den Eingang des Tales. Etwas abseits des Flusses standen zwei Steinhütten auf Höhe der mittleren Terrasse. Neben den Gebäuden befand sich ein kleiner Pferch und mehrere Hühnerställe. Der Anblick deutete zwar nicht auf übermäßigen Reichtum hin, aber es war offensichtlich, daß die Bewohner der kleinen Höfe nicht darben mußten.

Die Schreie der Menschen, die auf den Dächern der beiden Hütten Zuflucht gesucht hatten, standen in krassem Gegensatz zur idyllischen Schönheit der sie umgebenden Landschaft. In einem der Pferche lagen die Kadaver zweier Ziegen. Ihr Blut war noch frisch. Das deutete darauf hin, daß ihr Tod noch nicht lange zurücklag. Eine dritte Ziege rannte hilflos umher.

Sie wurde von einem der Klauendinger verfolgt.

»Was denkt Ihr, Herr?«

»Es ist wunderbar, Spido, einfach wunderbar.«

Das saurierähnliche Wesen war ungefähr doppelt so groß wie Gar. Es hatte seine kurzen Arme vor der Brust gekreuzt und lief auf kräftigen Hinterbeinen. Während es vornüber gebeugt rannte, benutzte das Reptil den langen steifen Schwanz, um das Gleichgewicht zu halten. Als Gar das harte Profil der Kreatur studierte, bemerkte er ein Paar aufmerksamer Augen, die jede Bewegung der Beute verfolgten.

Der Körper des Sauriers war von einem wunderschönen Gefieder bedeckt, das sich über dem Kopf zu einer Art Krone formte. Das Wesen rannte in langen kräftigen Schritten und sprang gelegentlich in die Luft, als könne es seine eigenen Bewegungen nicht kontrollieren. Es lief eine Weile neben der Ziege her, bevor es seine Beute mit überraschender Schnelligkeit überholte und den panisch schreienden Pflanzenfresser wieder in Richtung des Pferchs trieb, in dem seine toten Verwandten lagen.

Die Eleganz des Jägers erregte Gar. Während der Saurier sein Opfer vor sich hertrieb, stieß er unverständliche Rufe aus, die Intelligenz und Wildheit verrieten. Er verhielt sich wie eine Katze, die ihre Beute beherrschen wollte, bevor sie zum tödlichen Schlag ausholte. Das Wesen besaß ein geradezu künstlerisches Geschick, das es zum Gefährlichsten machte, was Gar je gesehen hatte.

Die Ziege sprang von der Terrasse herunter und

überstand den drei Meter tiefen Fall ohne Verletzungen. Sie schlug einen Haken und versuchte, entlang der Felswand zu entkommen. Der Saurier folgte ihr, ohne an Geschwindigkeit zu verlieren, und bewegte sich im rechten Winkel auf seine Beute zu. Seine melodische Stimme wurde zu einem aufgeregten Glucksen, als er sich auf den tödlichen Angriff vorbereitete.

»Ja, ja, natürlich.«

»Was, Herr?«

Gar deutete auf das Reptil. »Der Saurier versucht, seine Beute von der Seite anzufallen. Das gibt ihm eine größere Angriffsfläche. Die anderen hat er auf dieselbe Art und Weise getötet.«

Der SchrecklicheKrallenSchnellJäger raste auf seine Beute zu und stieß einen triumphierenden Schrei aus. Die sichelförmige Klaue eines seiner Hinterbeine riß den Rücken der Ziege bis auf die Knochen auf. Gleichzeitig verwendete der Saurier sein anderes Bein dazu, den Bauch des Opfers zu zerfetzen.

Die Wucht des Angriffs warf die Ziege gegen die steinerne Begrenzung der höheren Terrasse. Blut und Innereien ergossen sich über das frisch gepflügte Feld. Spido wandte sich von dem Geschehen ab und übergab sich. Gar beobachtete fasziniert, wie die Hufe der Ziege die dunkle Erde mit panischen Bewegungen aufrissen. Erst als Spidos würgende Geräusche die Schreie des todgeweihten Tieres übertönten, blickte er wieder zu seinem Reisegefährten.

Spido wischte sich Schleim und Galle aus dem Gesicht. »Wie könnt Ihr das nur schön finden?«

Gars Augen wurden zu schmalen Schlitzen. »Es war die Poesie der Jagd, Spido. Dieses Wesen verkörpert Tian-Shi-Sheqi. Die Menschen mußten erst mühsam lernen, was diese Kreatur von Natur aus besitzt. An seinem angestammten Platz ist dieses Tier unvergleichlich.«

Spido mußte erneut würgen und quiekte: »Wovon zum Teufel redet Ihr eigentlich?«

»Zuerst wollte ich diese Wesen einfach nur töten.« Gar griff nach Spidos Machete und schlug einen langen Bambusstab ab. »Aber jetzt muß ich sie *erlösen*. Ich werde sie im Geiste des Tian-Shi-Sheqi von ihren Qualen befreien.«

»Wie das?«

Ein eiskaltes Lächeln schlich sich auf Gars Gesicht. »Ihr Leben wird durch die Jagd bestimmt, und so sollen sie auch sterben.«

Mit Hilfe der Machete befreite der Assassine die Bambusstange von überflüssigen Blättern und schnitt sie auf eine Länge von zwei Metern zurecht. Dann zog er einen Dolch aus dem Stiefel und rammte das Heft der Waffe ins offene Ende des Stabes. Gar wog den improvisierten Speer in der Hand, um seinen Schwerpunkt zu bestimmen. Er war zwar nicht perfekt, doch er würde genügen.

Spido stand auf. Er war leichenblaß, und Schweiß lief über sein Gesicht. Der junge Mann spuckte auf den Boden und blickte zu den beiden Hütten. »Es frißt.«

Noch bevor Gar die Information bestätigen konnte, wurde das ganze Tal vom Klang eines blechernen Horns erfüllt. Der Saurier hob den Kopf, blickte sich um und konzentrierte sich wieder auf seine Mahlzeit. Als das Horn zum zweiten Mal erscholl, erregte es erneut die Aufmerksamkeit des Wesens. Das Reptil entfernte sich einen Schritt von seiner Beute, wirbelte herum und riß ein großes Stück Fleisch aus der toten Ziege.

»Hat deine Mutter irgend etwas davon erwähnt,

daß Dolonicus die Saurier abgerichtet hat?« fragte Gar.

»Daran kann ich mich nicht erinnern; aber meine Mama ist ein wenig taub. Vielleicht ist es ihr nicht aufgefallen.«

Gar nickte verständnisvoll. Der Hingu-Meister trat aus dem Bambuswäldchen und näherte sich den beiden Hütten. Die Menschen auf den Dächern sahen ihn sofort und riefen ihm zu, wegzurennen. Als sie bemerkten, daß ihre Schreie die Aufmerksamkeit des Sauriers erregten, verstummten sie.

Der Assassine wirbelte den Speer mit der rechten Hand herum und stieß ein Serie unmenschlicher Schreie aus. Es war ein unverständlicher Singsang, aber durch Tian-Shi-Sheqi wußte Gar, daß er den Saurier zum Kampf herausgefordert hatte. Er verwendete dieselben Geräusche, mit denen das Reptil die Ziege vor sich hergetrieben hatte.

Mit langen Schritten lief der Saurier auf Gar zu. Sein Gefieder war über und über mit Blut besudelt, und eine kalte Wut leuchtete in seinen goldenen Augen. Die Kreatur hatte ihr Maul aufgerissen, so daß Gar deutlich die Fleischfetzen erkennen konnte, die zwischen den dolchartigen Zähnen hingen. Das Reptil kreischte triumphierend, während es immer schneller auf den Assassinen zurannte.

Gar rammte das stumpfe Ende seines Speers in den Boden und verneigte sich vor dem angreifenden Saurier. Der Hingu-Meister wußte, daß das Tier seine Geste nicht verstand, aber Tian-Shi-Sheqi verlangte danach ... dann schleuderte er den Speer.

Die Waffe flog mit unglaublicher Geschwindigkeit aus der Hand des Assassinen und durchbohrte den Hals der Kreatur. Das Wesen versuchte, den Speer mit seinen kleinen Armen zu ergreifen und herauszuziehen; doch es gelang ihm nur, den Schaft zu Boden zu drücken. Der Bambusstab bog sich durch, aber er brach nicht. Statt dessen wurde die Waffe tiefer in den Hals des Reptils getrieben. Der Saurier brach zusammen, und die Federhaube wurde vom Gewicht des Kopfes zerdrückt. Im selben Augenblick brach das Genick des Wesens.

Die Beine des Reptils zuckten noch einige Sekunden, dann rührte sich der mächtige Körper nicht mehr. Gar trat auf sein Opfer zu und hockte sich ein paar Meter vom Kadaver entfernt auf den Boden, um das Tier und die Wunden, die er ihm zugefügt hatte, zu mustern. Aufgrund der improvisierten Waffe war sein Wurf recht unpräzise gewesen.

Spido schritt langsam den Hügel herab und stellte sich neben seinen Meister. »Nun, Herr, Ihr habt ihn erwischt. Es war phantastisch.«

»Nein, Spido, es war ekelhaft.«

»Ich habe von Eurem Wurf gesprochen, Herr, nicht von dem Biest.«

»Ich auch, Spido.«

»Verzeiht, Herr?«

Gar blickte zu seinem Schützling. »Ich wollte es im Geiste des Tian-Shi-Sheqi töten.«

»Das habt Ihr, Herr. Ihr habt es bei der Jagd getötet.«

»Ja, aber ich habe es von weitem getötet. Ich habe in seinen Augen gesehen, daß es den entscheidenden Augenblick seiner Existenz noch nicht erreicht hatte. Ich hätte warten müssen, bis es springt. Ich *weiß* es ... das ist der richtige Augenblick.«

»Verzeiht, Herr, aber bedeutet das nicht, daß Ihr es näher an Euch herankommen lassen müßt?«

»Die Kunst verlangt Opfer, Spido.«

»Wenn Ihr das sagt.« Spido riß dem Saurier eine

Feder aus und spielte damit. »Sagt die Kunst auch, was wir jetzt damit anfangen sollen, Herr?«

Gar runzelte die Stirn. »Nein, aber es sollte im Geiste des Tian-Shi-Sheqi sein.«

»Ihr meint das mit dem entscheidenden Augenblick und so, nicht wahr, Herr?«

»Ja. Hast du eine Idee?«

»Nun, Herr, wenn wir den Kadaver einfach hier liegenließen, bekämen die Bauern – Vettern von mir, Herr – Schwierigkeiten. Wir müssen ihn irgendwie loswerden, Herr, und nach allem, was ich von dem Vieh gesehen habe, weiß ich auch schon, wie wir das im Einklang mit seiner Existenz bewerkstelligen können, Herr.« Spido lächelte vorsichtig. »Ich denke, wir sollten es essen.«

»Es *essen*?« Gar stand langsam wieder auf. »Fressen scheint ein wesentlicher Bestandteil des Lebens dieser Wesen zu sein. Glaubst du, daß es eßbar ist?«

»Nun, Herr, ich hab' noch nichts gesehen, das Sachen ißt, die wir auch essen, was man nicht essen könnte, wenn Ihr wißt, was ich meine, Herr.« Spido glättete die Feder und steckte sie in ein Knopfloch. »Aber wenn ich mich nicht sehr irre, Herr, dann schmeckt das Biest wie Hühnchen.«

Zuerst zweifelten die Bauern daran, es tatsächlich mit Spido zu tun zu haben, da sie ihn mit einem wesentlich beeindruckenderen Körperumfang in Verbindung brachten. Doch nachdem er sie davon überzeugt hatte, daß er wirklich ihr Verwandter war, liehen sie ihm mit Freuden eine ihrer Äxte, damit er den toten Saurier fachgerecht zerlegen konnte. Auf den Rat Gars hin forderte Spido seine Vettern auf, niemandem von seiner Rückkehr zu berichten. Anderenfalls stand zu befürchten, daß Dolonicus auch noch die anderen Reptilien loslassen würde. Diese Drohung – und Dreiviertel des Saurierfleisches – überzeugten die Bauern.

Das eigentliche Dorf Torfay lag in der Mitte des Tales. Spido führte Gar über einen schmalen Holzfällerpfad, der das gesamte Dorf umrundete. Der junge Magier wies seinen Gefährten darauf hin, daß das Dorf in letzter Zeit etwas gewachsen war, und in der Tat war der Ort wesentlich größer als erwartet.

Rings um den kleinen, grasbedeckten Dorfplatz scharten sich Steinhütten, deren Dächer mit Reet gedeckt waren. Ein Haus fiel besonders auf, da es das einzige zweistöckige Gebäude war. Ringsherum führten schmale Gassen zwischen die einzelnen Behausungen. Obwohl die meisten Häuser von einem kleinen ummauerten Hof umgeben waren, gab es genug Gebäude, die direkt aneinander grenzten.

Spido deutete auf das zweistöckige Gebäude in der Mitte des Dorfes. »Das ist der ›Hafen des Prinzen‹. Es war einmal der Thronsaal Kalarans, aber meine Mama hat gesagt, der Saal habe sich sehr verändert. Dolonicus nennt ihn den ›Feigling des Prinzen‹ und meint, der Gasthof solle Euer Gesicht als Wappen haben.« Der junge Mann zuckte unwillkürlich zusammen. Er hob den Kopf und fügte hinzu: »Ich sollte ihn schon allein aus diesem Grund umbringen.«

Gar nickte ernst. »Töte ihn, um dein Dorf zu befreien, und laß ihn leiden, um mich zu rächen.«

»Das werde ich, Herr.« Spido stolperte den Hügel herauf. Das enorme Gewicht des Saurierschenkels hätte ihn beinahe zu Fall gebracht. »Dolonicus hat ein Zimmer in der Taverne und benutzt die Ställe, um seine Klauendinger unterzubringen. Er hat sie wahrscheinlich auf den Klang des Hornes abgerichtet.«

»Das habe ich auch schon gemerkt.«

»Niemand hat es bis jetzt gewagt, sich ihnen entgegenzustellen ... außer dem Einarmigen Horrigan.«

»Hat er einen Arm an die Saurier verloren?«

»Nein, Herr.« Spido runzelte die Stirn. »Ein Arm war alles, was man von ihm gefunden hat.«

»Ich verstehe.« Gar bemerkte etwas in Spidos Stimme, das er sich nicht erklären konnte. »Wenn ich dich richtig verstanden habe, verlangt deine Prophezeiung nicht von dir, gegen die Saurier zu kämpfen?«

»Nein, Herr.« Spidos Stimme klang verängstigt.

Gar zwang sich zu einem Seufzen. »Gut.«

»Gut, Herr?«

»Ja. Ich hatte schon Angst, du würdest die restlichen Biester für dich beanspruchen.«

»Ihr könnt sie haben, Herr. Kein Problem. Ich werde Euch nicht im Weg stehen, Herr.«

»Du bist außerordentlich großzügig.« Gars Augen verengten sich zu schmalen Schlitzen. »Ich habe eines der Wesen mit Hilfe des Speers getötet. Das war nicht fair. Diese Saurier verwenden ihre Klauen wie ein Schwert. Daher denke ich, ich sollte den nächsten mit dem Schwert töten.«

»Möge ihn das gleiche Schicksal ereilen, Herr.«

»In der Tat.«

Spido führte seinen Meister noch eine Weile den schmalen Pfad entlang. Dann wandte er sich in Richtung Dorf. Als die beiden Männer den Berg hinabstiegen, näherten sie sich einem verwahrlosten Gebäude, aus dessen windschiefem Kamin weißer Rauch aufstieg. Das Haus stand inmitten eines kleinen Hofes, auf dem sich Ziegen und Hühner tummelten. Jenseits der armseligen Behausung plätscherte ein munterer Bach. Dahinter waren Felder zu erkennen, auf denen die unterschiedlichsten Gemüsearten gediehen.

Spido drehte sich zu seinem Begleiter um und grinste von einem Ohr zum anderen. »Willkommen in meinem Zuhause, Grashanshao.«

Er hatte offensichtlich laut genug gesprochen, so daß man ihn im Inneren der Hütte gehört hatte. Die Tür des kleinen Gebäudes wurde mit unbändiger Kraft aufgestoßen, und eine stämmige, kleine Frau stürmte heraus, die eine Fleischeraxt über dem Kopf schwang. Sie besaß eine krumme Nase und ein hervorstechendes Kinn, das Gar an Spido erinnerte – aber das waren auch schon alle Gemeinsamkeiten. Sie hatte ihre grauen Haare über dem Kopf zusammengebunden und näherte sich den beiden Neuankömmlingen in einer seltsam schwankenden Gangart.

»Mir ist egal, wer ihr seid. Ihr bekommt nichts von mir ... *nichts*, hört ihr! Macht, daß ihr wegkommt, sonst könnt ihr was erleben.«

»Mama. Ich bin's.«

Die alte Frau blieb stehen, reckte den Kopf zwischen den erhobenen Armen hervor und blinzelte. »Wer bist du?«

»Du hast nur *einen* Sohn, Mama.«

»... und der sieht nicht so aus wie du, nicht wahr?«

»Mama, ich bin es wirklich. Ich habe nur ein paar Pfund abgenommen.«

Der Gesichtsausdruck der alten Frau wurde schon etwas freundlicher. »Malveysean *Aloysius* Kentigern Blott der Vierte?«

Spido zuckte bei der Erwähnung dieses Namens unwillkürlich zusammen. »Ja, ich bin es, Mama.«

Gar runzelte die Stirn. »Wie ist Spido daraus geworden?«

Während seine Mutter auf ihn zueilte, flüsterte Spido: »Mein Vater hatte den Spitznamen ›Langbein‹, und weil er ja mein Papa war, nennt man mich ›Spido‹.

Glaubt mir, die Alternativen waren noch viel schlimmer.« Spido erschauerte bei dem Gedanken.

»Das ist kaum zu glauben.« Gar schüttelte den Kopf.

»Mallo, gib deiner Mama einen Kuß. Sei ein braver Junge.« Aus der Nähe betrachtet, waren die Falten im Gesicht der alten Frau deutlich zu erkennen. Die Leiden des Alltags hatten tiefere Furchen in ihr Gesicht gezogen als in die Äcker. »Wen hat mein kleiner Knuddelbär denn da mit nach Hause gebracht? Ist das einer deiner kleinen Freunde aus dem Krieg?«

»Mutter, das ist Gar Quithnick.«

»Nett, euch kennenzulernen, Herr Weißnix.«

Spido wurde kreideweiß vor Entsetzen. »Quithnick, Mutter.«

»Ich hab' dich schon beim ersten Mal verstanden, Gernie«, erwiderte die alte Frau verärgert und wandte sich lächelnd an Gar. »Und wie habt Ihr meinen kleinen Mallo kennengelernt, Herr Quiknik?«

»Spido und ich haben einen gemeinsamen Auftrag.«

»Oooh, ich hasse diesen Namen.« Die resolute Dame zwickte ihren Sohn ins Ohr. »Du hast ihm doch hoffentlich nicht erzählt, das sei dein Name, oder?«

»Das würde ich doch niemals tun, Mama. Das weißt du doch«, jammerte Spido und versuchte vergeblich ihrem Griff zu entkommen. »Ich ... ah ... ich ... aua ...«

»Er hat sich den Namen redlich verdient, meine liebe Frau Blott.« Gar machte ein freundliches Gesicht, während er darüber nachdachte, daß er Spido mit Hilfe der ›Feuerkralle‹ befreien und seine Mutter in eine unbeschreibliche Agonie stürzen könnte. »Er ist Teil eines netzartigen, magischen Kommunikationssystems. Sein Spitzname ist eine natürliche Konsequenz dieses Vorgangs.«

»Ich hoffe, er ist auch immer schön nüchtern geblieben ... nicht so wie Gordo.«

Ein Leuchten erschien auf Spidos Gesicht. »Onkel Gordo ist hier?«

»Glaubst du allen Ernstes, daran hätte sich seit deiner Abreise etwas geändert?« Die alte Frau ließ ihren Sohn los und betrachtete den Assassinen mit einem abschätzenden Blick, der den Hingu-Meister an seinen tödlichen Fähigkeiten zweifeln ließ. »Ihr helft meinem Sohn bei diesem Auftrag?«

»Wir sind Reisegefährten«, erklärte Gar.

»Wir können nicht darüber sprechen, Mama.« Spido zupfte seine Mutter am Ärmel, um ihrem Redefluß ein Ende zu bereiten, und blickte entschuldigend zu seinem Meister hinüber. »Ich bin den ganzen Weg hierhergeritten, um dich zu sehen. Außerdem dachte ich, wir könnten was zu essen bekommen.«

Die alte Frau zwickte Spido in den abgeflachten Bauch. »Ich weiß selbst, daß du eine Mahlzeit nötig hast ... das ist ja wohl schwer zu übersehen. Du solltest deinen Gehilfen nicht für dich kochen lassen, Mallo. Er hat keine Ahnung, was so ein strammer Bursche wie du braucht.«

Während die drei auf die Hütte zugingen, wandte sich Spidos Mutter erneut an Gar. »Mein Sohn ist ein ziemlich guter Esser. Auf dem Herbstfest gab es niemanden, der meinen Mallo beim Kuchenessen oder Milchtrinken besiegen konnte.«

»Außer Onkel Gordo«, unterbrach Spido.

»Aber nur, wenn sie das Fest hierher verlegt und ihm das ganze Zeug durch einen Trichter eingeführt hätten«, widersprach Witwe Blott und schenkte ihre Aufmerksamkeit wieder dem Assassinen. »Da Ihr so unterernährt seid, könnt Ihr Euch wohl kaum vorstellen, welchen Wert wir auf einen gesunden Appetit legen.«

Gar lächelte höflich. »Euer Sohn hat auf der ganzen Reise Eure Kochkunst in den höchsten Tönen gepriesen.«

»Das sollte er auch. Mein Junge liebt die Küche seiner Mama.«

»Mama!«

»Was ist? Willst du behaupten, daß ich lüge?«

»Nein, aber Mama ... das hier ist Gar Quithnick. Er ist ein Held, und wir sind auf einer Mission ... für den Prinzen *persönlich*.«

»Nun denn, wenn wir deinen Onkel mitrechnen, haben wir heute gleich zwei Helden zu Gast. Herr Quiknik, hat Eure Mutter denn nicht gerne für Euch gekocht?«

»Mama!« Spido wurde übel.

Gar schüttelte den Kopf. »Sie ist gestorben, als ich noch sehr klein war. Ich kann mich noch nicht einmal an ihr Gesicht erinnern.«

»Schade. Wenn Ihr die gleiche hervorragende Erziehung genossen hättet wie mein Junge, dann würdet Ihr auch dieselben Qualitäten besitzen ... und dann hätte Prinz Rango auch Euch mit einem so wichtigen Auftrag betraut.«

Spido hob den Saurierschenkel ... doch kurz bevor er ihn seiner Mutter über den Schädel zog, hielt er inne. »Mama«, erklärte er. »Dieser Mann ist nicht mein Gehilfe ... ich bin der *seine*. Der Prinz hat *ihm* den Auftrag gegeben. Ich laufe nur hinterher.«

»Falsche Bescheidenheit ist eine böse Sache, Mallo.«

»Mama! Hör mir doch mal zu! Das hier ist Gar Quithnick, der größte lebende Meuchelmörder!«

»Was für ein Held kann er schon sein, wenn seine Mutter noch nicht einmal für ihn gekocht hat?«

Spidos nächstes »Mama!« wurde von einem unverständlichen Kreischen begleitet.

Gar deutete auf den Saurierschenkel. »Meine liebe Frau Blott, Euer Sohn und ich haben dieses wunderbare Stück Fleisch in der Hoffnung erworben, daß Ihr ein fürstliches Mahl daraus zaubern könnt.«

Spidos Mutter ließ die Axt fallen und griff nach dem Reptilienfleisch. »Ziemlich großes Huhn ... und häßlich noch dazu.« Sie packte die Überreste des Klauendings unter den Arm und warf einen Seitenblick auf Gar. »Nun, Herr Quiknik, da Eure Mutter nie für Euch gekocht hat und da Ihr Mallos Appetit bezweifelt und Ihr noch nie auf einem Herbstfest gewesen seid, und da mein Sohn mir dieses schöne Stück Fleisch von Prinz Rango persönlich gebracht hat, werde ich Euch eine Mahlzeit zubereiten, die Ihr nicht so schnell vergessen werdet.«

Die alte Frau marschierte selbstbewußt durch die Tür und ließ die beiden Abenteurer allein zurück. »Bitte, Herr«, flüsterte Spido. »Ihr dürft sie nicht zu ernst nehmen.«

»Keine Angst, Spido. Sie ist einfach nur stolz auf dich.« Gar blickte in den dunklen Innenraum der kleinen Hütte. »Sie scheint in ihrer eigenen Welt zu leben.«

»Ihre Welt, ihre Regeln.« Spido zuckte mit den Achseln. »Das ist eigentlich gar nicht mal so schlecht ... mit einer Ausnahme.«

»Und welcher?«

»Sie akzeptiert kein ›nein‹ als Antwort, Herr. Sie hört es noch nicht einmal.«

»Ich verstehe.«

»Sehr gut, Herr ... und noch etwas.«

»Ja?«

»Macht schon mal Euren Gürtel auf, Herr. Das spart Euch später eine Menge Zeit.«

Nachdem sie die Pferde versorgt hatten, begaben sich Spido und Gar zum Gehöft der Familie Blott. Gar mußte sich bücken, um durch die niedrige Tür zu gelangen. Der Innenraum war von Rauch erfüllt, der aus dem reparaturbedürftigen Kamin drang. Vereinzelte Kerzen versetzten das einzige Zimmer in einen Zustand permanenter Dämmerung. Der hintere Teil des Raumes war mit Hilfe eines Vorhangs vom Rest des Zimmers abgetrennt worden. Überall lagen Kochgeräte, so daß das gesamte Gebäude wie eine einzige riesige Küche wirkte.

Auf halber Strecke zwischen Herd und Bierfaß bemerkte Gar einen behaarten ... Müllhaufen von einem Mann, der in eine Tagesdecke gehüllt war. Sein langer Bart war mit schmierigen Flecken übersät. Mit der rechten Hand umklammerte er ein Buch, mit der linken einen Krug Bier. Der fette Mann starrte die beiden Besucher aus dunklen, eingesunkenen Augen an.

»Das ist mein Onkel Gordo«, erklärte Spido. »Gordo Blott, das ist Gar Quithnick.«

»Verzeiht, wenn ich mich nicht erhebe.«

»Da kann ich ja nur lachen. Ha!« spottete die Witwe Blott.

Gar beobachtete fasziniert, wie das Buch unter einem Berg Fett verschwand und der behaarte Klops ihm die freie Hand entgegenstreckte. Als Gar das fleischige Etwas ergriff, konnte er kaum die Knochen unter der aufgedunsenen Handoberfläche spüren. Er fragte sich, wieviel Fett wohl nötig sei, um die Energie eines ›Schmetterlings mit Reißzähnen und Schwanzstachel‹ verpuffen zu lassen.

Gordo hob den Kopf auf unnatürliche Weise. »Ihr seid der Meuchelmörder des Prinzen, den man den Ausgestoßenen nennt, nicht wahr?«

»Der bin ich.«

»In meiner Jugend war ich auch ein talentierter Mörder. Hab' ich nicht recht, Fannie?«

»Ja. Du hast eine Menge Kuchen und Bierfässer gemeuchelt, du Nichtsnutz.«

»Frauen«, seufzte der Fettberg. »Sie haben so ein schlechtes Gedächtnis. Ich habe auch schon einen Drachen erledigt ... Schmirnov war sein Name ... hab' ihn totgemacht.«

»Du hast ihm deinen Atem ins Gesicht gehaucht, Gordo?«

»Nein. Ich hab' ihm ein Bild von dir gezeigt, Fannie.« Gordo schenkte dem königlichen Assassinen ein Lächeln. Seine Zähne sahen aus wie Baumstümpfe nach einem Waldbrand. »Was weiß die schon? Ihr glaubt mir doch, Junge, nicht wahr?«

»Selbstverständlich.«

»Ihr seid ein lieber Kerl.« Gordos fettiges Gesicht bewegte sich ein Stück auf Gar zu. »Falls Ihr etwas Training benötigen solltet, mein Junge ... darüber läßt sich reden. Allerdings bin ich nicht mehr ganz so rege wie in meiner Jugend.«

»Ich will Euch nicht ausnutzen«, erwiderte Gar und deutete auf den leeren Bierkrug, den Spidos Onkel noch immer in der Hand hielt. »Soll ich Euch noch etwas Bier besorgen?«

»Ja, bitte. Ich werde immer so durstig, wenn mich die Erinnerung überkommt.«

»Das kann ich sehr gut nachvollziehen. Bitte sehr.« Gar reichte Gordo den frisch gefüllten Krug.

»Seid bedankt. Siehst du, Fannie. Dein Sohn hat diesen Stadtmenschen doch Manieren beigebracht.«

Spidos Mutter antwortete mit einem Knurren und klapperte bedrohlich mit ihren Töpfen und Pfannen. Der junge Magier hatte die Wünsche seiner Mutter vorausgeahnt und war hinausgeeilt, um frisches Wasser und etwas Gemüse zu besorgen. Gordo berichtete dem Assassinen, wie er beinahe Udan Kann getötet hätte, nachdem er ein Dutzend Hingu-Killer erschlagen hatte. Inzwischen durchsuchte Gar sein Gedächtnis nach einer Tian-Shi-Sheqi-Technik, die die unvermeidlichen Spätfolgen krankhafter Fettleibigkeit beschleunigen konnte.

Als der Abend anbrach, war Gordo mit seinen Erzählungen in Jancy Gaines Heimat angelangt. Überall brutzelte und köchelte es, und der Geruch der fast fertigen Mahlzeit lenkte Gar zunehmend von seinen schwerwiegenden Gedanken ab. Der Duft der Speisen verleitete Gordo dazu, von einem Festmahl zu berichten, das er während einer wütenden Schlacht eingenommen hatte. Gar lief das Wasser im Mund zusammen.

Die Witwe Blott sandte die beiden Besucher zum Fluß, um frisches Wasser zu holen und das Geschirr abzuwaschen. Spido sah bemitleidenswert aus. »Ihr müßt einen schrecklichen Eindruck von meiner Familie haben, Herr.«

»Ich finde sie ausgesprochen faszinierend. Du hast doch von deiner Mutter und ihrer ›eigenen Welt‹ erzählt ...«

»Ja, Herr.«

»Dein Onkel scheint einen großen Teil davon in Beschlag genommen zu haben.«

»Das hat er, Herr. Man weiß nie, was er als nächstes erzählen wird.«

»... oder wieviel man davon glauben kann.«

Spido hob eine Augenbraue. »Herr, ich denke, Ihr wißt genau, wieviel man davon glauben kann.«

»Stimmt.«

Spido trocknete sich die Hände an der Hose ab. »Wenn Onkel Gordo nicht gerade über unser Dorf und seine Bewohner spricht, sind seine Informationen mehr als zwanzig Jahre alt.«

»Es sei denn, du hast es ihm in deinen Briefen berichtet.«

»Aber ich habe Euch nur beiläufig erwähnt, Herr ... bevor ich von unserem Auftrag erfahren habe.«

»Ich werde es mir merken, Spido.«

Als die beiden Gefährten wieder zum Haus zurückgekehrt waren, sahen sie, daß Gordo sich zwischenzeitlich von seinem angestammten Platz erhoben hatte. An dem Ort, den Spidos Onkel zwecks Nahrungsaufnahme verlassen hatte, befand sich weder ein Stuhl noch eine andere Sitzgelegenheit. Als Gar das Phänomen näher untersuchte, bemerkte er einen Baumstumpf, der unter Gordos Umhang hervorlugte. Allerdings konnte der Assassine aufgrund von Gordos Fettleibigkeit nicht feststellen, ob es sich bei diesem Gerät um eine transportable Sitzgelegenheit handelte oder ob der Mann mit seinem Sitz verwachsen war.

Die Witwe Blott forderte ihren Sohn auf, rechts von ihr Platz zu nehmen, und bedeutete Gar, sich auf die linke Seite zu setzen. Nachdem sich alle Anwesenden niedergelassen hatten, hämmerte die Frau mit einem hölzernen Löffel auf den Eichentisch. Der laute Knall unterbrach Gordos Erzählung über seine Abenteuer im Turm der Schwestern vom Rasenden Herzen. Spidos Mutter nutzte die Verblüffung ihres Bruders, um selbst das Wort zu ergreifen. »Zu Ehren meines Sohnes, der nach so langer Zeit zurückgekehrt ist, veranstalten wir dieses Festmahl. Es wird in viereinhalb Gängen serviert ... jedenfalls ungefähr. Zuerst ... die Suppe!«

Die alte Frau ging zum Ofen und kehrte kurz darauf mit einem riesigen Kochtopf zurück. Sie stellte vier Schüsseln auf den Tisch, die das Fassungsvermögen von Ritterhelmen hatten. Dann schnitt sie eine undefinierbare braune Masse in feine Scheiben und fügte sie der Suppe hinzu. »Los jetzt! Eßt! Eßt!«

Gordo und Spido hoben die Schüsseln an die Lippen und tranken. Gar wollte nicht unhöflich erscheinen und folgte ihrem Beispiel. Das Aroma der Suppe traf den Assassinen wie ein Schlag. Es war nicht schmerzhaft, sondern einfach nur ... gewaltig. Bereits der erste Schluck erregte den Gaumen des Hingu-Meisters auf eine ihm unbekannte Art und Weise. Die dickflüssige, scharf gewürzte Brühe schmeckte phantastisch, und die kleinen Gemüsetaschen explodierten auf Gars Zunge wie Geschmacksbomben. Gar erkannte Schinken. Eine weitere Sorte Fleisch konnte er jedoch nicht eindeutig identifizieren. Es war etwas zäh und schmeckte nach Huhn. Auf jeden Fall verlieh es dem Mahl eine exotische Note. Bevor er sich versah, hatte Gar seine Schüssel geleert und ertappte sich dabei, wie er Spidos Mutter das leere Gefäß vor die Nase hielt. »Mehr! Bitte!«

Die alte Frau grinste von einem Ohr zum anderen, während sie den Rest der Suppe zwischen Gar und ihrem Sohn verteilte. Onkel Gordo ging leer aus. Zunächst schien Gordo über diese Behandlung sehr verärgert zu sein, doch dann entschloß er sich – wenn er seinen Magen schon nicht mit Nahrung füllen konnte –, wenigstens die Luft mit Worten zu erfüllen.

Also setzte er den Bericht über sein Abenteuer bei den Nonnen fort.

Die Suppe hatte Gar derart gemundet, daß er Gefallen an Gordos Prahlereien fand. Er vergaß sogar seine ursprüngliche Absicht, für Spido dasselbe zu tun, was Udan Kann für ihn getan hatte.

Der zweite Gang bestand aus gefüllten Blätterteigtaschen, die Frau Blott in Form eines Kleeblatts auf einem Tablett angerichtet und mit ein paar Pfefferminzblättern verziert hatte. Gar erhielt eine Gabel, und bereits nach dem ersten Bissen betrachtete der Hingu-Meister es als eine verzeihliche Verletzung der Regeln des Tian-Shi-Sheqi, daß er die lockeren Teigtaschen mit metallischem Besteck traktiert. Dazu wurde eine süßsaure Soße gereicht, die ideal zu der würzigen Füllung paßte.

Sowohl Gar als auch Spido verlangten Nachschlag, den Frau Blott auch mit großer Freude gewährte. Einzig die Tatsache, daß der dürre Assassine ihrem Sohn beim Essen in nichts nachstand, schien sie zu verwirren.

Gordo bemerkte den Gemütszustand seiner Schwester sofort. »Dein Junge hat offensichtlich einen ebenbürtigen Gegner gefunden, Fannie. Die beiden sollten einen Wettkampf austragen.«

»Das sagst du doch nur, weil ich dir nichts mehr auf den Teller schaufele, du Vielfraß!« Die alte Frau schenkte den beiden Gästen ein süßliches Lächeln. »Es wird mir richtig warm ums Herz, wenn ich euch so essen sehe. Ihr werdet schon wieder etwas Fleisch auf die Knochen bekommen. Ihr werdet sehen.«

Sie stand vom Tisch auf und kehrte an den Ofen zurück. Trotzdem beteiligte sich die alte Frau an der Konversation, während ihr Bruder von neuem mit seiner Geschichte begann. »O Mann. Ihr hättet mich sehen sollen. Ich war also da oben in dem Turm und hab' alles in mich hineingestopft, was ich finden konnte. Schließlich brauchte ich meine ganze Kraft ... die Nonnen hatten es wirklich nötig ... und einige von ihnen waren Nordländerinnen, wenn ihr wißt, was ich meine, hä, hä, hä. Nordländerinnen sind am leidenschaftlichsten, wißt ihr.«

»Papperlapapp, Gordo.« Frau Blott wirbelte herum und schwang die Fleischeraxt. »Was hast du an unseren Mädchen auszusetzen? Du schreist nach exotischen Abenteuern, aber das bringt dir gar nichts. Hab' ich nicht recht, Mallo?«

»Nun, Mama. Woher sollte ich das wissen?«

Die Witwe Blott blickte ihren Sohn von der Seite her an und lächelte allwissend. »Du willst deiner Mutter doch nicht weismachen, daß du nicht wenigstens *etwas* dazugelernt hast, seit du uns verlassen hast?«

Spido errötete und begann zu stammeln. »Nun, ja ... vielleicht ... du weißt schon ... am Vorabend einer Schlacht hatte ich schon mal das Bedürfnis nach Gesellschaft.«

»Ich hab's gewußt! Ich hab's gewußt! Du hast dich in der Hauptstadt herumgetrieben. Wahrscheinlich bist du mit dieser Fancy Jane ins Bett gestiegen, dieser Bordellbesitzerin.«

»Ihr Name ist Jancy Gaine, Mama, und sie war Rausschmeißer in einem Bordell.«

»Wenn du in einem Bordell arbeitest, dann arbeitest du in einem Bordell.« Die Fleischeraxt fuhr mit einem lauten ›Ka-wumm‹ durch ein blutiges Stück Fleisch. »In einem Bordell findet man keine Damen von edler Geburt.«

»Mama, Prinzessin Rissa war in dem Bordell, in dem Jancy Gaine Rausschmeißerin war.«

»Na klar ... und jetzt erzählst du mir wahrscheinlich noch, daß dein Liebchen, diese Fancy Wie-hieß-sie-noch, Prinzessin Rissa aus dem Puff befreit hat.«

»Nun ... das stimmt.«

»Und das glaubst du *wirklich*?« Frau Blott stieß ein verächtliches Grunzen aus, während sie das Fleisch in kleine Würfel schnitt. »Ihr Blott-Männer. Ihr seid doch alle gleich. Ein Augenklimpern, ein Lächeln, und ihr schluckt alles, was man euch vorsetzt. Ich hoffe nur, daß diese Fancy Jain ein gebrochenes Mutterherz wert war.«

»Mama!«

»Meine liebe Frau Blott, ich kann Euch versichern, daß das Verhalten Eures Sohnes von edelsten moralischen Grundsätzen bestimmt ist«, mischte sich Gar ein und setzte ein entwaffnendes Lächeln auf. »Prinz Rango persönlich hat ihn erwählt, um mich auf dieser gefährlichen Mission zu begleiten, die nur die Edelsten überstehen können.«

Spidos Mutter drehte sich um und blickte Gar in die Augen. »Wirklich?«

»Das ist die reine Wahrheit, meine gute Frau Blott. Tatsächlich hat man ihren Sohn nicht nur aufgrund seiner moralischen Entschlossenheit erwählt, sondern auch wegen der Liebe und dem Respekt, den er für seine Mutter empfindet, wodurch er meinen Mangel, den ich in dieser Beziehung habe, da ich meine Mutter nie gekannt habe, wieder ausgleicht.« Gar runzelte die Stirn. Er verwendete bereits dieselbe vertrackte Satzstellung wie Spido. Allerdings schien dies die einzige Möglichkeit zu sein, wie sich ein Fremder in diesem Haus behaupten konnte.

»Mein Sohn ist ein guter Junge. Er würde niemals einem Mädchen aus dem Norden hinterherlaufen.«

»Nein, Mama, niemals« bestätigte Spido.

»Gut. Nordlandfrauen sind nicht gut genug für dich.«

»Wenn wir schon davon reden ... was ist eigentlich mit Kürbisblüte?«

Frau Blotts Gesicht bekam einen mürrischen Ausdruck. Sie kehrte ihrem Sohn den Rücken zu, damit er ihren Stimmungswandel nicht bemerkte. »Darüber können wir später reden, Mallo. Jetzt kommt erst einmal der dritte Gang.«

Gordo hatte inzwischen munter vor sich hin geplappert. Spido, der die Geschichten seines Onkels kannte, hörte instinktiv nicht zu. Anderenfalls hätte er in Gordos Bericht einen Hinweis auf seine holde Kürbisblüte entdecken können. Der fette Mann erzählte nämlich von einer besonders munteren Ordensschwester, die jedermann mit ihrem Segen bedacht hatte. Der nächste Gang wurde aufgetischt und unterdrückte jede weitere Konversation. Das Thema war zunächst einmal vom Tisch.

Als Gar auf seinen Teller blickte, stieg ihm ein unvergleichlicher Duft in die Nase. Auf einer braunen Reisgrundlage, die mit Hilfe einer Gabel in mehrere Kreise unterteilt worden war, befanden sich einige symmetrisch angeordnete Broccolistücke. Schmale Streifen Saurierfleischs schwammen auf dem Meer aus Reis und trennten die Broccoliinseln voneinander. Kleine Pfefferkörner trotzten dem braunen Ozean und behaupteten sich zwischen den Saurierkontinenten und den sattgrünen Eilanden.

Der nächste Gang bestand aus köstlichen Kartoffelpuffern, zu denen Kräuterbutter gereicht wurde. Anschließend gab es gut durchgebratene, saftige Sauriersteaks, die in ihrem eigenen Saft schwammen. Kleine Berge aus Kartoffelbrei, von denen flüssige Butter herabfloß wie Lava von einem Vulkan, bedeckten den Rand des Tellers. Bohnen und Silberzwiebeln gaben dem Gericht zusätzliche Farbe.

Sowohl Gar als auch Spido verlangten abermals nach einem Nachschlag. Die beiden Abenteurer lächelten sich glücklich an. Sie genossen ihren Wettbewerb ... und Frau Blotts verwirrten Gesichtsausdruck. Gar, der nie eine Familie gehabt hatte, empfand das fröhliche Kräftemessen als außerordentlich angenehm. In Armbruss hatte jeder Streit tödlich geendet. Im Gegensatz dazu pflegte sich Spidos Familie zwar verbal zu bekriegen, aber wehe dem, der diese Idylle zu stören wagte!

Frau Blott servierte den beiden Wettkämpfern noch Kuchen und Vanillepudding. Als sie bemerkte, daß der Kampf nach viereinhalb Gängen – und ein wenig mehr – unentschieden stand, ging sie wieder zu ihrem Herd. Der Nachtisch hatte noch keine Entscheidung herbeigeführt. Während die alte Frau sich wieder an die Arbeit machte, fragte sie ihren Sohn über sein Leben aus, seit er Torfay verlassen hatte. Dabei versäumte sie es nicht, Gar in die Konversation mit einzubeziehen, damit er Spidos Äußerungen bestätigen oder verneinen konnte.

Gars Antworten richteten sich nach Spidos Gesichtsausdruck und Frau Blotts Tonfall. Es war offensichtlich, daß Spidos Mutter eigene Vorstellungen über das Leben ihres Sohnes in der Hauptstadt hatte, die nicht mit der Realität übereinstimmten. Gar nahm an, daß Spidos Briefe im Gehirn seiner Mutter zu einer Kette unglaublicher Phantastereien geführt hatten. Die alte Frau bewegte sich durch das Gespräch wie eine Spinne in ihrem Netz, um möglichst viel über ihren Sohn zu erfahren.

»Nun, Mallo, Herr Quiknik sagt, du seist ein aufrechter Junge.«

Gar nickte. »Er ist eine Ehre für Torfay und ein Vorbild für uns alle.«

Spido rollte mit den Augen.

»... und du hast dich natürlich an die Versprechen gehalten, die du mir vor deiner Abreise gegeben hast ... außer wenn du dich auf eine Schlacht vorbereitet hast, wie du vorhin zugegeben hast.«

»Das stimmt, Mama, und ich habe mich nur ein- oder zweimal trösten lassen.«

»Das ist mein Junge, wie ich ihn in Erinnerung habe. Nun, ich habe mich gefragt, ob es in Caltus nicht jemanden gegeben hat, der Kürbisblüte aus deinem Herzen verdrängen konnte.«

Gar bemerkte einen hoffnungsvollen Ton in der Stimme der alten Frau, der ihrem Sohn offensichtlich entgangen war. »Das könnte mir nie passieren. Mein Herz gehört immer noch Kürbisblüte.«

»Du sagst das doch nicht, um mich nicht zu verletzen, Mallo ... oder? So sehr mich eure Trennung auch schmerzen würde ... ich werde deinem Glück nicht im Wege stehen.«

»Nein, Mutter, sie ist immer noch die meine.«

»Bist du dir da ganz sicher, Liebling? Du hast sie schon lange nicht mehr gesehen. Sie hat sich verändert.«

»Ich liebe sie immer noch, Mama.«

»Sie hat sich *sehr viel* verändert, Mallo.«

»Ich habe mich genauso sehr verändert, Mama.«

»Das glaube ich kaum, Liebling.«

Gar fühlte sich verpflichtet, in das Zwiegespräch einzugreifen. »Euer Sohn ist tatsächlich bemüht, Euch Kummer zu ersparen, meine gute Frau Blott. Er hat unzählige weibliche Bewunderer. Um ehrlich zu sein ... er hat sich noch vor kurzem mit einer von ihnen getroffen.«

Frau Blotts Mine hellte sich merklich auf ... was ihren Sohn außerordentlich verwirrte. »Stimmt das, Mallo? Ist sie hübsch?«

»Äääh ... nun ja, Mama ... ich glaube schon.«

»Wo hast du sie kennengelernt, Junge?«

Spido blickte hilfesuchend zu Gar.

Der Assassine lächelte. »Sie steht im Dienst einer Göttin, liebe Frau Blott. Sie ist eine Priesterin, die sich um die geistigen Bedürfnisse Eures Sohnes gekümmert hat ... und er hatte viele Bedürfnisse.«

»Oh! Gut.« Die alte Frau starrte auf ihre Sanduhr. »Nun denn. Es ist Zeit, daß Euer Wettbewerb zu einer Entscheidung kommt.« Frau Blott beugte sich über den Ofen und zog einen großen Kuchen hervor. »Bis jetzt habt Ihr mit meinem Mallo ja mitgehalten, aber das hat nun ein Ende. Das hier ist seine Lieblingsspeise, und er wird sie in Null Komma nix verschlungen haben.«

Spidos Mutter schnitt zwei dampfende Stücke aus dem Fleischkuchen und stellte sie vor die Wettkämpfer. Die beiden Männer hatten ihre Gabeln bereits für den Angriff vorbereitet und schritten zur Attacke. Witwe Blott klatschte fröhlich in die Hände, als die ersten Happen die Kehlen hinunterwanderten. »Es gibt nichts, was mein Mallo lieber mag als eine gut durchgebratene Hirschpastete.«

Spido wurde kreideweiß und schlug die Hand vor den Mund. Sein Stuhl flog gegen die Wand, und er rannte ins Freie. »Was ist denn mit dem los?« wunderte sich Frau Blott.

»Auf unserer Reise hat er bereits jede Menge Hirsch gehabt, gute Frau«, erklärte Gar.

»Das würde ihn nicht davon abhalten, meine Pastete zu verschlingen. Nein, mein Herr.« Die alte Frau grübelte einen Augenblick über das merkwürdige Verhalten ihres Sohnes nach und wandte sich dann wieder ihrem anderen Gast zu. »Natürlich. Das ist typisch für meinen Sohn.«

»Verzeihung?«

»So ist mein Mallo … immer höflich.« Frau Blott lächelte und genehmigte sich einen Happen von der Pastete ihres Sprößlings. »Ihr seid Gast hier, und deshalb spielt er den Kranken, denn nur so konnte er höflich sein … indem er Euch gewinnen läßt. Versteht Ihr, Herr Quiknik?«

Gar hätte etwas erwidern sollen, doch da er ein höflicher Mensch war, sprach er nicht mit vollem Mund.

Gar war bereits unterwegs, bevor die Sonne aufging und das Jagdhorn geblasen wurde. Gordo hatte ihm erklärt, daß Dolonicus seine Saurier kurz vor Sonnenaufgang auf die Jagd zu schicken pflegte. Zu dieser Zeit versteckten die Menschen sich und ihre Haustiere. Nachdem die Biester ihr Frühstück beendet hatten und wieder in ihren Ställen waren, würde Dolonicus den ›Hafen des Prinzen‹ verlassen und die versammelte Einwohnerschaft von den genialen Entscheidungen in Kenntnis setzen, die er während der Nacht getroffen hatte.

Spido hatte Gars Vorschlag zugestimmt, bei seiner Mutter zu warten, anstatt den Assassinen auf der Saurierjagd zu begleiten – obwohl er zunächst darauf bestanden hatte, seinem Meister zu helfen. Gar hatte Spido aufmunternd zugelächelt und ihm zu verstehen gegeben, daß er es für besser hielt, wenn jemand zurückbliebe, um mit Dolonicus abzurechnen, falls er den Kampf mit den Riesenechsen nicht überleben würde.

Der letzte Grashanshao des Tian-Shi-Sheqi bewegte

sich geräuschlos durch das menschenleere Dorf. Er war nur mit einem leicht gekrümmten Tatiq-Schwert bewaffnet. Mit einem heimeligen Gefühl näherte er sich den Jagdgründen der Monster. *Ich habe einen von euch erschlagen*, dachte Gar. *Ich habe von eurem Fleisch gegessen. Ich kenne euch, und ich werde euer Leben zu einem erfüllten Ende führen!* Gar blieb einen Augenblick stehen und studierte die Saurierspuren. *Wenn ein Jäger einen Jäger jagt, dann kann nur einer überleben.*

Gar packte das Schwert mit der rechten Hand, so daß der Knauf zwischen Daumen und Zeigefinger hervorschaute und die Klinge die Innenseite seines Unterarms bedeckte. Das Licht der aufgehenden Sonne betonte die scharfe Silhouette des schwarzgekleideten Assassinen.

Als Gar in der Mitte des Dorfplatzes angekommen war, bemerkte er eine Bewegung zu seiner Linken. Er drehte sich in die entsprechende Richtung und sah einen der Saurier, der zehn Meter von ihm entfernt in einer schmalen Gasse stand. Das Tier beugte den Kopf bis auf den Boden und richtete sich wieder auf. Es war eine elegante Bewegung, die das Reptil mit seinem Schwanz ausbalancierte. Dann schnüffelte es erneut in der Luft und trat einen vorsichtigen Schritt auf Gar zu.

Die Intelligenz in seinen Augen – eine wilde Verschlagenheit, die dem ersten Saurier gefehlt hatte – verriet ihn. Das Monster gab nur vor, etwas zu wittern. Der Wind blies von rechts nach links, so daß die Kreatur Gar überhaupt nicht riechen *konnte*. Das bedeutete …

Gar sprang zur Seite und rollte sich über die linke Schulter ab. Der zweite Saurier flog mit kampfbereiten Klauen an ihm vorbei. Rufe der Enttäuschung mischten sich mit Schmerzensschreien, als Gar sein Schwert in den ungeschützten Unterleib des Reptils rammte. Als die Kreatur versuchte, ihren Sturz abzufangen, war der Assassine bereits wieder auf den Beinen und hieb den häßlichen Kopf vom Hals des Wesens.

Gars freudige Erregung wich bald einem Gefühl des Ekels. Er hatte das Reptil bei der Jagd getötet – in dem Augenblick, als es zum tödlichen Sprung ansetzte. Sein Hingu-Training und die intellektuelle Überlegenheit seiner Art hatten ihm zum Sieg über eine Kreatur verholfen, deren natürliche Fähigkeiten es zu einem der gefährlichsten Wesen der Welt machten. Es war der Triumph des Menschen über die Schrecken der Vergangenheit.

Aber eben diese menschliche Intelligenz war der Grund dafür, daß Gar keine Freude über seinen Sieg empfinden konnte. Er hatte alles bis ins kleinste Detail geplant und dementsprechend ausgeführt – der Beweis für seine Perfektion lag zu seinen Füßen. Jedermann hätte Stolz über diese Tat empfunden, aber Gar war nicht *jedermann*. Er hatte sein Leben den Lehren des Tian-Shi-Sheqi geweiht, und nach diesen Lehren hatte er versagt. Er hatte die Kreatur, sich selbst und Tian-Shi-Sheqi betrogen.

Gar schüttelte reumütig den Kopf und warf das blutige Tatiq-Schwert neben den Kadaver. »Ich habe ein Werkzeug benutzt, obwohl du mit den Mitteln der Natur gekämpft hast. Ich habe gemogelt.«

Während der Hingu-Meister über sein Versagen nachdachte, lauschte er trotzdem auf die leisen Schritte, die sich hinter seinem Rücken näherten. Eine plötzliche Stille sagte ihm, daß der überlebende Saurier zum tödlichen Sprung angesetzt hatte. Gar schlug ein Rad, um dem Angriff auszuweichen. Eine rasiermesserscharfe Klaue zerriß sein Hemd und hinterließ eine blutige Wunde. Der Assassine war sofort wieder auf den Beinen. Er machte einen Schritt auf das Tier zu und versetzte dem attackierenden Reptil einen mächtigen Tritt.

Der Angriff verfehlte den Saurier nur um Haaresbreite, da das Wesen den eigenen Schwung falsch eingeschätzt hatte und an seinem Opfer vorüberflog. Trotzdem gelang es dem Reptil, einen Fetzen aus Gars Hose zu reißen. Die Kreatur schüttelte den Kopf wie ein wütender Terrier und spie den Stoff aus. Dann wandte sie sich wieder ihrem Gegner zu und stieß einen markerschütternden Schrei aus.

Gar lächelte und hockte sich nieder. Der Saurier täuschte einen Angriff vor und entfernte sich dann gemächlich von seiner Beute. Der Assassine konnte nicht umhin, die Intelligenz des Gegners zu bewundern. Die Riesenechse wußte, daß sie dem Menschen an Schnelligkeit überlegen war. Wenn sie ausreichend Geschwindigkeit aufnehmen könnte, würde sie ihre Beute einfach niedertrampeln oder sie im Vorbeilaufen mit ihren dolchartigen Zähnen zerfetzen. Gar saß in der Falle ... und das Biest wußte es ...

... jedenfalls wenn Gar stehengeblieben wäre.

Tian-Shi-Sheqi erlaubte seinen Anhängern, Sympathie für einen selbstmörderischen Lemming zu empfinden, doch Gar dachte nicht daran, einen Lemming zu imitieren. Der Assassine war auch ein Raubtier. Die Bestie schlich um ihn herum, um ihn zu töten, und indem sie dies tat, folgte sie ihrer Bestimmung. Das Gesetz des Tian-Shi-Sheqi verlangte es von ihr, und daher würde ihr Tod perfekt sein.

Und das Gesetz Tian-Shi-Sheqi verlangte von Gar, daß er ihr diesen Tod gewährte.

Während der Saurier seine Beute weiter beobachtete, rannte Gar in eine der schmalen Gassen, die vom Dorfplatz wegführten. Das Reptil stieß einen Schrei aus und verfolgte sein Opfer. Der Assassine hielt an, drehte sich um und antwortete seinem Gegner mit einem ebenso wilden Gekreisch. Er stand in einer Sackgasse, und die Echse näherte sich ihm mit unerhörter Geschwindigkeit.

Gar sprang über eine kleine Kiste, die der Saurier Sekunden später in Trümmer hieb. Zehn Meter entfernt erhob sich eine unüberwindbare Holzwand. Die beiden Jäger hatten keine Wahl mehr. Der Augenblick der Entscheidung war gekommen!

Gar flog mit einem Salto auf das angreifende Reptil zu. Erneut wurde sein Fleisch von einer Klaue zerrissen, doch der Assassine ignorierte den Schmerz. Er landete auf dem Bauch, wirbelte herum und katapultierte sich mit den Füßen voran in Richtung des Gegners.

Der Tritt traf das Biest mit voller Wucht in den Unterleib. Der Saurier schrie verzweifelt auf, während er wie ein häßliches Küken durch die Luft gewirbelt wurde, das aus dem Nest gefallen war. Mit lautem Krachen landete er in einem hölzernen Zaun, der in tausend Stücke barst.

Gar war mittlerweile wieder auf den Beinen und stürzte sich auf seinen Gegner. Das Monster hatte sich noch nicht ganz von der vorherigen Attacke erholt, als der Assassine auf seine Schultern sprang. Bevor es seinen Reiter abwerfen konnte, landete Gar einen ›steifen Speerspitzen-Stoß‹ am Jochbein seines Opfers. Der Angriff war genau auf ein Nervenzentrum gezielt, und das Reptil brach bewußtlos zusammen.

Als Gar den Kopf der Kreatur ergriff, um ihm das Genick zu brechen, überkamen ihn Zweifel. Er hatte das Tier in fairem Kampf besiegt. Tian-Shi-Sheqi erlaubte ihm, die Umgebung in den Kampf mit einzubeziehen, solange sein Gegner sich darin zurechtfand. Und der Saurier hatte nicht zum erstenmal in der Stadt gejagt. Hätte Gar sich in die nahen Bambuswälder zurückgezogen, hätte das den Saurier ebenso behindert wie die enge Seitenstraße. Er hatte fair gewonnen und mit Blut für seinen Sieg bezahlt.

Trotzdem ... dies hier war ein Wesen jenseits seiner eigenen Welt und seiner eigenen Zeit. Alle Arten, wie Gar den Saurier töten konnte, waren wider die Natur der ursprünglichen Umgebung des Tieres. Vielleicht gab es in der Heimatdimension der Riesenechse überhaupt keine Menschen. Vielleicht hatten diese Kreaturen die Menschen in ihrer Heimat ausgerottet. Wenn das der Wahrheit entsprach, dann wäre der Tod des Wesens in diesem Augenblick das Zeichen ultimativer Verachtung.

Tian-Shi-Sheqi zeigte Gar einen Weg aus diesem Dilemma. Der Assassine stand auf, blickte das Reptil nachdenklich an und nickte schließlich. Er konzentrierte sich auf das Zentrum seines Seins, beugte sich nieder und berührte den Schädel des Wesens. Gar spürte, wie die Lebensenergie der Echse durch ihn hindurchfloß, während er das Kuo-Tak durchführte und die Existenz des Wesens auf einen Punkt festlegte.

Gar nickte grimmig und trat auf den Platz hinaus. Eine kleine Schar von Leuten – einschließlich Spido und Frau Blott – hatte sich um den Kadaver des toten Sauriers versammelt. Spido blickte besorgt zu seinem Meister. Gar schüttelte beruhigend den Kopf. Als er vorsichtig nach der Wunde in seiner Schulter tastete, mußte er die Zähne zusammenbeißen, um nicht laut aufzuschreien. Der Assassine dachte kurz darüber nach, ob er nicht die heilenden Kräfte Anachrons in Anspruch nehmen sollte. Aber aus Respekt vor dem Monster, das ihn verletzt hatte, verzichtete er darauf.

Die Tür der Taverne öffnete sich, und ein großer Mann schaute hinaus. Er zog seine Hose zurecht und trat auf den Dorfplatz. Eine Gruppe jugendlicher Randalierer folgte ihm, als hätte man den Korken aus einer Sektflasche gezogen. Einige erbleichten, als sie das tote Reptil erblickten, während andere ihre Gefühle hinter jugendlichem Selbstvertrauen verbargen.

Dolonicus schwieg, bis Gar an Spidos Seite war. »Sieh mal einer an. Der Ausgestoßene ist nach Torfay gekommen. Ich soll mich wohl geehrt fühlen, daß Prinz Rango mich deiner Aufmerksamkeit für würdig befunden hat.«

Gar schüttelte den Kopf. »Meiner Aufmerksamkeit? Ich fürchte, da irrt Ihr Euch. Ich bin nur in die Berge gekommen, um ein wenig zu jagen ... und um meinen Kameraden dabei zu beobachten, wie er Euch tötet.«

»Der da? Der Bastard dieses Fettklopps Gordo?«

Spido streckte sein Kinn vor. »Ich bin ein Bastard-*Neffe*, jawohl, das bin ich.«

Dolonicus wandte sich wieder an Gar. »Du mußt verrückt sein, Ausgestoßener. Du glaubst doch wohl nicht allen Ernstes, daß dieser Wurm mich besiegen kann?«

»Nein?« Gar sprang auf den großen Mann zu und klatschte ihm so heftig mit der flachen Hand auf die Brust, daß Dolonicus husten mußte. »Ihr seid geradezu unglaublich langsam. Spido wird mit Euch keine Probleme haben.«

Dolonicus wankte zurück zu den Reihen seiner Schläger. »Zuerst wird er mit ihnen fertigwerden müssen.«

»Gar?« Spido blickte unsicher zu seinem Meister.

»Mach dir keine Sorgen, Spido.« Gar gähnte gelangweilt. »Sie werden dich noch nicht einmal berühren.«

Die Atmosphäre war spannungsgeladen, während die Schläger versuchten, Spido mit ihren Blicken niederzuringen. Das wäre ihnen auch gelungen, wenn sie nicht von einer asthmatischen Trompete abgelenkt worden wären, die unvermittelt auf einem der östlichen Hügel ertönte. Alle Augen wandten sich in die Richtung, aus der das Geräusch gekommen war. Ein großer, breiter Mann, dessen Schatten die aufgehende Sonne verdeckte, stürmte die Straße hinab. Die Trompete wurde erneut geblasen, als die rundliche Gestalt sich wabernd dem Dorfplatz näherte.

»Onkel Gordo?«

Der fette Mann schwang die Trompete in der einen und eine große Keule in der anderen Hand, während er mit donnernden Schritten den Hügel hinabstampfte. »Für Prinz und Familie«, keuchte er kriegerisch. Jeder Schritt erschütterte den gigantischen Leib des alten Mannes. Mit einer unerwarteten Geschwindigkeit, die durch die abfallende Straße noch verstärkt wurde, stürzte das menschliche Ungetüm auf den Dorfplatz.

Alle Augen waren auf Gordo gerichtet ... auch die der Kreatur. Der letzte überlebende Saurier schüttelte den Kopf und rannte auf den fetten Mann zu. Die rundliche Form seiner Beute bot ausreichend Angriffsfläche – egal von welcher Seite er zuschlagen wollte. Die Echse stieß einen Schrei aus, der einem das Blut in den Adern gefrieren ließ, und sprang auf ihr Opfer zu.

Als seine Füße den Boden verließen, hörte das Herz des Reptils auf zu schlagen, seine Muskeln verkrampften sich, und es stürzte zu Boden, als hätte es jemand im Augenblick seines Triumphs eingefroren. Gar lachte laut auf. Kuo-Tak hatte die Kreatur auf dem Höhepunkt ihrer Macht getötet. Der Tod des Tieres wurde durch Gordos unerwartetes Erscheinen perfektioniert, denn noch nie zuvor hatte der Saurier eine derart üppige Beute gejagt.

Das Reptil war nahe genug an sein Opfer herangekommen, so daß Gordo die sterbende Kreatur mit seinem Horn an der Schläfe erwischte. Ein Raunen ging durch die Menschenmenge, als der Saurier fiel – und Gordo mit ihm. Der fette Mann hatte so viel Schwung, daß er wie eine Kugel auf den Dorfplatz rollte. Er flog mitten in eine Gruppe von Dolonicus' Schlägern, die wie Kegel durch die Luft geschleudert wurden.

Gordos explosiver Auftritt löste die erwartungsvolle Spannung, die zwischen den verfeindeten Gruppen geherrscht hatte, und die verbleibenden Schläger stürzten sich auf Spido. Einer von ihnen rauschte an Gar vorbei und berührte versehentlich die Schulterwunde des Assassinen. Der Schmerz war so stark, daß Gar für einen Augenblick die Kontrolle über seine Handlungen verlor – jedenfalls redete er sich das ein. Der Hingu-Meister vollführte einen ›Peitschenschlag‹ und trieb dem jungen Mann einen Halswirbel durch die Aorta.

Ein weiterer Schläger legte sich mit Spidos Mutter an. Gar bemerkte befriedigt, wie die gute Frau Blott einen zwar groben, aber dennoch effektiven ›Kniezukker‹ im Unterleib des Grobians plazierte. Dem ersten Schlag folgte ein ›Einhorn-Stoß‹ ins Gesicht des Rabauken. Sowohl der Angreifer als auch sein Opfer taumelten benommen zurück, nachdem ihre Schläger mit lautem Krachen zusammengeprallt waren. Doch im Gegensatz zu dem Angreifer, der besinnungslos zu Boden sank, blieb Frau Blott auf den Beinen.

Spido hielt sich besser, als Gar es sich in seinen

kühnsten Träumen vorgestellt hatte. Der junge Magier tauchte unter einem rechten Schwinger weg und streckte seinen Gegner mit einem ›Steinbrecher-Schlag‹ nieder. Ein anderer Mann trat nach dem hokkenden Spido, doch der stolze Sprößling der Familie Blott parierte den Angriff mit dem Unterarm und konterte mit einem ›Fleischquetscher-Stoß‹ gegen das Knie seines Kontrahenten. Spido sprang auf und beendete das Gefecht mit einem klassischen ›Springbock-Tritt‹. Dann wich er einem weiteren Angreifer aus, ging in die ›verwundeter-Vogel-fällt-aus-dem-Nest-Stellung‹ und schleuderte seinen Feind mit einem ›Hengst-Tritt‹ in die Luft.

Leider hatte Spido einen dritten Gegner übersehen. Der Mann zog einen bösartig aussehenden Dolch aus der Scheide und stürzte sich auf Spidos ungedeckte Rückseite. Gar, der selbst keine Probleme mit dieser Situation gehabt hätte, wußte, daß sein Lehrling keine Chance hatte, dem drohenden Tod zu entgehen.

Der Schläger schien zu der gleichen Schlußfolgerung gekommen zu sein, denn ein Lächeln zeichnete sich auf seinem Gesicht ab. Doch seine Fröhlichkeit verschwand genauso schnell, wie sie gekommen war, als er von einer goldenen Hirschkuh angegriffen wurde. Der Schläger taumelte zurück und verfing sich in Gordos Bauch. Seine Füße bewegten sich nach oben, während sein Kopf die entgegengesetzte Richtung einschlug und auf die Erde krachte. Der Mann wollte sich gerade wieder erheben, als Spido über seinen Onkel hinwegsprang und seinen letzten Gegner mit einem ›Flugdrachen-Tritt‹ endgültig zu Boden warf.

Spido landete mit katzenartiger Eleganz, nickte Gar zu und wandte sich an Dolonicus. »Ich bin zurückgekommen, um Torfay von Euch zu befreien.« Der junge

Magier hob die rechte Faust und steckte den Daumen zwischen Zeige- und Mittelfinger. »Seht und erzittert, denn dies ist Euer Tod.«

Dolonicus ballte die Fäuste. »Das da? Du kannst ja noch nicht mal eine ordentliche Faust machen! Es wird mir eine Freude sein, dir den Irrtum zu erklären.«

Das selbsternannte Dorfoberhaupt stürmte voran und verpaßte Spido einen rechten Haken, der den Kopf des jungen Mannes herumwirbelte. Spido wankte und sackte auf die Knie. Er schwankte langsam hin und her. Irgend etwas hielt ihn davon ab, flach aufs Gesicht zu fallen.

Spido setzte sich auf die Fersen, schüttelte den Kopf und wischte sich mit dem Handrücken das Blut aus dem Gesicht. »War das alles? Ein richtiger Mann aus Torfay hätte wenigstens ordentlich zuschlagen können«, erklärte er spöttisch.

Dolonicus wandte sich an Gar. »Dein Lehrling ist ein Idiot, Ausgestoßener.«

»Idiot oder nicht, er hat recht.«

»So. Hat er das?« Dolonicus blickte an sich hinunter und klopfte auf seinen Bauch. »Komm schon, Spido. Zeig, was du draufhast.«

»Wie Ihr wollt, *Dolonicus!*« Während er den Namen seines Feindes rief, stieß er die rechte Faust nach oben.

Dolonicus wich nach links aus und schrie triumphierend auf, als der Schlag sein Ziel verfehlte.

Spido fiel erschöpft und enttäuscht vornüber …

… und dabei berührte seine Faust Dolonicus' Fuß.

Dolonicus starrte verwundert auf Gar; dann rollte er die Augen in den Kopf und brach kraftlos zusammen.

Der Assassine hockte sich neben Dolonicus und fühlte den Puls. »Tot«, erklärte er.

Spido hob verwundert den Kopf. »Tot?«

Gar nickte.

Gordo rollte an die Seite seines Neffen und klopfte ihm anerkennend auf die Schulter. »Natürlich ist er tot. Du hast ihm den gefürchteten ›Hühneraugen-Schlag‹ verpaßt.«

»... und er hat ihn mit größerer Präzision ausgeführt, als ich es je in Armbruss gesehen habe«, fügte Gar hinzu und half seinem Lehrling wieder auf die Beine. »Einwohner von Torfay, dies hier ist Spido Blott, den euch Prinz Rango gesandt hat, um euer Dorf vom letzten Übel Kalarans zu befreien.«

Die Menge brach in Jubel aus. Plötzlich wurde der Lärm von einer ungewöhnlich hohen Stimme übertönt. Die Menschen machten einen Weg frei, als eine Frau auf Spido zustürzte. Der junge Magier umarmte sie zunächst und schob sie dann auf Armeslänge zurück ... trotzdem stießen ihre Bäuche noch aneinander.

»Kürbisblüte?«

Die dunkelhaarige Frau nickte. »Ja, ich bin's. Ich hab' dich ja so vermißt.«

»Ha!« fauchte Frau Blott.

»Alte Schachtel!«

»Schlampe!«

»Hexe!«

»Moment!« Spidos Ausruf verhinderte eine weitere Bemerkung seiner Mutter. »Kürbisblüte, ich ... nun ... äh ...«

»Du warst so lange weg, Spido, daß ich schon gedacht habe, du seist tot. Ich habe Trost in den Armen eines anderen gesucht ...«

»Dutzende! Dutzende!« berichtigte Frau Blott.

»Kannst du mir jemals verzeihen?«

»Nur über meine Leiche«, murmelte Spidos Mutter. Wäre Kürbisblüte eine Anhängerin des Tian-Shi-Sheqi gewesen, dann hätte ihr Blick genau dieses Ergebnis herbeigeführt.

Spido erschauerte und runzelte die Stirn. »Ich könnte der Frau, die ich liebe, alles vergeben, Kürbisblüte.«

»Gut. Du wirst meinen Kindern ein guter Vater sein.«

»Kinder?«

»Ich bin zu jung, um Oma zu werden«, jammerte Frau Blott.

Kürbisblüte errötete. »Ich habe ein paar Kinder, Spido ... aber in meinem Herzen bist du ihr Vater.«

Spido blickte hilfesuchend zu Gar, doch der Assassine hob nur entschuldigend die Schultern.

»Ich ... äh ... weiß den Gedanken zu schätzen, Kürbisblüte, aber ich ... äh ... liebe jemand anderes«, stammelte Spido.

»Den Göttern sei Dank!« Frau Blott sah besorgt zu Gar hinüber. »Ich hoffe, es handelt sich dabei nicht um Euch, Herr Quiknik, oder? Ich weiß nicht, ob ich das überleben würde.«

»Seid unbesorgt, gute Frau«, erwiderte Gar und deutete auf die goldene Hirschkuh. »Er spricht von Elise.«

Frau Blott blickte von dem Assassinen zu dem Tier und wieder zurück. »Seid Ihr sicher, daß er nicht doch von *Euch* spricht, Herr Quiknik? Vielleicht war ich vorhin etwas voreilig.«

Als Spido die Hand ausstreckte, verwandelte sich der Hirsch in die wunderschöne junge Frau, deren Kichern Gar in den letzten Wochen ans Herz gewachsen war. »Mutter«, erklärte Spido stolz. »Das ist Elise, meine zukünftige Frau.«

»Nur über meine Leiche! Es gibt keine Mischehen in meiner Familie!«

»Ich versichere Euch, daß sie durch und durch menschlich ist, Frau Blott«, mischte sich Gar ein.

»Davon habe ich nicht geredet, Herr Quiknik. Seht sie Euch doch an.«

»Das tue ich ja.« Gar runzelte verwirrt die Stirn. »Allerdings weiß ich nicht, wovon Ihr redet.«

»Seid Ihr blöd? Sie ist blond!« Frau Blott starrte mit feindseligem Blick auf Elise. »Mein Sohn wird keine Nordländerin heiraten. Hau bloß ab, du Hexe!«

Spido warf sich zwischen Elise und seine Mutter. »Nein! Ich liebe sie. Wir sind füreinander bestimmt!«

Irgendwoher aus der Menschenmenge kam eine überreife Tomate herangeflogen. Sie traf Spido an der Brust und zerplatzte. Noch bevor Spido etwas auf diesen Angriff erwidern konnte, begann einer der Samen zu keimen und zu einer prachtvollen Staude heranzuwachsen. In einem Augenblick erschienen gelbe Blüten, und im nächsten wurden sie durch leuchtend rote Früchte ersetzt. Dann verwandelte sich die Pflanze in eine wunderschöne junge Frau.

Gar kniete respektvoll nieder. »Eure Anwesenheit ehrt dieses Dorf, Osina von den Blumen!«

»Zumindest drei von euch bringen mir den nötigen Respekt entgegen. Daran habe ich keinen Zweifel.« Osinas Worte wurden von einer Handbewegung begleitet, die nur Spido, Elise und Gar mit einbezog. Die Göttin wandte sich an Frau Blott. »Ihr verweigert Euch der Ehe meiner Dienerin Elise mit Eurem Sohn?«

»Nun ja, sie ist eine Nordländerin.«

»Und wenn ich Euch erzählen würde, daß sich ihre Leute gegen Euren Sohn verwahren würden, weil er ein Südländer ist?«

»Mit meinem Sohn ist alles in Ordnung!«

»Genau.«

Gar verstand, was Osina mit ihren Worten sagen

wollte … doch die Einwohner Torfays nicht. Wenn die Nordländer einen der ihren ablehnten, dann betrachteten sie das nicht als ein Spiegelbild ihrer eigenen Vorurteile, sondern als eine Rechtfertigung. Der Assassine blickte fragend zu Osina. Wenn sie ihm in diesem Augenblick den Befehl gegeben hätte, wäre Torfay zu einem Friedhof geworden.

Osina schüttelte den Kopf und wandte sich wieder an Spido und Elise. »Ihr wollt zusammenwachsen?«

»Das wollen wir.«

»Wenn ihr es wünscht, werde ich dafür sorgen, daß ihr nie wieder getrennt sein werdet.«

Die beiden Verliebten sahen sich einen Moment in die Augen und nickten. »Das wünschen wir«, erklärten sie feierlich.

Mit einer beiläufigen Geste verwandelte Osina Elise wieder in ihre tierische Gestalt und Spido in einen kapitalen Hirsch. Er trug ein mächtiges Geweih, an dessen Spitzen Juwelen glitzerten. Elise lief mit wedelndem Schwanz in die Berge und Spido sprang hinterher.

Gar runzelte verwirrt die Stirn und flüsterte zu Osina: »Ich dachte immer, du würdest Verwandlungen nur rückgängig machen und nicht umgekehrt.«

»Mein Bruder, der Gehörnte, treibt sich manchmal zu seinem Vergnügen bei den Menschen herum … unter dem Namen Langbein.«

Gar blickte vorwurfsvoll zu Frau Blott, die der Unterhaltung mit hochrotem Kopf folgte.

Osina wuchs, bis sie die Dorfbewohner um das Doppelte überragte. »Bevor ihr nach Hause geht, um von Hirschbraten zu träumen, sollt ihr folgendes wissen: Ihr seid Bauern. Eure Felder blühen nur, weil ich es so will. Wenn einer von euch den beiden goldenen Hirschen auch nur ein Haar krümmt oder ihnen das Fressen verweigert, dann sollt auch ihr verhungern.«

Gar sah Spido auf der Spitze des kleinen Hügels, den sein Onkel hinabgestürmt war. Das Sonnenlicht ließ sein prächtiges Geweih erstrahlen. Der Assassine winkte seinem ehemaligen Lehrling lächelnd zu. Dann verwandelte sich sein Gesicht in eine grausame Maske, und er sprach zu den Dorfbewohnern: »Sagt jedem Jäger, der sein Können an den goldenen Hirschen erproben will, daß auch ich ein Jäger bin. Ich jage diejenigen, die sich nicht an Osinas Worte halten und es wagen, den heiligen Hirschen von Torfay ein Leid zuzufügen.«

Kürbisblüte fummelte an Gars Gewand herum. »Heißt das, Ihr bleibt für länger hier, mein Hübscher?«

Gar antwortete ihr mit einer ›Feuerkralle‹. Sofort setzten die Wehen ein. Der Assassine packte Dolonicus' leblosen Körper und verschwand unbemerkt im anschließenden Chaos.

6. Kapitel

Es endet am Anfang

Dolonicus öffnete die Augen, während die letzten goldenen Strahlen Anachrons verblaßten. Das ehemalige Oberhaupt von Torfay blickte an seinem Körper herab und erschauerte. »Ich war tot. Was ist passiert? Hat Anachron mich wieder zum Leben erweckt?«

Gar schüttelte den Kopf. »Nein, das hat es nicht. Es hat Euch nur geheilt.«

»Was?«

Der Assassine verbarg das Amulett wieder unter seinem Gewand. »Ihr habt mich ›den Ausgestoßenen‹ genannt. Dieser Name ist für mich von großer Bedeutung. Eigentlich hätte ich nichts dagegen gehabt, wenn Spido Euch getötet hätte, aber mein Bedürfnis nach Informationen war schwerwiegender als mein Wunsch, Euch sterben zu sehen. Als ich Euch berührte, wendete ich das Kuo-Tak an, damit Ihr nur das Bewußtsein verliert, sobald Spido den tödlichen Streich ausführt. Wenn ich Euch nicht wieder geweckt hätte, wärt Ihr in drei Tagen sowieso aufgewacht. Bis dahin hätten die Leute von Torfay Euch wahrscheinlich begraben.«

Dolonicus würgte.

»Wenn sie sich natürlich dazu entschlossen hätten, Euren ›Leichnam‹ zu verbrennen, dann wärt Ihr ...«

»Ich hab' dich schon verstanden.«

»Wirklich? Es ist sehr unhöflich, jemanden zu unterbrechen.«

»Ich bitte Euch vielmals um Entschuldigung.«

»Das bezweifele ich.«

»Es tut mir wirklich leid. Wirklich!« Dolonicus massierte seinen linken Fuß. »Und was jetzt?«

»Ihr werdet mir erzählen, wo sich Udan Kann befindet.«

»Ich weiß nicht, wovon du ... *aua*!«

»Glaubt mir, es macht mir keine Freude, jemandem unnötige Schmerzen zu bereiten, obwohl ich unendlich viele dafür geeignete Techniken kenne ... und Eure Lügerei macht es leider notwendig.« Gar ließ zwei Finger einsatzbereit über Dolonicus' Kniescheibe schweben. »Wie gefällt Euch der Spitzname ›Hinkebein‹?«

»Udan Kann wird mich umbringen, wenn ich dir etwas verrate.«

»Wenn er nicht gewollt hätte, daß ich die Information bekomme, hätte er Euch bereits getötet.« Gars Finger näherten sich bedrohlich dem Nervenzentrum in Dolonicus' Beinen. »Ihr hättet mich nicht als ›den Ausgestoßenen‹ bezeichnet, wenn Udan Kann Euch nicht erzählt hätte, daß er es nicht duldet, wenn mein Name in seiner Gegenwart genannt wird. Spidos Onkel lieferte einen weiteren Beweis für meine Vermutungen. Seine Informationen über Vorgänge außerhalb Torfays sind mindestens zwanzig Jahre alt, und vor zwanzig Jahren hat Udan Kann nur im verborgenen gelebt. Trotzdem kannte Gordo ihn ... und meinen Spitznamen! Ihr oder einer Eurer Henkersknechte habt nicht dicht gehalten. Alleine *dafür* würde Udan Kann euch töten.«

»Du hast gewonnen. Du hast gewonnen.« Dolonicus schüttelte den Kopf. »Udan Kann hat gewußt, daß du auftauchen würdest. Er wartet auf dich im Norden ... in Gelfait.«

»Gelfait?« Gars Finger zuckten, und er hätte Dolonicus beinahe mit den ›Zwölf Todesqualen‹ beglückt, doch der Mann hatte ihn nicht angelogen. Das wußte Gar. *Entweder ist Udan Kann nach Gelfait gezogen, weil er glaubt, mir zu entkommen, wenn das Dorf wieder in der Zeit verschwindet, oder ...* Gar zitterte bei dem Gedanken an die andere Möglichkeit. »Das ist unmöglich.«

»Oh! Das ist es nicht. Er wartet auf dich.« Dolonicus zog die Beine an und umklammerte sie mit den Armen. »Ich hab' dir alles gesagt, was ich weiß. Ich glaube, ich habe mir eine Belohnung verdient.«

Gar zuckte mit den Schultern. »Ich habe Euch bereits belohnt.«

Dolonicus stand auf und trat vorsichtig einen Schritt zurück. »Du läßt mich leben?«

»Nein.«

»Der Tod ist keine besonders tolle Belohnung.«

»Ihr seid auch kein besonders toller Mensch, aber das ist es nicht, was ich Euch gewährt habe.« Gar deutete den Berg hinab in Richtung Torfay. »Ihr habt diese Menschen in Angst und Schrecken versetzt und ihnen das Leben zur Hölle gemacht. Das ist die Essenz Eures Lebens. Ich habe Euch getötet, doch Ihr werdet nur sterben, wenn Ihr Euch überlegen und unbesiegbar fühlt. Bescheidenheit und Demut garantieren Euch ein langes Leben. Wenn Ihr so weitermacht wie bisher, wird das Euer Tod sein.«

Dolonicus mußte sich wieder hinsetzen. »Du ... wie konntest du nur ... das ist nicht fair.«

»Das ist Gerechtigkeit.«

»Das ist Folter.«

»Es wäre Folter, wenn ich Euch für den Rest Eures Lebens gelähmt hätte ... außer für die täglichen zwei Stunden, in denen Ihr Gordos phantastischen Geschichten lauschen dürftet.« Gar klopfte Dolonicus auf die Schulter. »Ich werde Udan Kann Euer Bedauern darüber ausrichten, daß Ihr nicht bei seinem Tod anwesend sein könnt.«

Die Reise nach Gelfait verging wie im Flug. Trotzdem war jeder Schritt eine Qual. Gar versuchte sich auf den Schmerz in seiner Schulter zu konzentrieren, doch es gelang ihm nicht. Immer wieder dachte er über Udan Kanns ungewöhnliches Versteck nach. Es war durchaus sinnvoll für einen Hingu-Meister, sich an einem Ort zu verstecken, der für seine kriegerische Tradition berühmt war – erst recht, wenn dieser Ort keinen festen Platz in der Zeit hatte und man auf diese Art und Weise ungünstigen politischen Umständen entkommen konnte. Unter normalen Umständen hätte Gar diese Erklärung ohne weiteres akzeptiert, aber im Falle Udan Kanns lagen die Dinge anders.

Udan Kann war während seiner gesamten Laufbahn nie einem Kampf aus dem Weg gegangen. Sein Verschwinden hatte Gar mehr als nur beunruhigt, doch nicht aus dem Grund, den viele vermuteten. Gar hatte die wahre Ursache für seine Unruhe zunächst selbst nicht erkannt. Auf jeden Fall war es nicht die schlampig ausgeführte Ermordung seiner Eltern. Während er durch die Wälder in Richtung Gelfait zog, offenbarte sich ihm die Wahrheit.

Udan Kann hatte nicht an der letzten Schlacht teilgenommen. Der Grund dafür konnte nur ein ausdrücklicher Befehl Kalarans gewesen sein, und der Halbgott hätte eine derartige Order nur gegeben, wenn er etwas Bestimmtes damit bezweckte. Es lag zwar im Bereich des Möglichen, daß Kalaran nicht mit seinem eigenen Tod gerechnet hatte, doch Gar bezweifelte das. Der Assassine hatte selbst in Kalarans Reihen gedient und erinnerte sich nur allzugut an die Voraussicht seines ehemaligen Herrn und Meisters. Kalaran hatte Vorkehrungen für den Fall seines Todes getroffen.

Osinas Erzählungen über Wegelagerer untermauerten Gars Vermutung, daß Udan Kann diese Anstrengungen koordinierte. Die Angriffe in der Wüste konnten nur eins bedeuten: Udan Kann wollte Anachron.

... und wenn Udan Kann Anachron wollte, dann wollte auch Kalaran das Amulett.

Er darf es auf keinen Fall bekommen, dachte Gar. Kalaran – beziehungsweise sein Schädel – war in Caltus. Deshalb mußte das Amulett nach Gelfait gebracht werden. Das war Gars Auftrag, und er würde ihn erfüllen ... um jeden Preis. »Immer schön der Reihe nach«, murmelte er vor sich hin. »Bring zuerst das Amulett in Sicherheit, bevor du die anderen von Kalarans Plänen informierst.«

Hinter einer kleinen Hügelkette erblickte Gar das

Dorf Gelfait. Es besaß eine ähnliche Form wie Torfay. Allerdings war es aufgrund der Enge des Tales etwas mehr in die Länge gezogen. Im Gegensatz zu Spidos Heimat bestanden die Häuser nicht aus grob behauenem Felsgestein, sondern aus blank poliertem Marmor. Die Dächer waren mit Dachziegeln aus Halbedelsteinen gedeckt. Vereinzelt waren Dachgärten zu sehen, die mit Blumen in allen Farben des Regenbogens bedeckt waren.

Im Zentrum dieser Pracht befand sich die Kapelle Anachrons. Sie schien fester in dieser Welt verankert zu sein als der Rest des Dorfes, denn sie machte einen baufälligen Eindruck. Die große Kuppel war eingefallen und hatte eine der schimmernden Wände mitgerissen. Während Gar den Hügel hinabschritt, konnte er zwischen den Bäumen hindurch in das Innere des Gotteshauses sehen. Wenn die blau leuchtenden Wände nicht gewesen wären, hätte man die Kapelle für eine der vielen Ruinen halten können, die der Wüstenwind von Zeit zu Zeit freilegte.

Das eigentliche Gelfait war in eine Art Nebel gehüllt. Als Gar das Dorf betrat, lichtete sich der Nebel in einem Umkreis von zehn Metern. Geisterhafte Menschen und Tiere durchstreiften die Straßen. Gar erkannte einige der Männer. Es waren Krieger, die Anachron in vergangenen Zeiten getragen hatten. Sie waren heimgekehrt.

Genau wie ich, dachte der Assassine. Der Gedanke verwirrte ihn. Gar fühlte einen inneren Frieden, wie er ihn nie zuvor gekannt hatte. Das war der Frieden, den man bei einem Tod im Geiste des Tian-Shi-Sheqi empfand. Obwohl Gar diesen Gedanken nicht als Vorboten seines eigenen Todes interpretierte, so war er doch bereit zu sterben. *Ich bin bereit, mir einen solchen Tod zu verdienen.*

Gar betrat die Tempelruine und verbeugte sich vor dem Mann, der vor der Apsis stand. »Udan Kann, hier also treffe ich auf die Spinne inmitten ihres Netzes.«

Der ältere Mann, der seine grauen Haare zu einem Pferdeschwanz zusammengebunden hatte, ignorierte den Gruß des Neuankömmlings. »Ausgestoßener, du hast meine Lehren pervertiert. Nun ist die Zeit deiner Bestrafung bekommen. Ich verlange den Hingu-Cor.«

Gar hob eine Augenbraue. »Nur den Hingu-Cor? Ich habe den Titel eines Hingu-Grashanshao angenommen. Ich verlange Hingu-Gracor.«

Udan Kann schüttelte bedauernd den Kopf. »Das ist unmöglich. Hingu-Gracor geht auf Leben und Tod.«

»Hast du Angst, daß ich dich töten könnte?«

»Das ist unwahrscheinlich.« Udan Kann deutete auf Gars Halskette. »Du trägst Anachron, und ich will es haben. Wenn der Träger getötet wird, verschwindet das Amulett und geht wieder auf seinen früheren Besitzer über.«

»Prinz Rango.«

»Stimmt ... und genau das will ich vermeiden.«

»Du meinst, *Kalaran* will vermeiden, daß Prinz Rango das Amulett zurückerhält.«

»Du brauchst nur zu wissen, daß ich es haben will.«

Gar zog das Amulett aus seinem Gewand. »Hier. Ich gebe es dir.«

»Dein Angebot ist sehr freundlich, aber ich will es mir im Kampf verdienen. Ich bin stolz auf meine Arbeit.« Udan Kann breitete die Arme aus und schnippte mit den Fingern. »Dieser Hingu-Cor wird die Welt daran erinnern, *wer* der einzig wahre Hingu-Grashanshao ist.«

»Der Titel gebührt dir, Udan Kann.« Gar zuckte die Achseln. »Aber das wird mich nicht davon abhalten, dich zu töten.«

»Ich hätte nie gedacht, daß es einmal so weit kommen würde.« Der ältere Mann lächelte mit einer Kaltblütigkeit, die Gar schon früher als affektiert empfunden hatte. »Wenn ich in diesem Kampf fallen sollte«, erklärte Udan Kann, »oder wenn du mich lange genug aufhalten solltest, so daß ich mit Gelfait verschwinde, werden meine Henkersknechte sämtliche Dörfer dieses Landstrichs dem Erdboden gleichmachen.«

Gar versteifte sich. »Dem Erdboden gleichmachen? Könntest du dich etwas genauer ausdrücken?«

Udan Kann zögerte einen Augenblick und runzelte verwirrt die Stirn. »Feuer, Gemetzel, nächtliche Überfälle und so weiter. Das Übliche.«

»Keine Heuschreckenplage oder eine überdurchschnittlich gute Ernte, so daß die Arbeiter vor lauter Arbeit auf den Feldern zugrunde gehen?«

»Ich wollte nicht soviel Aufhebens darum machen.«

Gar schüttelte den Kopf. *Wenn du nur den wahren Weg erkannt hättest, wie man sie vernichten kann ...* »Hingu ist eine Perversion«, erklärte Gar, »und du bist seine Inkarnation. Du läßt mir keine andere Wahl, als dich zu vernichten.«

»Die Träume der Jugend erfüllen sich in den seltensten Fällen.«

»... und die Phantasien der Alten vergehen in ihrer eigenen Schwäche.«

Die beiden Männer begannen, sich langsam zu umkreisen. Udan Kann nahm die ›Vipern-Stellung‹ ein, und Gar konterte mit der ›Mungo-Verteidigung‹. Beide Kämpfer wußten, daß ihre Bewegungen nicht mehr als Imponiergehabe waren, um ihre tödlichen Fähigkeiten zu verbergen. Tiger und Wolf, Adler und Wespe, Ameise und Ameisenbär ... sie nahmen jede erdenkliche Position ein, als wollten sie sich gegenseitig versichern, daß sie nichts verlernt hatten.

Als Udan Kann in die ›Ameisenlöwen-Stellung‹ überging – was eines Jahrzehnts der Übung bedurfte –, griff Gar mit einem ›Speerspitzen-Stoß‹ an, den der alte Meister mit Leichtigkeit parierte. Gar hieb mit einer ›Feuerkralle‹ nach Udan Kanns Stirn und sprang zurück, um den Ameisenlöwen seines Gegners mit einer ›Spinnenwespe‹ abzuwehren.

Der ältere Mann taumelte einen Augenblick und blinzelte benommen. »Du hast die Form gebrochen, Ausgestoßener.«

»Stimmt, aber ich habe dich erwischt.«

»Deine Techniken sind nur etwas für kleine Kinder«, knurrte der alte Meister, während er seinen ›Ameisenlöwen‹ perfektionierte. »Aber du bist ja schon immer ein Kind gewesen, Ausgestoßener. Wenn du in der Schule aufgepaßt hättest, hätte mich dein Angriff getötet.«

»Auf eine sehr grobe und groteske Art und Weise.«

»Natürlich.«

»Das ist nicht mein Stil«, erwiderte Gar lächelnd. »Es gibt mehr auf dieser Welt, als du dir vorstellen kannst, alter Mann.«

»... und du hast noch eine Menge zu lernen, Ausgestoßener.« Udan Kann formte seinen Körper zur ›Königskrabbe‹ und kniff seinem ehemaligen Schüler in die Hüfte. »Meine *treuen* Schüler wissen, daß jeder Schlag zählt.«

Gar sprang einen Schritt zurück. Sein Bein wurde von einem ungeheuren Schmerz durchzogen, der sich bald in Taubheit verwandelte. »Auch ich kann Schmerz mit Schmerz vergelten«, rief Gar und holte zu einem ›Meißel-Tritt‹ aus, doch er traf nur den Pferdeschwanz seines alten Meisters. Der ältere Kämpfer war unter dem Angriff weggetaucht und richtete einen ›Schmerzbringer‹ auf Gars Lenden.

Gar versuchte, gegen den Schmerz anzukämpfen und zurückzuweichen, doch sein lahmes Bein hinderte ihn am Rückzug. Udan Kann griff erneut an. Sein ›Fleischspalter‹ traf genau in die Schulterwunde, die Gar von seinem Kampf mit dem Saurier übrigbehalten hatte. Der Schmerz wurde unerträglich.

Aber anstatt zurückzuweichen, stellte sich Gar den Angriffen des alten Meisters und zielte mit einem ›Knochenbrecher‹ auf Udan Kanns Rippen. Dann schnippte er mit dem Finger gegen die Nase seines Gegners und stieß mit der ›zweizackigen-Gabel‹ nach den Augen des Älteren. Udan Kann wehrte den Angriff mit Müh und Not ab und zielte wütend mit einem ›Speerspitzen-Stoß‹ auf Gars Brust.

Gar hatte den Angriff rechtzeitig bemerkt. Er hätte den Stoß ohne größere Schwierigkeiten abwehren können, doch er blieb regungslos stehen. Er fühlte, wie sich der Druck auf seiner Brust verstärkte. Adern wurden zerrissen, und das Blut staute sich in der Bauchhöhle. Udan Kann war schnell genug, um den Angriff durchzuziehen und ein Stück aus der Leber zu reißen, bevor der Schmerz das Gehirn seines Gegners erreichte.

Der alte Mann sprang wütend zurück und schrie enttäuscht auf, während er sich das Blut von der Hand schüttelte. »Das ist unredlich!«

Gar taumelte zurück. Schweiß lief ihm in die offenen Wunden. »Du wolltest mich doch töten. Niemand hindert dich daran.«

»Stimmt. Ich will dich töten, aber das kann warten, bis ich meine Aufgabe erfüllt habe. Dann werde ich mich um dich kümmern.« Der alte Hingu-Meister blickte über die Schulter auf die aufgehende Sonne. »Ich habe nicht die Absicht, hier für alle Zeiten festzusitzen, Ausgestoßener. Ich werde mir das Amulett nehmen und mich auf den Weg machen. Aber ich werde zurückkommen.«

»... oder bei dem Versuch sterben«, ergänzte Gar.

»Schluß jetzt! Es ist vorbei.« Udan Kann sprang auf seinen ehemaligen Schüler zu und traktierte ihn mit einer verheerenden ›Tsunami-Kombination‹. Der Schmerz wurde immer schlimmer. Gar wußte, daß er diesen Angriff nicht überlebt hätte, wäre er noch ein Schüler gewesen, doch mit Hilfe des Tian-Shi-Sheqi erkannte er Form und Rhythmus der Attacke. Wenn seine Gliedmaßen noch funktioniert hätten, wäre es kein Problem für Gar gewesen, die Form zu zerbrechen ... und mit ihr Udan Kann.

Aber Tian-Shi-Sheqi erklärte ihm auch, daß ein solches Verhalten unnütz sei.

Gars Schulter wurde von ›Feuernadel-Stichen‹ durchbohrt, während ein ›Fußfeger‹ ihm die Beine wegriß. Seine Rippen zerbarsten, und sein rechtes Jochbein brach in tausend Stücke. Gar sank zu Boden, doch Udan Kann traktierte den Gefallen weiter mit Schlägen, Tritten und Stößen. Schließlich ließen die Angriffe nach, und Udan Kann setzte sein Opfer auf und lehnte es gegen eine Wand. Gar spürte den größten Teil seines Körpers nicht mehr. Nur an einigen Stellen war der Schmerz nach wie vor unerträglich.

Udan Kann nahm Gar die Halskette mit dem Amulett ab. »Entschuldige meine überstürzte Abreise, aber ich habe noch einiges zu erledigen. Ich werde deine Freunde wissen lassen, was mit dir geschehen ist. Vielleicht werden sie mich sogar belohnen.«

»Vielleicht wirst du bekommen, was du verdienst«, gurgelte Gar.

Udan Kann schüttelte spöttisch den Kopf. »Du warst mein bester Schüler. Du hättest mein Nachfolger werden sollen. Vielleicht werde ich Anachrons heilende Kräfte bei meiner Rückkehr an dir ausprobieren, um zu sehen, ob ich recht hatte.«

»Du *hattest* recht.«

»Das werden wir ein andermal feststellen, Ausgestoßener.«

Gar nickte. Udan Kann trat aus dem Tempel und verschwand in den Nebeln Gelfaits. Der besiegte Assassine biß die Zähne zusammen und versuchte den Schmerz aus seinem Gehirn zu verbannen. Unzusammenhängende Bilder und Worte formten sich in seinem Verstand. Er sah Domino Blaid und lächelte. »Hochzeits ... überraschung? Das will ich doch hoffen.«

Ein kurzes Bild von Jord schlich sich kurz in seine Gedanken, und Gar erinnerte sich an die letzte Strophe des Gedichts, das Spido für eine Prophezeiung gehalten hatte:

Geboren aus der Zeit
Eine alte Schuld zu sühnen
Bin ich die Zukunft meines Vaters
Bin ich der neue Morgen
Das Jetzt ist nun vorüber
Vergangen wie der Tag
Ich werde sie nie wiedersehen
Der tote Mann ist tot.

Gar Quithnick, der letzte lebende Grashanshao des Tian-Shi-Sheqi, wußte nicht, warum ihm diese Worte eingefallen waren oder was sie bedeuteten. Er wußte nicht, ob es ein gutes oder ein schlechtes Gedicht war. Er wußte nur, daß es ihm gefiel. Während die Sonne unterging und Gelfait in seinem Limbo jenseits der Zeit verschwand, dachte Gar über die Worte des Dichters nach und fand den Frieden des Tian-Shi-Sheqi.

VORSPIEL
ZUM ZWEITEN

Prinzessin Rissa stand auf ihrem Balkon und starrte traurig auf den Geysir, der sich inmitten des ehemaligen Sees gebildet hatte und Schlamm in die Luft spuckte. Vielleicht hätte sie Jancy Gaine begleiten sollen, um Sombrisio zurückzubringen. Dann wären sie jetzt bereits wieder in der großen Einöde, würden über den rüden Humor der Söldner lachen und von alten Zeiten träumen. Calla Mallanik würde ihnen eine typische Elfensage erzählen, die dazu gedacht war, den Menschen ihre kulturelle Unterlegenheit vor Augen zu führen, und Sombrisio würde …

Prinzessin Rissa zog ein angewidertes Gesicht, als der Geysir erneut Schlammassen in den Himmel schleuderte. Das Dreckloch hatte offensichtlich Blähungen. Jedenfalls hörte es sich so an … und es roch auch nicht besser.

»Königliche Hoheit!« zwitscherte eine Stimme in Rissas Rücken. »Die Näherin ist hier, um Euch das Hochzeitskleid anzupassen.«

Rissa wandte sich von der bedrückenden Szenerie ab und ging in ihr Schlafgemach.

Daisy, Kammerzofe der Prinzessin seit ihrer Flucht aus der Sklaverei, diskutierte mit der Schneiderin. Rissas Dienerin hatte graues Haar und war von plumper Gestalt, während die Handwerkerin ungewöhnlich schlank war und leicht schielte. Wenn sie nebeneinander standen, wirkten die beiden wie Nähkissen und Stecknadel.

Während Prinzessin Rissa sich in einem Nebenraum bis auf die Unterwäsche auszog, belauschte sie das Gespräch der Dienerinnen.

»Was du nicht sagst!« sagte Daisy. »Riesenschlangen! Und mit Flügeln! Die fliegen können!«

»Doch, doch. Du hast schon richtig gehört«, erwiderte die Schneiderin. »Sie bedrängen den Viehmarkt schon seit zwei Stunden. Die königlichen Bogenschützen haben eine abgeschossen. Es sind eigentlich sehr schöne Tiere ... wenn man außer acht läßt, daß sie einen Menschen auf einen Happen verschlingen können.«

Als die Prinzessin das Gemach betrat, verbeugten sich die beiden Dienerinnen bis zum Boden. Rissa lächelte ihnen gnädig zu. Ihre Mutter hatte immer gesagt, daß eine Prinzessin selbst in Unterwäsche königlich zu wirken habe.

Die Schneiderin öffnete die Päckchen, die ihr Gehilfe hereingetragen hatte. Sie hatte mehrere Meter elfenbeinfarbener Seide dabei, handbestickte Litzen und eine kleine Kiste mit Perlen. Als die beiden Frauen den Stoff ausbreiteten, bemerkte Rissa, daß er die Form eines prächtigen Hochzeitskleides hatte. Ihre schlechte Laune verflog und wurde durch freudige Erregung ersetzt.

Nachdem die Anprobe beendet war, kleidete sich Rissa in Reitersachen, nahm den Elfenbogen, den ihr Calla geschenkt hatte, und machte sich auf den Weg zu ihrem Verlobten. Die Wachen erklärten ihr, der Prinz sei in seinem Arbeitszimmer. Die Prinzessin war noch immer gut gelaunt, als sie die Tür aufstieß und lachend auf ihren Geliebten zulief. »Rango, Liebling. Komm. Laß uns auf die Jagd gehen.«

Der Prinz lugte hinter einem Stapel Papiere hervor. Seine anfängliche Verärgerung verwandelte sich schnell in ein warmes Lächeln. Trotzdem schien er sich nicht sonderlich über den Besuch seiner zukünftigen Frau zu freuen. Rango stand langsam auf und küßte Rissa die Hand.

»Rissa, meine Liebe«, sagte er. »Du willst auf die Jagd gehen? Jetzt, wo wir unsere Trauung und meine Krönung vorzubereiten haben und das Reich bis über beide Ohren in Schwierigkeiten steckt?«

»Genau diese Schwierigkeiten will ich jagen«, erwiderte Rissa. »Die Viehhändler werden von fliegenden Schlangen angegriffen. Ich dachte, wir ziehen einfach los und erledigen einige von ihnen. Wir könnten Schuhe oder Gürtel aus ihren Häuten fertigen lassen.«

»Im Augenblick interessieren mich weder Schuhe noch Gürtel«, erklärte Rango und ging wieder auf seinen Schreibtisch zu.

»Und was ist mit der Moral unserer Bürger?« fragte Rissa. »Sie denken, ein Krieger würde den Thron besteigen, aber du scheinst dich in einen Buchhalter verwandelt zu haben!«

»Vielleicht ist es genau das, was der Frieden braucht ... Buchhalter, keine Krieger. Wenn das Volk nach kriegerischem Beistand verlangt, werde ich meine Leibwache in die Stadt schicken. Sie werden schon mit den Schlangen fertigwerden.«

Rissa schmollte. Sie haßte dieses Gefühl, konnte aber nichts dagegen unternehmen. Rango hatte recht. Ihre eigenen Eltern hatten durch Gesetze regiert und nicht durch soldatische Tapferkeit. Trotzdem hätte sie nicht erwartet, daß Rango sich so rasch in einen Spießer verwandeln würde. Als sie und Jancy den jungen Prinzen nach ihrer Abreise aus Anthurus getroffen hatten ...

Rissa hätte ihrem Verlobten noch ein paar passende Worte gesagt, hätte es in diesem Augenblick nicht geklopft.

»Das ist mein nächster Termin, Rissa«, erklärte Prinz Rango nüchtern. »Ich werde ein Regiment der

Garde aussenden, um die Schlangenplage zu beenden.«

Rissa wußte, wann sie unerwünscht war. Sie verließ das Arbeitszimmer, ohne den hageren Mann zu beachten, der in der Tür wartete.

Lemml Touday blickte der davoneilenden Prinzessin hinterher.

»Ihre königliche Hoheit macht keinen sehr glücklichen Eindruck«, bemerkte er.

»Die Prinzessin wird sich bis zur Hochzeit schon wieder beruhigt haben«, erwiderte der Prinz. »Im Augenblick fällt es ihr noch sehr schwer, sich an ein geregeltes Leben zu gewöhnen. Schließlich hat sie bis vor kurzem noch ein unbeschwertes Abenteurerleben geführt.«

»Ich dachte immer, Prinzessin Rissa wäre als Sklavin in ein Bordell verkauft worden, geflohen und durch die ghulverseuchte Einöde bis vor die Tore der Stadt der Toten gezogen«, wandte Lemml ein.

»Stimmt«, bestätigte Prinz Rango. »Sie mußte keinerlei Verantwortung übernehmen ... außer für sich selbst. Es waren Tage des Ruhms, ohne Rituale, Pomp und Hofprotokoll. Sie wird sich schon an die neuen Lebensumstände gewöhnen, wenn sie die Bedeutung ihres Amtes begriffen hat.«

Der Prinz beendete das Thema und wandte sich wieder der Politik zu. »Ihr habt einen Bericht für mich?« Rango lächelte unvermittelt. »Verzeiht mir, Lemml. Ich habe Euch noch gar nichts zu trinken angeboten. Das Gespräch mit Rissa hat mich ein wenig durcheinandergebracht. Setzt Euch an den Kamin, während ich uns Wein besorge.«

Als Prinz Rango die Flasche entkorkte, schäumte

der Wein wie Bier, und eine dicke, braune Flüssigkeit floß in die beiden Gläser, die auf dem Tisch standen. Rango schnüffelte mißtrauisch an dem merkwürdigen Getränk.

»Das ist kein Bier«, erklärte er. »Es riecht irgendwie süß.«

Rango nippte vorsichtig an seinem Glas – und nahm einen größeren Schluck.

»Gar nicht mal so schlecht. Ich befürchte, die magischen Anomalien erstrecken sich mittlerweile auch auf meinen Weinkeller, Lemml. Wollt Ihr trotzdem ein Glas? Auf jeden Fall handelt es sich um ein äußerst seltenes Getränk.«

»Ich trinke, was Ihr trinkt, mein Prinz«, antwortete der Priester und nahm einen kräftigen Schluck.

»Kommen wir zum Geschäft«, drängte Prinz Rango.

»Wie Ihr wünscht, Herr. Ich muß Euch leider mitteilen, daß weiterhin nur die dunkle Figur den Schädel verläßt. Ich habe versucht, die Omen so vorsichtig wie möglich zu interpretieren, doch der Hohepriester wird langsam unruhig. Er glaubt, es sei ein Fehler gewesen, Amulett und Schriftrolle ziehen zu lassen.«

Prinz Rango lächelte und nippte an seinem Glas.

»Und was erwartet der Tempel jetzt von mir?« fragte er. »Die Priesterschaft hat den Bitten meiner Berater entsprochen, und die Artefakte sind auf dem Weg zu ihren Ruheplätzen.«

»Einige haben sich daran erinnert, daß Ihr Euren Helden Kleinmagier mit auf den Weg gegeben habt«, erwiderte Lemml Touday und täuschte Betroffenheit vor. »Man plant, Euch aufzufordern, General Blaid und Gar Quithnick zurückzurufen, bevor sie ihre Aufgabe erfüllt haben.«

»Was für eine verdammte Impertinenz!« fauchte

Prinz Rango. »Verstehen diese Idioten nicht, daß hier mehr auf dem Spiel steht als nur die Prophezeiungen eines ominösen Schädels? Es würde mich nicht wundern, wenn Kalaran uns falsche Omen zukommen ließe!«

Lemml lächelte. »Eine gute Idee, königliche Hoheit. Damit ließe sich etwas machen, falls die Stimmung im Tempel sich noch weiter verschlechtern sollte. Natürlich müßte ich alles mit größter Sorgfalt vorbereiten ...«

Der Prinz öffnete eine Schublade seines Schreibtischs, zog einen kleinen Geldbeutel hervor und gab ihn dem Priester.

»Ich habe noch etwas für Eure ›wohltätige Sache‹ gesammelt«, erklärte er. »Ich denke, daß ich noch mehr Spenden auftreiben kann ... allerdings nicht vor der Krönung. Danach habe ich Zugang zur königlichen Schatzkammer. Aber falls das Amulett und die Schriftrolle zurückkehren sollten, würde sich die Krönung natürlich auf unabsehbare Zeit verzögern.«

Lemml leerte sein Glas, stand auf und verneigte sich vor dem Prinzen. Die Geldbörse verschwand unauffällig unter seinem langen Gewand.

»Ich verstehe, königliche Hoheit. Ich werde mein Bestes tun.«

»Ich zähle auf Euch«, sagte Prinz Rango.

TEIL II

EINE AUSSERORDENTLICH UNANGENEHME WAFFE

Hinter den Silhouetten der Mauern und Türme von Caltus waren die ersten Strahlen der aufgehenden Sonne zu sehen. Ein rötliches Licht schimmerte auf den Rüstungen Jancy Gaines und ihrer Gefährten, die sich auf einer Anhöhe westlich der Stadt auf ihre Abreise vorbereiteten. Squill der Kleinmagier hockte ein Stück von der Gruppe entfernt und war mit seiner Kunst beschäftigt.

Die Packpferde schnaubten und suchten verzweifelt nach etwas Eßbarem. In der unendlichen Weite der Einöde von Thaumidor würden die Tiere überhaupt keine Nahrung mehr finden, deshalb bestand der größte Teil des Gepäcks aus Pferdefutter.

Zehn abgehärtete Söldner hatten die Verantwortung für die Lasttiere übernommen – fünf Menschen und fünf Elfen. Es waren abgehärtete Krieger, die dem Tod schon tausendmal ins Auge geblickt hatten. Auch diesmal waren sie bereit, ihr Leben zu riskieren.

Calla Mallanik, der Jancy Gaine schon auf vielen Abenteuern begleitet hatte, stand mit grimmigem Gesichtsausdruck neben seiner Freundin. Er hielt seinen silbernen Elfenbogen in der Hand, dessen goldene Pfeile nie das Herz eines Übeltäters verfehlten.

Jancy Gaine trug ihren gehörnten Helm und einen leichten Lederpanzer, den sie mit metallenen Abbildern ihrer schrecklichen Götter geschmückt hatte. Die Nordländerin hatte ihren hölzernen Rundschild, dessen Buckel ein stählerner Dorn bildete, an der linken Hüfte befestigt. Er diente als Gegengewicht zur riesigen Axt *Kastrator,* die an der rechten Seite des Gürtels hing.

Ein verzerrtes, weibliches Gesicht zierte Jancys Mittelfinger: Sombrisio, der massive Silberring, den Halbgötter vor unendlichen Zeiten aus dem glühenden Gestein eines Meteors geschmiedet hatten. Das Feuer, das in den Augen des absonderlichen Gesichts flackerte, war nur teilweise eine Sonnenspiegelung. Sombrisio war ebenso lebendig wie Jancy Gaine oder ihre Kameraden.

Von ihrem erhöhten Standpunkt aus konnten die Abenteurer ein paar vereinzelte Laternen erkennen, die sich durch die Straßen der Hauptstadt bewegten. In einigen Fenstern brannte Licht, doch nicht im Zimmer der Prinzessin, die im königlichen Schloß auf ihre Hochzeit mit Prinz Rango wartete. Rissa, die von Jancy Gaine gerettet worden war und eine Reihe unglaublicher Abenteuer mit der blonden Nordländerin bestanden hatte, hatte nun ihren Platz an der Seite Prinz Rangos eingenommen ...

Am Horizont zuckten Blitze; aber die Luft auf der kleinen Anhöhe war so ruhig wie die Gesichter der Gefährten, als sie auf eine Heimat blickten, die sie vielleicht niemals wiedersehen würden.

Sombrisio, der massive Silberring, furzte.

»Ich hatte die königliche Lotterie genau da, wo ich sie haben wollte«, jammerte Calla. »Keine Kugel konnte meiner Falle entkommen ... nur diese verdammte Nummer 1.792.569. Ich hatte alles auf das genaueste durchkalkuliert! Es gibt keinen anderen Elfen, der ...«

Plötzlich erfüllte ein schrecklicher Schmerzensschrei die Luft. »Squill!« brüllte Jancy Gaine. »Was, zum Teufel, machst du da?«

Squill schnitt eine Grimasse und schüttelte den Kopf. Er hatte die rechte Hand ans Ohr gelegt und bediente mit der linken den kleinen Apparat, der Teil seiner Magie war. Ein langer metallischer Stab, dessen unteres Ende in Squills Rucksack verschwand, ragte über den Kopf des Magiers – ein unübersehbares Zeichen seiner Profession.

Squill kümmerte sich nicht um Jancy. Statt dessen murmelte er immer und immer wieder: »Wyvern Zwei an Wyvern Basis. Eins, zwei, drei, Test, Test. Over.«

Unvermittelt gab der Magier seine Bemühungen auf und wandte sich mit einem frustrierten Stöhnen an Jancy Gaine. »Es tut mir leid. Ich werde wohl die Kristalle auswechseln müssen. Es treiben sich zu viele verlorene Seelen in diesem Teil des Äthers herum.«

»Na klar«, kreischte Sombrisio mit seiner unangenehmen Stimme. »Schieb nur alles auf die Ausrüstung. Es könnte wohl nicht zufällig daran liegen, daß du nur ein halbausgebildeter Trottel bist, der mit einer Bande von Versagern durch die Gegend zieht?«

»Kümmere dich nicht um ihn, Kleinmagier«, fauchte Jancy und bedeckte den Ring mit der linken Hand. »Mach einfach deine Arbeit. Ich will nicht den Rest meines Lebens auf der städtischen Müllkippe verbringen.«

Squill zog den Rucksack aus, kramte in einer der Seitentaschen herum und brachte schließlich einen leuchtenden Malachit zum Vorschein, den er gegen einen Tomalin aus seiner Gürteltasche austauschte.

»Es war absolut unmöglich, daß eine andere Kugel ausgeworfen wurde, nachdem ich die Maschine im Keller des Palastes manipuliert hatte«, murmelte Calla vor sich hin. Sein Blick war der Hauptstadt zugewandt, doch sein Verstand beschäftigte sich ausschließlich mit der Ungerechtigkeit, die ihm widerfahren war.

Letzte Woche war die königliche Lotterie durchgeführt worden, um die Kosten zu kompensieren, die durch den Sieg des Guten und die Rückkehr des wahren Königs entstanden waren. Auch Elfen hatten sich daran beteiligt – ihr Götter, und *wie* Calla sich daran beteiligt hatte! Für einen Elfen von Calla Mallaniks außergewöhnlichem Geschick hatte alles so einfach ausgesehen. Er mußte den Ausgang nur auf eine nicht nachweisbare Art und Weise manipulieren.

»Neee«, sagte einer von Jancys stattlichen Begleitern zu seinem etwas schlankeren elfischen Kameraden. »Nichts läßt sich mit Hormazd dem Zenturier vergleichen ... er hatte 78 Wunden in seinem Körper, *achtundsiebzig!*«

Der Elf schürzte die Lippen und erwiderte: »Aber nur wenn man Arme und Beine mitrechnet.« Das Pferd, das der Krieger an den Zügeln hielt, scharrte ziellos im Müll herum.

»Nix da!« rief der menschliche Söldner. »78 Wunden ... und *nur* im Körper ... na ja, Körper und Kopf, aber nur weil ein Hieb von seiner Rüstung abgeprallt ist.«

Sombrisio stieß eine beeindruckende Flatulenz aus. Jancy wedelte sich mit der linken Hand etwas frische Luft zu – eine sinnlose Geste. Der Gestank der Müllkippe überlagerte sowieso jeden anderen Geruch.

Nachdem Squill den neuen Kristall in die dafür vorgesehene Halterung eingesetzt hatte, hockte er sich vor den Rucksack. Endlich gelang es ihm, Verbindung mit seinem unsichtbaren Gegenüber aufzunehmen.

»Nur diese verdammte Nummer 1.792.569 hätte erscheinen dürfen.« Calla fühlte sich zutiefst gekränkt. » ... und was passiert? Luftballons steigen auf, Trompeten erschallen, und Prinzessin Rissa erklärt 1.792.571 zum Gewinner. Eine so hohe Nummer hätte es gar nicht geben *dürfen*!«

»Ich will Hormazd ja nicht schlecht machen«, sagte ein anderer Elf. »178 würde ich ja noch akzeptieren, aber *78* ... das ist ja wohl keine Kunst.«

Squill konzentrierte sich weiter auf seinen Apparat, und diesmal waren in der Tat entfernte Stimmen zu vernehmen.

»Und das ist noch nicht alles«, sagte Calla, obwohl ihm niemand mehr zuhörte. In den vergangenen Wochen hatte er die Geschichte so oft erzählt, daß seine Gefährten ihn inzwischen vollkommen ignorierten. Die Worte des Elfen erreichten zwar ihre Ohren, aber nicht ihren Verstand. »Der Gewinner ist auch noch irgend so ein hergelaufener Fremder, der sein Los erst zehn Minuten vor der Ziehung gekauft hat – der häßlichste Vogel, den ich je gesehen habe. Er glich eher einer Gans als einem Menschen!«

»Kunst!« erklärte der Anführer der menschlichen Söldner. »Kunst ist Scheiß! Wir reden hier über ein Handwerk, Junge ... über einen Mann, der *mit Stolz* in den Tod gegangen ist.«

»Roger. Eins, zwei, drei«, murmelte Squill. »Wyvern Zwei, over and out.« Der Magier stand auf und zog den Rucksack wieder an.

»Bist du jetzt endlich fertig, Kleinmagier?« fragte Jancy entnervt. Sie stand bereits seit fünfzehn Minuten auf dieser Scheißmüllkippe herum. Allerdings war die Einöde von Thaumidor auch nicht der hellste Fleck des Universums ... sondern eher sein Arschloch.

»Ich habe Verbindung zur Basis aufgenommen, wenn es das ist, was Ihr meint«, erwiderte Squill mit hochrotem Kopf. Der Erfolg erfüllte den Magier mit neuem Selbstvertrauen. »Ihr hättet mich nicht so nennen sollen.«

»Kleinmagier?« Jancy runzelte die Stirn. »Aber du *bist* ein Kleinmagier.«

Die Barbarenkriegerin hatte nicht viel für Männer übrig, die von sich selbst behaupteten, etwas Besonderes zu sein, nur weil sie irgendwelche Geister beschwören konnten. Um ehrlich zu sein ... sie hatte für *gar keinen* Mann etwas übrig.

Calla vergaß für einen Augenblick seine trübsinnigen Gedanken und half Squill dabei, den Rucksack anzulegen. »Ein Kleinmagier ist ein Zauberer in der Ausbildung, dem nur eine begrenzte Anzahl an Sprüchen zur Verfügung steht. *Ich* hingegen bin ein Fernmelder, ein Spezialist auf dem Gebiet der Kommunikation, eine Art Künstler.«

Entweder hatte Sombrisio gerade geprustet oder schon wieder gefurzt. »Du bist nichts weiter als ein Fachidiot«, kreischte der Ring. »Du bist ein Verlierer, den man auf einen selbstmörderischen Trip geschickt hat. Du brauchst dir doch nur die Flaschen anzusehen, mit denen du durch die Gegend ziehst.«

»Alle Mann auf! Los geht's!« befahl Jancy. »Und Sombrisio ... halt's Maul. Die Reise ist beschwerlich genug. Du brauchst sie nicht noch unangenehmer zu gestalten.«

Während die Gruppe aufbrach, stieg die Sonne weiter über den östlichen Horizont. Am Westtor von Caltus versammelten sich die ersten Fuhrwerke, die Waren in andere Städte transportierten.

»Glaubst du, mir bereitet es Vergnügen, in der Gesellschaft von ein paar intellektuell überforderten Abenteurern zu reisen?« fragte Sombrisio beleidigt. »Und wofür das alles? Nur damit ich den Rest der Ewigkeit in der verlorenen Stadt Anthurus verbringen kann. Toll!«

Jancy sagte mit einer eiskalten Stimme, die ihren Begleitern die Haare zu Berge stehen ließ: »Ich wiederhole es kein drittes Mal. Halt's Maul!«

Natürlich blickte Rissa ihnen nicht hinterher. Was hatte eine Prinzessin auch mit einer Müllhalde zu tun? Außerdem hatte sie mit Sicherheit eine Menge mit ihrem Verlobten zu besprechen.

Hast du eine Reise zur verlorenen Stadt in der Einöde von Thaumidor zu vergeben? Leider führt der einzige Weg dorthin über die Müllkippe. Laß uns Jancy schicken. Schließlich hat sie uns nur ungefähr ein dutzendmal das Leben gerettet.

»Die einzige Kugel, die hätte erscheinen dürfen ...« murmelte Calla.

»Bla-bla-bla«, flüsterte Sombrisio.

Es war ein heller Tag. Trotzdem war die Sonne nirgends zu sehen. Ein Staubschleier hatte sich über die düstere Landschaft gelegt und die spärliche Vegetation mit einer feinen grauen Schicht überzogen. Berührte einer der Reisenden einen Strauch, so zerfiel die Pflanze zu Staub, der sofort vom Wind fortgetrieben wurde.

Sie hatten die Einöde von Thaumidor erreicht.

»Ist das ...?« fragte Calla. »Ja, wir sind da. Dort drüben muß der Eremit leben. Wer sonst würde in einer Hütte aus Knochen wohnen?«

»Ich werde dir sagen, was ein Tod erster Klasse ist«, sagte einer der Elfensöldner. »Als Goldlocke, Prinz der windabgewandten Elfen, mit Sokitoomi dem Kristallriesen gekämpft hat ...«

»Bei Sif! Was für ein öder Ort«, brummte Jancy leise vor sich hin.

»Was für eine Überraschung!« rief Sombrisio. »Wir

sind in einer *öden* Einöde. Hast du in der Schule wenigstens gelernt, daß man seine Hand nicht ins Feuer steckt? Oder ist ›Feuer‹ ein zu kompliziertes technisches Konzept für einen Bauerntölpel aus dem Norden?«

Obwohl sich Jancy Gaine mittlerweile an die schnippischen Bemerkungen des Rings gewöhnt hatte, ließ sie das Artefakt in ihrer Faust verschwinden.

Thaumidor war eine Wüste aus Staub. Die gelbgraue Erde war knochentrocken. Sie war eine Anhäufung von Dreckpartikeln, die der Wind aus allen Himmelsrichtungen herbeigetragen hatte. Die kleine Gruppe von Abenteurern hatte die Einöde erst vor wenigen Minuten betreten. Eine scharfe Linie trennte Thaumidor von den menschenleeren Ödlanden der Umgebung. Einen Augenblick war man noch in einer normalen Wüste, und im nächsten reiste man durch den Staub der magischen Wildnis.

»... als die Lanze Sokitoomi an der Sollbruchstelle traf«, erklärte der Elf, »zerbarst der Kristallriese in abertausend kleine Splitter, die über Goldlockes Begleitern niedergingen, den Kriegerschwestern Everill und Worrell. Sie ...«

Versteinerte Oberschenkelknochen gigantischer Monster aus längst vergessenen Zeiten bildeten das tragende Gerüst der kleinen Hütte. Ein kompliziertes Puzzle aus unzähligen kleineren Knochen füllte die Zwischenräume. Hinterläufe von Hasen vermischten sich mit Schädelknochen von Vögeln, die wiederum als Keile für die Gebeine größerer Tiere dienten. Die Kieferknochen eines riesigen Hais formten das Dach – obwohl das Meer während des gesamten Vierten Zeitalters nicht näher als vierhundert Kilometer an Thaumidor herangekommen war.

»Seid gegrüßt, Eremit!« rief Jancy schon von weitem. »Eine edle Gemeinschaft nähert sich Eurer Tür und sucht Eure Hilfe bei einer gefährlichen Mission.«

Eine gelbäugige Viper, die sich auf dem Dach gesonnt hatte, fühlte sich von den aufdringlichen Fremden gestört und verschwand unter den Dachpfannen aus Mäuserippen.

»... hat Everill und Worrell in so dünne Scheiben geschnitten, daß man hindurchsehen konnte«, fuhr der Elf fort. »Ja, so war das. Wir haben ihnen ein gemeinsames Grabmal errichtet, da wir sie nicht mehr voneinander unterscheiden konnten.«

»Willst du den ganzen Tag hier herumstehen?« fragte Sombrisio mit gedämpfter Stimme. »Mir soll's recht sein. Schließlich bin ich derjenige, den man für den Rest seines Lebens verscharren will, aber ...«

»Eremit!« brüllte Jancy. »Beweg deinen heiligen Arsch hier raus!«

»Aber ich wette, es waren nicht achtundsiebzig Scheiben«, sagte einer der menschlichen Söldner. »Noch nicht einmal beide zusammen würden es auf achtundsiebzig bringen.«

Ein griesgrämiger kleiner Mann huschte aus der Hütte. Seine Augen waren fast so gelb wie die der Schlange. Die Diät eines Eremiten war offensichtlich nicht sehr gesund.

»Ja, ja, ja«, sagte der kleine Mann. »Ihr seid zufällig vorbeigekommen und wolltet dem Jungen ›Hallo‹ sagen, der sein ganzes Leben den Geheimnissen Thaumidors gewidmet hat, stimmt's? Na denn ... Hallo! Jetzt macht, daß ihr fortkommt und laßt mich allein.«

»Hey, einen Augenblick!« rief Calla.

Der Eremit war bereits bis zum Eingang seiner Behausung zurückgegangen. Er wirbelte herum und schrie: »Ich habe besseres zu tun, als von irgendwelchen Idioten, die sich auf einer zweitklassigen Abenteuerreise befinden, begafft zu werden! Macht es euch Spaß, meinen Fingernägeln beim Wachsen zuzusehen?«

Sombrisio kicherte. »Er hat euch erwischt.«

»Warte, verdammt noch mal!« befahl Jancy. »Was soll das heißen? ›Idioten auf einer zweitklassigen Abenteuerreise‹? Wir haben eine wichtige Mission zu erfüllen und bitten Euch nur ...«

»Ihr bittet *mich*?« Der alte Mann ging auf Jancy zu und wedelte mit seinem knochigen Zeigefinger. »Ich will Euch mal was fragen, mein liebes Fräulein Abenteurerin. Welches Mitglied der Fremdenführergilde habt Ihr bei Eurem letzten Trip durch die Einöde angeheuert?«

»Nun«, erwiderte Jancy. »Nun ja. Wißt Ihr ... die Prinzessin und ich sind vor den Schergen des Ghulfürsten von Otchbacko geflohen. Wir hatten keine Zeit, uns nach einem Führer umzusehen, und ...«

»... und Ihr habt irgendwelche Idioten angeheuert«, fauchte der Eremit. »Also könnt Ihr Euch auch jetzt auf den Weg machen und ...«

»Wir haben niemanden angeheuert!« schrie Jancy. Die filigranen Brustbeine von Eidechsen, die der alte Mann als Verzierung an seinem Dach angebracht hatte, erzitterten beim Klang der barbarischen Stimme. »Wir hatten keine Zeit, jemanden anzuheuern!«

»Seht Ihr!« krächzte der Eremit triumphierend. »Ihr werdet auch jetzt niemanden anheuern. Die Gilde verbietet es ihren Mitgliedern, für jemanden zu arbeiten, der früher unlizensierte Idioten beschäftigt hat. Das habt Ihr nun davon!«

Der alte Mann steckte die Daumen in die Ohren und streckte die Zunge heraus.

»Seht mal ...«, begann Jancy.

Der Eremit senkte die Hände und fragte: »Wißt ihr eigentlich, wie gefährlich Thaumidor ist? Vor dreihundert Jahren weigerte sich König Voroshek der Extrem Schlechtgelaunte IV, für seinen Marsch gegen Faltane einen lizensierten Führer der Gilde anzuheuern. Er ist mit seinen Männern immer noch dort draußen, Mädchen! Dir und deinen Elfenfreunden wird es nicht anders ergehen!«

»Zeig's ihnen, Eremit! Mach sie fertig«, rief Sombrisio. »Aber wenn du wirklich auch nur die leiseste Ahnung von der Gegend hier hättest, warum hast *du* mich dann nicht gefunden?«

»Jetzt reicht's«, sagte Jancy ruhig. »Wir werden uns das nicht länger anhören.«

Die Barbarin drehte Sombrisio nach außen und richtete ihre Faust auf den Eremiten, so daß er den schweren Ring deutlich erkennen konnte. »Du wirst uns auf unserer Mission führen ... und keine schnippischen Bemerkungen mehr von wegen ›zweitklassig‹ oder ›Idioten‹. Verstanden? Sonst werde ich Sombrisios Macht dazu benutzen, dich in einen Hummer zu verwandeln.«

»Und ich werde dich in einer schönen Sahnesoße verspeisen«, ergänzte Calla Mallanik, der auch etwas zur Konversation beitragen wollte.

Jancy blinzelte. »Weißt du«, sagte sie zu ihrem treuen Kameraden, »er wird nicht wirklich ein Hummer sein. Er wird es nur *glauben*.«

Der Elf zuckte mit den Schultern. »Na und? Solange es nicht innerhalb der eigenen Art ist, handelt es sich nicht um Kannibalismus. Außerdem schmeckt er bestimmt besser als der Fraß, den ich gestern abend hatte – eine Büchse gekochten Schinken und rote Bohnen.« Calla konnte ein Würgen nicht unterdrücken. »Wo auf Mittelerde hat der königliche Verwalter bloß diese Schiffsrationen gefunden? Faltane hat noch nicht einmal eine Marine.«

Jancy wandte ihre Aufmerksamkeit wieder dem Eremiten zu. »Ist ja auch egal ... auf jeden Fall wird es schlimme Konsequenzen für dich haben, wenn du uns nicht führst. Hast du mich verstanden?«

»Sicher«, antwortete der Eremit verärgert. »Aber meine Gilde wird von diesem Vorfall erfahren. Wartet nur, bis euer Arbeitgeber von einer Welle von Sympathiekundgebungen heimgesucht wird! Was für eine Hochzeit wird das wohl sein, wenn die Brautjungfern mit faulen Eiern werfen und die Reisverkäufer das Ereignis boykottieren?«

Jancy seufzte. »Du brauchst nur zu wissen, daß ich Calla bei der Suche nach einer Kuh helfen werde, um seine Sahnesauce anzurühren, wenn du nicht in fünf Minuten gestiefelt und gespornt vor der Tür stehst.«

Während der Eremit in seine Hütte zurückkehrte, murmelte er irgend etwas von Flintenweibern. Einige Minuten lang war nur das Geräusch von Squills Apparat zu hören. Der ›Fernmelder‹ berichtete seiner Basis von den Fortschritten der Abenteurer.

Obwohl die Sonne auch zur Mittagszeit unsichtbar blieb, war es glühend heiß. Die Gemeinschaft ritt durch einen großen Krater, in dessen Mitte sich eine blaue Flüssigkeit angesammelt hatte – mit Sicherheit kein Wasser. Kleine Wellen bildeten sich auf der Oberfläche des winzigen Sees. Jancy glaubte, eine Erschütterung im Boden unter ihren Füßen zu spüren.

»Gibt es hier Erdbeben?« fragte sie.

Der Eremit zuckte mit den Schultern. Die harte Fassade, die er sich seit ihrem Aufbruch zugelegt hatte, geriet ins Wanken. In seinem Inneren kämpfte das natürliche Bedürfnis eines Experten, sich mitzuteilen, mit der festen Absicht, so destruktiv wie möglich zu sein. Die Natur gewann die Oberhand. Die Tatsache, daß Calla Mallanik ein Wunder der Elfenkunst aus seiner Tasche hervorzauberte, machte dem alten Mann die Entscheidung leichter. Es war ein kleines, versilbertes Hummerbesteck.

»Es handelt sich nicht um ein richtiges Erdbeben«, erklärte der Eremit. »Es ist, als würde sich ein Hund im Schlaf kratzen. Die Einöde ist ein lebendes Wesen.« Der alte Mann schürzte die Lippen und fügte hinzu: »Allerdings ein sehr grantiges.«

Ein Gürteltier stürmte aus seinem Bau und urinierte auf Callas Stiefel. Der Elf versetzte dem Tier einen derart kräftigen Tritt, daß es in einen drei Meter entfernten Kaktus flog, der sich sofort in Staub auflöste.

»Sie scheint Lebewesen mit ähnlichem Temperament anzuziehen«, bemerkte Calla und warf dem Eremiten einen vielsagenden Blick zu.

»Ich weiß genau, worauf du hinauswillst!« rief der Eremit verärgert – als wisse irgend jemand, der einigermaßen bei Verstand war, nicht, wovon der Elf gesprochen hatte. »*Ich* lebe in der Einöde, um den Sorgen des Alltags zu entfliehen und mich der Kontemplation zu widmen.«

»Darauf kannst du einen lassen«, sagte Sombrisio. Entweder hatte der Ring den ganzen Morgen über geschlafen oder nur auf den richtigen Augenblick gewartet, um eine bissige Bemerkung loszuwerden. »Du meinst Sorgen wie die Latte unbezahlter Rechnungen, die du hinter dir gelassen hast. Seit du bei Nacht und Nebel aus dem Seminar in Quiberon geflitzt bist, hast du doch nur noch Schulden gemacht.«

Der Eremit riß erschreckt die Augen auf – Schrecken verwandelte sich in Wut und dann in beleidigte Unschuld. »Schweig, Dämon, im Namen der zwölf Götter!«

Sombrisio wurde enthusiastisch. »Ganz zu schweigen vom Hausfreund deiner Frau. Hat er dir nicht gedroht, dir die Haut vom Gesicht zu reißen, falls du ihm noch mal über den Weg laufen solltest?«

»Das ist meiner nicht würdig«, meckerte der Eremit. Eigentlich hatte er gar keinen Ton von sich gegeben, sondern die Worte nur mit den Lippen geformt. Der alte Mann besaß genug Erfahrung, um zu wissen, wann man sich zurückziehen mußte.

Als die kleine Gruppe auf der Spitze einer kleinen Hügelkette angelangt war, bemerkte Jancy, daß die merkwürdigen Geräusche, die sie schon eine Weile begleitet hatten, nicht vom Wind herrührten. Ein Stück vom Weg entfernt schrie eine Frau.

»Laß sie los, du Schwein!« brüllte Jancy, zog ihre Axt und sprang ins Unterholz. Es wäre sehr peinlich, wenn die Schreie von einem Kaninchen stammen sollten, dachte Jancy, oder schlimmer noch ... von einem Mann.

Aber es handelte sich in der Tat um eine Frau. Die Gestalt war halb unter einem dichten Dornengestrüpp begraben. Ihr marmorner Busen war unbedeckt, und sie streckte die alabasterfarbenen Arme gen Himmel, als wehre sie einen unsichtbaren Schrecken ab.

Als Jancy die Hand der Frau ergriff, bemerkte sie ihren Irrtum. Nicht nur der Busen, sondern auch die Arme waren aus Marmor – *echtem* Marmor. Die Schreie kamen aus dem Mund einer Statue.

In diesem Augenblick erreichte Calla Mallanik die

Lichtung, dicht gefolgt von den Söldnern, die ihren Schlachtruf grölten: »Tod und Ruhm!«

Unvermittelt hörten die Schreie auf. Die Söldner blickten enttäuscht auf die düstere, aber harmlose Umgebung.

Jancy richtete sich wieder auf. »Was zum Teufel ...« In diesem Augenblick erschien der Eremit auf der Bildfläche und lächelte spöttisch. »Sie hat einfach aufgehört zu schreien«, erboste sich Jancy Gaine.

»Gewerkschaftsregeln«, erklärte der Eremit. »Alle zwei Stunden bekommt sie fünf Minuten.«

»Hmmm ...«, sagte Jancy und starrte auf Kastrator, als frage sie sich, wie die Axt in ihre Hand gekommen war.

»Sie will also gar nicht gerettet werden?« fragte Calla Mallanik.

»Vor wem denn, du Blödmann?« erwiderte Sombrisio. »Das ist eine Statue. Willst du sie davor retten, daß sie ein Felsblock ist, der dumm am Boden herumliegt? O Mann, ich habe ja schon gehört, daß Elfen dämlich sind, aber langsam fange ich an zu glauben, daß die Unterhaltung mit den Regenwürmern in Anthurus verglichen mit eurer Gesellschaft eine wahre Wohltat sein wird.«

Jancy hing ihre Axt verstohlen an den Gürtel – wenn man eine Waffe mit einer vierzig Zentimeter breiten Klinge überhaupt verstohlen bewegen konnte. »Es ist wohl besser, wenn wir weiterziehen«, sagte sie. »Ich möchte noch einige Kilometer hinter mich bringen, bevor wir lagern.«

»Und falls sich irgendeiner von euch fragen sollte, wie blöd eure Führerin wirklich ist ...«, fuhr Sombrisio gehässig fort. »Im Augenblick fragt sie sich, ob Prinzessin Rissa nicht doch in sie verliebt ist.«

»Das ist nicht wahr!« kreischte Jancy. »Die Prinzessin würde nicht einmal an so etwas *denken*!«

»Stimmt, o großer Boß«, erklärte der Ring hämisch. »Rissa weiß nicht einmal, daß es so etwas überhaupt *gibt*. O Mann, es würde ihr den Magen umdrehen, wenn sie wüßte, wovon ihre starke Beschützerin des Nachts träumt ...«

Mehr konnte Sombrisio nicht sagen. Jancy nahm eine Handvoll Lehm, steckte den Ring hinein und spuckte darauf. Dann formte sie die Masse zu einer kleinen Kugel. Sombrisios Beschwerden über diese unwürdige Behandlung wurden zu einem leisen Summen.

Jancy steckte die Lehmkugel auf den metallenen Dorn ihres Schildes, damit die Masse an der Sonne trocknen konnte. Während sie sich die Hände abwischte, blickte sie zu Calla. »Hast du irgend etwas zu sagen?«

»Sehe ich so aus, als wollte ich etwas sagen?« protestierte der Elf. »Nein. Ich nicht. Kein Wort.«

»Gut«, sagte Jancy und trampelte zurück auf den Pfad. Auf ihrem Weg zermalmte sie diverse Pflanzen. Ein Dornbusch quiekte entsetzt und machte der Barbarin bereitwillig Platz.

»So wie ich es sehe«, erklärte Calla Mallanik, nachdem seine Freundin außer Hörweite war, »ist *alles*, was erwachsene Menschen in der Abgeschiedenheit ihrer Schlafzimmer veranstalten, abstoßend. Warum sollte man die verschiedenen Abscheulichkeiten auch noch unterscheiden?«

Die Statue begann wieder zu schreien. *Ein passender Zeitvertreib für diese Gegend*, dachte Jancy.

»Wir sind auf dem Weg nach Anthurus«, sagte Calla Mallanik, »also warum ist die Sonne dann links von uns?« Sein ruhiger Tonfall wirkte wesentlich bedrohlicher, als wenn er geschrien hätte.

»Willst du die Führung übernehmen?« erwiderte der Eremit beleidigt. »Ich habe nicht darum gebeten, mit euch zu kommen! Wenn ihr wollt, kann ich ja jetzt gehen und ...«

Jancy packte das lange Haar des Eremiten und hob den kleinen Mann in die Höhe. Sie besaß zwar nicht genug Kraft, um den Alten vom Boden hochzuheben, doch vor lauter Schmerz stellte er sich auf die Zehenspitzen.

»Ich denke, es würde uns allen besser gehen, wenn du auf die Frage antworten würdest«, sagte Jancy. »Und besonders dir.«

Die Barbarin ließ den alten Mann los. Der Mund des Eremiten verkrampfte sich, als er eine Flut von Flüchen unterdrückte.

»In der Einöde von Thaumidor sind die Himmelsrichtungen nicht das, was sie zu sein scheinen«, erklärte er verletzt und massierte mit beiden Händen seine Kopfhaut. »Deshalb braucht man einen lizensierten Führer, eine gottesfürchtige Seele, die dämonische Illusionen durchschaut.«

Sombrisio stieß ein lautes Heulen aus, doch durch den Lehmklumpen waren seine Kommentare nur als ein leises Brummen zu vernehmen.

»Es wird Zeit, daß wir uns einen Lagerplatz suchen«, sagte Jancy. Die Sonne verschwand hinter dem Horizont. Es sah aus, als würde jemand einen gigantischen Schatten an einem Seil in die Tiefe ziehen.

»Gut«, erwiderte der Eremit und deutete auf einen Hügel rechts der Straße. Auf dem Gipfel der Anhöhe stand die Ruine eines kleinen Gebäudes mit einem Turm. »Dort drüben, in der Kleinen Braunen Kirche vom Tal, werden wir Unterschlupf finden. Sie wird uns vor den Geistern schützen, die durch die Dunkelheit streifen.«

»Die Kleine Braune Kirche vom *was*?« fragte Calla.

»Der Name war nicht meine Idee!« zischte der Eremit.

Jancy starrte den Eremit schweigend an. Der alte Mann fuhr vorsichtig fort. »Vielleicht hat sie früher einmal in einem Tal gestanden. Ich habe euch doch gesagt, daß sich die Dinge hier rasch ändern können.«

»Ich kann mich nicht daran erinnern, daß die Sonne gewackelt hat, als wir das letzte Mal hier waren«, sagte Jancy zu ihrem treuen Calla.

Der Elf zuckte mit den Schultern. »Ich kann mich nur daran erinnern, von dreßigtausend Ghul-Myrmidonen gejagt worden zu sein. Wenn sie jetzt wieder hinter uns her wären, würde ich mich auch nicht um die Sonne kümmern.«

Calla blickte nach hinten. Ein großer, unförmiger Schatten näherte sich der Gemeinschaft. Das Wesen, dessen Silhouette die Gruppe verfolgte, war nirgends zu sehen – ebensowenig wie die Lichtquelle, die der Körper verdeckte.

»Rennt! Zur Kirche!« kreischte der Eremit. Die anderen waren bereits auf dieselbe Idee gekommen.

Jancy stürmte den Hügel hinauf. Die Müdigkeit, die sie noch vor wenigen Augenblicken empfunden hatte, war verflogen. Kastrator hing noch immer an ihrem Gürtel. Es war ein hoffnungsloses Unterfangen, einen unsichtbaren Riesen mit einer Axt anzugreifen.

Aber der Ring …

Jancy nahm den Klumpen von ihrem Schilddorn und versuchte, den Lehm zwischen ihren Händen zu zerquetschen. Er war so hart wie Stein – so hart wie ihr eigener Dickkopf, der sie dazu verleitet hatte, den Ring zu verbergen, während sie durch die Einöde von Thaumidor zogen.

Die Gemeinschaft war in ungeordneter Formation gereist. Jancy, Calla und der Eremit hatten die Führung übernommen. Squill folgte ein paar Schritte hinter ihnen. Die Packpferde hatten sich beim ersten Anzeichen von Gefahr losgerissen und stürmten nun in breiter Front nach vorne. Ihre Packtaschen öffneten sich. Hafersäcke, Wasserflaschen und anderes Gepäck flogen in hohem Bogen durch die Luft.

Einem der Söldner gelang es, sich noch eine Weile am Zügel seines Pferdes festzuhalten. Aufrecht stehend wurde er von dem Tier über den Boden geschleift, und seine Stiefel verursachten eine spektakuläre Staubwolke. Merkwürdigerweise lagen auf seinem Weg keine Steine, so daß er nicht ernsthaft verletzt wurde. Schließlich riß der Zügel, und der Söldner wurde zu Boden geworfen. Er erhob sich wieder und humpelte seinen Kameraden hinterher.

Jancy hämmerte den Lehmklumpen auf den Rand ihres Schildes. Einige Splitter lösten sich aus der steinharten Masse – das war alles. Die rettende Kirche war nicht mehr weit entfernt.

Calla Mallanik lief mit seinen langen Beinen ein Stück voraus. Der Eremit folgte dem Elfen. Der alte Mann rannte schneller, als Calla für möglich gehalten hätte. Allerdings machte er vier Schritte, um die gleiche Distanz zu überwinden, für die die Barbarin nur drei Schritte benötigte.

Es war schwer zu sagen, aus welcher Richtung sich der Gigant näherte, da die Lichtquelle nicht zu erkennen war. Zumindest bestand über sein Geschlecht kein Zweifel – es sei denn, er trug eine zweite Keule zwischen den Beinen.

Jancy fragte sich, wie die Freundin des Riesen am Morgen danach aussah. Eigentlich hätte sie dieser Gedanke von den Anstrengungen des Rückzugs ablenken sollen, aber das Gegenteil war der Fall. Schweißperlen bildeten sich auf ihrer Stirn, während sie immer schneller bergauf lief.

Calla stürzte durch den eingestürzten Torbogen der Kleinen Braunen Kirche vom Tal. Die Packpferde waren bereits im Inneren der Ruine. Sie hatten Schaum vorm Mund. Jancy fiel einen halben Schritt hinter den Eremiten zurück, während sie die Lehmkugel über Kastrators Schneide rieb – und Sombrisios Gefängnis zerbrach.

Bei Sif! dachte Jancy. *Irgend jemand sollte in der Einöde nach diesem Zeug schürfen. Der Lehm von Thaumidor ist hart wie Granit. Man könnte unzerbrechliches Geschirr aus ihm herstellen.*

Die Kriegerin blieb neben dem Eingang stehen und versuchte, Sombrisio auf ihren Mittelfinger zu stekken, doch der Ring war noch immer mit Lehm verstopft. Verzweifelt hämmerte Jancy den Ring auf Kastrators Spitze, um die Masse herauszubrechen.

»O ja! Mach das noch mal!« schrie Sombrisio. »Es ist so nett von dir, dich mit mir zu beschäftigen ... jetzt, wo alles so ruhig geworden ist.«

Die Söldner stürmten einer nach dem anderen durch die Tür. Squill hatte sich an eine der Seitenwände gehockt und versuchte, seinen Apparat in Gang zu setzen. Die Spitze des Zauberstabs ragte durch das nicht mehr vorhandene Dach.

Die Pferde hatten sich im Mittelschiff versammelt und gratulierten sich zu ihrer erfolgreichen Flucht. Nur eine kleine Stute schnüffelte an dem verwitterten

Altartuch in der vergeblichen Hoffnung, um etwas Eßbares zu finden.

Calla stand auf einem Haufen Glasscherben und blickte aus dem Fenster. Er spannte den Bogen, zielte und feuerte einen goldenen Pfeil auf den Schatten.

Das elfische Geschoß flog mit der Geschwindigkeit eines Sonnenstrahls über die Köpfe der Söldner hinweg und verschwand am Horizont. Der Pfeil war genau auf sein Ziel zugeflogen, doch der schattenhafte Gigant schien sich nicht daran zu stören.

»Da ist überhaupt nichts!« kreischte Calla. »Wir sind vor *nichts* davongerannt. Mein Pfeil hätte es mit Sicherheit getötet, wenn ...«

Der Riese schwang die schattenhafte Keule in einer weit ausholenden Bewegung und führte einen Streich gegen den Kopf des letzten Söldners, der es nicht mehr bis in die Sicherheit des Gotteshauses geschafft hatte. Der gewaltige Schlag hinterließ einen Krater von drei Meter Durchmesser. Der größte Teil des Söldners verschwand im Inneren der Grube; nur ein paar Einzelteile wurden über die Landschaft verteilt.

»Na ja, vielleicht ist da ja doch *etwas*«, murmelte Calla Mallanik, während er die Spitze eines Pfeils untersuchte. Der Elf sah besorgt aus.

»Wer braucht schon Sombrisio?« meckerte der Ring. Jancy versuchte gerade zum wiederholten Male, ihren Finger durch das verklebte Loch zu stecken. »Wir sind ja schließlich Helden, und wir wissen und können *alles*!«

Ein weiterer Söldner – diesmal war es ein Elf – befand sich noch außerhalb der Ruine. Als der wabernde Schatten sich über ihn beugte, wirbelte der Krieger herum und hieb mit seinem Krummsäbel auf den unsichtbaren Gegner.

Die rasiermesserscharfe Klinge traf ins Leere. Nur

seine angeborene Geschicklichkeit bewahrte den Elf davor, umzufallen. Ein Mensch wäre mit Sicherheit gestürzt.

Plötzlich wurde der zappelnde Söldner von einer unsichtbaren Hand ergriffen und hing Augenblicke später zehn Meter über der Erde.

»Ich weiß nicht recht«, flüsterte Calla. »Den Azimuth habe ich genau berechnet, aber vielleicht habe ich mich beim Elevationswinkel vertan.«

Der Elfenbogen sang erneut und sandte ein Geschoß – das sein Besitzer voller elfischen Selbstvertrauens abgefeuert hatte – in eine geostationäre Umlaufbahn.

Der unsichtbare Riese schien mit dem gefangenen Elfen zu spielen. Er warf sein Opfer hoch in die Luft. Der schattenhafte Körper erbebte – eine zweidimensionale Projektion in einer unverständlichen dreidimensionalen Realität.

Die unsichtbare Keule traf den sichtbaren Söldner mit einem lauten ›*Wumm*‹. Der Elf flog kreischend in Richtung Sonnenuntergang. Teile seiner Ausrüstung und Teile seiner ... ist ja auch egal ... verteilten sich entlang der Flugbahn.

»Mach dich bereit, Ring!« befahl Jancy. Sie deutete mit ihrer Hand auf die Luft oberhalb des Schattens.

»Redest du mit mir?« fragte Sombrisio. »Ich bin den lieben langen Tag bereit gewesen. Du bist diejenige, die ...«

»Durch die Macht dieses Rings!« schrie Jancy. »Du bist ein Kaninchen!«

Der unsichtbare Riese war kurz vor der Ruine stehengeblieben. Trotzdem wollte Jancy nicht darauf wetten, daß er dort bleiben würde. Einen Augenblick lang war der gigantische Schatten wie versteinert. Dann wandte er sich um, hockte sich auf den Boden und hüpfte von dannen.

Am Fuße des Hügels stieg eine Staubwolke auf, als der Riese nach seinem ersten Sprung landete. Dann sprang er weiter ... und weiter ... und weiter ... Die Abenteurer konnten die Spur des Giganten noch einige Minuten lang verflogen. Eine Kette von Staubwolken zog sich bis an den Horizont.

»Sif«, stöhnte Jancy.

»Das war nicht übel ... wenn ich mich mal selbst loben darf«, sagte Sombrisio. »Und gerade noch rechtzeitig.«

»Da hast du ausnahmsweise mal recht«, erwiderte Jancy.

Sie würden bis zum Morgen warten müssen, bis sie die Vorräte einsammeln konnten, die überall verstreut lagen. Doch Jancy schätzte, daß noch etwas in den Packtaschen der Pferde übriggeblieben war, um ihren Hunger vorläufig zu stillen.

Die Gefährten sammelten trockenes Holz, und bald prasselte ein lustiges Feuerchen vor der Ruine der kleinen Kapelle. Es war fast vollkommen windstill, so daß der Rauch senkrecht in den Himmel stieg – glücklicherweise, denn der Qualm roch, als würde man Schwefel auf Katzensch ... verbrennen.

Die überlebenden Söldner würden noch eine Weile damit beschäftigt sein, das Feuer in Gang zu halten. Die dornigen Pflanzen der Umgebung verglühten rascher, als man Brennmaterial nachlegen konnte – doch das war nicht Jancys Problem. Ihr Rang hatte seine Privilegien.

Jancys größtes Problem waren Illusionen. Sie glaubte, ein Bild der Prinzessin in den Flammen zu erkennen. Rissa wurde nicht gefoltert oder irgend etwas ähnliches – ganz im Gegenteil. Trotzdem plagten Jancy beim Anblick ihrer Freundin quälende Gedanken.

Die Barbarin war fest davon überzeugt, das irgendein Dämon für diese Visionen verantwortlich war. Es war unmöglich, daß es sich bei den Vorgängen, die Jancy im Feuer beobachtete, um die Wahrheit handelte. Sie verzichtete darauf, den anderen von den Illusionen zu berichten. Sombrisio hatte sich heute bereits mit ihren Tagträumen auseinandergesetzt, und Jancy hatte nicht die Absicht, das Thema wieder aufzugreifen.

Calla starrte verzweifelt in die Konservendose, die er gerade geöffnet hatte. »Das hier soll eigentlich Marmorkuchen sein«, erklärte er. »Wahrscheinlich brauche ich einen Hammer, um diesen ›Marmor‹ zu zerschlagen ... und den königlichen Verwalter, der uns diese Dosen untergejubelt hat.« Calla seufzte. »Früher habe ich mich immer auf die Mahlzeiten gefreut.«

»Ich behaupte ja gar nicht, daß Athos versagt hat ...«, sagte einer der menschlichen Söldner, während er einen kleinen Dornbusch in Richtung Feuer transportierte. Die Pflanze wehrte sich verzweifelt und rief nach der Mutter. »... aber ich hätte eine etwas ... hmmm, *inspiriertere* Vorstellung erwartet.«

»Ich weiß nicht ...«, erwiderte einer der Elfen, der sich mit einem größeren Strauch abmühte – offensichtlich die Mutter des kleineren. »Mir hat die Spritzerei irgendwie gefallen. Manchmal sind die simpelsten Effekte die besten.«

»Du darfst Athos nicht so hart beurteilen, Aramis«, rief einer der Menschenkrieger von der anderen Seite des Feuers. »Der Riese hat ihm keine Wahl gelassen. Es war einfach nicht mehr drin.«

»Warum nicht?« unterbrach ein anderer Elf. »Es handelt sich doch nur um eine simple Konversion von Proteinen ...«

Die Unterhaltung drehte sich nur noch um technische Details. Als einer der Söldner den kleinen Busch mit lautem Krachen ins Feuer warf, schreckte Jancy auf. Die Visionen veränderten sich.

Die Barbarenkriegerin blickte verlegen zu Boden. Sie war sich absolut sicher, daß Prinzessin Rissa keine intime Beziehung mit einem Ameisenbär hatte.

Squill hockte auf der Turmspitze der kleinen Kirche. Die Leiter, über die der Magier seine erhöhte Position erreicht hatte, machte einen äußerst wackeligen Eindruck. Doch dem Fernmeldespezialisten war nichts anderes übriggeblieben, da dies der einzige Ort weit und breit war, wo er eine Verbindung mit Caltus herstellen konnte.

Schließlich gelang es ihm, die Hauptstadt zu erreichen. Jancy verstand sogar einige der gemurmelten Worte. »... Feindberührung gehabt. Zwei KIA*. Angriff erfolgreich abgewehrt ...«

In den Flammen erschien ein neues Bild. Jancy stand auf, ging zur gegenüberliegenden Seite des Feuers und kehrte den Visionen demonstrativ den Rükken zu.

Während sie in die Nacht hinausstarrte, bemerkte die Barbarin ein Glühen in der Ferne. Die genaue Position des Phänomens war nicht festzustellen, da eine breite Wolkenbank Mond und Sterne verdeckte.

Plötzlich bebte die Erde – eigentlich nichts ungewöhnliches in der Einöde von Thaumidor.

»Natürlich habe ich keine Ente à l'orange erwartet ...« Calla sprach noch immer mit seinem Mar-

* KIA: ›Killed in Action‹; militärische Abkürzung für Gefallene.

morkuchen. Die Backware zeigte genausoviel Interesse am Gerede des Elfen wie der Rest der Gemeinschaft. »... jedenfalls nicht von Menschen. Aber zumindest hätte man uns Hühnchen à la Marengo mitgeben können. Schließlich ist Hühnchen à la Marengo als Feldration *entwickelt* worden!«

Wieder erschien das merkwürdige Funkeln am Horizont. Als Jancy das Phänomen genauer unter die Lupe nahm, stellte sie fest, daß die Intensität des Glühens nicht konstant war – mal wurde es stärker, und mal wurde es schwächer.

»Eremit!« rief Jancy.

»Ich glaube, er ist in der Ruine und macht ein Nikkerchen«, erklärte einer der Söldner.

»Na, dann hol ihn raus«, befahl Jancy.

»Euer Bruder hat sich gut gehalten«, sagte ein Menschenkrieger zu einem seiner elfischen Kollegen.

»Meralil?« erwiderte der Elf. »Hat sich wacker geschlagen ... besonders wenn man bedenkt, daß er erst ein Kind war. Letzten Donnerstag ist er siebenhundert geworden.«

»Erinnert ihr euch noch an Graf Diamantenbringer den Unverzagten?« fragte ein anderer Elf. »Aus Liebe zur Nymphe Arachneida hat er sich in den Krater des ›Erdenfeuer‹ gestürzt.«

»Ich weiß nicht recht«, widersprach ein Mensch. »Vor lauter Schwefel war der Graf ganz gelb – jedenfalls die Teile von ihm, die man noch gefunden hat. Das war nicht besonders ästhetisch.«

»Im Gegenteil!« erwiderte der Elf. »Genau das macht es so einmalig. Wie viele Leute kennst du, die derartig eingefärbt disintegriert worden sind?«

»Nun, da war noch die Sache mit Karl dem Feigen«, mischte sich ein weiterer Mensch ein. »Als er sich durch die Ausfallpforte seiner Burg verpissen wollte, hatte er nicht bemerkt, daß die Belagerer bereits den größten Teil der äußeren Bastionen in Brand gesteckt hatten.«

Einer der Söldner warf den Mutterstrauch ins Feuer. Das knochentrockene Holz brannte lichterloh. Die Flammen schlugen so hoch, daß die Umstehenden erschreckt zur Seite sprangen. Ein Funke flog auf Jancys Wams. Fluchend klatschte die Barbarin mit bloßen Händen auf ihre Brust, um größeren Schaden zu vermeiden.

»Ach ja«, seufzte Sombrisio. » Wie ich mich doch auf die Gespräche mit den Mistkäfern in Anthurus freue ...«

Jancy fuhr herum und schrie aus Leibeskräften: »*Ere* ...«

Der Eremit war gerade dabei, sich neben der Kriegerin niederzulassen. Sein Gesicht war nur wenige Zentimeter von Jancy entfernt gewesen. Der alte Mann stieß einen panischen Schrei aus und fiel um.

Die Söldner unterbrachen ihre Unterhaltung, und selbst Calla Mallanik wurde für einen Augenblick von seinen trüben Gedanken abgelenkt.

»Tut mir leid«, murmelte Jancy, während sie dem Eremiten wieder auf die Beine half. Sombrisio kicherte wie eine psychotische Fledermaus.

»Was kann ich für Euch tun, Herrin?« fragte der alte Mann unterwürfig. Wenn man ihn anständig behandelte, war das Benehmen des Einsiedlers unerträglich. Offensichtlich mußte man ihn mit härteren Bandagen anfassen ... und Jancy war in der richtigen Stimmung, um sich den Mann gefügig zu machen.

»Dort drüben«, sagte sie und deutete auf das schwache Leuchten am Horizont. »Was ist das?«

Jancy glaubte, ein fernes Ächzen zu hören, das aus derselben Richtung kam wie das Glühen. Vielleicht war es nur der Wind, vielleicht hatte sie sich das alles auch nur eingebildet ... oder vielleicht waren es auch nur einige frustrierte Pendler, die auf die Straßenbahn warteten. Sie wußte es nicht.

»Das da?« antwortete der Eremit. »Das ist nur der Berg. Kein Grund, sich Sorgen zu machen.«

»Du weißt ja eine ganze Menge«, zwitscherte Sombrisio.

Jancy beugte sich nach vorne. »Was für ein Berg? So ein Berg wie der, auf dem wir stehen?«

»Oder ein Tal«, sagte der Eremit und nickte vielsagend. Eine gesunde Furcht veranlaßte den alten Mann dazu, seine Aussage zu präzisieren. »Äääh ... eigentlich ist das doch ein richtiger Berg.« Er runzelte die Stirn. »Jedenfalls war er das mal. Er wandert schon seit Jahrhunderten durch die Einöde und sucht nach einem Kerl namens Mohammed. Mittlerweile ist wahrscheinlich nur noch ein kleiner Hügel von ihm übriggeblieben.«

Jancy blickte nach Osten ... *wahrscheinlich* nach Osten.

»Wer zur Hölle ...«

Sie hätte das Wort ›Hölle‹ nicht erwähnen sollen, denn es ließ sie wieder an die Bilder denken, die sie im Feuer gesehen hatte.

»... ist Mohammed?«

Der Eremit zuckte mit den Schultern. »Keine Ahnung. Berge haben keinen Verstand. Ich nehme an, dieser hier befindet sich im falschen Raum-Zeit-Kontinuum.«

»Thaumidor zieht eine Menge Leute an, die ihren eigenen Arsch nicht finden können«, sagte Sombrisio und verschaffte sich mit einem lauten Knall Erleichterung.

»Was hat es mit diesem merkwürdigen Leuchten auf sich?« fragte Jancy. Sie hatte das Gefühl, als käme das Glühen immer näher; doch ihr Verstand sagte Jancy, daß es aufgrund der ständig schwankenden Lichtintensität unmöglich war, die genaue Entfernung zu bestimmen.

»Das ist ein Berg, und Berge bestehen aus Fels«, erklärte der Eremit. »Wenn nun dieser Fels unter Spannung gerät, werden Elementarteilchen aus der kristallinen Matrix gelöst und kurze Zeit später wieder absorbiert, und wenn sich diese Elementarteilchen in der umgebenden Luft sammeln, glüht der Äther.«

»Aha«, sagte Jancy. Sie hatte kein Wort verstanden. Elementarteilchen waren ihr genauso unbekannt wie ehrliche Politiker.

»Er hat drei Jahre Alchimie studiert, bevor er die Kurve gekratzt hat, weil ihm der Gerichtsvollzieher im Nacken saß«, sagte Sombrisio.

Der Eremit ignorierte Sombrisios Zwischenruf und fuhr fort: »Er wandert einfach so durch die Einöde. Er ist vollkommen harmlos ... es sei denn, man steht ihm im Weg.«

Nachdem Jancy die Erklärungen des alten Mannes gehört hatte, gelang es ihr, das Geräusch näher zu bestimmen – eine riesige Felsmasse, die alles auf ihrem Weg zermalmte.

»Habt Ihr noch einen Wunsch, Herrin?« fragte der Eremit.

»Nein, nein. Leg dich wieder hin.«

Wenn Jancy sich konzentrierte, glaubte sie, zwischen dem scharrenden Geräusch das Wort Mohammed zu hören.

Die kleine Abenteurergruppe zog über einen Hügelkamm (wahrscheinlich) nach Osten. Die Gefährten marschierten durch eine Landschaft, die noch spärlicher bewachsen war als alles, was sie bisher gesehen hatten. Nur ein paar giftige Kakteen hatten überlebt. Jenseits der Hügel erreichten die Reisenden einen Sumpf.

»Die Traditionalisten behaupten, daß es unter den Felsen eine Wasserader gibt«, erklärte der Eremit. »Aber meine Forschungen haben ergeben, daß die Einöde schwitzt.«

Das Wasser des Sumpfes war so schwarz wie das Herz eines Bankiers. Das Schilf war grau und roch nach Tod. Vögel flatterten umher, aber im Gegensatz zu ihren Verwandten in anderen Gegenden der Welt besaßen sie keine Federn. Es waren kleine, fliegende Skelette.

»An einem Ort wie diesem habe ich Prinzessin Rissa vor der Drachenbrut der verfluchten Sümpfe gerettet«, sinnierte Jancy.

»*Du* hast sie gerettet?« meckerte Sombrisio. »Klar! Natürlich! Du hast am Finger der Prinzessin gesteckt und auf Teufel komm raus Drachen in Ochsenfrösche verwandelt!«

»Wenn es euch nichts ausmacht, Herr«, sagte einer der Söldner, »... Herrin, meine ich natürlich ... ich würde gerne wissen, was für eine Art Söldner Euch damals begleitet haben.«

»Nun«, erwiderte Jancy, »kurz zuvor hatten wir ein kleines Problem mit den Killerranken von Siloam.«

»Um die Wahrheit zu sagen«, gestand der treue Calla, »wir hatten unsere Begleiter verloren, bevor wir die Sümpfe erreichten.«

»Ich ärgere mich jetzt noch darüber, daß ich nicht

besser auf unsere Vorräte aufgepaßt habe«, ergänzte Jancy.

Calla runzelte die Stirn. »Wie du dich sicher erinnerst, hatten wir einige Probleme bei der Rekrutierung in Sandoz.«

»Der Herzog war nach Tzerchingia gezogen, um einem dreiköpfigen Oger den Garaus zu machen«, erklärte Jancy. »Söldner waren Mangelware in Sandoz ... es sei denn, wir hätten gewartet, bis die damals Fünfzehnjährigen alt genug gewesen wären, um uns zu begleiten.«

»Aha«, sagte der Söldner und nickte traurig. »Ein Held ... pardon, eine Heldin, wie Ihr es seid, Herrin, weiß natürlich, was er ... äh ... sie ... tut; aber einfache Leute wie wir ...«

Der grauhaarige Mann deutete auf seine Kollegen.

»... für uns ist ein Abenteuer ohne ordentliche Begleiter kein Abenteuer.«

Einer der vier überlebenden Elfen nickte zustimmend. »Und Preiselbeersoße gehört auch dazu.«

Jancy war das Thema offensichtlich peinlich. »Natürlich haben wir sofort ein paar verwegene Kerle angeheuert, als wir Gelegenheit dazu hatten«, versuchte sie die enttäuschten Söldner zu trösten. »Das war in einer Spelunke in Boroclost. Es waren verzweifelte Männer, die bereit waren, ihre eigene Großmutter zu töten, nur um Prinzessin Rissa auf dem Thron von Caltus zu sehen.«

»Es waren zwei«, sagte Sombrisio. »Zwei Söldner. Eins, zwei.«

»Sie waren wirklich *sehr* verzweifelt«, bemerkte Calla. »Ich hatte immer ein ungutes Gefühl, wenn einer von ihnen in meinem Rücken war.«

»Das war nicht gerade eine besonders beeindrukkende Gesellschaft.« Es sah nicht so aus, als würde Sombrisio das Thema so schnell wieder fallenlassen.

»Was willst du eigentlich?« schrie Jancy entnervt. »Wir waren vollkommen pleite. Wir waren monatelang unterwegs und sind dabei von einem verfluchten Ort zum anderen gezogen ... ganz zu schweigen von der Einöde von Thaumidor. Hätten wir dich vielleicht einschmelzen sollen, um genug Geld für ein paar vernünftige Söldner zu haben?«

»Was?« spottete der Ring. »Das hätte ich gerne gesehen. Falls du nicht zufällig ein Halbgott des Dritten Zeitalters bist, machst du noch nicht einmal eine Beule in mich rein.«

Ein bösartiges Geräusch drang durch die Nebelschwaden, die über dem Sumpf lagen. Das Zwitschern der toten Vögel verstummte, und die Schilfhalme erbebten, obwohl es vollkommen windstill war.

Jancy Gaine nahm ihren Schild von der Schulter und packte Kastrator. Sie rechnete damit, jeden Augenblick von irgend jemandem – oder irgend etwas – angegriffen zu werden.

»Nun gut«, sagte sie. »Also ziehen wir in den Sumpf.«

»O mein Gott!« rief der Eremit. »Warum, zum Teufel, sollten wir das tun?«

Jancy hielt überrascht an, und ihre Schultern sackten nach vorne. »Wie? Was? ... äh ... nun ja ... um heldenhaft auf unserem Weg nach Anthurus weiterzuziehen und unser Abenteuer erfolgreich zu beenden ... warum denn sonst?«

»Ja, ja, ja.« Der Eremit konnte seinen Ärger nur mit Mühe unterdrücken. »Wir *können* nicht durch den Sumpf gehen. Die kleinen Schilfinseln tragen keine Menschen.«

»Und was ist mit den Pferden?« fragte Sombrisio vorwurfsvoll. »Sie würden so tief versinken, daß du sie übereinander stapeln müßtest, um die Ohren des obersten zu sehen!«

Jancy rammte Kastrator mit voller Wucht wieder in den Gürtel. Sie hätte ihre Kraft lieber an geeigneteren Zielen ausgelassen. »Warum hast du uns dann überhaupt hierher geführt?« kreischte sie. »Soll das eine Besichtigungstour werden? Sehen wir etwa wie Touristen aus?«

»Eigentlich nicht. Ich wollte nur den Hügeln dort drüben folgen«, erklärte der Eremit. »Dort oben ist der Weg besser.«

Der alte Mann spielte verlegen mit dem Fuß im Staub. Der Boden war so hart wie Beton. Gelegentlich trat das Wasser des Sumpfes über die Ufer und beförderte Unmengen von Salz auf höhergelegenes Terrain. Dort vermischte es sich mit der staubigen Erde und wurde von der Sonne zu Fels gebacken.

Jancy erinnerte sich an die Schwierigkeiten, die sie mit Sombrisios Lehmgefängnis gehabt hatte. Beinahe wäre es ihr nicht mehr rechtzeitig gelungen, die steinharte Substanz zu entfernen.

»Oh«, sagte sie schließlich. »Dann laß uns gehen.«

»War ja nur so 'ne Idee von mir«, ergänzte Sombrisio in einem nasalen Tonfall. Es mußte sich bei dieser Äußerung um einen Witz gehandelt haben, denn der Ring brach unvermittelt in brüllendes Gelächter aus.

Der Himmel hatte eine bronzene Farbe, und es war noch immer glühend heiß. Obwohl die Sonne schon seit mehreren Stunden hinter einer großen Dunstwolke verschwunden war, schätzte Jancy, daß es erst später Nachmittag war.

Ein unheimliches Blubbern drang aus dem Sumpf zu ihrer Rechten. Einmal hatte Jancy in Richtung eines solchen Geräuschs geblickt und ein zehn Meter breites Loch in der schwarzen Flüssigkeit bemerkt. Vielleicht hatte es sich ja nur um eine riesige Blase gehandelt, doch Jancy glaubte, eine Reihe scharfer Zähne erkannt zu haben.

Das Loch hatte sich ebenso schnell wieder geschlossen, wie es entstanden war. Große Augen tauchten aus dem Wasser auf und blickten neugierig zu der kleinen Reisegruppe hinüber, bevor sie wieder verschwanden.

Niemand sonst schien die Erscheinung bemerkt zu haben. Die Karawane zog unbeeindruckt weiter.

Zu ihrer Linken riß ein kleiner Luftwirbel feinen Staub in die Höhe. Die Erscheinung lief in einem Zickzackkurs über die Ebene. Dabei zog die Spitze des Trichters tiefe Furchen durch den Untergrund. Eine wunderschöne Schlange, deren Schuppen wie Opale glitzerten, wurde von dem Wirbel erfaßt und schnappte hilflos nach ihrem unsichtbaren Gegner.

Jancy hielt an. »Was ist das?« fragte sie und deutete auf die kleine Wolke.

»Nur ein Staubteufel«, erwiderte der Eremit.

»Aber es weht kein Wind«, widersprach Jancy.

Der erste Staubteufel verschwand und wurde sofort durch vier weitere ersetzt, die der Route ihres Vorgängers folgten. Sie bewegten sich wie Soldaten in geschlossener Formation und schliffen den Wüstenboden ab.

»Ich habe nichts von Wind gesagt«, erklärte der Eremit gereizt. »Ich habe gesagt, das sei ein Staubteufel ... oder besser: mehrere von ihnen. Im Herbst schwärmen sie wie die Heuschrecken.«

Die Wirbel lösten ihre enge Formation auf und wurden immer größer. Inzwischen waren sie über dreißig Meter hoch. Zunächst waren sie fast durchsichtig, doch je mehr Erde sie hochwirbelten, desto dunkler wurden sie.

»Aber sie sind natürlich vollkommen harmlos«, fügte der Eremit hinzu. Er schien von seiner eigenen Aussage nicht überzeugt zu sein. »Jedenfalls für Menschen.«

Ein großer Kaktus schlug mit seinen Stacheln um sich, als der Staubteufel ihn mühelos in die Luft beförderte.

»Laßt uns weitergehen«, befahl Jancy.

»Wer ist denn auf die Idee gekommen, stehenzubleiben und zu gaffen?« meckerte Sombrisio.

Die vollgesogenen Staubteufel bewegten sich tiefer in die Wüste hinein und verstreuten dabei die Überreste ihrer Mahlzeit. Ungefähr einen halben Kilometer von Jancy und ihren Begleitern entfernt erhob sich ein neuer Hügel, wo vorher nur ebene Erde gewesen war.

Calla Mallanik runzelte die Stirn. Er starrte nicht auf die Staubteufel, sondern auf den Boden, den sie mit ihrer alles zermalmenden Macht überzogen hatten. »Da draußen ist irgendwas.«

Wo die Staubteufel die oberste Erdschicht abgetragen hatten, waren die Überreste einer Armee zu erkennen, die vor langer Zeit unter dem Wüstensand begraben worden war. Stahlhelme – an manchen flatterten noch bunte Bänder –, Hellebarden und andere Waffenarten ragten aus dem Wüstensand.

Unter den Helmen starrten leblose Augen aus halbverwesten Gesichtern.

»Rennt um euer Leben!« schrie der Eremit und ließ seinen Worten Taten folgen. »Das ist die verschollene Armee König Vorosheks des Extrem Schlechtgelaunten IV.!«

Es war in der Tat ein gewaltiges Heer. Entlang der gesamten Wegstrecke, die die Sandteufel zurückgelegt hatten, standen vertrocknete Krieger. Jancy konnte nicht abschätzen, wieviel es waren – aber es waren *verdammt* viele.

»Aber sie sind doch tot, oder?« fragte Jancy, während sie neben dem Eremiten herlief.

»Nicht ganz!« keuchte der alte Mann. »Aber sie sind zumindest nicht sehr schnell!«

Neben den toten Soldaten standen die gewaltigen Mumien von Mammuts. Einige der riesigen Kreaturen bewegten sich. Sie trugen Kampftürme auf ihren Rükken. Die Bogensehnen der Insassen waren schon seit langem verrottet.

Nachdem die Sandteufel auch noch die Erde von den Füßen der Krieger entfernt hatten, setzten sich Vorosheks Krieger in Bewegung. Sie schritten genau auf die Abenteurer zu, die sich mittlerweile in voller Flucht befanden.

»Greifen sie uns an, weil wir aus Faltane kommen?« fragte Jancy. »Das wäre dumm. Ich *stamme* nämlich nicht aus Faltane.«

»Und ich ganz bestimmt auch nicht«, fügte Calla hinzu und legte einen Pfeil auf die Sehne. Aber er hielt nicht an, um zu schießen. Es gab ein Übermaß an Zielen, und es war mehr als unwahrscheinlich, daß ein einziger Pfeil größeren Schaden anrichten konnte als drei Jahrhunderte unter der Erde.

»Wir waren noch nicht einmal geboren, als der ganze Ärger begonnen hat«, bemerkte Jancy.

»Jedes Mitglied der Voroshek-Dynastie hatte den

Beinamen ›der Extrem Schlechtgelaunte‹«, brüllte der Eremit. »Warum sollte ausgerechnet der Letzte aus dieser ruhmreichen Familie darauf verzichten, uns die Eingeweide herauszureißen?«

Die Staubteufel verschwanden am Horizont. Falls dort noch weitere Krieger begraben sein sollten, so kümmerte das Jancy wenig. Sie hegte keinen Zweifel daran, dem seltsamen Herr zu entkommen. Die Mumien bewegten sich entschlossen, aber unglaublich langsam, und der Rand der Hügelkette war so glatt und unüberwindbar wie eine Burgmauer.

Andererseits handelte es sich bei den Mumien um ausgebildete Soldaten. Die ersten formierten sich bereits zu einer Schildkröte. Andere stiegen auf die erhobenen Schilde ihrer Kameraden und bildeten so die erste Stufe einer Treppe, die es den nachfolgenden Kriegern ermöglichen sollte, die Spitze der Hügelkette zu erreichen.

Das waren die Höllenheere Hels.

Jancy zog Sombrisio vom Finger und gab ihn Calla. »Hier«, sagte sie. »Ich werde alle Hände voll zu tun haben.«

Die Barbarenkriegerin machte sich kampfbereit. Sie nahm ihren kleinen Schild von der Schulter und zog Kastrator aus dem Gürtel. Kurz bevor die Abenteurer in Sicherheit waren, erreichten die ersten Krieger den Gipfel.

Zwei Mumien blickten bereits über den Rand und hieben mit langen Spießen nach den Beinen ihrer Gegner. Jancy war nicht im geringsten keiner Weise beunruhigt. Sie hätte mit Leichtigkeit über die Hellebarden hinwegspringen und entkommen können. Aber wenn der letzte ihrer Gefährten diese Stelle passieren würde, wäre aus den beiden vereinzelten

Kriegern wahrscheinlich schon ein ganzer Zug geworden.

Kastrator zischte durch die Luft, und zwei vermoderte Köpfe rollten zu Boden. Das Fleisch der Untoten war derartig trocken, daß es splitterte.

Die Leichen ließen sich von diesem Angriff nicht beeindrucken und setzten ihren Aufstieg kopflos fort. Jancy beförderte die beiden Körper mit einem Tritt in die Tiefe. Bei ihrem Sturz rissen die Mumien einige ihrer Kameraden mit, und das ganze Gerüst viel wie ein Kartenhaus in sich zusammen. Einige der Körper zerbarsten in ihre Einzelteile, als sie auf der Erde aufschlugen. Selbst die einzelnen Gliedmaßen zuckten noch in dem verzweifelten Versuch, Vorosheks Befehle auszuführen.

Der Damm war gebrochen. Weitere Mumien hatten den Gipfel erreicht und versperrten den Abenteurern den Weg in die Freiheit. Squill und der Eremit, die ein ganzes Stück vorausgelaufen waren, blieben unvermittelt stehen.

Zwei Söldner waren an Jancy vorbeigestürmt, während sie mit den ersten beiden Angreifern beschäftigt war, und rannten mitten in eine Gruppe Untoter, die auf Calla Mallanik zuschritt.

Calla richtete den Ring auf die Mumien. »Du bist tot!« brüllte er aus Leibeskräften.

Es war außerordentlich schwer, Vorosheks Krieger von ihrem physischen Zustand zu überzeugen, aber Sombrisio schaffte es. Die Wut des Rings traf die vorderste Mumie mit voller Wucht, und der Zombie zerfiel zu Staub.

Sombrisio hatte nur eine Schwäche – als Waffe: Er konnte sich immer nur auf ein einziges Ziel konzentrieren. Wenn man mit seiner Hilfe eine ganze Armee ausradieren wollte – und genau das war Callas Absicht –, so mußte man sich jeden Krieger einzeln vornehmen. Eine umständliche Prozedur.

Ein menschlicher Söldner stürzte sich in einen Wald von Spießen, die ihm die Mumien entgegenstreckten. Während er ein letztes ›Tod und Ruhm‹ stöhnte, wurde er von zwölf Piken durchbohrt, die er auf diese Art und Weise davon abhielt, sich anderen Zielen zuzuwenden.

Ein Elf sprang in die Lücke, die der Mensch in die feindlichen Reihen gerissen hatte, und schwang seine beiden Krummsäbel. Doch bevor er einen ersten Treffer landen konnte, stieß ein Zombie seine Waffe durch die Grasrüstung, die von elfischen Jungfrauen in einem unendlich langen Tanz zu Ehren der Göttin des Samhain gefertigt worden war.

Die Spitze der Hellebarde drang tief in den Bauch des Elfen und riß ihm die Därme aus dem Leib.

Der Elf stellte sich auf die rechte Zehenspitze und drehte eine Pirouette. Seine Säbel wirbelten wie die Messer eines Mixers durch Vorosheks Armee. Bei jeder weiteren Umdrehung wurden die ihn umgebenden Mumien ein Stück kleiner.

Nachdem er seine Vorstellung beendet hatte, verbeugte sich der Elf elegant und fiel flach aufs Gesicht.

Calla Mallanik versuchte die untoten Klettergerüste zum Einsturz zu bringen, indem er Sombrisio auf die unteren Krieger richtete. O Mann, wenn er eine Mumie gekillt hatte, war sie *wirklich* tot. Nicht ein einziger Knochen blieb von Sombrisios Opfern übrig, nur einige wenige Rüstungsteile.

Trotzdem standen noch immer einige Untote zwischen den Abenteurern und der Flucht. Jancy stieß ihren Kriegsschrei – ›Prinzessin!‹ – aus und stürmte voran, um dem Problem ein Ende zu bereiten.

Drei Lanzenmänner zielten auf Jancys Brust, während ein vierter die Hellebarde auf ihren gehörnten Helm herabsausen ließ.

Die Barbarenkriegerin schlug die Piken mit dem Schild zur Seite. Trotzdem bohrte sich eine Lanze tief in ihre Schulter; doch in ihrem Zustand registrierte Jancy den Schmerz nicht. Sie unterlief die Hellebarde und schwang die riesige Axt.

Kastrator vereinigte die Wucht einer Axt mit dem rasiermesserscharfen Schnitt eines Schwertes. Jancys Schlag traf die Mumie an der Schulter. Der Untote trug ein exzellentes Kettenhemd. Die Rüstung widerstand dem barbarischen Angriff, doch der darunterliegende Körper wurde durch die Wucht des Hiebs zu Staub zermahlen.

Hellebarde und Kopf fielen zu Boden, aber die Mumie setzte ihren Angriff fort. Allerdings konnte der Untote nun nichts mehr sehen, und so stapfte er in den naheliegenden Sumpf und versank. Irgend etwas rülpste zufrieden.

Jancy stach einer Mumie mit ihrem Schilddorn ins Gesicht. Die Kreatur verkürzte ihren Griff an der Pike, um die Kriegerin aus der Nähe zu bekämpfen. Kastrator durchtrennte das Knie des Untoten. Gleichzeitig riß Jancy den Dorn aus dem Gesicht ihres Gegners und schleuderte die verstümmelte Leiche den Abhang hinunter. Wahrscheinlich würde er sich mit seinem verbliebenen Bein wieder auf den Weg nach oben machen, doch das war ohne Bedeutung.

Jancy trat einen Schritt nach vorne und blickte sich um. Überall wimmelte es von Vorosheks Kriegern. Sie waren sehr schwerfällig, und ihre Stangenwaffen waren für den Nahkampf ungeeignet, aber es waren zu viele.

Viel zu viele! Jancy kümmerte das nicht. Inzwischen war sie in einem Blutrausch.

In ihrer Rechten schwang sie Kastrator, während sie mit ihrem Schild das Gleichgewicht hielt. Der Schilddorn war nur gegen lebende – *wirklich* lebende – Gegner zu gebrauchen. Statt dessen rammte sie einem Untoten den Schildrand ins Gesicht, so daß die leblosen Augen aus den ausgetrockneten Höhlen fielen. Eine erfolgreiche Taktik – der Zombie hielt in seinem Angriff inne und fuchtelte hilflos mit der Hellebarde in der Luft.

Auf der gegenüberliegenden Seite des Hügels kämpfte einer der Elfen inmitten einer Gruppe von Mumien. Ein geschickter Hieb trennte die Füße des Söldners ab.

»Tod und Ruhm!« brüllte der Elf und stürmte auf den Fußgelenken voran. Er hinterließ eine goldene Spur, während er mehrere Untote mit einem einzigen Schlag seines Kris enthauptete.

Die Mumie, die dem Elfen die Füße abgehackt hatte, bereitete sich auf einen zweiten Angriff vor. Diesmal legte der Zombie seine ganze Kraft in den Schlag. Die breite, verzierte Klinge befreite den Söldner von seinen Beinen.

»Ich habe noch nicht einmal mit Kämpfen angefangen!« kreischte der Elf. Er humpelte auf seinen Stümpfen voran und weidete einen weiteren Untoten aus. Als die Mumie den Kopf senkte, um den Schaden zu begutachten, brachte sie ihren Hals in Reichweite des Kris.

Der ursprüngliche Angreifer schwang die Hellebarde in weitem Bogen. Jancy hatte keine Zeit, sich mit dem Ausgang dieser Auseinandersetzung zu beschäftigen; aber sie war fest davon überzeugt, daß es dem Söldner noch gelingen würde, eine weitere

Mumie zu beseitigen, während er auf seinem Becken schwankte.

Jancy stieß ein tierisches Heulen aus, wirbelte herum und führte Kastrator in einer klassischen Acht durch die Luft. Auf dem höchsten Punkt der Figur köpfte die große Axt zwei von Vorosheks Kriegern, und auf dem niedrigsten hieb sie zwei weiteren die Beine ab.

Die letzten beiden waren noch immer gefährlich. Jancy zertrat ihre Schädel, während sie noch am Boden lagen.

Eine Hellebarde prallte von ihrem Helm ab und riß ein großes Loch in ihren Rücken. Für einen Augenblick verschwamm die Welt vor Jancys Augen. Dann fuhr sie herum und durchtrennte den Schädel des Angreifers in Augenhöhe.

»Ich hab's!« schrie einer der menschlichen Söldner. Jancy blickte über die Schulter. Der Krieger sprang zur Seite und wedelte wild mit den Armen, um eine Mumie abzulenken, die gerade ihre Hellebarde auf Jancy schleudern wollte. »Ich ha ...!«

Zack!

Obwohl der Söldner einen ledernen Küraß trug, drang die Waffe in die Brust des Mannes und am Rükken wieder heraus.

»Das war tausendmal besser als ...«, sagte der Krieger.

Jancy schlug der Mumie den Kopf ab, als sie versuchte, dem Söldner die Hellebarde aus der Brust zu ziehen. Der vermoderte Körper fiel in sich zusammen. Er war der letzte, der zwischen den Abenteurern und einer sicheren Flucht gestanden hatte. Der ganze Hügel war inzwischen mit Vorosheks Kriegern übersät, und auch die Mammuts waren nicht mehr weit entfernt.

»Auf geht's«, murmelte Jancy. Die anderen Überlebenden rannten bereits in Sicherheit, so schnell, daß keine Mumie mithalten konnte. Calla Mallanik bot Jancy den Arm an. Er wußte, daß sie nach einem Berserkergang der Ohnmacht nahe war – und das würde in diesem Falle den Tod bedeuten.

Sie stolperten über die festgetretene Oberfläche des Bergkamms. Das einzige, was Jancy in diesem Augenblick von der Welt sah, war der behaarte Hintern eines Packpferdes. Von Zeit zu Zeit hob das Tier den Schwanz. Hoffentlich bedeutete das nicht, das es gleich sch ... würde.

»Einige Leute, die von einem magischen Ring gerettet wurden, würden sagen: ›O Mann, wie können wir ihm jemals danken?‹« klagte Sombrisio. »Andere wiederum würden einfach sagen: ›Ach zum Teufel mit unserem Wohltäter. Laßt ihn uns in einer vergessenen Stadt begraben ...‹«

Der umgestürzte Baum war seit Jahrhunderten unter dem Sand begraben gewesen, doch er war nicht versteinert. Als sich das Feuer ins Innere des Stammes fraß, stieß er ein deutlich hörbares Stöhnen aus. Ein untrügliches Zeichen dafür, daß der Baum noch nicht einmal tot war.

Egal. Am nächsten Morgen wäre er auf jeden Fall tot – außer vielleicht, wenn ein paar Zweige das Feuer überleben würden.

Squill hatte sich am Fuß des Baums niedergelassen. Er schwankte ein wenig, als sich die Wurzeln vor Schmerz krümmten. Vor einiger Zeit hatten Staubteufel – vielleicht dieselben, die Vorosheks Armee freigelegt hatten – den Baum an die Oberfläche befördert.

Ein Glücksfall für die reisenden Abenteurer. Der Baum war anderer Meinung.

»Wyvern Zwei an Wyvern Basis«, murmelte Squill. »Kommen. Over.« Außer einem atmosphärischen Rauschen war nichts zu hören.

»Verdammter Kerl!« fluchte Jancy. »Das ist kein geeigneter Ort, um dem Heulen der Seelen zuzuhören.«

»Squill sagt, er müsse bei Nacht anrufen«, erklärte Calla. »Sonst würde man ihn in Caltus nicht empfangen. Seine Zauber verbreiten sich bei Tageslicht nicht so gut. Es ist den Dämonen der Kommunikation peinlich, sich im Hellen zu paaren.«

»Wen kümmert's?« erwiderte Jancy. »Meinetwegen kann er sich seinen vier Meter langen Zauberstab in seinen hochspezialisierten Arsch stecken!«

»Begrabt mich nicht dort ...«, sangen die vier überlebenden Söldner, »... dort auf der einsamen Prärie ...«

»Ich glaube, allmählich gehen uns die Söldner aus«, murmelte Jancy. Ihre Stimmung schwankte zwischen allgemeiner Düsternis und konkreten Sorgen hin und her.

»Dort wo die Kojoten heulen ...«, sangen die Söldner, während das Geheul geplagter Seelen aus dem Empfänger des magischen Fernmelders drang, »so-o-o trau-aurig ...«

»Wir werden schon irgendwie zurechtkommen«, beruhigte Calla seine Freundin.

»Glaubst du, es gibt ein Gasthaus in der Nähe, wo wir Nachschub bekommen können?« fragte Jancy. »Eremit! Gibt es einen Gasthof in der Nähe, der Söldner im Angebot hat? Mir ist egal, in was für einem Zustand sie sind.«

»Nun, nicht direkt in der Nähe«, gestand der Eremit. »Um die Wahrheit zu sagen, eigentlich gibt es hier *überhaupt keinen.*«

Jancy stieß eine Serie von Flüchen aus und rang wütend die Hände. Sie brauchte ein Ventil für ihren Zorn, wollte aber niemanden verletzen.

Fast niemanden.

»Hey!« kreischte Sombrisio. »Behandelt man so einen Ring, der dein verpfuschtes Leben mehr als einmal gerettet hat?«

»Tut mir leid«, sagte Jancy und riß die Hände auseinander.

»Du kannst ihn nicht verletzen«, erklärte Calla nüchtern. »Noch nicht einmal, wenn du ihn auf einen Amboß legst und den ganzen Tag darauf herumhämmerst.«

»Toll!« rief der Ring. »Sombrisio hat ja keine Gefühle ... ist es das, was du damit sagen willst? Laß ihn uns zwischen unseren dreckigen Händen zerquetschen, oder besser: Wir könnten mit einem Hammer auf ihm herumschlagen!«

»Ich habe gesagt, es tut mir leid!« Jancy verlor langsam die Geduld.

»... bitte kommen, Wyvern Basis, o ...«

»Squill!« brüllte Jancy. »Halt den Mund, verdammt noch mal! Sonst stopfe ich dir deinen verfluchten Rucksack mitsamt Kristallen und allem Drum und Dran in deinen verfluchten Hals!«

»Jancy, er muß sich regelmäßig melden«, erklärte Calla. »Sonst gibt es keine Aufzeichnungen für künftige Generationen.«

»Scheiß auf die künftigen Generationen«, erwiderte Jancy. Ihre Stimme war zu einem leisen Flüstern geworden. Offensichtlich war ihr der Wutausbruch peinlich.

»Mach weiter, Squill«, sagte Calla. »Aber beeile dich.«

»Wyvern Zwei an Wyvern Basis.« Der Magier sprach so leise wie möglich. Er klang verzweifelt. Squills ständige Litaneien waren nicht der Grund für Jancys Wut gewesen. Es waren diese verdammten atmosphärischen Störungen, die sie an den Rand des Wahnsinns trieben. Squill tat, was er konnte.

»Aufzeichnungen sind notwendig«, sagte Calla und klopfte Jancy beruhigend auf die vernarbte Hand. »Vielleicht braucht man Sombrisio in mehreren hundert Jahren wieder. Dann ist es von allergrößter Wichtigkeit, daß eine Chronik über unser Abenteuer existiert.«

»Wie wäre es, wenn ihr Sombrisio einfach in einem gemütlichen Schmuckkästchen in Caltus verstaut?« bemerkte der Ring verbittert. »Aber nein, das wäre ja viiiel zu einfach.«

»Ich sehe nicht ein, warum wir eine Chronik brauchen.« Jancy beachtete den Ring nicht. »Wenn irgend jemand Sombrisio noch einmal benötigen sollte, dann wird sich irgendein Held auf den Weg machen. Er wird sich dort den unmöglichsten Gefahren stellen, um sein Ziel zu erreichen – Geister, Monster, böse Magier, einfach alles. Darum geht es doch schließlich.«

Jancy war noch immer erregt. Sie sprach von Dingen, die ihr schon oft durch den Kopf gegangen waren.

»Stimmt, aber der Abenteurer braucht ...«

»Hör bloß auf!« unterbrach Jancy. »Mir ist scheißegal, ob der Weg auf irgendeinem vergammelten Palimpsest verewigt wurde, das man in einer Ruine findet, oder ob ein unsichtbarer Finger den Weg in feurigen Buchstaben in die Wand brennt. Es geht einzig und allein um das Abenteuer an sich.«

»Hier geht es um Tradition, meine liebe Frau Gaine«, erwiderte Calla beleidigt. Aufgrund ihrer hohen Lebenserwartung waren Elfen (außer jenen, die sich als Söldner oder Helden verdingten) sehr konservativ.

»Es gibt nur *eine* Tradition: Helden gehen auf Abenteuer, basta!« Jancy war außerordentlich stur. »Entweder triumphieren sie, oder ihre Knochen verbleichen als Warnung für künftige Generationen in der Sonne. Der ganze Rest ist nur Beiwerk.«

»Du nutzlose Teutonin«, murmelte Calla. Es war offensichtlich unmöglich, mit Jancy über dieses Thema zu reden. Eine Weile saßen sich die beiden schweigend gegenüber. Nur das Schnarchen des Eremiten störte die Ruhe.

Am anderen Ende des Baumstamms hatten die Söldner aufgehört zu singen. Sie saßen über ihren Seemannsrationen und stocherten lustlos darin herum.

»Porthos hat mich wirklich enttäuscht«, sagte der älteste noch lebende Elf. »Menschlich gesprochen, natürlich. Habt ihr gesehen, wie er seine Beine gespreizt hat, als ihn die Hellebarde durchbohrte?«

»Klar«, erwiderte der älteste Mensch. »War doch ganz nett. Aber seine Sprüche waren vollkommen aus dem Zusammenhang gerissen.«

»Ein solcher Akt hat seinen eigenen inneren Zusammenhang«, erklärte der Elf. »Du kannst einen äußeren Zusammenhang nicht einfach auf eine solche Tat übertragen.«

»Außerdem paßte es zu Porthos«, bemerkte das jüngste Mitglied der Gruppe. »Jetzt, wo er nicht mehr bei uns ist, tut es mir leid, ihn ›Transuse‹ genannt zu haben.«

»Das ist ein typisches Beispiel für eine autobiographische Fehlleistung«, sagte der alte Veteran und wedelte mit dem Zeigefinger. »Und ...«

Er wandte sich wieder dem Elfen zu.

»... die Umstände einer Tat sind ein eigenes kleines Universum. Wer von uns kann für sich in Anspruch nehmen, ihn von dieser Welt geleitet zu haben?«

»In einem absoluten Sinne muß ich dir zustimmen«, sagte der einzige Söldner, der sich bis jetzt aus der Unterhaltung herausgehalten hatte. »Aber im Sinne einer elfischen Realität ...«

Das ›Kind‹ zog eine Mundharmonika aus der Tasche und spielte ›Lorena‹. Das Stöhnen des brennenden Baumes verlieh dem ganzen eine romantische Note.

Jancy faltete die Hände. Sorgfältig achtete sie darauf, Sombrisio nicht zu verdecken. Mit gesenktem Kopf flüsterte sie: »Weiß du, was mich am meisten bedrückt? Die Ungerechtigkeit in allem.«

»Hmmm?« antwortete Calla. Er wußte schon seit langem, daß man Jancy Gaine nicht so einfach ignorieren durfte. Tat man es doch, so zog sie los und stellte irgend etwas an, um die Aufmerksamkeit ihrer Umgebung zu erregen. Mit einer psychopathischen und axtschwingenden Frau war nicht zu spaßen.

»Ich habe Rissas Leben und ihre Unschuld gerettet ... mindestens ein Dutzend mal«, sagte Jancy verbittert. »... und jetzt sitze ich hier in der Einöde von Thaumidor und fresse dieses ekelhafte Zeug.«

»Stimmt«, mischte sich Sombrisio unerwartet ein. »Wann hat die Prinzessin zu dir gesagt: ›Jancy, mein

Mädchen, ich habe das dringende Bedürfnis, von dir gerettet zu werden. Ich werde dich für deine Dienste entsprechend belohnen und dir die Hand zur Ehe reichen.‹ Nun?«

»Natürlich hat sie das nicht gesagt.« Jancy war unangenehm berührt. »Aber ich *habe* …«

»Was diese ganze Retterei betrifft«, fuhr Sombrisio fort. Er sprach mit einer derart lauten Stimme, daß jeder Hund in drei Kilometer Entfernung geweckt worden wäre – vorausgesetzt, es hätte einen Hund in der Einöde gegeben. »Ich kann mich daran erinnern, daß das eine beiderseitige Angelegenheit gewesen ist. Außerdem hat Prinzessin Rissa *mich* getragen – das war mit Sicherheit eine zusätzliche Motivation für dich.«

»Das muß ich zugeben«, gestand Jancy. »Trotzdem … wir haben viele Gefahren gemeinsam durchgestanden, und jetzt schickt sie mich …«

Sie machte eine weit ausholende Geste.

»… hierhin.«

»Der Befehl kam eigentlich von Prinz Rango«, erklärte Calla, der erfreut beobachtet hatte, wie der Ring seine Freundin aus ihrem Selbstmitleid herausriß. »Wenn man überhaupt von einem Befehl sprechen kann. Es schien mir eher ein gegenseitiges Einvernehmen zu sein.«

»Richtig!« stimmte Sombrisio vehement zu. »Weißt du, Elf, manchmal glaube ich doch, daß du soviel Verstand hast wie eine Kohlrübe. Und du, Axtmädchen … du bist doch ein Held, oder?«

»Und ob ich das bin«, antwortete Jancy entschlossen. Ihr Blick verriet den Wunsch, die angebliche Unzerstörbarkeit des Schmuckstücks auf die Probe zu stellen.

»Was hast du eigentlich von der Prinzessin erwartet, Dummerchen? Was hätte sie denn sagen sollen? ›Mein Verlobter hat eine gefährliche Aufgabe zu vergeben, die einem Helden zu ewigem Ruhm verhelfen wird, aber ich habe ihm gesagt, ich wolle dich im Palast behalten und in Seide einwickeln.‹ Ist es das, was du willst?«

»Ähhh«, erwiderte Jancy Gaine.

»Da hast du verdammt recht: ›Ähhh‹«, sagte der Ring. »Jetzt leg dich hin und schlaf ein wenig. Ich hab' die Nase voll davon, die ganze Zeit in dein häßliches Gesicht zu blicken.«

Squill war es offensichtlich gelungen, Caltus zu erreichen. Er war von seinem Platz aufgestanden und kuschelte sich in seine Decke. Zwei Söldner bereiteten sich auf die erste Wache vor und bezogen ihre Stellungen am Rand des Lagers. Die anderen beiden begannen erneut zu singen.

Weder die Lieder noch die schmerzenden Wunden, die Jancy sich beim Kampf mit den Untoten zugezogen hatte, hielten sie wach. Sie fiel in einen tiefen Schlaf.

»Hey, Betthase!« quietschte eine Stimme. »Aufwachen! Deine Träume sind ja ekelhaft!«

»Was?« fragte Jancy. »Was …«

Beim zweiten ›was‹ stand sie bereits und hielt Kastrator in der Hand. Ihr anderer Arm hatte sich im Umhang verfangen, in dem sie geschlafen hatte. Nachdem Jancy sich befreit hatte, war sie wach genug, um zu erkennen, daß es Sombrisio war, der sie aus dem Schlaf gerissen hatte.

»Du und Rissa«, sagte der Ring. »Pfui!«

»Das ist eine Lüge!« schrie Jancy. »Das …«

»Wachen!« rief Calla Mallanik. Inzwischen waren

alle aufgewacht. Was Sombrisio mit seiner Meckerei nicht gelungen war, hatte Jancy mit ihrem Geschrei geschafft. Der kräftigste Elf richtete den gespannten Bogen auf den Boden zu seinen Füßen. »Wo im Namen der Alles-Ernährenden-Erdenmutter steckst du?«

Eine leichte Brise trieb die Wolken auseinander, so daß der Mond die Landschaft in bleiches Licht tauchte. Die beiden Wachen, ein Mensch und ein Elf, waren ungefähr dreißig Meter vom Lager entfernt und winkten ihren Kameraden freundlich zu. Sonst bewegte sich nichts und niemand.

»Wir dachten, wir hätten was gehört!« rief einer der Söldner. »Aber hier ist nichts.«

Die Erde erzitterte, und ein Donnern erfüllte die Luft. Die Gemeinschaft war diesem Phänomen auf ihrer Reise durch die Einöde schon des öfteren begegnet. Doch diesmal wurden die Pferde unruhig und rissen an ihren Fesseln.

»Rennt!« kreischte der Eremit. »Es ist der Berg!«

Der Boden unter den beiden Wachen bäumte sich auf.

Der Mensch wandte sich um und stieß ein lautes ›Ups‹ aus. Eine plötzlich auftauchende Felswand erhob sich über ihm, und mehrere Kilotonnen Felsgestein zerquetschten den Mann in einzelne Moleküle.

»Rettet die Vorräte!« befahl Calla Mallanik. Er wußte ganz genau, daß sie keine Zeit mehr dafür hatten; doch er wußte auch, daß sie sich nicht einfach darauf verlassen konnten, in der Einöde ausreichend Nahrung zu finden. Ein solches Gottvertrauen war die Garantie für einen unglaublich langsamen und qualvollen Tod.

Jancy legte Kastrator in die Linke und streckte Sombrisio dem Berg entgegen. »Du wirst zu Stein!«

Der Zauber zeigte keinerlei Wirkung.

»Tod und ...«, rief der elfische Wächter. Der Mann kam nur zwei Schritte weit. Ein Felsbrocken von der Größe eines menschlichen Schädels löste sich aus dem Gestein und fiel auf den Elfen.

Der Helm aus Eberzähnen zerfiel in seine Einzelteile – ebenso wie das Haupt des Söldners. Die kopflose Gestalt schwankte noch einige Augenblicke durch die Dunkelheit, als wäre nichts geschehen. Nur das Kriegsgeschrei hatte aufgehört.

Die Packpferde wieherten und versuchten sich loszureißen, doch die Fesseln hielten, denn sie waren elfischen Ursprungs – geflochten aus kindlicher Unschuld, weiblicher Tugend und ähnlichen Materialien. Die magischen Seile waren unzerstörbar.

»Ich habe gesagt, du wirst zu Stein!« brüllte Jancy erneut. Calla war es gelungen, mumifizierte Leichen davon zu überzeugen, daß sie tot seien; also konnte es kaum schwerer sein, einem Fels zu erklären, daß er ein Fels sei.

Unbeeindruckt von Jancys Bemühungen, näherte sich der Berg dem Lager der Gemeinschaft.

»Du Vollidiot!« fluchte Sombrisio. »Der Berg hat genausoviel Hirn wie du. Ich kann ihn nicht beeinflussen. Er ist zu blöd. Versuch's mal mit dem Boden, Dumpfbacke!«

Die Empfehlung des Rings machte wenig Sinn, aber Jancy fiel nichts Besseres ein. Sie richtete Sombrisio auf die Erde am Fuß des Berges und rief: »Du empfindest unglaublichen Schmerz!« Inzwischen hatte der Berg eine nahezu unglaubliche Geschwindigkeit erreicht. Wenn nicht bald etwas geschehen würde ...

»*Aaaaaaaaah*!« schrie die Welt – jedenfalls der Teil, auf dem sich Jancy und ihre Gefährten befanden. Die Erde wellte sich, um dem Zentrum des Schmerzes zu entkommen, und schleuderte die Abenteurer in Sicherheit.

›*Die Einöde ist ein lebendes Wesen*‹, hatte der Eremit am Anfang ihrer Reise gesagt …

Die verängstigte Erde hinterließ auf ihrem Rückzug ein gigantisches Loch. Der Berg versuchte seinen Schwung auszunutzen, um über das Hindernis hinwegzufliegen – vergeblich. Mit lautem Krachen stürzte er in die Tiefe. In seiner Verzweiflung stieß der Berg Unmengen an Elementarteilchen aus, die mit ihrem Glühen die Nacht erhellten.

Nachdem der Berg verschwunden war, dauerte es eine Weile, bis man den Aufprall hören konnte. Die Einöde von Thaumidor war ein Wesen von ungeahnter Tiefgründigkeit.

Jancy stand langsam wieder auf. Calla und die beiden überlebenden Söldner waren bereits dabei, die überall verstreuten Vorräte einzusammeln. Wahrscheinlich würde der Berg einen Weg an die Oberfläche suchen und finden, doch das würde noch eine Zeitlang dauern.

»Nun, das ist die Art von Magie, an die man sich noch in mehreren hundert Jahren erinnern wird.« Sombrisio war mit sich und der Welt zufrieden.

Büsche trieben über die Ebenen und versuchten verzweifelt, irgendwo Halt zu finden. Manchmal traf eine der umherfliegenden Pflanzen auf eine unsichtbare Barriere, stürzte zu Boden und goß ihren Lebenssaft in den Wüstensand.

Trotzdem wehte kein Wind. Vereinzelt warteten

lepröse Bäume darauf, von der Wüste begraben zu werden. Das war die traurigste Landschaft, die Jancy gesehen hatte, seit ... seit sie das letzte Mal die Augen geöffnet hatte.

»Sollen wir hier ein Lager aufschlagen?« fragte Calla Mallanik. Er sorgte sich um Jancys körperliche Verfassung.

Die Barbarin schnitt eine Grimasse. Sie sah aus wie der wandelnde Tod – jedenfalls fühlte sie sich so. Doch im Augenblick schien es das klügste zu sein, den Marsch fortzusetzen, bis sie Anthurus erreicht hatten.

»Nein«, erwiderte sie. »Wir können bis zum Einbruch der Dunkelheit noch ein paar Kilometer hinter uns bringen. Außerdem fühle ich mich erst wohl, wenn wir uns weit genug vom Berg entfernt haben.«

»Der Berg ist uns nicht feindlich gesinnt«, erklärte der Eremit. »Wir waren ihm nur im Weg.«

»Falsch, falsch, falsch«, spottete Sombrisio. »Ich dachte, du hättest in all den Jahren, in denen du hier gelebt hast, etwas über die Einöde gelernt.«

»Der Berg ist so groß, daß er es nicht nötig hat, sich mit irgend jemandem zu verfeinden und ihn zu bekämpfen«, sagte Calla.

»Das stimmt«, meinte der überlebende Elfensöldner. »Ich kann mich noch gut an Elavil von den Steinen und seinen Brontosaurus erinnern. Der gute Elavil hat immer behauptet, sein Reptil sei das gutmütigste Wesen der Welt. Vielleicht war es das ja auch ... auf jeden Fall wollte sich der Saurier eines Nachts bei seinem Herrchen ankuscheln ... was für ein heldenhafter Tod.«

Das Kind hatte seit dem Morgen auf seiner Mundharmonika gespielt. Jetzt legte es das Instrument zur Seite und blickte traurig in die Runde.

»Schade um den alten Mann«, sagte der Junge. »Er war jemand ... jemand, zu dem wir alle aufgeschaut haben, und dann das ... zerquetscht wie eine Zahnpastatube. Ist das Kunst?«

»Hmmm«, meinte Calla. »Es war eher wie eine Farbtube – eine *rote* Farbtube. Allerdings kann ich mich auch irren. Das Licht war so schlecht.«

Der Elfensöldner legte dem Kind freundschaftlich den Arm um die Schulter. »Nimm es nicht so tragisch, Junge. Er hatte einfach keine Chance. Es liegt nicht in unserer Hand, auf welche Art und Weise wir aus dem Leben scheiden.«

Sombrisio räusperte sich. »Es scheint euch nicht sonderlich zu interessieren, was ich euch zu sagen habe. Es hängt ja *nuuur* euer Leben davon ab.«

Der Ring seufzte beleidigt.

Jancy blickte auf ihren Finger. »'tschuldigung«, sagte sie. »Ich war ...«

»... wieder mal nicht ganz bei dir«, ergänzte Sombrisio. »Warum sollte es heute anders sein? Ich wollte euch nur erklären, daß der Berg *nicht* sinnlos durch die Gegend wandert. Er folgt mir.«

»Unsinn!« sagte der Eremit.

»Ach ja?« erwiderte der Ring schnippisch. »So ein Unsinn wie deine letzte Tat in Caltus? Als du den Klingelbeutel der Schwestern von der gefallenen Unschuld geplündert hast?«

»Äääh ... ich wollte dir natürlich zustimmen«, erklärte der Eremit.

»*Und* ...«, Sombrisio war nicht zu bremsen, wenn er erst einmal Blut gerochen hatte, »... deine ganze Beute bestand aus drei alten Knöpfen und einer Nacktschnecke.«

Jancy blickte über die Schulter zu den beiden Söldnern. »Hey, Junge«, rief sie.

»Und in der darauffolgenden Nacht ist die Schnecke aus deiner Börse gekrochen und hat dir mit ihrem Schleim das Wort ›Dieb‹ auf die Rückseite deiner Robe geschrieben.« Sombrisio genoß es sichtlich, den alten Mann mit seiner Vergangenheit zu quälen.

»Ihr wünscht, Herrin?« erwiderte das Kind nervös.

»Ich glaube, der alte Mann ist schlimmer bestraft worden als Hormazd der Zenturier«, sagte Jancy. »Was sind schon 78 Wunden im Vergleich zu einem Berg, der einen unter sich begräbt?«

»O Mann, Herrin«, rief der Junge entzückt. »Meint Ihr wirklich?«

»Jeder würde so denken.«

»Toll!« murmelte das Kind und wandte sich an den Elfensöldner. »Hast du gesehen, wie der alte Mann alle viere von sich gestreckt hat, als er unter dem Berg verschwand? Er wollte sichergehen, wirklich *platt* zu sein. Nun, das nenne ich Kunst.«

Calla Mallanik blickte zu seiner Freundin. »Das hast du gut gemacht«, flüsterte er.

»Ich konnte dieses nervtötende Lied nicht mehr ertragen, das er den ganzen Tag über gespielt hat«, erwiderte Jancy.

»Wollt ihr erfahren, warum der Berg hinter mir her ist, edle Helden?« fragte Sombrisio.

»Klar«, antwortete Calla. »Wir ...«

»Er ist hinter mir her, weil er mich für eine Art allmächtigen Propheten hält, der sich auf dem Weg ins Himmelreich befindet«, erklärte der Ring, ohne auf den Elfen zu achten. »Oder vielleicht denkt das Ding ja an einen von euch ... wenn ihr meint, daß ihr die nötigen Qualifikationen besitzt?«

Jancy zuckte die Achseln. Die unbewußte Bewegung rief ihr die Wunde ins Gedächtnis zurück, die sie bei dem Kampf mit den Zombies davongetragen hatte. Während eines Gefechts wurde der Schmerz von einem Adrenalinstoß unterdrückt, doch das bedeutete nicht, daß er verschwunden war.

»Das macht Sinn«, sagte Calla. »Was denkst du, Eremit?«

Der alte Mann räusperte sich. »Ihr habt einen sehr weisen Ring«, erwiderte er respektvoll. »Ich würde es niemals wagen, ihm zu widersprechen, Herr. O nein, Herr.«

Der Ring entließ einen mächtigen Furz in die Freiheit.

Jancy Gaine hob ihre rechte Faust an den Mund und gab vor, sich etwas von der Wange zu wischen. »Hey, Sombrisio«, flüsterte sie.

»Ja, Blödhirn?« antwortete der Ring.

»Danke, daß du uns letzte Nacht geweckt hast.«

»Was?« Sombrisio war verwirrt. »Ich habe dir doch gesagt ... Du hast im Schlaf gesprochen, und das hat mir den Magen umgedreht.«

»Trotzdem ... Danke«, sagte Jancy und nahm die Hand wieder herunter.

Sie machte sich keine Gedanken mehr darüber, wann sie Anthurus erreichen würden. Das Abenteuer war alles, was zählte.

Die Schatten wurden immer länger, als die Dämmerung hereinbrach. Die Nacht kam unvermittelt und schneller als erwartet – obwohl es eigentlich erst Mittag war.

Der Eremit war ein Stück vorausgegangen und schritt mit ausgestreckten Händen voran, als wolle er sich den Weg ertasten. Plötzlich blieb er stehen.

Jancy zog Sombrisio vom Finger und reichte ihn Calla Mallanik.

»Mein Bogen wird ...«, protestierte der Elf. Er hatte bereits einen Pfeil aufgelegt.

»*Nimm den Ring*«, befahl Jancy. Ihr Tonfall machte deutlich, daß sie keinen Widerspruch duldete.

Die Gemeinschaft hatte ein kleines Tal erreicht. Hätte man die Einöde aus der Luft betrachtet, so wäre sie einem als eine einzige, flache Ebene erschienen, doch auf dem Boden sah die Sache anders aus. Überall gab es kleine Bodenerhebungen, die die Sicht des Reisenden auf wenige Meter reduzierten.

Aber das war keine Erklärung für die plötzliche Dunkelheit. Die Packpferde schnaubten nervös. Obwohl die Tiere nur ein paar Meter hinter den Gefährten gingen, waren sie in der zunehmenden Finsternis kaum noch zu erkennen.

»Vielleicht habe ich vorhin die falsche Abzweigung genommen«, sagte der Eremit. Panik lag in seiner Stimme. »Wenn der Berg ... Ihr wißt schon. Wir sollten ...«

»Na gut«, unterbrach Jancy. Langsam spielten ihre Hormone verrückt. »Wendet die Pferde. Ich werde warten.«

Am Fuß eines der kleinen Hügel, die das Tal umgaben, leuchtete etwas. Im schwachen Schein des merkwürdigen Lichts waren deutlich die Ruinen eines mächtigen Gebäudes zu erkennen. Überall lagen Trümmer, und nur einige wenige Säulen standen noch aufrecht.

Das Licht leuchtete in allen Farben des Regenbogens. Eigentlich war es ein Anblick, der das Herz erfreuen sollte, doch Jancy spürte, daß etwas Böses hinter der schönen Fassade lauerte.

Der Eremit kam langsam auf Jancy zu. »Es tut mir

leid, Euch hierher geführt zu haben«, flüsterte er. »Es scheint, als hätten wir den Tempel der IRiS gefunden, der bösen Göttin des Regenbogens.«

Squill rollte mit den Augen, nahm seinen Rucksack ab und versuchte verzweifelt, eine Verbindung zu seiner Gegenstelle herzustellen. Jancy bezweifelte, daß es ihrem Kommunikationsspezialisten gelingen würde, die magischen Interferenzen des Tals zu überwinden; aber im Augenblick interessierte sie sich dafür am wenigsten.

Die Barbarenkriegerin bereitete sich auf einen Angriff vor. Sie spreizte die Arme, so daß Schild und Axt eine möglichst breite Fläche abdeckten. Jancy Gaine war es nicht gewohnt, im Team zu kämpfen. Sie war eine Berserkerin und pflegte rücksichtslos durch die Reihen ihrer Feinde zu stürmen.

Doch das funktionierte nur, wenn sie auf sich allein gestellt war. Ihre Begleiter waren unfähig, auf sich selbst aufzupassen. Früher war das anders gewesen. Spotty Gulicks Vorstellung von einem gelungenen Abend war eine Massenschlägerei. Dominik Blaid pflegte die ganze Welt als ein Schlachtfeld zu sehen und die Probleme mit ihrem Schwert zu beseitigen. Gar Quithnick war zwar ein Widerling, aber wenn er einem den Rücken freihielt, mußte man keine Angst mehr haben, plötzlich von hinten angegriffen zu werden.

In der Dunkelheit bewegte sich etwas. Zunächst hielt Jancy es für einen Hund, aber es war zu groß. Vielleicht ein Bär ...

»Die Sklaven der IRiS waren früher Menschen«, erklärte der Eremit. Er sprach in einem merkwürdigen Singsang und war offensichtlich bemüht, nicht in Panik zu verfallen. »Aber jetzt sind sie ...«

Die Angst des alten Mannes wies deutlich auf die Gefahr hin, die in der Dunkelheit lauerte.

Die riesenhafte Gestalt stellte sich auf die Hinterbeine und trat auf Jancy zu. Das Licht wurde heller, und man konnte noch weitere dieser Wesen erkennen, die aus den Ruinen krochen.

Es waren Hyänen, die wie Menschen gingen. Sie lachten wie Verrückte, geiferten unkontrolliert und bleckten die Zähne.

»Rennt um euer Leben!« kreischte der Eremit.

Inzwischen wurde das ganze Tal von dem regenbogenfarbenen Licht erleuchtet. Die Abenteurer hatten keine Fluchtmöglichkeit mehr.

Die Hyänen stießen ein triumphierendes Geheul aus und stürzten sich auf die beiden überlebenden Söldner. Während sie die Knochen ihrer Opfer zerschmetterten, riefen sie mit fast menschlichen Stimmen: »Verboten! Verboten!«

Die Pferde wieherten verzweifelt, als die Diener der IRiS in einen Blutrausch verfielen und alles niedermetzelten, was ihnen im Weg stand.

»*Prinzessin*!« Jancy stürzte sich auf eines der Monster. Vielleicht konnte sie die Aufmerksamkeit des Rudels lange genug auf sich lenken, um das Leben der anderen wenigstens für ein paar Sekunden zu retten. »*Prinzessin*! *Prinzessin*!«

Die Hyänen drangen von allen Seiten auf die Barbarin ein. Jancy Gaine war in ihrem Element. Ihre breite Axt durchtrennte den Oberkörper eines Monsters. Knochen, Blut und Innereien spritzten auf die Erde.

Nicht nur die Kiefer der Hyänen konnten Knochen brechen.

Jancy rammte ihren Schilddorn einem weiteren Ungeheuer so tief in die Nase, das er bis ins Gehirn vordrang. Eine dritte Bestie hatte sich geduckt, um Jancys Beine zu zerreißen. Doch statt dessen machte die Hyäne mit einem eisenbeschlagenen Stiefel Bekanntschaft, und Augenblicke später brach ein heftiger Schlag mit dem Schildrand das Rückgrat des Ungeheuers.

Ein Monster versuchte sich von hinten an seine Beute anzuschleichen. Jancy erledigte das Biest, ohne sich umzudrehen. Dann benutzte sie die schwere Axt wie einen Degen und stach mit der Spitze durch den Hals eines weiteren Angreifers.

Calla Mallanik rief irgend etwas. Es hatte keinerlei Auswirkungen auf Jancys gegenwärtige Situation ... und außerdem verstand sie es sowieso nicht. Der Teil ihres Gehirns, der für Spracherkennung zuständig war, war während eines Kampfes inaktiv.

Die Barbarenkriegerin war voller Blut – eigenes und fremdes. Sie hatte nicht bemerkt, wie ein Monster seine Zähne in ihre Brust schlug. Kastrator hatte den Kopf des Ungeheuers entfernt und mit derselben Bewegung einen weiteren Gegner in Jancys Rücken eliminiert.

Jancy stürmte vorwärts. Die überlebenden Ungeheuer waren auf der Flucht. Sie rannten zu ihren Verstecken, kleine Löcher zwischen den Trümmern des Tempels, und das merkwürdige Licht verschwand.

»Bei Sifs Haaren«, murmelte Jancy und wirbelte herum. Beinahe wäre sie gestürzt, als sie die Berserkerwut verließ. Sie hatte kaum noch Kraft.

Ein paar Pferde hatten den Angriff der Hyänen überlebt. Squill kauerte über seinem Apparat und zitterte vor Angst. Der Eremit stand wie gelähmt da und starrte auf ...

Jancy blinzelte verwirrt. Der alte Mann starrte auf eine jüngere Ausgabe von Jancy Gaine. Das war das junge Mädchen, das in einem Dorf am Rand der großen Eisfelder gelebt und sich eines Tages dazu entschlossen hatte, mit den Männern in den Krieg zu ziehen, anstatt einen Jüngling aus dem Nachbardorf zu heiraten.

Die Gestalt – *ihre* Gestalt – trug Sombrisio. Also mußte es Calla sein.

Die Illusion verschwamm und löste sich in Rauch auf. Calla Mallanik schüttelte sich. »Laßt uns von diesem verfluchten Ort verschwinden«, sagte er.

Der Eremit bewegte sich wie eine Maschine. Den ganzen Tag über sagte er kaum ein Wort.

Als Jancy erwachte, spürte sie jeden Muskel. Dort wo der Stahl der Zombies oder die Zähne der Hyänen eingedrungen waren, war der Schmerz noch unerträglicher.

»Sif!« murmelte sie und richtete sich langsam auf. Auf der anderen Seite des Lagerfeuers saßen zwei Gestalten. »Wie spät ist es, Calla?«

Die Sternenkonstellationen am Himmel über der Einöde waren nicht dieselben wie im Rest von Mittelerde. Normalerweise nutzte Jancy die Sterne zur Orientierung, aber hier wurde sie von Visionen heimgesucht, wenn sie in den Himmel blickte. Leider.

»Du hast den Schlaf gebraucht«, sagte Calla. »Den ganzen Tag bist du wie ein Zombie durch die Gegend gewankt … außer als es darauf ankam.«

»Bei Sifs Haaren!« Als Jancy sich bewegte, erwärmten sich ihre Muskeln, und der Schmerz wurde schwächer. Sie blickte auf die schattenhafte Gestalt am Rande des Feuers. »Eremit, bist du das?«

»Ja, Herrin«, antwortete der Eremit.

»Laß uns noch etwas Holz nachlegen«, sagte Jancy und dachte kurz über die möglichen Folgen ihres Handelns nach. »In dieser Gegend erzeugt das Feuer doch keine Bilder, oder?« Calla zuckte gleichgültig mit den Schultern. »Nicht, daß ich wüßte«, erklärte er und schob einen dicken Ast in die Glut. »Allerdings erzeugt das Feuer auch nicht viel Wärme.«

»Ich habe dich bis jetzt noch nicht gefragt, wie du es geschafft hast, die Hyänen zu verjagen«, sagte Jancy. »Ich dachte ... nun ja, ich dachte, wir wären so gut wie tot.«

»Was du dachtest ...«, mischte sich Sombrisio ein, der wieder auf Jancys Finger steckte. »Du dachtest, du hättest deine heroische Mission in den Sand gesetzt ... und das ist das einzige, wofür du überhaupt zu gebrauchen bist.«

Jancy blickte auf den Ring. »Wenn du unbedingt die Wahrheit wissen willst: Ich habe darüber nachgedacht, welches Monster ich als nächstes erledige; aber als alles vorbei war, habe ich wirklich geglaubt, ich hätte es versaut.«

»Ich habe mich an das erinnert, was der Eremit gesagt hat«, erklärte Calla. Er deutete mit dem Kopf auf die Gestalt an seiner Seite. Der alte Mann schien mit offenen Augen zu schlafen. Vielleicht sah er irgend etwas im Feuer.

»Die Sache mit den Dienern der IRiS, die einmal Menschen waren«, fuhr Calla fort. »Ich wundere mich immer wieder ... die Bosheiten der Menschen werden nie von bösen Menschen verursacht.«

»Bitte?« Jancy wußte nicht, wovon der Elf sprach. Vielleicht hatte sie einen kräftigen Schlag auf den Kopf bekommen. Die Worte ihres Freundes ergaben keinen Sinn – aber das konnte natürlich auch bedeuten, daß

Calla derjenige war, dem man allzu heftig auf den Schädel geschlagen hatte.

»Die meisten Menschen verfallen dem Bösen, obwohl sie die besten Absichten der Welt haben«, erklärte Calla. »Sie schreiten auf dem Weg der Zerstörung und glauben, eine gute Tat zu vollbringen. Wenn sie verstünden, was sie anrichten, würden sie wahrscheinlich damit aufhören.«

»Sie würden nicht damit aufhören«, widersprach Sombrisio. »Sie würden nur nach einer neuen Entschuldigung suchen, um genauso weiterzumachen wie bisher. Menschen sind noch verabscheuungswürdiger als Elfen.«

»... und wenn man denjenigen, die schon dem Bösen verfallen sind, vor Augen führt, was aus ihnen geworden ist, können sie es nicht ertragen.« Calla wußte, daß man das Geplapper des Rings am besten ignorierte. »Sie rennen vor sich selbst davon ... genau das ist mit den Dienern der IRiS geschehen.«

»Ich versteh's immer noch nicht«, sagte Jancy. Das war natürlich nichts Ungewöhnliches. *Wir haben alles unter Kontrolle, Jancy. Warum gehst du nicht einfach und schärfst deine Axt?* Jancy hatte derartige Sprüche bereits öfter gehört, als sie zählen konnte. »Du hast den Hyänen gezeigt, daß sie Hyänen sind?« fragte sie.

»Nein«, erwiderte der Elf. »Ich habe ihnen gezeigt, daß sie früher einmal Menschen waren, indem ich Sombrisio auf mich selbst richtete. Jeder, der mich anblickte, sah wie und was er früher einmal war – bevor er wurde, was er heute ist.«

Der Eremit hob den Kopf und blickte Jancy in die Augen. »Mir scheint«, sagte er, »das bedeutet, Ihr habt die Macht des Rings zum ersten Mal auf eine Gruppe von Lebewesen angewandt. Ich dachte, seine

Kräfte können nur auf eine einzige Person fixiert werden?« Das waren die ersten Worte, die der alte Mann seit dem Kampf mit den Dienern der IRiS freiwillig gesprochen hatte.

»Ich hab' mich eben weiterentwickelt. Na und?« brummte Sombrisio. »Verklag mich doch! Das heißt, wenn du auf dieser Seite des großen Meeres einen Richter findest, der dich nicht sofort wegen irgendeines Vergehens hinter Gitter bringt.«

»Ich hatte wirklich vor, das Geld zurückzugeben«, jammerte der Eremit. Er redete offensichtlich mit sich selbst. »Jedes Mal. Jedes *verdammte* Mal.«

»Ich glaube, du hast mich erst angeblickt, als der Effekt bereits verflogen war, Jancy, oder?« fragte Calla mit gespieltem Desinteresse.

»Nein«, gestand Jancy. »Ich habe zurückgeblickt, als die Hyänen die Flucht ergriffen. Ich sah das Bild des jungen Mädchens, das sich fragte, was in Sifs Namen um sie herum vor sich geht. Ich weiß immer noch nicht, was das alles mit den Preisen für Fuchsfelle zu tun hat.«

Calla blickte ihr mißtrauisch in die Augen. »Du bereust *nichts*?«

Jancy zuckte mit den Schultern. Verdammt – sie mußte sich endlich angewöhnen, diesen Reflex zu unterdrücken, bis die Wunden verheilt waren. »Was hätte ich bereuen sollen?« fragte sie unschuldig. »Ich habe meine Entscheidungen getroffen. Jeder trifft Entscheidungen. Wenn jemand sich dazu entschließt, einer bösen Göttin zu dienen ... bei Sif, es ist doch allgemein bekannt, daß IRiS eine böse Göttin ist. Menschen, die sich für das Böse entscheiden – egal aus welchem Grund – *sind* böse. So einfach ist das.«

Calla Mallanik schüttelte verwundert den Kopf. »An dir ist ein Elf verlorengegangen, Jancy.«

»Und was für einer!« Sombrisio hatte das Gefühl, lange genug geschwiegen zu haben. »Ich hätte gerne gesehen, wie man versuchte, ihrem unterentwickelten Gehirn Ästhetik beizubringen.«

»Es ist nicht mehr sehr weit bis Anthurus«, sagte der Eremit. Er redete noch immer mit sich selbst – oder zumindest teilweise. »Ich werde Euch noch das letzte Stück führen.«

Ein lautes, zischendes Geräusch durchdrang die Nacht. Die Anwesenden konnten nicht ermitteln, ob das Feuer oder Sombrisio die Ursache dafür war.

»Ich wollte das Geld *wirklich* zurückzahlen«, murmelte der Eremit.

Der alte Mann führte die Abenteurer zu einem Teil der Einöde, der sich in nichts vom Rest unterschied – außer daß er vielleicht noch ein wenig öder war. Ein paar kleine Pflanzen wuchsen am Fuß einer kleinen Anhöhe. Als sie die Fremden sahen, beugten sie sich vornüber und versteckten die Knospen im Boden. Größere Gewächse fehlten völlig.

Calla Mallanik blickte den Weg zurück, den sie gekommen waren. Am Horizont war eine große Staubwolke zu erkennen. »Der Berg ist wieder hinter uns her«, sagte der Elf.

Jancy zuckte mit den Schultern. (Sie konnte es sich einfach nicht abgewöhnen). »Er ist nicht sehr schnell. Wie weit ist es noch bis Anthurus, Eremit?«

»Wir sind da«, erwiderte der alte Mann und deutete auf die Erde zu seinen Füßen. »Wir stehen drauf.«

»Hel soll dich holen, wenn es stimmt, was du sagst«, knurrte Jancy. »Ich war schon einmal in Anthurus. Dort habe ich den verdammten Ring ja gefunden!«

»Prinzessin Rissa hat meine bescheidene Person entdeckt«, korrigierte Sombrisio. »Und selbstverständlich wird Hel den Eremiten irgendwann holen ... oder ein zivilisiertes Pendant deiner barbarischen Totengöttin. Das ist der Lauf der Dinge.«

»Ich weiß, daß Ihr bereits hier gewesen seid«, erwiderte der Eremit. »Aber die Einöde scheint Anthurus wieder verschluckt zu haben. Es liegt genau hier ... unter dieser Sanddüne.«

Er streifte mit dem Fuß über den Untergrund. »Staubdüne, wollte ich sagen.«

»Na, Gott sei Dank«, brummte Sombrisio.

Seit ihrer Abreise allerdings hatte der Eremit sein überhebliches Verhalten völlig abgelegt. Es schien nichts mit seiner Angst vor Jancy zu tun zu haben. Er begegnete dem Zorn der Berserkerin jedoch mit einer Einstellung, die man am besten als »sich still ins Schicksal fügen« bezeichnen konnte.

»Und was sollen wir jetzt tun?« fragte Calla.

Der Elf blickte erneut über die Schulter, um festzustellen, ob ihnen der Berg bereits nähergekommen war. Sicher, er bewegte sich wirklich nicht sehr schnell, und er folgte ihnen noch nicht einmal in gerader Linie, trotzdem ...

... Calla würde seine erste Begegnung mit dem Berg niemals vergessen: eine hundert Meter hohe Felswand, die wie aus dem Nichts aufgetaucht war.

»Tut mir leid«, erklärte der Eremit. »Ich weiß es wirklich nicht. Vielleicht könnte man den Ring einfach auf den Boden werfen und darauf hoffen, daß die Einöde ihn ebenso verschluckt wie die verschollene Stadt.«

»Vielleicht auch nicht«, wandte Sombrisio ein. »Ein Kondor könnte mich finden und irgendwohin tragen, wo ich in die Hände eines mächtigen und ohne Zweifel bösen Zauberers geraten würde.«

»Bei Hels blutigen Zehennägeln«, fluchte Jancy. Sie trug die Verantwortung für diese Expedition, also mußte sie die Entscheidung treffen, was sie als nächstes unternehmen sollten. Es war nicht unbedingt ihre Stärke, sich mit derart kniffligen Problemen auseinanderzusetzen – um es einmal vorsichtig auszudrücken.

Unbemerkt hatte sich ein hagerer Stachelbeerstrauch ihrem Bein genähert und stach ihr versehentlich in den Fuß.

Jancy trat mit voller Wucht gegen die unschuldige Pflanze. Das Gewächs landete einige Meter entfernt und machte sich unter lautem Wehklagen aus dem Staub.

Die Barbarin blickte sich um. Schließlich fand sie, was sie suchte. »Squill!« rief sie.

»Herrin?« Der Fernmelder war die letzten Tage mit geschlossenen Augen durch die Gegend gestolpert.

»Nimm Kontakt mit Caltus auf«, befahl Jancy. »Sag ihnen, die Stadt sei nicht mehr hier – vergraben bis Gott weiß wann. Frag sie, ob wir Sombrisio wieder mit zurückbringen sollen. Verstanden?«

»Ja, Herrin«, erwiderte der Magier und machte sich sofort an die Arbeit.

»Herrin?« fragte der Eremit.

Jancy blickte wieder zu dem alten Mann hinüber. »Hast du noch etwas Nützliches zu unserer Situation beizutragen?«

»Nicht so, wie Ihr denkt«, antwortete der Eremit und räusperte sich. »Ich habe Eurer Bitte entsprochen, so gut ich konnte. Es bleibt nichts mehr für mich zu tun. Daher bitte ich Euch ... äääh ... mich ziehen zu lassen, Herrin.«

»Wir gehen nach Caltus zurück, wenn wir ...«,

sagte Calla Mallanik und beobachtete Squill, der an seinen Geräten herumfummelte. »... auf jeden Fall ziemlich schnell. Wir werden dich wieder an deiner Hütte absetzen.«

»Wenn Ihr gestattet, dann würde ich mich lieber alleine auf den Weg machen. Ich reise nämlich in die entgegengesetzte Richtung, nach Quiberon. Ich habe dort ein paar Rechnungen zu begleichen.«

»Und Rechnungen entlang der gesamten Nordküste«, ergänzte Sombrisio. »Und in Caltus.«

»Ich fürchte, das stimmt«, sagte der Eremit und kaute auf der Unterlippe herum. Jancy erschien der alte Mann ausgelaugter, verängstigter ... und entschlossener zu sein als je zuvor.

»Ein sabbernder alter Sack wie du wird es nie schaffen, einen derartigen Berg von Schulden abzubezahlen!« lästerte Sombrisio.

Jancy legte die Hand über den Ring, ohne das Metall zu berühren. »Na, na, na, mein Kleiner«, flüsterte sie.

»Nix da«, widersprach Sombrisio. »Niemand nana-nat mich. Der alte Bock ist ja noch nicht einmal arbeitsfähig. Es sei denn, irgend jemand braucht einen Türstopper!«

»Und dann ist da noch die Sache mit meiner Frau«, erklärte der Eremit. »Nun, man tut eben, was man kann.«

»Ich dachte, deine Frau hätte *dich* verlassen und nicht andersherum«, bemerkte der Elf mit einem spekulativen Blick auf Sombrisio.

Der Eremit zog ein vielsagendes Gesicht. »Nichts geschieht in einem Vakuum. Das habe ich eigentlich immer gewußt. Meine Frau trägt die volle Verantwortung für ihre Handlungen, aber das entbindet mich nicht von meiner Verantwortung.«

»Sie hatte doch einen Liebhaber, oder?« fragte

Jancy. Sie blickte an dem Eremiten vorbei und starrte auf die Staubwolke am Horizont.

Der alte Mann lächelte. »›Ich werde dir den Kopf abreißen und dorthin stecken, wo die Sonne niemals scheint‹, das waren seine Worte. Aber inzwischen ist auch er nicht mehr der Jüngste. Auf jeden Fall muß ich mich bei ihr entschuldigen ... egal, was hinterher geschieht.«

»Da will ich doch verdammt sein!« rief Jancy Gaine.

»Vielleicht«, sagte der Eremit, »aber ich bin mir nicht mehr sicher, ob die Verdammnis ein notwendiger Teil des menschlichen Lebens ist.«

Die Gefährten gaben dem Eremit ein Packpferd und ausreichend Proviant. Vielleicht würde es dem alten Mann ja gelingen, die übriggebliebenen Schiffsrationen an einen Kapitän zu verkaufen. Sie wären hervorragender Ballast, und mit dem Gewinn könnte der Eremit einen neuen Anfang wagen.

Der westliche Himmel war fast so finster wie Jancy Gaines Gedanken. Vereinzelte Blitze schossen durch die dunklen Wolken und erhellten den Horizont.

Die Gefährten hatten ihr spärliches Nachtlager in der Mitte eines langen Anstiegs aufgeschlagen. Squill hockte etwas höher. Sein Apparat rauschte und kreischte, während er versuchte, seine Vorgesetzten in Caltus zu erreichen. Jedesmal, wenn es am Horizont blitzte, knurrte ein Dämon die verlorenen Seelen des Äthers an.

Calla Mallanik stocherte mürrisch in einer Konservendose herum. Sie konnten kein Feuer machen, da es in dem öden Landstrich nicht genug Holz gab. Das einzig Positive an der Situation war, daß man den ekelhaften Fraß auch ohne Probleme kalt hinunterwürgen konnte. Wenn man ihn erwärmte, änderte das nichts am Geschmack.

»Wir könnten ein Loch in den Boden schießen ... so wie wir es gemacht haben, als uns der Berg angegriffen hat«, schlug der Elf vor.

»Toller Vorschlag!« bemerkte Sombrisio. »Sobald du die Einöde noch einmal auf diese Art und Weise traktierst, wird sich das Loch schließen, bevor du mich vom Finger gezogen hast. Aber wenn es dir doch gelingen sollte, werde ich in der Tat tief unter der Erde vermodern ... ich möchte gar nicht wissen, *wie* tief.«

»In der Tat?« fragte Jancy verblüfft.

»Natürlich«, erklärte Sombrisio. »Die Einöde wird auf euren Angriff vorbereitet sein. Sie wird uns *alle* verschlucken. So hab' ich dann Gesellschaft für die nächsten dreitausend Jahre ... oder noch länger.«

»Es wäre auch zu schön gewesen«, seufzte Calla. Als Strafe für seine übertriebenen Hoffnungen schluckte er noch einen Löffel seiner Mahlzeit herunter.

»Mir soll's recht sein«, meinte Sombrisio. »Ihr werdet wohl kaum intelligenter werden, wenn ihr unter Tonnen von Gestein begraben seid.«

»Es wäre am besten, wir bringen Sombrisio wieder zurück nach Caltus«, sagte Jancy mit lauter Stimme. »Ein einziges Artefakt stellt keine Gefahr für die Realität dar.«

Jancy hatte so laut gesprochen, weil sie wußte, daß sie sich mit ihrer Äußerung auf unsicherem Territorium befand. Jedesmal wenn sie ein Problem lösen wollte, das nichts mit Mord und Totschlag zu tun hatte, war sie vollkommen hilflos. Sie hoffte, durch ihre Entschlossenheit verbergen zu können, daß sie eigentlich so blöd war wie ein Rosinenbrötchen.

Andernfalls wollte Jancy ihren Gefährten an die Existenz von Kastrator erinnern. Spätestens dann würde er ihr zustimmen.

Auf dem Gipfel des Hügels war es Squill gelungen, Verbindung mit Caltus aufzunehmen. Allerdings war der Fernmelder viel zu weit entfernt, als daß Jancy und Calla ein Wort verstehen konnten.

»Ich werde mich auf den Weg nach Hause machen«, sagte Calla, während er den Zustand seines Bogens überprüfte. »Nach Möglichkeit, bevor der Sturm uns erreicht. Der Regen wird diesen Hügel wie eine Sintflut hinabschießen.«

In diesem Augenblick kam Squill wieder zu ihnen hinunter. Sein Zauberstab steckte noch immer im Rucksack und wackelte hin und her wie der Dirigentenstock eines unsichtbaren Meisters, der ein himmlisches Orchester dirigiert.

»Ich bin durchgekommen!« rief der Magier schon von weitem. »Sie sagen: ›Seht zu, wie ihr ihn loswerdet‹.«

Jancy erhob sich mit bedrohlicher Bedächtigkeit und stützte die Fäuste in die Hüften. »›Seht zu, wie ihr ihn loswerdet‹, ha! Haben sie dir auch gesagt, *wie* wir das machen sollen, wenn Anthurus nicht mehr existiert, verdammt noch mal?«

Squill blieb so plötzlich stehen, daß er fast vornüber gefallen wäre. »Äääh«, sagte er. »Nein, Herrin, das haben sie nicht gesagt. Ich habe ihnen unsere Situation genau geschildert, *sehr* genau und ...«

Der Magier sah, wie sich Jancys Hand um Kastrator legte. Er schloß die Augen.

»... und sie haben nur gesagt, was sie gesagt haben, Herrin.«

»Es ist nicht seine Schuld«, beruhigte Calla seine Freundin. »Aber natürlich ist es bei den meisten Menschen Brauch, den Unglücksboten umzubringen. Vielleicht könnten wir ... das heißt, wenn du willst ...«

»Mach, was du willst«, grollte Jancy. Sie wandte sich von Squill ab, bevor sie etwas tat, was sie eigentlich bereuen sollte, doch nicht bereuen würde.

»Bei Hels Zähnen«, kreischte Jancy. Sie kannte viele Möglichkeiten, sich abzureagieren. Ein Berserkerrausch wäre das beste gewesen; doch das war leider im Augenblick nicht möglich. Also war sie einfach nur depressiv.

Am Horizont erschien wieder das merkwürdige Glühen – nur diesmal wesentlich näher. »Der Sturm scheint uns bald erreicht zu haben«, bemerkte Jancy.

Calla blinzelte. »Nein«, sagte er. »Das ist der Berg. Die Reibung löst Elementarteilchen aus der Oberfläche des Gesteins. Das ist das Glühen. Jedenfalls hat uns das der Eremit erzählt.«

»Dämmert euch was?« fragte Sombrisio.

»Der Berg!« riefen Jancy und Calla gleichzeitig.

»Wißt ihr«, sagte der Ring. »Ich glaube, in diesem Zeitalter sind die Kakerlaken die intellektuell dominierende Rasse.«

Es regnete noch immer nicht, aber wenn es erst einmal soweit war, wäre es, als würde eine Kuh auf einen flachen Stein pissen. Allerdings gab es keine Steine in der Einöde von Thaumidor ... und auch keine Kühe.

Der Berg rollte wie eine Lawine auf den Fuß des Hügels zu – und genau das war er auch: eine Lawine, obwohl sich die Felsbrocken immer erst nach oben kämpfen mußten, bevor sie hinabfallen konnten.

Die Erde bebte, als wäre sie die gigantische Trommel eines Riesen. Überall sprangen Funken aus dem brechenden Granit. Verschiedenfarbige Kugeln, groß wie Heuschober, tanzten um den wandernden Berg.

Der Berg hielt unvermittelt an. Es folgte eine relative Stille, die erst im Vergleich zu dem darauffolgenden Lärm an Bedeutung gewann.

Jancy Gaine und ihr treuer Elfenfreund Calla Mallanik standen auf dem Gipfel des kleinen Hügels und warteten. Squill wartete in sicherer Entfernung und kümmerte sich um die Pferde. Schließlich bestand keine Notwendigkeit, die Vorräte unnötiger Gefahr auszusetzen – obwohl das auch nicht weiter schlimm wäre, falls der Plan scheitern sollte.

Die Vorderseite des Berges erhob sich in einem Winkel von sechzig Grad. Das steinerne Ungetüm riß Wolken feinen Staubs aus dem Boden, die die Gestalt von Frauen annahmen, bevor sie aufstiegen, um sich mit den Elementarteilchen des Berges zu immer neuen Lichtfiguren zu vereinen.

»Wir sollten uns langsam trennen«, sagte Calla. Er entfernte sich zwei Schritte von seiner Freundin und blickte zurück, um sicherzugehen, daß die Axtfrau sich an den Plan halten würde.

Sie hatte nicht die Absicht.

»Mach, das du wegkommst«, befahl Jancy. Seitdem der Berg sich wieder in Bewegung gesetzt hatte, hatte sie ihren Blick nicht mehr von ihm abgewandt. Sombrisio lag in ihrer Hand. »Ich denke, ich kann mich um mich selbst kümmern.«

»Du *denkst*?« kreischte Sombrisio. »Du *denkst*? Natürlich ist der Gedanke, du könntest von diesem Monster zerquetscht werden, genauso anregend wie der Gedanke, daß ich für den Rest der Ewigkeit unter mehreren Kilotonnen Fels begraben werde!«

»Jancy«, sagte Calla mit der Ernsthaftigkeit eines Kleinkindes, dem es gelungen war, sich ins Schlafzimmer seiner Eltern zu schleichen. »Wirf mir den Ring zu, lauf ein paar Schritte, und ich werde ihn dir wieder zurückwerfen. Wir müssen vermeiden, daß der Berg sich auf einen Punkt konzentrieren kann. Nur so können wir überleben.«

»Also gut«, seufzte Jancy. »Also gut.«

Sie warf Calla den Ring zu und näherte sich ruhig dem Berg. Entweder funktionierte es, oder es funktionierte nicht. Falls es nicht funktionieren sollte, mußte Jancy wenigstens keine unangenehmen Fragen mehr beantworten.

Der Berg blieb am Fuß des Hügels stehen. Er schien den Atem anzuhalten. Das kristalline Wesen richtete sich auf und bereitete sich auf den letzten Angriff vor.

Als Calla mit Sombrisio in nördlicher Richtung über den Hügel ging, folgte ihm der Berg. Das steinerne Monster bewegte sich genau auf den Ring zu – wie ein Bluthund, der einen Fuchs gewittert hat. Hätte der Berg einen Schwanz gehabt, so hätte er freudig gewedelt.

»Du kannst ihn mir jetzt zurückwerfen«, brüllte Jancy. Die tektonischen Geräusche behinderten erheblich die Kommunikation. Sie hatte Schild und Helm im Lager gelassen. Waffen würden gegen diesen Gegner wenig ausrichten.

Natürlich war auch Kastrator nutzlos. Trotzdem baumelte die schwere Axt an Jancys Gürtel. Sie hatte immer davon geträumt, mit ihrer Waffe begraben zu werden. Falls in den nächsten Sekunden etwas schiefgehen sollte, wäre ›vermischt‹ ein besseres Wort als ›begraben‹, um ihr zukünftiges Verhältnis zu Kastrator zu beschreiben.

»Achtung, er kommt!« rief Calla. Er war fast dreißig Meter entfernt.

Der Elf schleuderte den Ring mit aller Kraft. Es war eine fließende, elegante Bewegung – wie die einer Katze, die sich an einen Vogel heranschlich. Sombrisio flog in hohem Bogen durch die Luft und glitzerte im Licht des Berges. Jancy fing ihn mühelos auf.

Dann lief die Berserkerin am Fuß des Steilhangs entlang. Der Berg wandte sich in ihre Richtung. Felsmassen türmten sich über ihr auf und drohten, Jancy zu begraben.

Die hektischen Bewegungen des steinernen Monsters beanspruchten seine kristalline Struktur bis zum Bersten. An mehreren Stellen traten Risse auf, und Granitbrocken regneten auf Jancy herab. Der Berg stieß ein unheimliches Brüllen aus, das die menschliche Vorstellungskraft bei weitem überstieg.

»Wirf mich *jetzt*, du hirnlose Tussi!« kreischte Sombrisio.

Der Berg war nur noch wenige Meter von Jancy entfernt. Ein kleiner Spalt öffnete sich vor ihren Augen, und sie warf den Ring zwischen den Granit. Mit einem lauten Knall schloß sich der Spalt wieder, und der ganze Berg rutschte den Hügel hinab.

Jancy sprang mit ausgestreckten Armen in die Richtung, in die sie gelaufen war. Die äußere Schicht des Hügels löste sich auf und rauschte dem Berg hinterher. Wenige Augenblicke später landete das Felsenmonster am Fuß seines kleineren Verwandten und rührte sich nicht mehr. Das Echo des Aufpralls war noch lange Zeit zu hören.

Jancy lag auf dem Hügel. Der herabrasende Berg hatte sie nur knapp verfehlt. Dort, wo die oberste Schicht des Hügels abgetragen worden war, baumelten ihre Füße in der Luft.

Calla Mallanik, der ein ganzes Stück entfernt lag, erhob sich langsam und winkte Jancy zu. Die Luft war von Staub erfüllt, so daß zunächst keiner von beiden bemerkte, wie Squill auf den Hügel kletterte. Der Magier brauchte einen erhöhten Ort, um Kontakt zu seinen Vorgesetzten aufzunehmen.

Diesmal würde er den erfolgreichen Abschluß der Mission melden.

Es goß wie aus Eimern, und es roch nach Kuhpisse. Der Geruch machte Jancy Gaine nichts aus. Sie pflegte nur einmal im Jahr zu baden – im Frühling, wenn das Eis brach.

Trotz des Sturms hätte sie sich eigentlich freuen müssen, doch die Berserkerin fühlte sich hundeelend.

Calla Mallanik hielt die graue Stute fest, so daß Jancy sich um den Sattelgurt kümmern konnte. Normalerweise hätte das Tier die Prozedur ohne Murren über sich ergehen lassen, aber das Wetter flößte ihm Angst ein. *Bei Sif, und das Vieh glaubt, es hat Probleme,* dachte Jancy.

Der Regen spülte die staubtrockene Erde schneller weg als Bier die guten Vorsätze auf einer Junggesellenparty. Als Jancy den letzten Sattel holen wollte, lag er bereits zehn Meter von seinem ursprünglichen Lagerplatz entfernt. Hoffentlich mochten die verdammten Viecher nasses Futter, denn bis sie die Einöde von Thaumidor verlassen hatten, würde es nicht wieder trocknen.

Jancy und Calla beluden den rötlichbraunen, sich sträubenden Wallach. Das Pferd bemerkte gerade noch rechtzeitig, daß es kurz davorstand mit seinem eigenen Schwanz erwürgt zu werden, und entschloß sich, das Treten einzustellen. Trotz des strömenden Regens war das Tier verschwitzt.

Jancy legte eine kurze Pause ein, holte tief Luft und zog den Sattelgurt mit einem kräftigen Ruck fest. »Wo zum Teufel steckt Squill?« rief sie Calla zu.

Der Elf deutete auf den Hügel. »Da, wo er immer steckt«, sagte er. »Ich nehme an, er versucht immer noch, Caltus zu erreichen.«

Die Gestalt des Magiers zeichnete sich schattenhaft gegen den westlichen Horizont ab. Noch immer verdeckten dichte Staubwolken die Sonne. Nur das grelle Licht der Blitze durchdrang die Finsternis.

»Wenn er nicht *sofort* herunterkommt, machen wir uns ohne ihn auf den Weg«, erklärte Jancy.

Ein Blitz schlug in die Spitze des meterhohen Zauberstabs. Das Licht dieser einen elektrischen Entladung war heller als die Summe aller Blitze zuvor. Squills Skelett war für wenige Sekunden deutlich zu sehen, bevor es sich zusammen mit dem Rest seines Körpers auflöste.

Jancy stand langsam wieder auf. Sie wußte nicht, ob sie durch den elektrischen Schock, den Knall oder die Überraschung zu Boden geworfen worden war.

»Machen wir, daß wir hier wegkommen«, sagte die Berserkerin. Der Elf würde eine Zeitlang nichts mehr hören. Der Knall hatte ihm das Gehör geraubt ... allerdings mußte man ihn auch nicht ermahnen, diesen Ort so schnell wie möglich zu verlassen.

Der Sturm hörte kurz hinter dem Hügel auf, der die verlorene Stadt bedeckte – ein stufenloser Übergang.

Der Hügel, der die verlorene Stadt bedeckt *hatte*. Der Regen hatte die Staubschichten mit unmenschlichem Eifer entfernt. Schmutzige Flüsse strömten in alle Richtungen und verliefen sich in den unendlichen Weiten der großen Einöde.

Vielleicht flossen die Flüsse auch *bergaufwärts* – immerhin war das die Einöde von Thaumidor.

Die Packpferde gratulierten sich wiehernd, die Reise überlebt zu haben. Calla Mallanik zog seinen Umhang aus und versuchte das Wasser herauszupressen. Selbst wenn die Abenteurer Kleidung zum Wechseln im Gepäck gehabt hätten, wäre sie genauso durchnäßt gewesen wie der ganze Rest.

Jancy blickte zurück auf den großen See, der den Ort bedeckte, wo sich vor kurzem noch ein Hügel erhoben hatte. »Vielleicht hätten wir doch warten sollen. In spätestens zwanzig Minuten wird Anthurus wieder erscheinen.«

»Ich glaube nicht, daß das funktioniert hätte«, erwiderte der Elf traurig.

Am westlichen Horizont schimmerte ein violettes Licht, obwohl die Sonne bereits seit einigen Minuten untergegangen war.

»Sombrisio geht es bestimmt gut«, sagte Jancy fröhlich. »Eines Tages wird ein Kerl namens Mohammed etwas Ungewöhnliches im Sand finden, und wenn er sich bückt, wird ihn dieses Ding fragen, ob seine Mutter eine Vaterschaftsklage gegen ein Kamel führt.«

»Du hast recht. So ein Berg kann diesen Ring nicht aus der Ruhe bringen.«

Jancy schnalzte mit der Zunge und trieb die Pferde an. »Wir haben es wirklich geschafft, oder? Man wird noch lange von uns reden – von den Helden, die Sombrisio losgeworden sind.«

»Darauf kannst du wetten«, erwiderte Calla. »Das war mehr als nur ein Abenteuer, und ich werde es jedem erzählen ... ob er es hören will oder nicht.«

Ein leises Zischen unterbrach das Gespräch. Jancy wirbelte herum.

»Tut mir leid«, entschuldigte sich der Elf. »Ich habe heute morgen eine Dose Bohnen gegessen.«

»Oh!« sagte Jancy und schnalzte erneut mit der Zunge.

»Ich vermisse ihn auch«, flüsterte Calla. Jancy wußte genau, wie ihr Freund sich fühlte.

Hinter ihnen ragten die bunt schillernden Türme von Anthurus in den blutroten Himmel.

VORSPIEL
ZUM DRITTEN

»*Wie* groß sind Eure Brautjungfern, Hoheit?« Die Schneiderin traute ihren Ohren nicht.

Rissa versuchte, es mit ihren Händen anzudeuten. »Ich bin ja schon recht groß, aber sie sind beide noch ein ganzes Stück größer. Irgendwo liegen bestimmt noch einige von Jancys Klamotten herum, und Domino ... na ja, sie war früher Dominik Blaid. Es sollte nicht schwierig sein, ihren Schneider zu finden. Sie lebt schon seit einer Ewigkeit in Caltus ... das heißt, wenn sie nicht auf dem Schlachtfeld war.«

Die Augen der Schneiderin verengten sich. Sie hatte das Brautkleid ein zweites Mal angemessen. Es war atemberaubend. Nur ein Bruchteil des ursprünglichen Schmucks hatte die zweite Anprobe überstanden – bestickte Bänder, mehrere hundert Perlen und natürlich die fünf Meter lange Schleppe.

Inzwischen konzentrierten sich die beiden Frauen – unterstützt von Rissas Kammerzofe Daisy – auf die Gestaltung der Kostüme für die geladenen Gäste. Die königliche Hochzeit würde in einem ungewöhnlich kleinen Rahmen gefeiert werden. Rissas komplette Familie war von Kalaran ermordet worden, ebenso wie die ihres Verlobten. Daher mußte das Brautpaar sich nicht mehr um die passende Ausstattung für die Verwandtschaft kümmern. Trotzdem gab es noch viel zu tun.

»Dominik Blaid«, murmelte die Schneiderin zaghaft. »Wie Ihr wünscht, Eure Hoheit. Wenn ich mich recht erinnere, hat sie dunkles Haar, und Jancy Gaine ist blond?«

»Stimmt«, erwiderte Rissa. »Ist das ein Problem?«

»Uns stehen nur wenige Farben zur Auswahl, königliche Hoheit. Blonden Damen steht beispielsweise Zartrosa hervorragend, doch zu brünettem Haar paßt es überhaupt nicht.«

»Ich glaube nicht, daß Jancy mit Zartrosa einverstanden wäre«, erklärte die Prinzessin. »Wie wäre es mit einem blassen Blau?«

»Daran hatte ich auch schon gedacht, doch die Damen haben sehr dunkle Haut.« Die Schneiderin runzelte die Stirn. »In Kombination mit einem blaßblauen Kleid bekommt eine gesunde Sonnenbräune oft einen leicht gelblichen Ton. Wie wäre es mit Fliederfarben? Das hat etwas Königliches. Eine gute Idee, wenn man bedenkt, daß Eurer Trauung unmittelbar die Krönung folgt.«

Rissa nickte zustimmend. Sie strich mit der Hand über einen fliederfarbenen Stoffballen. Nach der Zeremonie würde das Königspaar die neuen Nationalfarben auswählen, und Fliederfarben war tatsächlich ... edel. Das würde die letzte Entscheidung dieser Art sein. Nachdem sich eine neue Dynastie etabliert hatte, fragte niemand mehr danach, ob die königliche Flagge zum königlichen Teint paßte.

Die Schneiderin wandte sich wieder der Kleiderfrage zu. Ein Schnitt, der zu der breitschultrigen, muskulösen Jancy Gaine paßte, würde an der schlanken, großgewachsenen Domino Blaid wie ein Kartoffelsack wirken. Andererseits würden Kleider, die Dominos jungenhafte Figur unterstrichen, Jancy zu einem muskelbepackten Alptraum machen. Die Schneiderin blätterte verzweifelt durch ihre Entwürfe und murmelte Gebete zu allen bekannten Göttern.

Rissa versicherte ihrer Kammerzofe, daß sie auf sich allein aufpassen könne, und beauftragte Daisy, die Schneiderin nach Hause zu bringen. Die Prinzessin wollte für einen Augenblick allein sein. Daisy kümmerte sich um ihre Herrin wie eine Mutter. Sie erinnerte Rissa an ihr Kindermädchen. Leider war die arme Frau den Schergen Kalarans zum Opfer gefallen, als dieser ihre heimatliche Burg geplündert hatte. Sie war schon zu alt für den Sklavenmarkt gewesen. Indirekt hatte die alte Frau Rissa das Leben gerettet. Kurz bevor der Feind in die Festung eingedrungen war, hatte das Kindermädchen darauf bestanden, ihren Schützling in ein Lakaienlivrée zu stecken. So hatten Kalarans Krieger nicht gemerkt, daß die Prinzessin als einziges Mitglied der königlichen Familie den Angriff überlebte.

Prinzessin Rissa trat an ihr Fenster und zählte die Hochzeitsgäste durch, um sich von ihren trüben Erinnerungen abzulenken. Spotty – Stiller – Gulick würde als Trauzeuge fungieren. Sie mußte darauf achten, daß Spottys Kleidung zu Rot paßte. Er würde während der Zeremonie mit Sicherheit erröten.

Gar Quithnick würde der zweite Trauzeuge sein. Rissa erschauerte ein wenig bei dem Gedanken, einen Assassinen in ihrem Rücken zu haben – und machte sich sofort deswegen Vorwürfe. Ihr mangelndes Vertrauen war unberechtigt, und Gar hatte sich seinen Platz redlich verdient.

Ibble, Spottys Zwergenfreund, würde ihnen die Ringe bringen. Eine Aufgabe, die traditionsgemäß einem Mitglied der kleineren Rassen übertragen wurde.

Das waren die wichtigsten Personen. Außerdem standen noch verschiedene weltliche und kirchliche Würdenträger sowie einige andere treue Weggefährten auf der Gästeliste. Die Galerie der Kathedrale von Dym war für die Öffentlichkeit reserviert.

Rango hatte darauf bestanden, die Eintrittskarten

für einen symbolischen Preis zu verkaufen. Rissa verstand, was ihren Verlobten zu dieser Entscheidung bewegt hatte; trotzdem empfand sie es als etwas ... déplacé. Außerdem war die königliche Schatzkammer aufgrund des langen Krieges gegen Kalaran völlig leer.

Prinzessin Rissa seufzte. Der Prinz war nicht mehr derselbe verwegene Mann, an den sie einst ihr Herz verloren hatte. Er war natürlich noch immer ein verantwortungsbewußter und zuverlässiger Herrscher, und das Volk würde ihn ohne Zweifel lieben ... aber würde sie das auch?

Als Lemml Touday den Palast betrat, um sich mit Prinz Rango zu treffen, bemerkte er die Silhouette der Prinzessin an einem der oberen Fenster. Er hoffte nur, daß sie ihren Verlobten nicht schon wieder in schlechte Laune versetzt hatte. Der Prinz würde sich in wenigen Minuten sowieso ärgern, denn der Priester brachte keine guten Nachrichten.

Prinz Rango empfing den Gast in seinem privaten Arbeitszimmer. Er war gerade damit beschäftigt, Fähnchen auf einer großen Wandkarte zu verschieben und zwischendurch in einem Stapel Notizen zu blättern. Der Prinz trug eine einfache Hose und ein eng anliegendes Hemd. Heute erweckte er eher den Eindruck eines Feldherrn als eines Buchhalters. Lemml fühlte sich unwohl.

»Seid gegrüßt, Lemml«, sagte der Prinz. »Setzt Euch. Ich werde mich sofort um Euch kümmern, sobald ich die neuen Koordinaten eingetragen habe. Ich habe Nachricht von meinen Helden erhalten. Alles läuft nach Plan.«

»Mir scheint, Ihr markiert mehr als nur vier Helden, Eure Hoheit«, bemerkte Lemml Touday.

»Stimmt«, erwiderte der Prinz. »Ich habe einigen Einheiten neue Positionen in Faltane zugewiesen. An verschiedenen Stellen wird immer noch gekämpft. Überall gibt es Banditen und ähnliches Kroppzeug. Es würde wenig Sinn machen, Faltane von Kalaran zu erobern, nur um es dann wieder an Revoluzzer zu verlieren.«

»Natürlich nicht, Herr«, sagte Lemml.

Prinz Rango beendete seine Arbeit und stellte ein silbernes Tablett auf den Tisch. Dann öffnete er eine schmale blaue Flasche mit weißem Etikett. Das Gefäß war mit einer braunen Flüssigkeit gefüllt, von der Lemml annahm, daß es sich um dasselbe Getränk handelte, das er bereits bei seinem letzten Besuch genossen hatte. Der Prinz verteilte die dampfende Flüssigkeit auf zwei Becher, deren Rand in Eis getaucht worden war.

»Mittlerweile besteht die Hälfte des königlichen Weinkellers aus diesem Zeug«, erklärte der Prinz erfreut. »Gott sei Dank mag ich es. Nun ... was gibt es Neues im Tempel?«

Lemml trank einen kleinen Schluck. Seine Zähne schmerzten etwas. Das Getränk war ungewöhnlich süß – aber erfrischend.

»Der Dämon der Finsternis behält weiter die Oberhand. Der Lichtbote hat sich bereits so weit in den Schädel zurückgezogen, daß er kaum noch zu sehen ist. Wenn man bedenkt, daß der Riß in der Realität sich langsam wieder schließt – die Berater Eurer Majestät scheinen in diesem Punkt recht zu behalten –, habe ich immer größere Schwierigkeiten, meinen Vorgesetzten zu erklären, daß alles in Ordnung ist.«

Prinz Rango lächelte kalt. »Ich habe Euch gut genug

bezahlt, um ihre Bedenken zu zerstreuen. Also tut, was man Euch aufgetragen hat.«

»Das werde ich auch«, versicherte Lemml hastig.

Der Priester beugte sich über den Tisch. Er redete so leise, daß der Prinz sich ebenfalls vorbeugen mußte, um die Worte zu verstehen.

»Herr, und was ist, wenn der Schädel recht hat? Was ist, wenn tatsächlich eine Bedrohung aus dem Reich der Finsternis *existiert*? Sollten wir nicht irgend etwas unternehmen?«

Der Prinz brach in brüllendes Gelächter aus. »Ich glaube nicht an Euren magischen Tand. Wie könnt Ihr ernsthaft glauben, daß man dem Schädel eines bösen Magiers trauen kann? Lemml, Ihr seid schon genauso abergläubisch wie Eure Vorgesetzten! Und ich dachte, Ihr wärt ein verantwortungsbewußter Geschäftsmann.«

Lemml stieg die Röte ins Gesicht. »Das bin ich auch, königliche Hoheit. Trotzdem ist die Magie eine große Macht, an der man sich die Finger verbrennen kann.«

Der Prinz klopfte beruhigend auf sein Schwert. »Überlaßt es mir, mit diesen Problemen fertigzuwerden, Lemml. Dieses Schwert hat bereits viele Feinde besiegt. Sorgt dafür, daß der Tempel sich ruhig verhält, und in ein paar Tagen ist alles in Ordnung. Dann bin ich gekrönt, und die Zeit der Sorgen ist vorbei.«

»Wir Ihr meint, königliche Hoheit«, sagte Lemml und lächelte verlegen. »Ich werde Euch in einigen Tagen erneut Bericht erstatten.«

»Sehr gut.« Der Prinz lachte noch immer, doch sein Blick war eiskalt. »Und seht zu, daß mir gefällt, was Ihr zu berichten habt, Lemml.«

»Das werde ich, Herr. Das werde ich.«

Lemml verließ den Palast so schnell wie möglich. Sein Magen rebellierte – sowohl aufgrund des süßlichen Getränks als auch der Sorgen, die ihn quälten. Als der Priester wieder in seiner Zelle war, fiel ihm ein, daß das Schwert, von dem der Prinz gesprochen hatte, nicht länger in der Hauptstadt war. Mothanger war – genau wie die anderen Artefakte – weggeschafft worden.

TEIL III

WÄCHTER GESUCHT

Määäääääh!«

Selbst wenn Drachen kein so gutes Gehör besessen hätten, hätte das Geräusch Schmirnov geweckt.

Das riesige Reptil hielt die Augen weiterhin geschlossen und hob den Kopf, um das Problem mit seinem siebten Sinn zu analysieren.

»Määäääääh!«

Nein. Kein Zweifel. Ein Schaf ... nein, *mehrere* Schafe waren in seine Höhle eingedrungen.

Schafe!

Was, zum Teufel, hatten diese verblödeten Dörfler denn nun wieder vor?

»Määäääääh!« *Klank.*

Das zweite Geräusch wäre beinahe vom Blöken der Schafe verdeckt worden, doch jetzt hatte es Schmirnovs Aufmerksamkeit erregt. Er öffnete die Augen und hob den Kopf ein wenig, um die Quelle des Geräuschs zu finden.

Schafe tragen keine Rüstungen – egal ob vierbeinige mit Wolle oder zweibeinige mit Hüten: *Schafe tragen keine Rüstungen!*

»Kommt heraus!« forderte der Drache.

»Määäääääh!«

Inzwischen konnte der Drache die Schafe am Eingang der Höhle sehen – zumindest ein Dutzend von ihnen. Wie vermutet, trugen sie keine Rüstungen.

»*Kommt heraus!*« rief Schmirnov erneut. »Erklärt mir Eure Absichten, oder ich muß das Schlimmste annehmen und entsprechende Maßnahmen ergreifen!«

Eine kleine, stämmige Gestalt erschien am Eingang.

Ein Zwerg! Zuerst Schafe und jetzt ein Zwerg! Nun denn. Schmirnov hatte eigentlich damit gerechnet, daß der heutige Tag genauso langweilig werden würde wie alle anderen auch.

»Ich bin Ibble!« sagte die Gestalt. »Ich komme in Frieden!«

»In Frieden?« knurrte der Drache. »Das ist ja mal was Neues.«

Der Zwerg trug keine sichtbaren Waffen ... doch vielleicht hatte er welche hinter dem Fels versteckt. Aber dann ...

»Und was ist mit den anderen?« schnaubte Schmirnov.

Ibble zuckte zusammen und blickte über die Schulter.

»Andere?« fragte er unschuldig.

»Spiel nicht mit mir, kleiner Mann! Dort draußen sind noch mindestens ein Dutzend Männer, und sie hören sich nach Kriegern an.«

Nachdem er vollständig erwacht war, hörte Schmirnov deutlich das Knarren von Lederharnischen und andere Geräusche, die auf eine Gruppe von Kämpfern hinwiesen. Mehr noch ... die Männer verursachten so wenig Lärm, daß es sich nur um eine Gruppe erfahrener Veteranen handeln konnte.

Der Drache war von den Menschen nichts anderes gewohnt.

Ein klassischer Hinterhalt. Wäre Schmirnov nicht so fair gewesen, hätte er vorgegeben, sie nicht bemerkt zu haben. Sollten sie es ruhig versuchen.

»Ihr habt recht. Dort sind noch ein paar andere«, gestand der Zwerg. »Aber wir wollen nicht mit Euch kämpfen; wir wollen nur mit Euch *reden* ... und Euch um einen Gefallen bitten.«

»Einen Gefallen?«

Der Tag versprach interessant zu werden. Schmirnov versuchte, sich an das letzte Mal zu erinnern, als ihn ein Mensch um einen Gefallen gebeten hatte. Es fiel ihm kein entsprechendes Ereignis ein. Egal, ob der

Drache der Bitte entsprach oder nicht; allein die Frage war schon amüsant. Trotzdem konnte Schmirnov nicht vorsichtig genug sein. Verrat war ein typisches Merkmal der menschlichen Rasse.

»Woher soll ich wissen, daß Ihr mich nicht übers Ohr hauen wollt?« fragte das Reptil drohend.

Sein Tonfall hatte den gewünschten Effekt. Der Zwerg blickte nervös in Richtung Eingang. Falls Schmirnov in Wut geraten sollte, hätte Ibble keine Chance zu entkommen ... und das wußte er.

»Ich ... wir haben Euch als Zeichen unseres guten Willens Geschenke mitgebracht.«

»Geschenke?«

Obwohl das meiste, was man sich von Drachen erzählt, übertrieben oder schlichtweg gelogen ist, treffen die Aussagen über ihre Habsucht durchaus zu.

Schmirnov reckte den Hals so hoch er konnte. Er benahm sich wie ein kleines Kind an seinem Geburtstag ... ein *sehr großes* kleines Kind.

Doch der Drache konnte nichts erkennen, was seine Aufmerksamkeit verdient hätte.

»Määäääääh!«

Schmirnov blickte einen Augenblick auf die Schafe und widmete sich dann wieder dem Zwerg.

»Als Ihr von Geschenken gesprochen habt, habt Ihr nicht zufällig diese jämmerlichen Kreaturen gemeint, oder?«

»Um ehrlich zu sein ... ja«, erwiderte Ibble und trat einen vorsichtigen Schritt zurück. »Ich ... *wir* dachten, Ihr seid vielleicht hungrig.«

Schmirnov senkte den Kopf, bis er fast auf dem Boden lag, so daß er seinem Besucher direkt in die Augen blicken konnte.

»Und als Gegenleistung soll ich Euch einen Gefallen gewähren?« fragte er. »Euch? Persönlich?«

»Wir sind Gesandte Prinz Rangos«, erklärte der Zwerg. »Wir bitten Euch in seinem Namen um einen Gefallen ... zum Wohl des Königreiches.«

»Ein Prinz, sagt Ihr?« entgegnete der Drache. »Aber natürlich hat er Euch nicht hierher begleitet. Hab' ich nicht recht?«

»Nun ja ... äh ... nein, das hat er nicht.«

»Ich nehme sogar an«, fuhr der Drache fort, »daß Ihr nicht der Anführer Eurer kleinen Gruppe seid. Ist das korrekt?«

Ibble richtete sich zu seiner vollen Größe auf und streckte die Brust raus.

»Ich bin der engste Freund und Vertraute unseres Anführers«, erklärte er. »Mehr noch ... ich bin seine rechte Hand und war sein Waffenbruder in so mancher Schlacht und ...«

Der Drache unterbrach seinen Gast und stieß ein merkwürdiges, kurzes Brüllen aus. So hatte Schmirnov seit Jahrhunderten nicht mehr gelacht.

»Mal sehen, ob ich Euch richtig verstanden habe«, sagte das Reptil. »Euer Anführer wußte nicht, wie ich ihn empfangen würde, wenn er einfach so in mein Heim eindringt ... ob ich ihm zuhören oder ihn einfach aus Prinzip verbrennen würde ... deshalb hat er Euch als Testperson vorausgeschickt. Und Ihr wiederum habt Euch dazu entschlossen, eine Herde Schafe mitzubringen, um Eure Überlebenschancen zu erhöhen. Habe ich recht?«

»Nun ... in einem gewissen Sinne ...«, gestand Ibble.

»Nur der Vollständigkeit halber ... woher habt Ihr die Schafe eigentlich?«

»Diese Schafe dort? Äääh ...«

»Von den Weiden am Fuß des Berges, stimmt's?«

»Um ehrlich zu sein ...«

»Dort gibt es eine ganze Menge von ihnen, nicht wahr?«

»Nun ...«

»Habt Ihr Euch je gefragt, woher sie kommen oder warum sich niemand um sie gekümmert hat?«

»Das hat mich in der Tat etwas verwundert«, sagte der Zwerg und kratzte sich am Bart. »Aber es waren so viele, daß wir gedacht haben, es würde nicht weiter auffallen, wenn wir ein paar mitnehmen.«

»Ach wirklich?« Der Drache lächelte. »Wir wäre es hiermit ... was würdet Ihr sagen, wenn die Dörfler die Tiere einzig und allein dorthin getrieben haben, um mich zu füttern ... damit ich nicht über ihr Dorf herfalle und dort meinen Hunger stille.«

»Das ... scheint Sinn zu machen.«

»Auf jeden Fall mehr Sinn als der Versuch, einen Gefallen von mir zu erschleichen, indem man mir ein paar Tiere aus meiner *eigenen* Herde anbietet. Meint Ihr nicht auch?«

»Ich verstehe, worauf Ihr hinauswollt.« Ibble errötete. »Trotzdem ... wir hatten die besten Absichten.«

»Ah ja. Eure Absichten.« Schmirnov amüsierte sich köstlich. »Wenn ich mich recht erinnere, war es Eure Absicht, meinen Appetit auf die Probe zu stellen ... und ihn zu stillen, falls ich hungrig sein sollte ... *bevor* Ihr Euch mir gezeigt hättet. Könnt Ihr Euch überhaupt vorstellen, wie sehr mir diese Schafe zum Hals heraushängen?«

»Ich ... verstehe Euer Problem.«

Der Zwerg fühlte sich äußerst unwohl.

»Ich müßte wirklich – *wirklich* – hungrig sein, bevor ich mich wieder an einer dieser blökenden Kreaturen gütlich tun könnte. Andererseits bin ich natürlich für eine Abwechslung jederzeit zu haben ... besonders für *kleine* Abwechslungen. Habe ich mich deutlich genug ausgedrückt?«

Ibble schwankte einen Augenblick, bevor er seinen Mut zusammennahm und die Schultern straffte.

»Wenn wir Euch mit unserer Ignoranz beleidigt haben sollten, o Fürst der Drachen, so bedauern wir es zutiefst. Falls Ihr auf mehr als nur einer verbalen Entschuldigung besteht ... nun, wie Ihr bereits bemerkt habt, ich bin entbehrlich.«

Nun waren Drachen im allgemeinen – und Schmirnov im besonderen – Menschen nicht sehr freundlich gesinnt ... das schloß in ihrer Vorstellung Elfen und Zwerge mit ein. Doch sie waren außerordentlich intelligente Kreaturen, und sie wußten Mut zu schätzen; denn sie fürchteten, diese Eigenschaft könne aussterben, wenn man sie nicht entsprechend hegte und pflegte.

»Gut gesagt, Ibble.« Schmirnov lächelte wieder. »Ihr macht Eurem Herrn alle Ehre. Sorgt Euch nicht. Ich habe weder die Absicht Euch zu fressen noch werde ich Euch und Euren Freunden ein Leid zufügen.«

»Habt Dank, o Fürst der Drachen«, sagte der Zwerg und verbeugte sich tief. »Euer Wort ist Garantie genug.«

»Verlaßt Euch nicht zu sehr darauf«, warnte der Drache. »Ich behalte mir das Recht vor, meine Meinung zu ändern, falls einer von euch so dumm sein sollte, meine Gastfreundschaft zu mißbrauchen. Ist das klar?«

»Sonnenklar«, erwiderte Ibble. »Doch ich versichere Euch: Mein Herr ist ein ehrenwerter Krieger, der sich nie zu einem solchen Verhalten herablassen würde.«

»Ach ja?« Schmirnovs Stimme bekam einen sarkastischen Unterton. »Ihr wärt erstaunt, wie viele sogenannte ›ehrenwerte Krieger‹ der Meinung sind, daß normale Anstandsregeln in der Gegenwart von Drachen nicht mehr gelten.«

»Glaubt mir; mein Herr ist anders. Ich habe in vielen Schlachten an seiner Seite gekämpft: gegen Menschen, Monster und magische Kreaturen, und niemals hat er seine Prinzipien verraten.«

»Das reicht, um ihm eine Audienz zu gewähren«, sagte der Drache. »Aber Ihr müßt verstehen, daß ich trotzdem Vorsicht walten lasse. Zu viele von uns haben den Worten der Menschen vertraut. Deshalb sind wir fast ausgestorben. Nun denn, wer ist Euer Herr?«

»Es ist Stiller Gulick, enger Freund und Waffenbruder des Prinzen Rango.«

»Gulick?« Schmirnov runzelte die Stirn. »Ihr meint doch nicht etwa Spotty Gulick? Der mit dem Hautproblem?«

»Ihr kennt ihn?«

»Ich habe von ihm *gehört*«, erwiderte der Drache. »Ich habe mein hohes Alter nur erreicht, weil ich mich stets darum kümmerte, wer und was plötzlich vor meiner Tür stehen könnte. Es macht sich bezahlt, wenn man immer auf dem laufenden ist und weiß, welche ›Helden‹ gerade durch die Gegend ziehen, um sich einen Namen zu machen.«

»Ich verstehe.«

»Was hat er mit einem Prinzen zu schaffen? Ich dachte, er wäre Söldner.«

»Das war vor dem Krieg«, erklärte Ibble. »Wir haben uns dem Prinzen angeschlossen, um Kalaran niederzuwerfen.«

»Krieg? Kalaran?« Schmirnov schüttelte den Kopf. »Das hört wohl niemals auf, oder? Manchmal glaube ich, ihr Menschen kämpft genausooft untereinander wie gegen mich und meine Artgenossen.«

»Wenn Ihr mir erlaubt, es Euch zu erklären«, sagte der Zwerg, »werdet Ihr gewiß zustimmen, daß unsere Sache gerecht war. Kalaran war *wirklich* böse.«

»Natürlich«, spottete das Reptil. »Er hat verloren. Hab ich nicht recht?«

»Ich verstehe nicht.«

»Der Verlierer hat immer unrecht«, erklärte Schmirnov. »Es ist das unabänderliche Recht des Siegers, Gut und Böse zu definieren.«

»Aber Kalaran ...«

»Erspart mir Eure Rechtfertigungen«, seufzte der Drache. »Geht und holt Euren Spotty, damit ich erfahre, was er zu sagen hat.«

»Sofort.«

Der Zwerg hatte sich bereits auf den Weg gemacht, als er plötzlich zögerte.

»Hmmm ... o Fürst der Drachen?«

»Was denn noch?«

»Könntet Ihr vielleicht davon absehen, ihn Spotty zu nennen ... damit es wirklich eine friedliche Zusammenkunft wird? Dieser Spitzname bezieht sich auf die Tatsache, daß er jedesmal so komische Flecken im Gesicht bekommt, wenn Gefahr im Verzug ist. Das hat uns zwar mehr als einmal das Leben gerettet, aber es ist ihm trotzdem unangenehm.«

»Ein sensibler Mensch«, murmelte der Drache. »Ich bin gespannt, was den Göttern als nächstes einfällt.«

»Wie bitte?«

»Nichts. Holt ihn einfach ... und ich werde mich Eurer Worte erinnern.«

Trotz seiner Befürchtungen betrachtete Schmirnov die Gestalt, die der Zwerg in seine Höhle führte, mit ehrlicher Neugier. Er hatte nicht allzuoft Gelegenheit, einen lebenden Menschen in aller Ruhe zu beobachten – besonders, wenn es sich um einen Krieger handelte. Die Tradition verlangte, daß seine Begegnungen mit menschlichen Kämpfern außerordentlich kurz waren, und die Überreste konnte man schlecht studieren.

Stiller war ein beeindruckender Angehöriger seiner Spezies – mittelgroß, breite Schultern, kräftige Arme und zerzaustes, rotes Haar. Obwohl er ebenso wie sein Begleiter keine Waffen trug, blickte Stiller den Drachen mit stahlblauen Augen furchtlos an.

Schmirnov bemerkte, daß die namensgebenden Flecken trotz aller gegebener Garantien auf dem Gesicht des Mannes erschienen, als er sich dem großen Reptil näherte.

Gut. Vielleicht würde das Stiller dazu bewegen, sich während des Gesprächs zu benehmen.

Der Anblick des gefleckten Menschenkriegers warf eine interessante Frage auf. Wiesen die Flecken auf eine *tatsächliche* Gefahr hin oder nur auf eine, an deren Existenz Stiller *glaubte*? Falls das letztere zutreffen sollte, so war dieses Leiden keine sonderlich nützliche Eigenschaft. Doch wenn das erstere der Wahrheit entspräche, dann war während dieses Treffens mit einer gefährlichen Situation zu rechnen. Der Drache beschloß, noch vorsichtiger zu sein als bisher.

»Ihr seid Schmirnov?« fragte der Mann.

Das Reptil starrte ihn lange an, bevor es sich mit einer übertriebenen Bewegung in der Höhle umschaute.

»Seht Ihr hier noch einen anderen Drachen?« erwiderte Schmirnov schließlich.

»Äääh … nein.«

»Dann könnt Ihr beruhigt davon ausgehen, daß ich Schmirnov bin. Also wirklich, Stiller, wenn Ihr weiterhin so unsinnige Fragen stellt, wird dieses Treffen eine Ewigkeit dauern.«

Der Mann zuckte unwillkürlich zusammen, als der Drache seinen Namen erwähnte.

»Ich hab's dir doch gesagt«, flüsterte Ibble. Die Bemerkung brachte ihm einen Stoß in die Rippen ein.

»Ihr kennt mich?«

»Schon wieder eine unsinnige Frage«, seufzte Schmirnov. »Wie ich Eurem kleinen Freund bereits erklärte, habe ich von Euch *gehört*. Ihr habt einen recht beeindruckenden Ruf ... den Ihr hauptsächlich Eurer Fähigkeit verdankt, die Bevölkerungsdichte zu reduzieren. Man erzählt sich, Ihr wärt sehr gut ... falls Ihr bei dieser Form der körperlichen Betätigung Stolz empfindet.«

Stillers Gesichtsflecken verblaßten, und er errötete.

»Ich bin stolz darauf, noch nie jemanden getötet zu haben, der es nicht verdient hätte«, erwiderte er verärgert. »Im Gegensatz zu anderen Anwesenden, die ich *mit Namen* nennen könnte.«

»*Stiller!*« zischte der Zwerg warnend, aber der Schaden war bereits entstanden.

»Was soll das heißen?« knurrte Schmirnov.

»Ich bin ein Krieger«, sagte Stiller, während er Ibbles Hand abschüttelte. »Aber ich habe mir meinen Ruf verdient, indem ich gegen andere Krieger kämpfte ... und gegen einige Ungeheuer. Es ist nicht meine Art, ganze Dörfer in Schutt und Asche zu legen ... ohne Rücksicht auf Zivilisten ... ganz im Gegenteil zu Euch und Euren Artgenossen. Wenn ich an Eurer Stelle wäre, würde ich nicht so vorschnell über jene urteilen, die trotz ihrer Vorbehalte hergekommen sind, um friedlich mit Euch zu verhandeln.«

Der Drache sah Stiller lange in die Augen.

»Ich nehme an«, sagte er schließlich, »daß wir

zunächst einige Dinge klären müssen, bevor wir zivilisiert miteinander reden können. Was sagt Ihr dazu, Krieger ...?« Schmirnov legte eine künstlerische Pause ein. »Angenommen, Ihr hättet ein Heim mit reichem Wildbestand und klarem Wasser, wo Ihr den größten Teil Eures Lebens verbracht hättet, und angenommen, eines Tages würde eine neue Art in Eure Heimat einfallen und Euer gewohntes Leben zerstören. Wie würdet Ihr reagieren?«

»Das hängt vom Eindringling ab«, erwiderte Stiller steif.

»Akzeptiert.« Der Drache nickte zustimmend. »Stellt Euch ein Wespennest vor. Zuerst sind es wenige, die man überhaupt nicht bemerkt, doch sie vermehren sich mit gefährlicher Geschwindigkeit. Schlimmer noch ... es werden so viele, daß sie das Wild aus Euren Wäldern vertreiben, von dem Ihr Euch ernährt. Ihr befindet Euch mit diesen Wesen in einem unmittelbaren Wettbewerb um dieselben Nahrungsquellen. Was würdet Ihr unternehmen?«

»Ich würde versuchen, sie entweder zu vertreiben oder zu eliminieren«, gestand Stiller und blickte verstohlen zu Boden.

»Ihr würdet so viele töten, wie Ihr könnt, und Ihre Nester abfackeln.« Schmirnov lächelte erneut. »Als Folge davon würdet Ihr wahrscheinlich sowohl Soldatenwespen als auch unbeteiligte Arbeiter töten. Habe ich recht?«

Die beiden Besucher blieben die Antwort schuldig.

»Laßt uns das kleine Szenario einmal weiterspinnen«, sagte der Drache. »Nehmen wir einmal an, Ihr hättet Euch selbst überschätzt und daher viel zu lange gewartet. Nun gibt es zu viele Eindringlinge, als daß man noch mit ihnen fertigwerden könnte, und nicht nur das ... Ihr erkennt, daß sie fähig sind, Euch zu verletzen. Plötzlich wird Euch bewußt, daß Ihr verloren habt. Ihr und Eure ganze Art werden von dieser neuen Spezies ersetzt werden ... von einer Spezies, die Ihr hättet vernichten können, wenn Ihr die Bedrohung rechtzeitig erkannt hättet.«

Schmirnovs Stimme veränderte sich. Traurige Erinnerungen kamen wieder hoch, die er schon lange verdrängt hatte, und er versank in Bitterkeit.

»Euch bleibt nur der Rückzug. Ihr müßt irgendeinen gottverlassenen Ort finden, den Euch niemand streitig machen wird und an dem Ihr in Würde Eurem Ende entgegensehen könnt. Nur leider haben diese ›Wespen‹ ein Gedächtnis. Ein Gedächtnis und Gefühle. Sie erinnern sich an die Verwüstungen, die Ihr in der Vergangenheit angerichtet habt, und fangen an, Euch und Euresgleichen zu jagen ... entweder aus Rache oder um eine Bedrohung zu eliminieren, die überhaupt nicht mehr existiert.«

Schmirnov schüttelte den großen Kopf.

»Ein paar von meiner Art sind verrückt geworden. Sie haben es nicht mehr ausgehalten und hoffnungslose Attacken gegen menschliche Siedlungen gestartet, um den legendären Tod zu finden, den sie gesucht haben. Einige haben sich versteckt, und andere, so wie ich, haben einen unsicheren Waffenstillstand mit einer kleinen Gruppe von Menschen geschlossen. Auch wenn ich für diese Toleranz dankbar bin, werdet Ihr mir wohl verzeihen, wenn ich die Menschen nicht gerade bewundere.«

Der Drache schwieg. Mensch und Zwerg blickten verlegen zu Boden und wußten nicht, was sie sagen sollten.

Schließlich seufzte Schmirnov und verbeugte sich langsam.

»Ich glaube, ich schulde Euch eine Entschuldigung

– Euch beiden. Ihr seid in friedlicher Absicht zu mir gekommen, doch nachdem ich Euch sicheres Geleit gewährte, habe ich Euch nur mit Beleidigungen und Drohungen überschüttet. Das verletzt den Geist der Gastfreundschaft, und so bitte ich Euch um Verzeihung. Zur Rechtfertigung kann ich nur auf mein aufbrausendes Temperament verweisen, das durch die lange Isolation noch schlimmer geworden ist. Ich sollte mich eigentlich über Gesellschaft freuen und sie nicht vertreiben.«

Gulick erwiderte die Verbeugung.

»Eure Entschuldigung wird akzeptiert, doch sie war unnötig, o Fürst der Drachen«, entgegnete er. »Nachdem ich Eure Version des Mensch-Drachen-Konflikts gehört habe, muß ich gestehen, daß ich mich für einige meiner Taten schäme. Wie unser Treffen auch ausgehen mag, Ihr habt mir viel zu denken gegeben. Auch werde ich anderen von Euren Worten berichten und sie auf diese lang andauernde Ungerechtigkeit hinweisen. Was unseren Empfang betrifft, so bin ich Euch dankbar, daß Ihr Euer Wort gehalten habt und es zu keinen Auseinandersetzungen gekommen ist. Ich fürchte, Ihr wärt nicht so gastfreundlich empfangen worden, hättet Ihr Euch einer unserer Städte genähert.«

»Das kann ich nur bestätigen.« Schmirnov lächelte wieder. »Ebenso wie meine Narben. Aber wir sollten die Vergangenheit ruhen lassen. Was führt Euch in meine Höhle? Es muß sehr wichtig sein, denn ich kann mir durchaus vorstellen, daß Euch diese Reise nicht leichtgefallen ist.«

Stiller schniefte.

»Das stimmt. Falls es Euch interessiert, könnte ich Euch von den Prüfungen berichten, die wir auf unserem Weg hierher bestanden haben.«

»Verschont mich«, sagte der Drache.

»Zuerst stießen wir ... wie bitte?«

Stiller hielt in seinem Vortrag inne, nachdem die Worte des Reptils sein Gehirn erreicht hatten.

»Ich sagte: ›Verschont mich‹«, wiederholte Schmirnov. »Ich möchte nicht unhöflich erscheinen, aber ich habe das alles schon unzählige Male gehört. Ich warte immer noch darauf, von einem Krieger zu hören, dem keine Banditen aufgelauert und keine Monster nachgestellt haben ... und der, so ganz nebenbei, keine kleinere Krise lösen mußte, auf die er auf seinem Weg gestoßen ist. Habe ich irgendwas vergessen?«

Stiller und Ibble tauschten verwirrte Blicke aus.

»Nun ... äääh ... nein.«

»Ist Euch jemals aufgefallen, daß Bauern, Händler und andere einfache Leute durch dieselben Lande reisen wie ihr und noch nicht einmal einem Bruchteil der Gefahren begegnen, die Ihr als Euer täglich Brot anseht ... und das vollkommen unbewaffnet?«

Die Besucher blickten sich erneut an. Jeder wartete darauf, daß der andere eine kluge Antwort parat hatte.

»Ihr könnt euch darüber unterhalten, wenn unser Treffen vorüber ist«, sagte der Drache. »Falls Ihr zu dem Schluß kommen solltet, daß ich recht habe, biete ich Euch zwei Erklärungen. Erstens: Alleine die Gegenwart eines Bewaffneten verleitet einen anderen Bewaffneten dazu, dies als Bedrohung wahrzunehmen und entsprechend zu handeln. Das heißt, sie starten einen prophylaktischen Angriff, den sie als *Verteidigung* perzipieren, und Ihr *verteidigt* Euch gegen eben diesen Angriff. Euer Verteidigungsschlag wiederum bestätigt die Vermutungen des Angreifers und verleitet ihn dazu, bis zum Tod zu kämpfen. Ein solcher Kampf ist eigentlich vollkommen unnötig.«

Stiller zog ein mürrisches Gesicht.

»Und die zweite mögliche Erklärung?« fragte Ibble.

»Wenn Ihr auf jeder Reise in irgendwelche Hinterhalte geratet, nehmt Ihr vielleicht die falsche Route.« Schmirnov lächelte. »Falls Euch jemand eine Karte anvertraut, auf der ein derart gefährlicher Pfad eingezeichnet ist, dann will er Euch wahrscheinlich umbringen. Und wenn Ihr den Weg selbst gewählt habt, dann verdrängt Euer Kriegerstolz den gesunden Menschenverstand. Ihr genießt es, Euch Euren Weg durch Unmengen unnötiger Gefahren zu bahnen, anstatt wie andere Leute einfach drumherum zu gehen.«

Stiller räusperte sich.

»Auch darüber werden wir nachdenken müssen, o Fürst der Drachen. Aber ich möchte darauf hinweisen, daß Ihr es wart, der auf unsere Reise zu sprechen kam.«

»Wirklich?«

»Ja. Ihr habt angedeutet, daß uns diese Reise nicht leichtgefallen sei, und ich habe dies als Aufforderung verstanden, Euch davon zu berichten.«

»Aha! Jetzt verstehe ich. Ich habe eigentlich nur gemeint, daß Eure Mission von großer Wichtigkeit sein muß, sonst wärt Ihr nicht hier.«

»Oh!«

»Das bringt uns wieder zum Anfang unseres Gesprächs. Was führt Euch in meine Höhle?«

Stiller blinzelte und schüttelte den Kopf, um sich von überflüssigen Gedanken zu befreien.

»Mein Auftrag. Ach so, ja ...«, sagte er. »Um es kurz zu machen, ich bin der persönliche Gesandte Prinz Rangos und habe den Auftrag, Euch um einen Gefallen zu bitten.«

»Das hat Euer Freund bereits erwähnt«, unterbrach der Drache geduldig. »Wer ist dieser Prinz Rango?«

»Er ist der rechtmäßige Herrscher dieses Landes,

sowohl durch Blut als auch durch Kampf. Vor kurzem ist es ihm gelungen, den bösen Tyrann Kalaran zu stürzen, und bald wird er den Thron von Caltus besteigen und die holde Prinzessin Rissa ehelichen.«

»Dieser Kalaran, von dem Ihr die ganze Zeit redet«, sagte Schmirnov. »Ist er tot?«

»Warum fragt Ihr?«

»Bevor ich irgendeinem Menschen oder einer Gruppe von Menschen einen Gefallen gewähre, würde ich gerne wissen, ob nicht morgen jemand auftaucht, der sich vielleicht durch mein Handeln beleidigt fühlen könnte.«

»Kalaran ist tot«, bestätigte Stiller. »Ich selbst war bei seinem Ableben anwesend.«

»Warum werde ich das Gefühl nicht los, daß es kein leichter Tod war?« bemerkte Schmirnov ironisch.

»Das stimmt tatsächlich«, erklärte der Krieger. »Kalaran war nicht nur böse, sondern auch ungewöhnlich mächtig. Selbstverständlich hatte er auch Anhänger, und die Schwarzen Künste waren ihm nicht fremd. Der größte Teil unserer Vorbereitungen für den alles entscheidenden Kampf bestand darin, verschiedene magische Artefakte zu finden, die uns in der letzten Schlacht unterstützen sollten. Keine geringeren als die Schriftrolle von Gwykander, das Amulett Anachron und der Ring Sombrisio mußten zum Einsatz gebracht werden, bevor ein Schwertstreich Kalaran zu Fall bringen konnte. Ohne sie wäre unser Plan gescheitert.«

»Beeindruckend«, sagte Schmirnov. »Aber ich bin mir nicht sicher, ob ich Euch recht verstanden habe. Wenn dieser Kalaran bereits beseitigt worden ist, wie kann ich Euch dann noch behilflich sein?«

»Es hat mit einem der Artefakte zu tun«, antwortete Stiller.

»Einem Artefakt?«

Schmirnov blickte in den hinteren Teil seiner Höhle, wo sein gigantischer Schatz lagerte. Nachdem er festgestellt hatte, daß nichts fehlte, schenkte er seine Aufmerksamkeit wieder den Gästen.

»Ich weiß es durchaus zu würdigen, daß Ihr mich vorher fragt, bevor Ihr Euch einen Teil meiner Schätze nehmt. Allerdings verwundert mich Eure Bitte etwas. Ich besitze nichts, was mit den Schätzen zu vergleichen wäre, die sich bereits in Eurem Besitz befinden. Und selbst wenn ich etwas besitzen *würde*, das Euch helfen könnte ... ich dachte, die Schlacht sei geschlagen?«

»Ihr mißversteht mich, o Fürst der Drachen«, erklärte Stiller schnell. »Wir wollen nichts von Euren Schätzen. Ganz im Gegenteil. Wir bitten Euch darum, Eurem zweifelsohne prächtigen Hort ein weiteres Stück hinzufügen zu dürfen.«

»Und warum solltet Ihr das wollen?« fragte der Drache mißtrauisch.

»Nun ... damit Ihr es für uns bewachen könnt.«

»Ihr wollt damit sagen, das Artefakt sei in meiner Höhle sicherer als in der Hauptstadt, wo es vor Helden nur so wimmelt?« Schmirnov glaubte Stiller kein Wort. »Verzeiht, aber das widerspricht allem, was ich von der Arroganz der Menschen gesehen und gehört habe ... es sei denn, Ihr verschweigt irgend etwas.«

Stiller stöhnte.

»Um die Wahrheit zu sagen, man hat uns befohlen, die Artefakte wieder in alle Winde zu verstreuen. *Deswegen* bin ich heute hier.«

»Vielleicht bin ich mit den Jahren doch etwas verkalkt«, sagte der Drache, »aber ich verstehe es immer noch nicht. Könntet Ihr mir vielleicht etwas genauer erklären, *warum* Ihr diese Artefakte in alle Winde verstreuen müßt?«

»Es sind merkwürdige Dinge geschehen, seit wir die Artefakte gemeinsam an einem Ort aufbewahren«, erklärte Stiller mit düsterer Stimme. »Fische regnen vom Himmel, obwohl keine Wolke zu sehen ist. Unirdische Klänge ... manche nennen es Musik ... durchdringen die Luft, und niemand weiß, woher sie kommen. Am Himmel über der Hauptstadt erscheinen Flugmaschinen und verschwinden wieder. Und am schrecklichsten ... überall im Land erscheinen Wesen, die weder Wissenschaft noch Legende kennt. Vielleicht habt Ihr auch schon einige dieser Phänomene bemerkt?«

»Eigentlich nicht«, antwortete Schmirnov. »Doch ich muß gestehen, ich habe auch nicht darauf geachtet. Wenn etwas Obskures geschieht, schreibe ich es für gewöhnlich der Unberechenbarkeit Eurer Spezies zu und ignoriere es.«

»Trotzdem ist es wahr, was ich berichtet habe«, sagte Stiller. »Die gelehrten Männer der Hauptstadt sind zu dem Schluß gekommen, daß die Ansammlung von Artefakten einen Riß im Raum-Zeit-Kontinuum verursacht, der für all diese Vorgänge verantwortlich ist. Die einzige Möglichkeit, diesen Zustand zu beenden, sehen die Gelehrten darin, die Artefakte wieder auseinanderzubringen. Das ist die Mission, die mir Prinz Rango aufgetragen hat, und deswegen bin ich heute hier.«

Der Krieger richtete sich zu seiner vollen Größe auf und verbeugte sich.

»Hmmm. Sehr interessant«, bemerkte der Drache. »Und was sonst noch?«

»Was sonst?« Stiller runzelte verwirrt die Stirn. »Ich fürchte, ich weiß nicht, was Ihr meint.«

»Es muß noch mehr geben«, erklärte Schmirnov. »Eure Geschichte läßt zu viele Fragen offen. So zum Beispiel: Warum läßt der Prinz *alle* Artefakte aus der Hauptstadt schaffen? Wenn die Artefakte nur *gemeinsam* ein Problem darstellen, warum schickt er dann nicht nur *eins* weg? An seiner Stelle würde ich zumindest das mächtigste von ihnen in meiner Nähe behalten, um meine Herrschaft abzusichern.«

Die Gäste blickten sich verwirrt an und zuckten ratlos mit den Schultern.

»Ich weiß es nicht«, sagte Stiller. »Der Prinz hat mir einen Auftrag erteilt, und ich führe ihn aus.«

»Lobenswerte Loyalität«, erwiderte Schmirnov, »doch das wirft neue Fragen auf. Hätte er nicht irgend jemand anderes mit dieser Mission betrauen können? Warum sollte er seine engsten Freunde wegschicken, wenn es besser wäre, sie an seiner Seite zu wissen? Es ist schon eine merkwürdige Form der Dankbarkeit, Euch auf eine so gefährliche Mission zu senden, anstatt Euch etwas Ruhe zu gönnen ... wenn man bedenkt, wie treu und tapfer Ihr ihm in der Vergangenheit gedient habt.«

»Darüber habe ich auch schon nachgedacht«, brummte der Zwerg.

»Halt den Mund, Ibble«, fauchte Stiller und wandte sich wieder ihrem Gastgeber zu. »Um Eure Frage zu beantworten, o Fürst der Drachen ... ich kann mir das Verhalten des Prinzen nur folgendermaßen erklären: Er hielt den Auftrag für derart wichtig, daß er ihn nur seinen engsten Freunden und treuesten Gefolgsleuten anvertrauen wollte. Ich fühle mich geehrt, diesem erlauchten Kreis anzugehören.«

»Hmmm, wenn Ihr meint.« Stillers Erklärung hatte den Drachen offensichtlich nicht überzeugt. »Wenn das alles ist, was Ihr wißt, macht es wenig Sinn, Euch noch weiter zu befragen. Außerdem geht es mich ja sowieso nichts an. Es geht ja schließlich nur darum, ob ich gewillt bin, das Artefakt in meinen Hort aufzunehmen oder nicht.«

»Und wie habt Ihr Euch entschieden?« fragte Stiller.

»Das hängt davon ab«, erwiderte der Drache. »Was fällt dabei für mich ab?«

»Wie bitte?«

»Komm schon, Stiller. Wir sind doch allesamt intelligente Lebewesen. Ihr wollt etwas von mir, und ich erwarte eine entsprechende Gegenleistung. Also, was ist ...?«

»Nun ...«, sagte Stiller und wandte sich hilfesuchend an seinen kleinwüchsigen Freund, doch Ibble schüttelte nur den Kopf. »Ich hatte eigentlich nicht an eine Bezahlung gedacht«, gestand der Krieger, »aber wenn Ihr mir eine entsprechende Summe nennt, bin ich sicher, daß der Prinz sie gewähren wird.«

»Natürlich würde es einige Zeit dauern, die notwendigen Schritte in die Wege zu leiten«, seufzte Schmirnov.

»Eigentlich nicht«, erwiderte Stiller. »Wir haben einen Magier bei uns, der auf Kommunikation spezialisiert ist. Er hat den Prinzen ständig über unsere Fortschritte informiert. Daher dürfte es keine Schwierigkeiten bereiten, eine umgehende Bestätigung zu erhalten.«

»Ich hatte nicht an eine monetäre Bezahlung gedacht«, sagte der Drache, »obwohl ich gestehen muß, daß mich diese neuartige Form der Kommunikation fasziniert.«

»Aber Ihr sagtet doch ...«

»Ich habe nur gefragt, was Ihr mir als Gegenleistung für meine Dienste anbieten würdet. Schätze habe ich genug. Sie sind leicht zu horten ... zumal ich keine Gelegenheit habe, etwas davon auszugeben.«

Schmirnov deutete lässig auf den hinteren Teil der Höhle.

»Wenn Gold und Juwelen Euch nicht interessieren, was würdet Ihr dann als Gegenleistung akzeptieren?« Nur mit großer Willenskraft gelang es Stiller, seine Augen von den Drachenschätzen loszureißen.

»Darüber habe ich noch nicht nachgedacht. Meine Forderung entsprang eher einem Instinkt. Bedenkt bitte, daß ich noch neu in diesem Geschäft bin. Laßt mich mal überlegen ...«

Das riesige Reptil blickte einige Sekunden nachdenklich an die Decke.

»Was ich wirklich brauchen könnte«, murmelte der Drache, »ist etwas gegen die Langeweile.«

»Was habt Ihr gesagt?«

»Hmmm. Oh, entschuldigt bitte. Ich habe nur laut gedacht. Wißt Ihr, mein Leben ist im Augenblick ungeheuer langweilig. Bitte verratet mich nicht an die Dörfler, aber manchmal denke ich darüber nach, unseren Pakt zu brechen ... nur um etwas zu tun zu haben.«

»Darüber sollten wir auch einmal nachdenken«, bemerkte Ibble. »Wenn wir diesen Auftrag erfüllt haben und endlich Frieden herrscht, könnte unser Leben genauso langweilig werden. Schließlich bestand unser Leben in den letzten Jahren nur aus Reisen und Kämpfen.«

»Euer Freund hat eine interessante Frage aufgeworfen«, sagte der Drache. »Was tun Menschen, um sich die Zeit zu vertreiben?«

»Verschiedene Menschen machen verschiedene Dinge«, erklärte Stiller. »Manche legen zum Beispiel einen Garten an, aber das ist nichts für mich.«

»Und was tut *Ihr*?«

»Ich? Nun, ich spiele bei jeder Gelegenheit Karten … Poker, um genau zu sein.«

»Poker?« fragte Schmirnov. »Was zum Teufel ist Poker?«

»*Stiller!*« Die Stimme des Zwergs hatte einen warnenden Unterton.

»Beruhige dich, Ibble«, erwiderte der Krieger ruhig. »Ich beantworte nur die Fragen unseres geschätzten Gastgebers. Poker ist ein Kartenspiel … eines von vielen. Man könnte es als einen Zeitvertreib bezeichnen, der der Umverteilung von Vermögenswerten dient, unter Zuhilfenahme der Wahrscheinlichkeitsrechnung.«

»Es ist *was*?«

»Es ist ein Glücksspiel«, erklärte Ibble. »Zwei oder mehr Spieler erhalten mehrere Karten und wetten darauf, wer die höchstmögliche Kombination hat.«

»Du vereinfachst es zu sehr«, brummte Stiller.

»Und deine Erklärung war einfach nur dumm«, knurrte der Zwerg.

»Das klingt faszinierend«, sagte Schmirnov. »Würdet Ihr mich unterrichten?«

»Es wäre mir eine Ehre, Euch in den Grundlagen zu unterweisen, o Fürst der Drachen«, antwortete der Krieger, »doch es bedarf jahrelangen Trainings, um das Spiel wirklich zu beherrschen. Allerdings müßten wir Einsätze in unseren Unterricht mit einbeziehen. Wetten und Bluffen machen einen großen Teil der Subtilität des Spiels aus.«

»*Stiller!!!*«

»Wirst du dich wohl beruhigen, Ibble«, zischte Stiller. »Das war schließlich nicht *meine* Idee, sondern eine Bitte unseres Gastgebers. Wenn er seine Hilfe von dieser Bedingung abhängig macht … wer bin ich, daß ich sie ihm verweigern könnte? Ich habe dem Prinzen versprochen, daß mich keine Gefahr von der Erfüllung meines Auftrags abhalten wird.«

»Gefahr?« unterbrach der Drache. »Wie gefährlich könnte ein solcher Unterricht denn sein?«

»Verzeiht, Herr«, sagte Ibble, »aber die Gefahr, von der wir gesprochen haben, bezieht sich auf Stiller, nicht auf Euch. Wenn wir von Wetten reden ... also dem Setzen von Gold und Juwelen auf die Verteilung von Spielkarten ..., dann ist ein solcher Austausch von Wertgegenständen *permanent*. Das bedeutet, der Verlierer erhält seinen ehemaligen Besitz nicht wieder zurück. Manchmal geraten die Verlierer über ihren Verlust derart in Rage, daß sie den Gewinner angreifen. Stiller beherrscht dieses besondere Spiel ausgezeichnet und ist entsprechend häufig mit schlechten Verlierern aneinandergeraten ... öfter als mir lieb ist. Also werde ich jedesmal nervös, wenn ich sehe, wie Stiller sich auf ein Spiel mit jemandem einläßt, der so groß und mächtig ist wie Ihr ... und noch dazu die Regeln nicht kennt.«

»Ihr braucht Euch keine Sorgen zu machen, kleiner Mann«, sagte Schmirnov. »Ich besitze genug Schätze, daß es mir nichts ausmacht, einen Teil davon im Austausch für Wissen herzugeben.«

»Phantastisch«, rief Stiller und rieb sich die Hände.

»Das heißt, solange niemand die mathematischen Wahrscheinlichkeiten manipuliert, von denen Ihr gesprochen habt«, ergänzte der Drache. »Das wäre das gleiche, als hätte man mich bestohlen, und das kann und werde ich nicht tolerieren.«

»Oh«, sagte der Krieger enttäuscht.

»Nur eines bereitet mir bei diesem Handel noch Sorgen«, erklärte der Drache. »Ihr sagtet, daß man für dieses Spiel zwei oder mehr Spieler benötigt. Obwohl mich der Gedanke an diese Art des Zeitvertreibs fasziniert ... was werde ich tun, wenn Ihr wieder abgereist seid?«

»Wir könnten zusätzlich vereinbaren, daß ich von Zeit zu Zeit zurückkehre ... sagen wir: zweimal im Jahr ..., um das Spiel fortzusetzen.«

Während er dem Drachen sein selbstloses Angebot unterbreitete, wanderte Stillers Blick immer wieder in den hinteren Teil der Höhle.

»Das wäre großartig!« rief Schmirnov. »Wir haben eine Abmachung. Geht und bringt mir Euer kleines Schmuckstück.«

Stiller nickte seinem Gefährten zu, und der Zwerg eilte davon.

Während sie auf Ibbles Rückkehr warteten, sagte Stiller: »Mir gefällt diese Art der Kommunikation zwischen Mensch und Drache wesentlich besser als die Art und Weise, wie ich Eurer Spezies in der Vergangenheit gegenübergetreten bin.«

»Als Repräsentant einer Gattung, die von Eurem Volk beinahe ausgerottet wurde, kann ich Euch nur zustimmen«, erwiderte der Drache. »Friedliche Koexistenz bietet eine Menge Vorteile.«

»Ich versichere Euch der Dankbarkeit Prinz Rangos und meiner selbst. Ich werde in Zukunft wieder ruhig schlafen können. Jetzt, wo ich weiß, daß sich das Artefakt in so starken und klugen Händen befindet.«

»Ihr seid zu freundlich«, entgegnete Schmirnov. »Nebenbei gesagt, Ihr habt nie erwähnt, welches der Artefakte Ihr meiner Obhut anvertrauen wollt. Ich hoffe nur, es handelt sich nicht um Sombrisio. Dieser Ring ist wirklich ...«

Der Drache hörte unvermittelt auf zu sprechen, als ein Glühen am Eingang erschien.

»Sorgt Euch nicht um Sombrisio«, sagte Stiller. »Jancy muß sich mit ihm herum ...«

»*Das ist Mothanger!*«

Die Stimme des Drachen klang panisch.

»Äääh ... ja«, bestätigte der Krieger. Die Reaktion seines Gastgebers hatte ihn aus dem Konzept gebracht.

»Ihr habt mir gegenüber nichts von Mothanger erwähnt«, zischte Schmirnov. »Ihr habt nur von der Schriftrolle, dem Amulett und dem Ring gesprochen.«

»Hab' ich das?« Stiller runzelte die Stirn. »Ich habe aber erwähnt, daß Kalaran durch einen Schwertstreich getötet wurde. Vielleicht habe ich nur vergessen, das Schwert zu benennen. Es war Mothanger. Ich versichere Euch, daß ich das nicht absichtlich verschwiegen habe.«

»Tut mir leid. Der Deal ist geplatzt«, erklärte der Drache.

»Geplatzt?« kreischte der Krieger. »Aber warum? Ich habe einen Fehler gemacht, na und? Artefakt ist Artefakt, oder nicht?«

»Seid Ihr von Sinnen, Stiller Gulick«, erwiderte das Reptil, »oder einfach nur dumm? Unter gar keinen Umständen werde ich das Schwert in meiner Nähe dulden.«

»Aber ...«

»Dieses Schwert ist eine der wenigen Waffen Eures Volkes, die mir ernsthaft Schaden zufügen kann. Das verfluchte Ding könnte mich mit einem einzigen Hieb töten. Ihr könnt nicht von mir verlangen, daß ich den Vollstrecker meines eigenen Schicksals in meiner Höhle aufbewahre. Ich dachte, wir hätten uns darauf geeinigt, daß wir beide intelligente Lebewesen sind.«

»Aber das ist genau der Grund, warum ich Euch als Mothangers Wächter auserwählt habe«, stöhnte Stiller verzweifelt. »Wenn das Schwert in Eurem Besitz ist, könnte es niemand finden und gegen Euch verwenden. Wir haben ein gemeinsames Interesse daran, Mothanger in sicherem Gewahrsam zu wissen.«

»Hmmm. Ein interessanter Standpunkt«, gestand Schmirnov. »Trotzdem ... ich hätte keine ruhige Minute mehr, wenn ich wüßte, das dieses verdammte Ding in meiner Höhle liegt. Tut mir leid, aber es muß hier verschwinden.«

»Wo könnte es denn sicherer sein als hier?« Stiller dachte nicht daran aufzugeben. »An wen sollte ich mich denn sonst wenden, wenn nicht an Euch?«

»Das ist mir vollkommen gleichgültig«, erwiderte der Drache. »Warum bringt Ihr es nicht dorthin, wo Ihr es gefunden habt?«

»Das geht nicht. Dort ist es nicht mehr sicher.«

»Warum nicht? Wenn ich mich recht erinnere, wurde Mothanger von einem wilden Oger bewacht. Was ist mit ihm geschehen?«

»Er ... äääh ... wir haben ihn umgebracht«, murmelte Stiller.

»Wirklich?« rief der Drache mit gespieltem Mitleid. »Schicksal! Aber es war wohl kein großer Verlust. Soviel ich gehört habe, war er ziemlich unzivilisiert.«

»Habt Ihr eine Idee, wo wir das Artefakt verstecken könnten?«

»Nein«, antwortete das große Reptil und schüttelte den Kopf. »Eure Art war sehr erfolgreich bei der Eliminierung von Kreaturen, die Ihr als gefährlich einstuft. Eine Ironie des Schicksals, nicht wahr? Nachdem Ihr soviel Energie darauf verwendet habt, Monster zu erschlagen, findet Ihr keins mehr, wenn Ihr eins braucht.«

»Ja. Sehr witzig«, knurrte Stiller. »Verzeiht, wenn ich nicht darüber lache; aber während Ihr Euch über die Ironie des Schicksals amüsiert, habe ich das Schwert am Hals.«

»Schade, daß Ihr keins der anderen Artefakte bei Euch habt«, bemerkte Schmirnov. »Es würde mir nichts ausmachen, über die Schriftrolle oder das Amulett zu wachen. Besteht die Möglichkeit, mit Euren Kameraden zu tauschen?«

»Ich fürchte nicht«, seufzte der Krieger. »Alle sind in entgegengesetzte Richtungen gezogen ... wie Ihr Euch sicher erinnert, sollten die Artefakte so weit wie möglich voneinander getrennt werden. Bis ich die anderen erreicht hätte, sind sie ihre Schmuckstücke bestimmt schon losgeworden.«

»Tut mir leid, daß ich Euch nicht helfen kann ... das ist mein Ernst«, sagte der Drache. »Ich habe mich wirklich darauf gefreut, Poker zu lernen. Ihr wollt es mir nicht zufällig trotzdem beibringen?«

»Wir werden sehen«, erwiderte Stiller, der sich plötzlich an den Drachenhort erinnerte. »Vielleicht später. Im Augenblick habe ich einen Auftrag zu erfüllen.«

»Ich wünsche Euch viel Glück. Falls Ihr keine Lösung finden solltet, erinnert Euch an meine Worte. Wenn die anderen Erfolg haben sollten, ist es kein Problem, eines der Artefakte in der Hauptstadt zu verwahren.«

Die beiden Freunde schwiegen, während sie den Bergpfad hinabtrotteten.

»Das hat uns *gar nichts* eingebracht«, sagte Stiller schließlich. Seine Stimme klang traurig und sorgenvoll.

»Ich habe wirklich geglaubt, wir hätten es geschafft«, seufzte Ibble. »Er hatte schon zugestimmt ... bis er Mothanger erkannte.«

»Nur der Ausgang einer Schlacht zählt«, mahnte Stiller. »Egal wie eng das Gefecht auch gewesen sein mag, das Endresultat war *›nein‹*.«

»Laß uns einen Augenblick rasten und über unser weiteres Vorgehen beraten«, schlug der Zwerg vor und blieb stehen.

»Bist du müde?« fragte Stiller und hockte sich auf den Boden. »Du wirst alt, Ibble. Ich kann mich noch daran erinnern, wie du früher die steilsten Berge hinaufgestürmt bist.«

»Ich bin nicht müde.« Ibble ignorierte die humoristischen Bemühungen seines Freundes. »Ich habe nur keine Lust, dem königlichen Magier von unserem neuesten Fehlschlag zu berichten. Wenn wir einen neuen Plan vorweisen könnten, müßten wir uns nicht allzusehr für unsere Niederlage schämen.«

Stiller schnitt eine Grimasse. Sorgenfalten erschienen auf seiner Stirn.

»Ich hoffe, der Magier pflegt zu übertreiben. Ich hasse den Gedanken, daß Rango wirklich so aufgebracht über unser Versagen ist.«

»Jetzt heißt es *Prinz* Rango. Es wäre nicht das erste Mal, daß eine goldene Kopfbedeckung die Persönlichkeit ihres Trägers verändert.«

»Damit könntest du recht haben«, erwiderte Stiller. »In letzter Zeit war er wirklich nicht mehr er selbst. Ich hoffe nur, das hängt mit den Hochzeits- und Krönungsvorbereitungen zusammen und daß er sich danach wieder beruhigt.«

»Wir können immer hoffen.« Der Zwerg zuckte mit den Schultern. »Doch bis es soweit ist ... was sollen wir mit Mothanger machen?«

»Ich dachte, du hättest vielleicht eine Idee«, seufzte

Stiller. »Schmirnov war mein letztes As im Ärmel. Ich habe noch nicht einmal von einem anderen Wesen *gehört*, daß gefährlich genug wäre, um Mothanger zu bewachen.«

»Du hättest den Zyklopen nicht erschlagen sollen«, sagte Ibble.

»Du meinst den Oger.«

»Nein, ich meine den Zyklopen, den du in Stücke gehauen hast, bevor wir mit ihm reden konnten.«

»Hey! Er hat mich erschreckt. Okay?« verteidigte sich Stiller. »Ich habe ihn erst auf dem Gipfel erwartet. Als er einfach so aus dem Gebüsch sprang, habe ich halt zugeschlagen. Es war ein dummer Reflex.«

»Ich war auch dort, wie du dich vielleicht erinnerst?« erwiderte Ibble. »Deswegen habe ich dir auch vorgeschlagen, daß *ich* diesmal die Verhandlungen eröffnen sollte.«

»Ich habe mich schon hundertmal dafür entschuldigt. Möchtest du es noch mal hören? Entschuldigung! Entschuldigung! Entschuldigung! Ich hätte den Zyklopen nicht erschlagen sollen. Und? Fühlst du dich jetzt besser?«

»Dadurch hatten wir nur noch einen potentiellen Wächter auf der Liste ... und die war sowieso nicht lang.«

»Ich weiß«, sagte Stiller niedergeschlagen. »Laß uns noch mal alles zusammenfassen: Der Oger und der Zyklop sind tot, die Meermänner haben den Job abgelehnt, ebenso wie der Drache. Was bleibt uns also übrig?«

»Auf einem Hügel zu sitzen und Selbstgespräche zu führen«, entgegnete Ibble. »Ich glaube immer noch, wir sollten Mothanger vergraben.«

Stiller schüttelte den Kopf.

»Das haben wir doch schon tausendmal durchgekaut«, erklärte er. »Das würde nur funktionieren, wenn wir anschließend unsere ganze Reisegesellschaft umbringen würden … einschließlich des königlichen Zauberers und uns selbst. Sonst wird irgend jemand irgendwann einmal irgend etwas über ein Artefakt ausplaudern, das nur darauf wartet gefunden zu werden. Nein, wir brauchen einen Wächter … einen fürchterlichen Wächter, so daß jeder, der auszieht, um Mothanger zu finden, es sich zweimal überlegt.«

»Ich nehme an, du hast noch nicht darüber nachgedacht, es einfach wieder in die Hauptstadt zu bringen«, sagte der Zwerg. »Der Drache hatte recht. Wenn es das einzige Artefakt in Caltus ist, wäre das unproblematisch.«

»Aber nur, wenn die anderen Erfolg haben«, widersprach Stiller. »Außerdem kann ich mich nicht mit dem Gedanken anfreunden, der einzige der Gemeinschaft zu sein, der unfähig war, seinen Auftrag auszuführen.«

»Dann haben wir ein Problem«, sagte Ibble, nahm einen Stein vom Boden und schleuderte ihn in einen Busch. »Vielleicht sollten wir noch einmal mit den Meermännern reden.«

»Ich glaube nicht, daß das etwas bringen würde«, erwiderte Stiller. »Und es ist bestimmt nicht gut für das Schwert, wenn man es unter Wasser aufbewahrt.«

»Es ist *unzerstörbar*«, bemerkte der Zwerg. »Deshalb ist es ja so wertvoll.«

»Es nutzt sich nicht ab, und man kann es nicht zerbrechen, doch es besteht immer noch aus Stahl, und Stahl und Wasser sind Todfeinde.«

Während er sprach, zog Stiller das Schwert aus der Scheide und betrachtete die glühende Klinge.

»Es sieht eigentlich vollkommen normal aus …

wenn man von diesem komischen Glühen absieht. Ich frage mich, ob das irgendwas mit seinen magischen Fähigkeiten zu tun hat.«

»Nö. Das ist nur ein Lichtzauber«, erklärte Ibble.

»Was hast du gesagt?«

»Das Glühen. Das ist nur ein elfischer Lichtzauber«, wiederholte der Zwerg. »Es ist ein ganz einfacher Trick, aber er hält mehrere Jahrhunderte. Wer auch immer das Schwert geschmiedet hat, dachte vielleicht, es sähe hübscher aus als einfacher Stahl.«

»Davon hast du mir nie etwas erzählt.«

»Du hast mich auch nie danach gefragt. Ich dachte, du wüßtest es.«

»Ich habe nie davon gehört. Wie hast du es erfahren?«

»Es gibt einen elfischen Waffenschmied in meinem Heimatdorf, der jede Waffe mit einem solchen Spruch belegt hat, wenn man ihn darum bat.«

»Wie weit ist es bis zu deinem Heimatdorf?«

»Es liegt nur ein paar Tagesritte von hier entfernt. Wenn wir unseren Auftrag erledigt haben, kann ich es dir ja mal zeigen.«

»Laß uns sofort gehen«, sagte Stiller und sprang auf die Beine.

»Jetzt?«

»Ja, jetzt. Ich habe eine Idee.«

Der Waffenschmied betrachtete seine Gäste mit offener Verachtung.

»Junger Mann«, sagte er, »wenn der kleine Ibble nicht Euer Freund wäre, würde ich Euch entweder für einen Volltrottel oder geisteskrank halten.«

»Ich versichere Euch, verehrter Meister, ich bin

weder das eine noch das andere«, erwiderte Stiller ruhig.

»Eure Bitte sagt mir etwas anderes. Ich soll Mothanger kopieren?« Der Elf deutete auf das glühende Schwert, das auf seiner Werkbank lag. »Wenn ich dazu fähig wäre, würde ich nicht in diesem Kaff sitzen. Die Hälfte der Zauber, mit denen Mothanger gefertigt wurde, sind auf immer verloren, und die andere Hälfte würde Jahre benötigen ... allein um die notwendigen Zutaten zu besorgen. Ihr verschwendet Eure Zeit ... und meine!«

»Bitte Anken«, sagte Ibble. »Hör uns doch erst mal zu.«

»Ihr habt mich mißverstanden, Meister«, erklärte Stiller. »Ich bitte Euch nicht darum, ein zweites Mothanger herzustellen. Ihr habt recht; das übersteigt die Möglichkeiten jedes lebenden Waffenschmieds. Ich bitte Euch nur, ein Schwert anzufertigen, das wie Mothanger *aussieht*. Eine einfache Waffe, auf deren Klinge ein Lichtzauber liegt.«

Anken blickte einen Augenblick zwischen den beiden Freunden hin und her.

»Ein gefälschtes Mothanger«, sagte er schließlich. »Davon habe ich noch nie gehört. Ihr wollt nicht zufällig die Fälschung als Original verkaufen oder dem rechtmäßigen Eigentümer die getürkte Waffe unterjubeln, während Ihr das echte Schwert für Euch behaltet?«

»Ich kann Euch den Grund für unsere Bitte nicht nennen«, erwiderte Stiller. »Aber ich gebe Euch mein Wort, daß unsere Motive ehrenhaft sind.«

»Du kennst mich seit meiner Geburt, Anken«, warf der Zwerg ein. »Hast du jemals erlebt, daß ich gelogen habe?«

»Stimmt«, seufzte der Elf. »Du warst ein sehr langweiliges Kind.«

»Ihr macht es also?« drängte Stiller.

Anken nahm Mothanger von der Werkbank und betrachtete es aufmerksam.

»Es sieht wirklich nicht sehr ungewöhnlich aus«, murmelte er. »Setzt euch, Jungs. Ich glaube, ich habe noch einige alte Schwerter auf Lager, die uns die notwendigen Einzelteile liefern werden. Nur den Knauf werde ich etwas nacharbeiten müssen, aber das dauert nicht lange.«

»O Fürst der Drachen, seid Ihr zu Hause? Wir sind's: Stiller Gulick und Ibble.«

Das große Reptil hob den Kopf und blickte in Richtung der Besucher.

»Stiller? Ihr seid sehr schnell zurückgekehrt. Heißt das, Ihr wollt mit dem Pokerunterricht beginnen?«

»Das will ich in der Tat«, antwortete der Krieger. »Aber zunächst habe ich eine Überraschung für Euch.«

Er gab Ibble ein Zeichen, der daraufhin in einen großen Sack griff und ein glühendes Schwert hervorholte.

»*Stiller!*« brüllte Schmirnov drohend. »Ich dachte, ich hätte mich bei Eurem letzten Besuch klar genug ausgedrückt.«

Stiller kümmerte sich nicht um den aufgebrachten Drachen.

»Stell es da drüben hin, Ibble.« Er deutete auf einen Platz, der nur wenige Meter vom Eingang der Höhle entfernt war.

»*STILLER!*«

»O Fürst der Drachen«, erklärte der Angesprochene, »wenn ich Euch recht verstanden habe, befürchtet Ihr, daß irgendein fehlgeleiteter Abenteurer der Versuchung erliegen könnte, Mothanger gegen Euch zu verwenden. Bitte korrigiert mich, falls ich mich irre.«

»Ich habe Euch bereits mehrfach gesagt, daß ich Mothanger nicht in meiner Höhle dulden werde. Es ist zu gefährlich.«

»Vertraut mir, Schmirnov. Wenn irgend jemand versuchen sollte, *dieses* Schwert gegen Euch zu benutzen, würde er eine böse Überraschung erleben.«

»Unsinn«, knurrte der Drache. »Ich würde das verfluchte Ding überall erkennen.«

»Genau das würde auch ein potentieller Eindringling denken«, bestätigte Stiller, »aber das ist ein Irrtum.«

Er gab Ibble erneut ein Zeichen, und der Zwerg zog ein weiteres glühendes Schwert aus dem Sack.

»*Das* ist das echte Mothanger«, rief Stiller triumphierend. »Ihr könntet es in einem unscheinbaren Sack im hintersten Winkel Eurer Höhle verbergen, während das Schwert an der Tür nur eine Fälschung ist ... vollkommen machtlos, abgesehen von einem ungefährlichen Lichtzauber. Jeder, der versucht, *dieses* Schwert gegen Euch zu erheben, begeht Selbstmord.«

Schmirnov reckte den Hals und betrachtete prüfend die beiden Waffen.

»Sehr schlau«, sagte er schließlich. »Betrug war schon immer ein hervorstechendes Merkmal Eurer Art. Ich muß zugeben, daß ich die beiden Schwerter nicht voneinander unterscheiden kann. Seid Ihr sicher, daß dieses die Fälschung ist?«

Der Drache war so sehr mit seinen eigenen Gedanken beschäftigt, daß er den verblüfften Ausdruck auf den Gesichtern der beiden Gefährten nicht bemerkte.

»Vertraut mir«, sagte Stiller mit sanfter Stimme und

bedeutete Ibble, das zweite Schwert wieder im Sack zu verstauen. »Was sagt Ihr, o Fürst der Drachen? Haben wir eine Abmachung?«

»Nun«, erwiderte der Drache. »Ihr seid wirklich sehr überzeugend, und ich würde gerne Poker lernen. Trotzdem verursacht mir der Gedanke Kopfschmerzen, das Schwert in meinem Hort zu haben. Selbst in einem unscheinbaren Sack bleibt es immer noch Mothanger.«

Stiller und Ibble tauschten verzweifelte Blicke aus. Plötzlich hatte der Zwerg einen Einfall.

»Unser Besuch bei Anken hat mich daran erinnert, daß nicht nur Elfen die magischen Künste beherrschen«, erklärte er vieldeutig. »Auch wir Zwerge haben unsere eigene Art von Magie ... um Stein zu bearbeiten!«

»Das ist zwar sehr interessant, Ibble«, unterbrach Stiller, »aber was hat das mit unserem Problem zu tun?«

Ibble richtete sich stolz zu voller Größe auf – was natürlich nicht sehr viel war – und sagte: »Ich werde beide Schwerter in Stein einbetten. Mothanger kommt in einen unscheinbaren Felsblock und die Fälschung in einen auffälligen Sockel.«

Stiller griff die Anregung seines Freundes erfreut auf. »Dann stellst du die Fälschung an einer prominenten Stelle auf, während das echte Mothanger als ein Stein unter vielen in einer Felsenhöhle verschwindet. Das ist phantastisch, Ibble!«

»Vielen Dank«, erwiderte der Zwerg bescheiden.

Der Drache brummte zustimmend. »Was benötigt Ihr, um diesen magischen Fels anzufertigen?«

»Nur etwas Sand, Kies, Kalk und Lehm. Es sind einfache Zutaten. Die Magie liegt in der richtigen Zusammensetzung. Und dann brauche ich noch ein paar Latten, um die Form anzufertigen.«

»Oh, könnt ihr dem Stein jede beliebige Form geben?« fragte Schmirnov.

»*Fast* jede«, antwortete Ibble stolz, »aber je ausgefallener die Form ist, desto länger dauert es.«

»Ich will nichts exklusives«, sagte der Drache. »Ich dachte eher an einen einfachen, flachen Stein von ungefähr dieser Größe.« Er deutete seinen Wunsch mit einer klauenbewehrten Tatze an. »Ein perfekter Spieltisch.«

»Kein Problem«, versprach Ibble.

»Nun denn«, sagte Stiller, der seinen Eifer kaum noch verbergen konnte. »Sind wir im Geschäft?«

»Das sind wir«, erwiderte Schmirnov. »Laßt uns mit dem Pokerunterricht beginnen.«

»Sehr gut!« rief Stiller und rieb sich freudig erregt die Hände. »Ich denke, wir sollten mit einem einfachen Fünf-Karten-Poker beginnen.«

»Ich würde Stud vorziehen.«

»Verzeihung?« Stiller blinzelte verwirrt.

»Stud wäre einfacher für mich zu erlernen. Die Karten sind sehr klein. Ich könnte einzelne Karten viel leichter handhaben – egal, ob wir mit fünf oder sieben spielen.«

»Ich dachte, Ihr wüßtet nicht, wie man Poker spielt.«

»Nur weil ich die Regeln nicht kenne, heißt das nicht, daß ich noch nie von diesem Spiel *gehört* habe«, erklärte Schmirnov.

»Hmmm«, sagte Stiller nachdenklich.

»Vertraut mir.« Der Drache lächelte.

»Es ist durch eine Kette von Zufällen in meinen Besitz gelangt, aber ich möchte Euch nicht mit Einzelheiten langweilen«, sagte Anken. »Es ist nur von Bedeutung, daß es ein aufrechter Mann erhält, der sein Geheimnis zu wahren weiß.«

Der Kunde begutachtete die leuchtende Klinge mit einer Mischung aus Bewunderung und Skepsis.

»Und Ihr seid Euch absolut sicher, daß es sich um das legendäre Mothanger handelt? Es sieht nicht sehr ungewöhnlich aus«, meinte der Krieger.

»Vertraut mir.« Anken lächelte.

Während der Elf auf das erste Angebot des Kriegers wartete, überlegte er, wie hart er feilschen sollte. Anken besaß zwar noch drei weitere Kopien, die er meistbietend verkaufen konnte, doch das hatte nichts mit dem Preis für diese eine Waffe zu tun.

VORSPIEL
ZUM VIERTEN

»Wir können die Anprobe beenden, wenn die betreffenden Damen von ihren ...« Die Schneiderin zog ein nachdenkliches Gesicht. »Wo, sagtet Ihr, befinden sie sich?«

»Jancy ist in der Einöde von Thaumidor, und Domino ist auf dem Weg zu den großen Seen«, antwortete Prinzessin Rissa und drehte eine Pirouette, um ihr Brautkleid von allen Seiten zu betrachten.

Perlen funkelten auf dem Oberteil, und reich bestickte Bänder zierten den Kragen. Auf der meterlangen Schleppe prangte das Wappen von Regaudia, des königlichen Hauses, dessen letzte Überlebende Rissa war.

»Wie weit seid Ihr mit dem Schleier?« fragte die Prinzessin aufgeregt.

»Nachdem der Prinz mir die Maße der Krone gegeben hat, bin ich schnell vorangekommen«, erwiderte die Schneiderin lächelnd.

»Habt Ihr die Krone gesehen?« Rissa platzte vor Neugier.

»Ich? Nein.« Die Schneiderin errötete und blickte verlegen zu Boden. »Es soll eine Überraschung sein. Der Prinz hat mir erklärt, daß niemand außer ihm und dem Goldschmied die Krone vor der Hochzeit zu Gesicht bekommt. Sie ist sein Hochzeitsgeschenk.«

»Hast du mal darüber nachgedacht, was du ihm schenken willst, Rehlein?« fragte Daisy. »Und über die Geschenke für die Hochzeitsgäste?«

Prinzessin Rissa runzelte die Stirn. »Habe ich, aber das hat auch nicht viel gebracht. Sie sind alle so verschieden. Es ist fast unmöglich, ein Geschenk zu finden, das jedem von ihnen gefällt – das heißt, falls wir Waffen außen vor lassen. Das paßt irgendwie nicht zu einer Hochzeit.«

»Nein, Rehlein. Das paßt wirklich nicht«, bestätigte Daisy. Sie machte sich ernsthafte Sorgen um den standesgemäßen Verlauf der Feierlichkeiten.

»Wie wäre es mit etwas, auf dem das neue königliche Wappen zu sehen ist?« fragte die Schneiderin. »Kristallgläser oder ein Bilderrahmen?«

Rissa schüttelte den Kopf. »Das mit dem Wappen ist zwar eine gute Idee, aber wir haben leider noch kein geeignetes Motiv gefunden. Außerdem weiß ich nicht, was Jancy, Stiller, Domino oder Gar mit Kristallgläsern anfangen sollten.«

In Gedanken sah sie Domino, wie sie ihr Pferd aus einem kristallenen Becher tränkte, und Gar, der das Geschenk nutzte, um eine neue, poetische Todesart zu entwerfen.

»Kleidung kommt wohl nicht in Frage«, bemerkte die Schneiderin. »Wie wäre es mit einem guten Wein?«

»Der größte Teil des königlichen Weinkellers hat sich in dieses ekelhafte, braune Zeug verwandelt, das nur Rango ertragen kann«, erwiderte Rissa und lächelte matt. »Wir importieren echten Wein für die Hochzeit, doch ich würde mich nicht darauf verlassen, daß er Wein bleibt.«

»Haben Eure Gäste Hobbys?« fragte die Schneiderin.

»Domino hat früher einmal Pferde gezüchtet. Allerdings weiß ich nicht, ob sie das noch immer macht. Spotty – ich meine natürlich Stiller – spielt in jeder freien Minute.« Rissa runzelte nachdenklich die Stirn. »Ich habe niemals erfahren, ob Jancy irgendwelche Hobbys hat. Sie ist eine ausgebildete Kämpferin, und die meiste Zeit, die wir zusammen verbracht haben, haben wir ... na ja ... gekämpft.«

»Und dieser Gar?« fragte die Schneiderin zögernd. »Hat der irgendwelche Hobbys?«

Prinzessin Rissa nickte. »Er tötet Menschen. Auf elegante Art.«

»Vielleicht sollten wir doch Waffen in unser Kalkül mit einbeziehen«, seufzte Daisy. »Ein Zeremoniendolch mit einer freien Stelle, auf der man später das königliche Wappen anbringen kann ... was meinst du, Rehlein?«

»Ich werde mit Rango darüber reden«, erwiderte Rissa, obwohl sie nicht das geringste Bedürfnis verspürte, mit ihrem zukünftigen Ehemann zu sprechen. »Er kennt bestimmt einen Schmied, der die Arbeit in kürzester Zeit erledigen kann.«

»Aber du solltest dich zuerst umziehen, Rehlein«, mahnte Daisy. »Der Bräutigam sollte das Brautkleid nicht vor der Hochzeit sehen.«

Der zukünftige Gatte der Prinzessin befand sich zu diesem Zeitpunkt in seinem Arbeitszimmer und konferierte mit Lemml Touday. Sein Gesicht verfinsterte sich zusehends, während der Priester seinen Bericht beendete.

»Wie Ihr seht, königliche Hoheit, ist es mir wiederholt gelungen, von den Prophezeiungen des Schädels abzulenken. Im Augenblick ist der Tempel mit den Vorbereitungen für Eure Hochzeit und Krönung vollauf beschäftigt, und alle weiteren Diskussionen über die Bedeutung der Omen sind auf einen späteren Termin verschoben worden.«

»Auf einen späteren Termin?« Der Prinz hob die eleganten Augenbrauen. »Später ist alles wieder im Lot.

Die Artefakte werden wieder an ihren Ursprungsorten sein, die magischen Phänomene werden aufhören, und unser Land wird eine Ära des Friedens und des Wohlstandes erleben.«

Lemml runzelte die Stirn. »Ich hoffe, Ihr habt recht, königliche Hoheit. Ich habe die Geschichte magischer Orakel studiert und herausgefunden, daß sie sich selten irren. Ihre Vorhersagen sind oft falsch interpretiert oder ignoriert worden, doch wenn ein solches Artefakt vor einem bevorstehenden Übel warnt, dann *steht* dieses Übel auch bevor.«

»Ich verstehe«, sagte der Prinz und nippte genußvoll an einer sprudelnden, braunen Flüssigkeit. »Und Ihr glaubt, ich würde diese Vorzeichen nicht ernst genug nehmen.«

Lemml atmete tief durch. »Um die Wahrheit zu sagen, Hoheit ... ja.«

Der Priester griff in den Ärmel seiner Robe und zog die kleine Geldbörse hervor, die er bei seinem letzten Besuch vom Prinzen erhalten hatte. Im Inneren des Lederbeutels klimperte es munter. Er war voller als zuvor.

»Ich habe lange Zeit meditiert«, erklärte Lemml, »und habe mich entschlossen, einige Eurer Spenden für meinen ›wohltätigen Zweck‹ zurückzuerstatten. Ich werde mit niemandem über unsere Gespräche reden, aber ich bin ein Priester und darf meine Pflichten nicht länger vernachlässigen.«

Der Prinz betrachtete Lemml einige Sekunden und blickte dann auf die Wandkarte. Er erhob sich, studierte die Position der einzelnen Fähnchen und kehrte wieder zu seinem Platz zurück.

»Auf dieser Karte habe ich die Entwicklung der verschiedensten Dinge verfolgt. Die blauen Fähnchen markieren den letzten gemeldeten Standort meiner Helden.«

Lemml drehte sich um, so daß er die Karte sehen konnte. Inzwischen öffnete der Prinz eine weitere Flasche und füllte die Gläser auf.

»Die roten Fähnchen markieren Banditenangriffe und Monstersichtungen«, erklärte er, »und die grünen markieren Naturkatastrophen – Sturmfluten, Erdbeben, Tornados. Die gelben Fähnchen stehen für unnatürliche Katastrophen.«

»In Caltus scheint es eine Menge unnatürlicher Katastrophen zu geben«, bemerkte der Priester und griff nach dem Glas, das ihm der Prinz reichte.

»In der Tat, aber es werden täglich weniger«, sagte der Prinz. »Einige meiner Helden befinden sich bereits auf dem Rückweg. Um es kurz zu machen, Lemml ... ich habe nach irgendwelchen Anzeichen für ›das Böse‹ gesucht, über das Ihr und der Schädel die ganze Zeit redet, und ich habe nichts gefunden, *nichts*!«

Lemml trank einen kleinen Schluck. Das Getränk schmeckte etwas bitterer als noch einige Tage zuvor – vielleicht verdarb das magische Gesöff langsam. Lemml würde das nicht sonderlich stören. Er teilte die Begeisterung des Prinzen nicht und sehnte sich nach einem schönen Krug Bier.

»Ich bin erleichtert, daß Ihr Euch der Sache angenommen habt, königliche Hoheit«, sagte der Priester, »doch das ändert nichts an meiner Entscheidung. Ich kann Euch nicht mehr dienen, und ich muß Euch warnen: Ich werde es nicht zulassen, daß Ihr einen anderen, beeinflußbaren Priester anwerbt, um ihn für Eure Zwecke einzuspannen.«

Rango schüttelte traurig den Kopf. »Ihr schätzt mich vollkommen falsch ein, Priester. Vielleicht erinnert Ihr Euch, daß *Ihr* es wart, der zu *mir* gekommen ist, und nicht umgekehrt. Nur weil Ihr korrupt seid, heißt das nicht, daß auch andere Priester korrupt sind. Als Ihr zu mir gekommen seid, habe ich das als ein Zeichen der Götter verstanden, die *wollten*, daß ich über die Geschehnisse im Tempel informiert bin. Jetzt verlaßt Ihr meinen Dienst. Dieses Kapitel meiner Herrschaft ist damit beendet.«

»Das hoffe ich.« Lemml erhob sich langsam. Die Aufregung der letzten Minuten hatte an seinen Nerven gezehrt. »Ich werde mich jetzt verabschieden, königliche Hoheit. Mögen die Götter Eure Ehe segnen.«

»Lebt wohl, Lemml Touday«, sagte der Prinz mit einem merkwürdigen Lächeln. »Ich werde Euch wohl kaum wiedersehen.«

Der Priester schritt durch die langen Steinkorridore des Palastes. Ihm wurde schwindelig. Die Wände sahen alle gleich aus. Er kam insgesamt dreimal an ein und demselben Gobelin vorbei, ohne die Seitentür zu finden, die er normalerweise benutzte, wenn er sich mit dem Prinzen traf.

Lemml konnte nicht um Hilfe rufen. Er wußte nicht, wie ihn die königlichen Wachen empfangen würden. Sie waren kampferprobte Krieger, die Leib und Seele im Feuer des großen Krieges gestählt hatten. Der Priester stolperte weiter voran. Plötzlich hörte er Schritte, die schnell näher kamen. Lemml hielt an, und wenige Augenblicke später kam Prinzessin Rissa in Sicht.

»O mein Gott«, rief sie und kniete sich neben den Priester. »Was ist geschehen?«

Er versuchte, ihr zu antworten, doch statt dessen übergab er sich.

Als Lemml wieder erwachte, lag er auf einer schmalen Pritsche in einem kühlen, dunklen Raum. Die

Prinzessin hockte neben ihm und stellte gerade eine Wasserschüssel auf den Boden, in der ein kleiner Lappen lag.

»Bin ich im Kerker?« flüsterte der Priester.

»Das hängt davon ab, was Ihr darunter versteht«, erwiderte die Prinzessin. »Wir sind im Zimmer meiner Kammerzofe. Daisy pflegt zu Hause bei ihrem Mann zu übernachten. Deshalb steht die kammer hier die meiste Zeit leer. Nach allem, was ich durchgemacht habe, sorgt sich niemand mehr um meine Unschuld.«

»Aha«, stöhnte Lemml.

»Erzählt mir, was mit Euch geschehen ist«, forderte Rissa. »Soweit ich es beurteilen kann, hat man versucht, Euch zu vergiften. Ich habe Euch ein starkes Abführmittel verabreicht und anschließend etwas Aktivkohle, um die Reste zu absorbieren.«

Lemml Touday riß erschrocken den Mund auf. »Ich hatte ein Gespräch mit Prinz Rango. Ich ...«

Er hörte unvermittelt auf zu sprechen. Die hübsche junge Frau an seinem Bett war die Verlobte des Prinzen. Sie hatte ihm das Leben gerettet und ihn versteckt, aber konnte er ihr vertrauen? Als Rissa ihn anblickte, erinnerte sich der Priester, daß diese wunderschöne Brust aus Stahl war.

»Prinzessin, ich war der Spion des Prinzen im Tempel ...«

Lemml erzählte ihr die ganze Geschichte – sogar von den ›Spenden‹ und wieviel er davon behalten hatte. Er berichtete Rissa von seinem Verdacht, daß etwas unglaublich Böses auf Faltane zukam, und seiner Vermutung, daß der Prinz ein Interesse daran hatte, jede Aufmerksamkeit von diesem Bösen abzulenken. Prinzessin Rissa hörte Lemmls Ausführungen aufmerksam zu. Auf ihrem schönen Gesicht bildeten sich Sorgenfalten.

»Ich habe mir auch schon Gedanken über den Prinzen gemacht«, gestand Rissa, nachdem der Priester seinen Bericht beendet hatte. »Seit geraumer Zeit ist er nicht mehr er selbst. Er ist zu einem fanatischen Buchhalter geworden und genießt die Treffen mit seinen wissenschaftlichen Beratern. Wenn er ausreitet oder mit dem Schwert trainiert, erfüllt er nur seine Pflicht, anstatt sich daran zu erfreuen. Ich fürchte die Trauung, wie keine Braut sie fürchten sollte, und der Gedanke an die Krönung erschreckt mich wie noch nie eine Prinzessin zuvor.«

Lemml nahm einen Schluck von dem frischen Wasser, das ihm Rissa in einem irdenen Krug gereicht hatte. Er hatte noch immer einen fürchterlichen Geschmack im Mund, doch seine Kopfschmerzen ließen langsam nach.

»Was sollen wir nun tun, königliche Hoheit?« fragte Lemml.

»Hat der Prinz nicht erwähnt, ein paar seiner Helden seien bereits auf dem Rückweg?«

»Ja. Er hat zwar nicht gesagt, wer, doch er schien sehr erfreut zu sein.«

Rissa nickte. »Der endgültige Hochzeitstermin wird bald festgelegt werden. Ihr werdet meine Augen und Ohren in der Stadt sein. In den Tempel könnt Ihr auf gar keinen Fall zurückkehren. Der Prinz will Euch tot sehen.«

Lemml seufzte. »Ich habe Angst, den Schädel unbeaufsichtigt zurückzulassen. Was wäre, wenn der Prinz versuchen würde, ihn zu zerstören oder zu stehlen? Es handelt sich um ein mächtiges magisches Artefakt – den letzten Überrest des gefallenen Sonnenvogels.«

»Ihr habt recht«, erwiderte Rissa. »Sobald es dunkel

wird, schleicht Ihr Euch in den Tempel und bringt den Schädel hierher, doch zuvor werde ich Eure Robe noch von Schmutz befreien.«

»Was geschieht, wenn der Prinz mich beobachtet?« fragte Lemml. »Er wird sich wundern, daß meine Leiche noch nicht gefunden wurde.«

»Stimmt«, sagte Rissa. »Ich werde mir eine Geschichte ausdenken, um ihn auf eine falsche Fährte zu locken. Das sollte mir nicht sonderlich schwerfallen. Der Palast ist in letzter Zeit immer wieder von unerklärlichen Phänomenen heimgesucht worden. Ihr braucht unauffällige Kleidung, um von hier zu verschwinden. Ich werde Euch einige Stücke von Rangos verstorbener Familie geben. Ihr könnt Eure Robe erst wieder anziehen, wenn Ihr weit genug weg seid.«

Lemml fühlte sich in seiner Würde verletzt, doch er schluckte den Protest, der ihm auf den Lippen lag, hinunter. Die Prinzessin hatte natürlich recht. Er hatte es mit einer Frau zu tun, die wußte, was sie wollte, und nicht mit einem verwöhnten, reichen Püppchen.

Für einen Augenblick bemitleidete er den Prinzen ... aber nur für einen Augenblick.

TEIL IV

DIE GESCHICHTE VON DOMINO

Domino reckte und streckte sich, bis sich ihre Muskeln entspannten. Außerhalb des Zeltes waren vereinzelte Rufe und Schritte zu hören, als die Frühaufsteher ihrer Kompanie von den ersten Strahlen der Sonne geweckt wurden.

Ein verdammt gutes Gefühl, wieder unterwegs zu sein! Domino hätte es ohne Murren ertragen, auf dem Boden zu schlafen, doch als General hatte sie Anspruch auf ein Bett. Nur leider war ein Feldbett zu klein für zwei. Sie lächelte und blickte verliebt zu Jord hinüber, der noch immer schlafend in einem Haufen zerwühlter Bettlaken lag. Sein dunkelblondes Haar umrahmte das herzförmige Gesicht – er sah wie ein Engel aus. Domino überlegte, Rafe das Wecken der Kompanie zu überlassen, während sie sich um Jord kümmerte. Ihr Pflichtbewußtsein siegte.

Sie hatte sich um Jords Sicherheit gesorgt, als er erklärt hatte, er wolle sie begleiten, und nicht um ihren guten Ruf. Glücklicherweise hatten die meisten ihrer Männer noch nicht verarbeitet, daß ihr Oberst Dominik Blaid eine Domino war. Daher hatte es kein überflüssiges Gerede gegeben, als sich der kommandierende Offizier einen Stubenkameraden gesucht hatte. Dieser erfreuliche Zustand würde sich nur ändern, wenn sie Jord mehr Aufmerksamkeit schenkte als ihren Pflichten.

Domino fragte sich, wie Jord wohl reagieren würde, wenn er wüßte, daß ihre Männer ihn als ›die Wärmflasche des Generals‹ bezeichneten.

»Morgen, Seth«, grüßte Domino den Jungen, der sich um das Feuer vor ihrem Zelt kümmerte. »Ist alles ruhig?«

Seth erwiderte den Gruß, indem er sich eine Strähne strohblonden Haars aus dem Gesicht strich. Dann wandte er sich wieder dem Feuer zu und versuchte, einige Kartoffeln aus der Glut zu fischen. Seit Domino den Jungen vor einem Jahr halbverhungert in einem zerstörten Dorf gefunden hatte, hatte er sich beachtlich entwickelt. Das dürre Waisenkind war ihr treu ergeben – ein idealer Diener, besonders in der Zeit ihrer Maskerade. Im Gegensatz zu einem ›vernünftig ausgebildeten‹ Offiziersburschen hatte er niemals darauf bestanden, ihr Waffen oder Rüstung anzulegen. Domino war fest davon überzeugt, daß er ihr Geheimnis mit ins Grab genommen hätte – wenn er es herausgefunden hätte.

Natürlich war das jetzt nicht mehr notwendig, doch sie behielt den Burschen trotzdem. Seth war zuverlässig, loyal, freundlich, gehorsam und so weiter und so weiter. Außerdem tolerierte Spite die Gegenwart des Jungen. Das war immerhin auch etwas.

»Alles ist ruhig, Sir«, erwiderte Seth, während er auf seine Finger blies, um sie zu kühlen. »Oberst Rafe hat gemeldet, daß wir in einer Stunde aufbrechen können.«

Domino nahm eine Kartoffel und einen Zinnbecher heißen Tees, dann ging sie ins Lager, um ihre Truppen zu inspizieren.

Ihre Kompanie war relativ klein. Sie bestand aus zwei Dutzend Soldaten, einigen Burschen, ein paar Marketenderinnen, mehreren Kutschern, vierzig Pferden, ein paar Hunden und natürlich aus Spite. Es waren insgesamt achtzig Seelen – wenn man davon ausging, daß Hunde und Pferde Seelen besaßen (was Domino fest glaubte). Überall regte sich Leben. Menschen in grün-schwarzen Uniformen liefen umher, Lederharnische knarrten, und gelegentlich blitzte irgendwo Metall auf, wenn jemand sein Schwert polierte.

Als Domino durchs Lager schritt, verstummten die

Menschen und ein Weg öffnete sich vor ihr. Die Kommandeurin nahm keine Notiz davon. So war es immer gewesen. Als Kind war sie hinter ihrem berühmten Vater hergelaufen, und später hatte sie sich den Respekt ihrer Soldaten selbst verdient. Sie hielt an jedem Feuer und akzeptierte den Tee und das Brot, das man ihr anbot. Als Domino das Ende des Lagers erreichte, hatte sie jedermann persönlich begrüßt und gleichzeitig gefrühstückt.

»Du hirnverbrannter, schniefnäsiger, pferdegesichtiger Sohn einer elenden Meerhexe!« brüllte eine bekannte Stimme aus Richtung des Pferdepferchs.

»Pünktlich wie immer«, kicherte Rafe, Dominos rothaariger Stellvertreter.

Domino lächelte ihren Freund an. »Scheint so.«

Rafe besaß eine drahtige Figur und ein narbenübersätes Gesicht. Er hatte viele Jahre in der Kavallerie gedient und hätte inzwischen Anspruch auf ein eigenes Kommando gehabt. Am selben Tag, als man Domino zum General machte, hatte man ihn zum Oberst befördert. Als Rafe davon hörte, daß Domino wieder ins Feld zog, hatte er um Erlaubnis gebeten, sie begleiten zu dürfen. Er wollte nicht ›auf dem Paradeplatz vergammeln‹ – wie er sich ausgedrückt hatte.

Prinz Rango hatte der Bitte ohne zu zögern entsprochen. Domino war froh, daß ihr alter und erfahrener Kamerad sie auf dieser Reise begleitete. Rafe hatte ihre Geschlechtsumwandlung als einziger Stabsoffizier vorbehaltlos akzeptiert. Nach all den Merkwürdigkeiten des großen Krieges erschien ihm ein solcher Vorgang nur noch wie das Tüpfelchen auf dem ›i‹. Domino wußte, daß sie ihm ihr Kommando jederzeit anvertrauen konnte.

Die beiden Kameraden lachten herzlich über die

wilden Flüche des obersten Stallknechts, Furiers und Pferdearztes Yor Chase.

»Er wird es wohl nie lernen, was meinst du?« fragte Domino.

»Wenn Chase eines Tages zugeben sollte, daß es ein Pferd gibt, mit dem er sich nicht anfreunden kann, dann fließt Wasser den Berg hinauf«, erwiderte Rafe. »Da hilft auch nicht, daß Spite bei Seth so zahm ist wie ein Lamm – ich glaube, er macht es aus Bosheit.«

»Vielleicht.« Domino stand auf. »Ich werde Chase retten. Sonst kommen wir heute gar nicht mehr weg.«

Yor Chase war ein großer, kräftiger Nordmann. Er stammte aus dem gleichen Stamm wie Jancy Gaine, und genau wie seine Landsmännin war er treu und zuverlässig – und absolut dickköpfig, wenn er sich einmal etwas in den Kopf gesetzt hatte. Der große Blonde hatte lange damit geprahlt, es gebe kein Pferd, das ihn nicht leiden könnte. Das hatte ihn zu etwas Besonderem gemacht. Chase hatte diese Fassade so lange aufrechterhalten können, bis Domino Spite bekommen hatte. Obwohl der Pferdedoktor von Anfang an darauf bestanden hatte, daß Spite kein richtiges Pferd sei, hatte er nie aufgegeben, sich mit ihm anzufreunden.

Chases Bemühungen führten jedesmal zu demselben Ergebnis – der Pferdedoktor wurde entweder gebissen, getreten, oder er landete mit seinem Hintern im Dreck. Im Augenblick saß Chase fluchend im Futtertrog. Als Domino an dem sturen Nordmann vorbei auf das Pferd blickte, konnte sie seinen Ehrgeiz nachvollziehen.

Spite war genauso groß wie die anderen Pferde der Kompanie, doch der anmutige Hengst war etwas Besonderes. Er besaß ein blaßgrünes Fell und einen schaumweißen Behang. Seine hellgrünen Hufe wirkten wie Glas, und seine Augen waren so unergründlich wie die Tiefen des Sees, aus dem er stammte.

Spite stolzierte freudig auf Domino zu und beugte sich nieder wie ein Kamel, damit sie ohne Mühe aufsitzen konnte. General Blaid schwang sich auf den Rükken des Pferdes und hielt sich an der weichen Mähne fest – der grüne Hengst akzeptierte kein Zaumzeug.

»Guten Morgen, Sir«, sagte Chase und kletterte aus dem Futtertrog.

»Guten Morgen, Herr Feldwebel«, erwiderte Domino, während Spite mit seinem eigenen Schatten tanzte. »Sind Nachthimmel und Taube bereit?«

»Jawohl! Selbstverständlich, Sir!« Chase pfiff, und zwei fertig gesattelte und aufgezäumte Pferde näherten sich der kleinen Gruppe. »Wollt Ihr sie sofort mitnehmen?«

»Ja. Gebt mir die Zügel«, erwiderte Domino. »Ich glaube zwar, daß sie mir auch so folgen würden, aber ich will mich nicht darauf verlassen.«

Spite stolzierte in Richtung von Dominos Zelt, als wäre er auf einer Parade. Seth würde inzwischen alles für den Aufbruch vorbereitet haben. Taube war das Pferd des Jungen – ein silbergrauer Wallach, der nur eine Handbreit größer war als ein Pony. Es war ein gutes, zuverlässiges Pferd, einfach wie geschaffen für jemanden, der bis vor einem Jahr noch nie im Sattel gesessen hatte.

Nachthimmel war ein anderer Fall. Die dunkle Appaloosa-Stute war fast so beeindruckend wie Spite. Sie war Dominos Favorit gewesen, bevor sie in den Besitz von Spite gekommen war. Jetzt gehörte die Stute Jord, ein Geschenk sowohl für das Pferd als auch für den Dichter. Das edle Tier mußte nicht mehr in der vordersten Reihe in den Kampf ziehen, wo viel zu viele gute Pferde getötet wurden.

Domino ritt um das Lager herum und erreichte rasch ihren eigenen Zeltplatz. Seth hatte wie erwartet bereits alles verstaut und war gerade dabei, das Feuer mit Sand zu löschen.

Jord, der über der Schriftrolle von Gwykander saß, blickte hoch und lächelte seiner Geliebten zu. Auf seiner Wange prangte ein großer blauer Fleck.

»Jord! Was ist denn mit dir passiert?«

Der Dichter lächelte reumütig und verdeckte den Fleck mit der Hand. Er schien die Verletzung vollkommen zu ignorieren.

»Das?« fragte er in seinem sanften Bariton, den er bei unzähligen Dichterlesungen geschult hatte. »Das war schon da, als ich aufgewacht bin. Ich dachte, du wüßtest, woher es stammt, Liebling?«

Domino errötete.

»Du meinst, ich hätte ... letzte Nacht?«

Domino versuchte, sich an die Ereignisse der vergangenen Nacht zu erinnern. War sie wieder grob geworden? Jahrelang hatte sie sich wie ein Mann verhalten. Zärtlichkeit war etwas Neues für Domino.

Jord lachte. »Nein, Domino. Mach dir keine Sorgen. Ich war heute morgen nur etwas tolpatschig.«

Seth riß den Kopf hoch.

»Es war meine Schuld, Herrin«, gestand er. »Ihr habt mir aufgetragen, das Zelt abzuschlagen ... und ich habe vergessen, daß er noch im Inneren war. Also habe ich die Heringe herausgezogen und ...«

»... und dann ist alles über meinem Kopf zusammengebrochen«, beendete Jord den Satz. »Seth, ich habe dir doch gesagt, du mußt dir keine Vorwürfe machen. Ich hätte wach sein sollen. Das Zeltdach ist mir nur etwas unglücklich aufs Gesicht gefallen. Es ist wirklich nichts passiert, Domino.«

Die Angesprochene beugte sich nieder, um die Verletzung zu untersuchen. »Du wirst zu Feldwebel Chase gehen. Er hat eine Tinktur, die diesen Fleck bis heute Nachmittag verschwinden lassen wird.«

»Ich bin in Ordnung, wirklich ...«, sagte Jord.

»Das ist ein Befehl, Soldat«, brüllte Domino und krallte sich in Spites Mähne fest. Der Hengst bäumte sich erschrocken auf.

Für einen Augenblick starrte Jord seine Geliebte vorwurfsvoll an, doch dann gewann sein sanftes Gemüt die Oberhand.

»Zu Befehl, Sir ... aber ist Chase nicht der Pferdedoktor?«

Domino nickte. »Ja. Er ist eine Naturbegabung. Ärzte aus dem ganzen Königreich reisen nach Caltus, nur um eins seiner Rezepte zu ergattern. Außerdem würde ich nicht zulassen, daß du zu irgendeinem Quacksalber gehst. Was gut für die Pferde ist, ist auch gut für die Menschen.«

Der Klang der Trompete, die zum Aufbruch rief, ersparte Domino die Peinlichkeit, Jord um Entschuldigung bitten zu müssen. Sie nickte Seth zu, schenkte ihrem Geliebten ein freundliches Lächeln und ritt zu ihrer Kompanie, die abmarschbereit angetreten war. Jord würde ihr entweder hinterherreiten oder sich in einen der Planwagen hocken, um über der Schriftrolle von Gwykander zu brüten.

Prinz Rango hatte keine Bedenken geäußert, als Jord seine Bitte vorgetragen hatte, die Schriftrolle studieren zu dürfen. Er hatte nur darauf bestanden, daß sie ohne Verzögerung im See versenkt werden sollte. Aber der Prinz hatte Domino nicht ausdrücklich befohlen, sich auf der Reise zu beeilen, und da sie wußte, daß Jord seine Studien noch lange nicht beendet hatte, hatte sie die Reisegeschwindigkeit entsprechend reduziert.

Rafe gegenüber hatte sie erklärt, die großen Seen seien eine gefährliche Region, und sie wolle nicht, daß Mensch und Tier erschöpft dort ankämen. Sollte der Oberst vermuten, die Motive seines Vorgesetzten seien anderer Natur, so behielt er es klugerweise für sich.

Die kleine Einheit kam nur langsam voran. Vor ihnen lag ein steiler, langer Anstieg, und die Reiter mußten auf die schwerfälligen Planwagen Rücksicht nehmen. Domino hatte Späher ausgesandt. Bereits nach kurzer Zeit kehrte der erste von ihnen wieder zurück.

»General Blaid!« keuchte er. »Feuer und Verwüstung! Banditen! Ein Mann ...«

»Ich verlange einen vernünftigen Bericht, Soldat!« brüllte Domino.

»Jawohl, Sir.« Der Reiter richtete sich im Sattel auf und salutierte. »Wir haben Hinweise auf Banditenaktivität entdeckt. Ein kleines Dorf ist geplündert und in Brand gesetzt worden. Wir haben einen alten Mann gefunden, der dem Angriff entkommen konnte. Er folgt mir in einigem Abstand.«

»Gibt es irgendwelche Hinweise, daß die Banditen noch in der Nähe sind?«

»Nein, Sir.«

»Oberst Rafe! Nehmt fünf Mann und sucht nach irgendwelchen Spuren. Kerran«, sagte Domino und wandte sich wieder dem Späher zu, »Ihr reitet los und kümmert Euch um den Überlebenden. Falls er nicht verwundet ist, will ich ihn so schnell wie möglich sehen.«

»Jawohl, Sir.«

Domino befahl, die Wachen bei den Planwagen zu verstärken, und ordnete ein schnelleres Tempo an. Sie wollte bei Einbruch der Dunkelheit an einem sicheren

Ort übernachten. Seth erschien neben ihr, und sie bat ihn, etwas Tee aufzuschütten. Im selben Augenblick kündigten aufgeregte Stimmen Kerrans Rückkehr an.

»General Blaid«, grüßte Kerran. Er wirkte erleichtert. »Das hier ist der alte ... der Bauer Dennis.«

Wenn das Wort ›alt‹ überhaupt zu jemandem paßte, dann zu der Gestalt, die hinter Kerran auf dem Sattel saß. Beim Anblick seines Haares fühlte sich Domino an Spinnweben erinnert, und seine Haut war so faltig, daß selbst die Falten Falten hatten. Als Kerran ansetzte, ihn als ›alten Mann‹ zu bezeichnen, blickte die Gestalt ihren Retter beleidigt an. Der alte Bauer legte seine dürren Arme um Kerrans Hüften und drückte so heftig zu, daß der Soldat erschrocken nach Luft rang.

»General Blaid«, krächzte Dennis. Er hielt einen Augenblick inne und starrte Domino verwundert an. »Ihr seid nicht General Blaid. Ich habe unter General Blaid gedient.«

Domino befahl Kerran, neben sie zu reiten, so daß sie den alten Mann aus der Nähe mustern konnte.

»Der General Blaid, von dem Ihr sprecht, war mein Vater, Kerman Blaid«, erklärte Domino. Sie hatte diesen Satz schon hunderttausendmal wiederholen müssen.

Dennis fuhr fort, sie anzustarren. »Ihr seid ein *Weib*!«

»Ich freue mich, daß Eure Augen noch funktionieren«, erwiderte Domino trocken. »Ich bin General Domino Blaid. Und jetzt berichtet mir von dem Banditenüberfall, oder ich werde Euch wieder reaktivieren und wegen Insubordination auspeitschen lassen.«

»Das klingt nach Blaid«, murmelte Dennis, »Junge oder nicht. Hört mir gut zu: Vor zwei Tagen wurde mein Weiler – eine aufstrebende, steuerzahlende

Gemeinschaft von vier Bauernfamilien – von Rabauken überfallen. Sie verlangten Gold und Waren, doch wir hatten weder das eine noch das andere, und selbst wenn wir es gehabt hätten, hätten wir es ihnen nicht gegeben. Sie haben uns bedroht, aber wir haben nicht nachgegeben. Am nächsten Tag kehrten sie zurück, stahlen unsere wenige Habe und verbrannten den Rest.«

»Vier Familien?« fragte Domino.

Dennis unterdrückte ein Schniefen. »Ja. Meine Enkelin, Ami, sollte den Gus aus Hillville heiraten. Wir hatten schon eine schöne Hütte für die beiden gebaut. Jetzt ist Gus in seinem Heimatdorf und versucht eine Armee aufzustellen, um den Verbrechern nachzusetzen.«

Rafe näherte sich mit sorgenvollem Gesicht. »Sir, kann ich Euch kurz unter vier Augen sprechen?«

Domino entließ Kerran und Dennis.

»Was gibt's, alter Freund?«

Rafe griff in seine Satteltasche und zog einen grünschwarzen Stoffetzen hervor.

»Die Leute aus dem Dorf haben offenbar Widerstand geleistet«, sagte er. »Das hier habe ich aus dem Gewand eines toten Banditen geschnitten. Es war eine Kavallerieuniform.«

»Einer von uns?« fragte Domino entsetzt. »Ein Deserteur oder zumindest jemand, der sich unsere Farben zunutze macht. Jetzt müssen wir uns wohl doch um diese Banditen kümmern.«

Rafe nickte steif.

»Ein paar Kilometer von hier entfernt ist ein sicherer Lagerplatz. Wir können ihn noch vor Einbruch der Dunkelheit erreichen, wenn wir uns beeilen. Soll ich die entsprechenden Befehle geben?«

»Ja.« Seth erschien mit dem Tee. »Danke, Junge.

Bring den alten ... Dennis zu den Planwagen. Er soll es sich bequem machen. Ich werde jemanden zu ihm schicken, um ein Protokoll aufzunehmen.«

In diesem Augenblick kam Jord herangeritten. Ein schmaler Zylinder, der die Schriftrolle von Gwykander enthielt, hing an seinem Gürtel. Sein Schwert und den kleinen Kasten mit den Stiften hatte er über den Sattelknauf gehangen.

»Ich melde mich freiwillig dafür, Sir«, sagte er. »So kann ich deine Soldaten etwas entlasten.«

»Mach das«, befahl Domino. »Ich erwarte einen vollständigen Bericht bis zum Abendessen.«

»Wie Ihr befehlt, Sir«, erwiderte Dominos Geliebter und salutierte – ein fast perfekter militärischer Gruß. »Ihr wißt doch, ich gehorche *immer* Euren Befehlen.« Jord zwinkerte ihr keck zu.

Am Nachmittag des darauffolgenden Tages trafen sie auf eine erste Gruppe von Banditen, die sich in einem kleinen Seitental in der Nähe von Hillville versteckt hatte. Domino kommandierte acht Mann zur Bewachung der Wagen ab und führte den Rest in Richtung Räuberlager.

»Sie haben die Einwohner von Hillville genauso terrorisiert, wie den Weiler des alten ... Dennis«, berichtete Rafe. »Ich habe Kerran und Chase als Schmied und Lehrling verkleidet ins Dorf geschickt, um Gerüchte aufzuschnappen. Der Beinahe-Schwiegerenkel des alten ... Dennis ... wie war doch sein Name?«

»Dennis?« erwiderte Domino verwirrt.

»Nein, der junge Mann.« Rafe schlug sich mehrmals mit der flachen Hand auf die Stirn. »Ich hab's! Gus ... Dieser Gus ist ein verdammter Hitzkopf. Er glaubt, die Banditen hätten sein Schätzchen entweder umgebracht oder entführt, und er wird keine Ruhe geben.«

»Gut für ihn«, sagte Domino. »Nachdem ich gesehen habe, was sie mit dem Dorf des alten ... Dennis angestellt haben, kann ich seinen Standpunkt verstehen. Wie hat der alte ... Dennis überhaupt überlebt?«

Rafe kicherte. »Er hat geschlafen, und die Banditen haben ihn für eine Leiche gehalten, die man für die Beerdigung vorbereitet hat. Der alte ... Dennis ist erst aufgewacht, als man ihm das Dach überm Kopf angezündet hat. Er hat auch noch gehört, wie einer der Banditen gesagt hat, man würde der Familie einen Gefallen tun, wenn man die ›Leiche des alten Sacks‹ verbrennt.«

Domino unterdrückte ein Grinsen. »Ich bin überrascht, daß der alte ... Dennis das überhaupt zugegeben hat. Er macht keinen übertrieben ehrlichen Eindruck.«

»Euer Dichter hat die Geschichte aus ihm herausgequetscht«, erklärte Rafe. »Ich habe keinen Fehler in der Geschichte des alten ... Dennis gefunden, doch Jord hat ihn sofort bei jeder Lüge ertappt.«

Domino wandte sich von ihrem Freund ab, damit er nicht sehen konnte, wie sehr sie das Lob freute. Dabei bemerkte sie am nördlichen Horizont eine Bewegung.

»Was, zum Teufel, ist das?« rief sie und kniete sich auf Spites breiten Rücken, um besser sehen zu können. »Es sieht aus wie eine Gruppe von Männern mit Lanzen und Fackeln. Das können nicht die Banditen sein. Kerran hat berichtet, daß sie sich im Südwesten befinden.«

»Es ist eine Gruppe Bewaffneter, Sir«, sagte Rafe und reichte seiner Vorgesetzten das Fernglas, »doch das sind keine Lanzen, sondern Hacken und Mistgabeln. Ich wette, der stämmige junge Mann an der Spitze – der mit der rötlichen Haut und dem entschlossenen Gesichtsausdruck – ist der Beinahe-Schwiegerenkel des alten ... Dennis.«

Domino gab Rafe das Fernglas zurück.

»Er ist nicht zufällig mit Spotty verwandt, oder?« Bei dem Gedanken an Prinz Rangos treuen Weggefährten mußte sie unwillkürlich lächeln. »Rafe, nimm fünf Männer und halte die Bauerntruppe auf ... wenn es sein muß, mit Gewalt. Es wäre schlecht für unseren Ruf, wenn sie uns die Arbeit abnähmen ... besonders jetzt, wo Frieden herrscht.«

»Bleiben Euch dann noch genug Soldaten, um mit den Banditen fertigzuwerden?« fragte Rafe, während er seinen kleinen Trupp zusammenstellte.

»Natürlich«, erwiderte Domino. »An dem Tag, wo zehn meiner Kavalleristen nicht mehr ausreichen, um eine Räuberbande auszuheben, werde ich Hausfrau.«

Domino befahl dem Rest der Männer, ihr zu folgen. Kerran ritt voraus, und die Kompanie folgte ihm im schnellen Galopp. Die Soldaten mußten sich beeilen, wenn sie die Banditen überraschen wollten. Vielleicht hatte die Bande einen Spion in Hillville.

Schon bald erreichte die Gruppe das feindliche Lager und bereitete sich auf den Kampf vor. Domino hatte gewußt, daß sie es mit Renegaten ihrer eigenen Armee, ja sogar ihrer eigenen Truppengattung zu tun hatte, doch die Realität überstieg ihre schlimmsten Befürchtungen.

Aufgrund des schönen Wetters kampierten die Banditen im Freien. In der Mitte des Lagers hatten sie ein paar Holzpflöcke in den Boden gerammt und mit langen Seilen verbunden. Abgehärmte junge Frauen und verängstigte Kinder hockten in dem provisorischen Pferch. Ohne Zweifel beabsichtigten die Räuber, ihre Opfer auf einem der großen Sklavenmärkte zu verkaufen – wie damals Prinzessin Rissa.

Domino schätzte, daß sich ungefähr zwanzig Banditen im Lager befanden. Alle waren bewaffnet und trugen Rüstungen. Offensichtlich rechneten sie mit einem Angriff der Dörfler. Die meisten trugen verwahrloste Uniformen – ein Anblick, der Dominos Blut zum Kochen brachte. Die Stiefel waren verkratzt und schmutzig; Mützen saßen schief auf den Köpfen, und ein Mann wagte sogar, eine Zivilistenjacke über seinem Uniformhemd zu tragen.

Domino bebte vor Wut und hielt am Rande der Mulde abrupt an.

»Ihr seid umstellt und zahlenmäßig weit unterlegen«, rief sie. Die Tatsache, daß kein Wort davon der Wahrheit entsprach, schien Domino nicht im geringsten zu stören. »Legt eure Waffen nieder. Dann werden wir vielleicht Gnade walten lassen.«

Die Banditen schwiegen und tauschten verwirrte Blicke aus. Einige zählten die Gegner, um ihre Erfolgschancen auszurechnen. Nur ein einziger Mann trat auf die Soldaten zu. Er war dürr wie eine Bohnenstange, und sein Kopf zeigte erste Anzeichen einer Glatze.

»Wir sind euch zahlenmäßig unterlegen?« spottete er.

Domino mit ihren haselnußbraunen Augen erwiderte seinen bohrenden Blick. »Stimmt. Laßt eure Waffen fallen, oder ich werde meinen Bogenschützen den Befehl zum Feuern geben. Ich versichere Euch … es wäre mir weitaus lieber, Gefangene zu machen.«

Eisiges Schweigen war die einzige Antwort, die Domino erhielt. Dann fragte ein Mann: »Ist das Pferd grün? Verdammt noch mal, ich sollte nicht mehr so viel trinken.«

Der Sprecher der Banditen rief den Soldaten verächtlich zu: »Ihr wagt es nicht, auf uns zu feuern. Wir haben Gefangene ... Ihr würdet ihr Leben nicht aufs Spiel setzen. Wir haben ein Unentschieden.«

»Haben wir nicht«, erklärte Domino und spannte den Bogen. »Ich bin General Blaid. Meine Männer *wagen* es nicht, vorbeizuschießen.«

Nachdem die erste Salve zehn Räuber zu Boden gestreckt hatte (einschließlich des Sprechers), kapitulierten die Überlebenden. Während Dominos Männer die Banditen fesselten und die Gefangenen befreiten, kehrte Oberst Rafe von seiner Mission zurück.

»Wir halten die Dörfler ungefähr einen halben Kilometer entfernt von hier fest«, berichtete er. »Zwei konnten wir nur mit Gewalt aufhalten. Chase sagt, sie werden es überleben.«

»Sehr gut«, erwiderte Domino. »Hast du jemals einen derart degenerierten Haufen gesehen, Rafe? Dreiviertel der Überlebenden tragen eine Art von Uniform ... unsere *eigenen* Leute. Ich werde zu ihnen sprechen. Willst du mich begleiten?«

»Mit Vergnügen, Sir.«

Kerran hatte die Gefangenen am Rand der Mulde in einer Reihe antreten lassen. Er hielt sie so weit möglich von ihren ehemaligen Opfern entfernt. Domino bemerkte erfreut, daß sich ihr Quartiermeister bereits um die Beute kümmerte.

»Ich übernehme jetzt, Hauptmann Kerran«, sagte sie und warf einen verächtlichen Blick auf die heruntergekommenen Gestalten. »Reitet zurück zum Wagenzug. Wir kommen in zwei Stunden nach. Ach ja ... und sagt dem alten ... Dennis, daß wir zumindest einen Teil seiner Familie gerettet haben.«

»Bei allen Heiligen, es *ist* grün«, erklang dieselbe dünne Stimme des Mannes, der sich bereits vorhin zu Wort gemeldet hatte.

Spite schnaubte beleidigt. Domino konnte sich ein leises Lachen nicht verkneifen.

»Ihr dort«, sagte sie und deutete auf die in Zivil gekleideten Banditen. »Ihr geht mit dem Gefreiten Arlen und helft dem Quartiermeister. Ich habe mit diesen sieben etwas zu besprechen, das euch nichts angeht.«

Domino konnte sich nicht mehr beherrschen. Sie sprang von Spites Rücken und ging auf den ersten ›Soldaten‹ zu. Der Mann trug die Überreste einer Infanterieuniform. Das Abzeichen der Lanzenmänner hing von seinem Ärmel herab.

»Was hast du dazu zu sagen, Soldat?« brüllte sie.

»Zu sagen?« Der Bandit trippelte nervös auf der Stelle. »Nun, wir waren hungrig, und die Bauern wollten nicht teilen, und ...«

Domino schlug mit der Gerte gegen ihren Stiefel. Der Infanterist stand stramm und hörte auf zu reden.

»Mir ist scheißegal, warum du zum Räuber geworden bist. Ich will wissen, warum du dabei deine Uniform getragen hast.«

Der Mann blickte verlegen auf seine zerfetzten Hosen. »Ich habe nicht darüber nachgedacht.«

»Ich habe nicht darüber nachgedacht ... was?« fragte Rafe. Seine Stimme war so sanft wie eine Garotte.

»Ich habe nicht darüber nachgedacht ... Sir?«

Der Bandit hatte Dominos Geschlecht gerade erst zur Kenntnis genommen.

»Schon besser«, lobte Rafe. »Zeig Respekt vor dem General, du Ratte. Wenn du schon Uniform trägst, kannst du dich wenigstens an die militärischen Regeln halten.«

»Einen Augenblick«, erscholl eine Stimme vom

anderen Ende der Reihe. »Ich habe eine grundsätzliche Frage.«

»Tritt vor«, befahl Domino.

Der Mann, der aus der Gefangenengruppe heraustrat, war der dickste und ungepflegteste junge Mann, den Domino je im Schwarzgrün der Kavallerie gesehen hatte. Sie war fest davon überzeugt, daß er nie unter ihrem Kommando gedient hatte.

»Ich habe mich gefragt«, sagte er und steckte die Daumen in den Gürtel, »warum Ihr mit uns redet, als seien wir immer noch in der Armee. Ich bin nach der großen Schlacht in allen Ehren entlassen worden, und soviel ich weiß, ist auch keiner der anderen noch im Dienst.«

Dominos Gesichtsausdruck war grimmig und ließ keinerlei Gnade erkennen. »Du trägst die Uniform – egal in welchem Zustand sie ist –, die zu ehren mich mein Vater gelehrt hat. Als wäre das nicht genug, vollbringt ihr eure schamlosen Taten auch noch in diesem Aufzug, den ein Zivilist fälschlicherweise für eine reguläre Armeeuniform halten könnte. Aber bitte ... wenn du darauf bestehst. Oberst Rafe, wir befinden uns auf einer königlichen Mission. Bitte ruft mir ins Gedächtnis, welche Rechte das mit sich bringt.«

»Das Recht, von allen Bewohner des Königreichs Unterstützung zu verlangen. Das Recht, eine Armee aufzustellen. Das Recht, jedes ehemalige Mitglied der königlichen Armee zu reaktivieren.« Er grinste den Amateurjuristen sadistisch an. »Das Recht, die Gesetze des Königreichs nach Eurem eigenen Ermessen durchzusetzen. Und noch einige andere Rechte, Sir.«

»Danke, Oberst. Bitte bezeugt, daß ich diese sieben ehemaligen Soldaten des Königreichs wieder reaktiviere. Und nun«, Dominos Stimme wurde heiser vor

Erregung, »werde ich ihre Uniformen inspizieren. Ich habe das ungute Gefühl, daß sie die Inspektion nicht bestehen werden.«

Einige Zeit später saß sie wieder auf Spites Rücken und beobachtete die letzten Zuckungen eines Banditen, der an einem provisorischen Galgen baumelte. Das Gestell war aus den Überresten des Pferchs gebaut wurden, in dem die Räuber ihre Opfer gefangengehalten hatten. Der Strick war nicht sehr lang, so daß die Delinquenten erwürgt wurden, anstatt sich das Genick zu brechen. Trotzdem ... wenn man die kurze Zeit bedachte, die den Handwerkern zur Verfügung gestanden hatte, hatten sie ein kleines Wunder vollbracht.

»Ist das der Letzte?« fragte Domino.

»Jawohl, Sir«, antwortete Hauptmann Kerran. »Der Gefreite Hob Tanger. Er ist wegen schmutziger Stiefel, verdreckter und zerrissener Uniform, ungekämmtem Haar, Raub, Entführung und Vergewaltigung zum Tode verurteilt worden.«

»Sehr gut, Hauptmann Kerran. Ich habe dem alten ... Dennis versprochen, mit ihm und seiner Familie zu Abend zu essen. Es wird auch eine Hochzeit geben. Weitermachen!«

»Jawohl, Sir!«

Es war eine typische Bauernhochzeit. Angesicht der vielen unterschiedlichen Bräuche, die man auf dem Land bei einer solchen Gelegenheit zu beachten hatte, empfand Domino eine Mischung aus Ekel und Verblüffung. Die eigentliche Hochzeitszeremonie war sehr ergreifend, doch als die Braut sich auf einen Stuhl hockte und die Mutter die jungen Mädchen wie Hühner zu ihrer Tochter scheuchte, schreckte Domino instinktiv zurück.

»Was soll das?« fragte sie Jord, der sie auf das Fest begleitet hatte.

»Die Braut wird ihren Hochzeitsstrauß zwischen die anderen Frauen werfen«, erklärte Jord. »Das bedeutet Fruchtbarkeit.«

»O Gott«, sagte Domino und wandte sich von dem grausigen Geschehen ab. »Hast du überhaupt eine Vorstellung davon, wieviel ich einer weisen Frau in der Stadt zahle, um unfruchtbar zu sein? Das soll wohl ein Scherz sein!«

»Nein«, erwiderte Jord. »Sie glauben, der Sinn eines Frauenlebens liege im Kinderkriegen. Also verteilt Ami ihr Glück als junge Braut unter die Unverheirateten.«

Domino ergriff ihren Bierkrug und eilte hinaus. Jord folgte ihr.

»Du bist verärgert, Domi«, sagte er. Jord versuchte nicht, seine Worte in eine Frage zu kleiden.

»Ja, das bin ich«, fauchte sie. »Diese ganze Prozedur ist einfach widerlich!«

»Nun«, sagte Jord und hakte sich bei seiner Geliebten ein. »Den anderen Frauen ist das egal. Ganz im Gegenteil ... sie freuen sich sogar.«

»Das sind dumme Hühner!« knurrte Domino und leerte ihren Krug mit einem Zug. »Es ist verrückt, den Sinn des Lebens in der Fortpflanzung zu suchen.«

»So schlimm ist das nicht, Domino«, widersprach Jord mit sanfter Stimme, »erst recht nicht für eine Bauernfamilie. Ami hat mehr Glück als andere. Gus liebt sie. Er hätte sogar gegen zwanzig Banditen gekämpft, um sie für sich zu gewinnen. Es hätte schlimmer für sie kommen können, als sich von Gus versorgen zu lassen und einen Haufen Kinder zu bekommen.«

»Sie hätte ihr Leben selbst in die Hand nehmen können«, erwiderte Domino giftig, »anstatt es ihrem

Mann zu überlassen. Sieh dir doch nur Rissa an. Früher war sie durchaus fähig, für sich selbst zu sorgen. Sie hat Sombrisio gefunden, und jetzt hockt sie im Palast, läßt sich von vorne bis hinten bedienen und wartet auf die Hochzeitsglocken. Ihr Leben wird von anderen bestimmt.«

»Die Hochzeit wird bestimmt ganz amüsant«, sagte Jord. Er versuchte, die Konversation auf ein neutraleres Thema zu lenken. »Bist du nicht Brautjungfer?«

»Ja. Jancy und ich. Ich weiß nicht, was ich anziehen soll. Ich besitze nur Uniformen.«

»Normalerweise sucht die Braut die Kleider für ihre Brautjungfern aus. Kein Grund, sich Sorgen zu machen.«

»Sorgen?« Domino zuckte mit den Achseln. »Ich mache mir keine Sorgen. Bei den letzten drei Hochzeiten gehörte ich zum Bräutigam. Ich war Rafes Trauzeuge.«

Jord unterdrückte ein Kichern. »Ich denke, du wirst dich auch als Brautjungfer hervorragend machen. Vor meinem geistigen Auge sehe ich dich schon in einem wunderschönen Blümchenkleid.«

»Glaubst du, mein Haar ist zu kurz?« fragte Domino und strich über ihren geschorenen Nacken. »Ich habe es niemals wachsen lassen. Während des Krieges war mir langes Haar einfach zu unbequem, und kaum haben wir uns in der Hauptstadt niedergelassen, müssen wir auch schon wieder ins Feld.«

»Nein, es ist nicht zu kurz«, antwortete Jord und ließ seinen Finger über ihren Hals gleiten. »Es ist sehr weich ... und sehr erotisch.«

»Oh!« Domino errötete. »Ein Blümchenkleid? Meinst du wirklich?«

»Wunderbar«, erwiderte Jord und legte den Arm

um ihre Hüften. »Die Musiker spielen wieder. Willst du tanzen?«

»Ich weiß nur, wie man führt«, erklärte Domino unsicher.

»Macht nichts. Du kannst immer eine neue Taktik lernen, Liebling.« Er nahm sie an der Hand. »Stell dir vor, es sei ein Manöver.«

»Das kann ich«, sagte sie, »aber ich fürchte, wir werden morgen schon sehr früh aufbrechen müssen. Das heißt, es wird nicht bis zur Morgendämmerung getanzt.«

»Natürlich nicht«, stimmte Jord zu. »Wir werden uns morgen pünktlich auf den Weg machen.«

Domino zwinkerte vieldeutig. »Ich hatte eher daran gedacht, die Nacht mit einem gewissen Dichter im Heu zu verbringen. Natürlich nur, wenn du daran Interesse hast.«

»Wie der General befiehlt.« Er lächelte.

Die Kompanie verließ Hillville erst gegen Mittag. Die Dörfler wollten Gus und Ami helfen, Dennis' Weiler wieder aufzubauen. Es war ihr Hochzeitsgeschenk. Domino überließ den Frischvermählten den größten Teil der sperrigen Beute aus dem Räuberlager.

»Gibt es irgend etwas, das Ihr brauchen könnt?« fragte Gus. »Wir verdanken Euch alles.«

»Nur eins«, antwortete Domino. »Seil.«

»Seil?« fragten Gus und Ami gleichzeitig.

»Seil«, wiederholte Domino. »Wenn die Dinge weiter nördlich ebenso schlecht stehen wie hier, werden wir eine Menge Leute hängen müssen.«

Sie erwies sich als Prophet. Noch am selben Tag erwischte Hauptmann Kerran sechs Banditen. Drei trugen Kalarans Farben. Domino inspizierte die Überreste eines Bauerndorfs und die Uniformen der Verbrecher. Dann befahl sie, die sechs aufzuhängen.

Zwei Tage später trafen sie auf zehn weitere Räuber. Domino verhing die übliche Todesstrafe. Während sie das Massenbegräbnis beobachtete, näherte sich ihr ein eleganter Mann auf einem schlanken Pferd. Domino war versucht, ihn einfach zu ignorieren. Mit einem Seufzer erinnerte sie sich an ihre Pflichten und gab dem Reiter ein Zeichen, sich zu ihr zu gesellen.

»Hallo, Piggon.« Domino versuchte, so höflich wie möglich zu erscheinen. »Ein schöner Tag für eine Hinrichtung. Findet Ihr nicht auch?«

»General«, sagte er, ohne ihre Höflichkeit zu erwidern. »Ich bereite gerade meinen Bericht für Prinz Rango vor, und ich habe mich gefragt, wie ich ihm erklären soll, daß wir so langsam vorankommen.«

Domino blickte dem rothaarigen Magier fest in die Augen.

»Ich weiß nicht, wovon Ihr sprecht.« Ihre Stimme hatte den Tonfall angenommen, mit dem sie für gewöhnlich selbst die härtesten Männer einschüchtern konnte. »Was gibt es da zu erklären?«

»Nun«, entgegnete Piggon und zog eine Landkarte aus dem Ärmel. »Nach meiner Einschätzung kommen wir nur sehr langsam voran, und durch Eure ... Spielerei mit den Banditen wird die Situation auch nicht besser. Wir haben sehr viel Zeit verloren, und ich wünsche dem Prinzen zu erklären, warum dem so ist.«

»Was gibt es da zu erklären«, wiederholte Domino in demselben scharfen Ton wie zuvor. »Es ist Eure Aufgabe, Bericht zu erstatten – nicht mehr und nicht weniger. Glaubt ja nicht, Eure besondere Stellung gebe Euch das Recht, eine Erklärung von mir zu verlangen.«

Spite scharrte mißbilligend mit den Hufen. Piggon zögerte einen Augenblick, schluckte seinen Protest hinunter und ritt zurück ins Lager.

Domino wartete ein paar Minuten, bis sie sich wieder beruhigt hatte, und folgte dem Magier. Der Vorfall ging ihr nicht aus dem Kopf, und so weckte sie des nachts ihren Geliebten.

»Ich mag Piggon nicht«, erklärte sie.

Jord stützte sich schläfrig auf die Ellbogen. »Warum?«

Domino spielte verlegen mit dem Kopfkissen. »Er ist so herrisch ... er will *mir* Befehle erteilen! Und ich mag seinen Namen nicht.«

»Sein Name?« Jord grinste. »Piggon ... das ist wirklich ein fürchterlicher Name. Ich habe eine Theorie dazu.«

»Welche?«

»Kannst du dir vorstellen, warum eine Mutter ihren Sohn Piggon nennen sollte?«

Domino schüttelte den Kopf.

»Ich auch nicht. Deshalb muß es sich bei Piggon um einen Spitznamen handeln. Normalerweise bekommt man einen Spitznamen von Gleichgestellten, doch nur deine Vorgesetzten können dich dazu zwingen, ihn zu behalten. Stimmt's?«

»So wie Dominik statt Domino?« erwiderte sie. »Ich weiß, was du meinst. Sprich weiter.«

»Die einzige Gruppe, die beide Kriterien erfüllt, sind die Magier. Prinz Rango hat uns gesagt, Piggon sei ein Kleinmagier. Das heißt, er hat als Zauberer versagt.« Jord zuckte mit den Schultern. »Also ist der Name haften geblieben. Kleinmagier gleichen Literaturkritikern. Weil sie unfähig sind, etwas eigenes zu schaffen, treiben sie sich am Rand der Kunst herum und erklären allen anderen, was sie zu tun haben.«

»Ach, du armer Poet«, kicherte Domino und streichelte über Jords behaarte Brust. »Das ist eine interessante Sichtweise. Ich werde mich bemühen, Geduld mit Piggon zu haben ... solange er mir nicht vorschreibt, wie ich meine Soldaten zu führen habe.«

»Gut. Und nun ...« Der Dichter löschte die letzte noch brennende Kerze. »Ich habe noch ein Sonett, das ich dir gerne vortragen würde.«

»Ich bin aber kein Literaturkritiker«, murmelte Domino und zog ihren Geliebten näher zu sich heran.

»Gut.«

Am nächsten Morgen saß Domino am Lagerfeuer und wartete auf Seth, der gerade Tee zubereitete, als Jord aus dem Zelt trat. Er war nur in ein aufregend kurzes Nachtgewand gehüllt.

»Wollt Ihr Eure Truppen nicht inspizieren, Sir?« fragte er gähnend.

»Doch«, antwortete Domino. Der Kontrast zwischen Jords kurzem Nachtgewand und ihrer eigenen zugeknöpften Uniform schien sie nicht zu irritieren.

»Deine Inspektion dauert sicher mit jedem Tag länger«, sagte Jord, während Seth ihm Tee und Hosen reichte.

»Warum?«

»Uns folgen immer mehr Leute«, erwiderte er. »Woher die wohl alle kommen?«

Als Domino in die Richtung blickte, in die ihr Geliebter deutete, verwandelte sich ihre anfängliche Verwirrung in Verständnis. Die Kompanie lagerte auf einer kleinen Anhöhe. Die Zelte bildeten einen ordentlichen Kreis, in dessen Mitte ordentliche Lagerfeuer brannten und ordentliche Soldaten ihrem Tagwerk nachgingen, und am südlichen Ende des Hügels ... befand sich eine chaotische Ansammlung von Zelten und grellbunten Planwagen, die Domino noch nie gesehen hatte. Die Bewohner des merkwürdigen Lagers führten die exotischsten Tiere mit sich.

Domino glaubte, ein Kamel und ein Lama zu erkennen.

»Wer, zum Teufel, ist das?« fragte sie.

»Man sagt, sie seien magisches Volk«, erklärte Seth, der inzwischen Spite fütterte. »Sie sind wegen Euch hier, Sir.«

»Was für ein kindischer Blödsinn ...« Domino wollte gerade zu einem wilden Protest ansetzen, als sie Seths niedergeschlagenen Gesichtsausdruck bemerkte. »Vielen Dank, Seth. Das ist gut zu wissen. Entschuldigt mich bitte für einen Augenblick. Ich muß mit Oberst Rafe sprechen.«

Domino fand Rafe bei einer Gruppe von Spähern, die sie letzte Nacht ausgesandt hatte, um Spuren von weiteren Räuberbanden zu suchen.

»Inzwischen achten sie auf ihre Kleidung«, hörte sie Rafe sagen, »und sie tragen keine Uniform mehr, wenn sie ein Verbrechen begehen. Laßt euch davon nicht täuschen. Es handelt sich immer noch um erfahrene Kämpfer. Die Politik General Blaids hat sie zwar Respekt gelehrt, aber das heißt nur, daß sie in Zukunft noch gerissener vorgehen werden. Wegtreten!«

Rafe nickte Domino grüßend zu. »Guten Morgen, Sir. Die Kompanie ist bereit zum Aufbruch.«

»Sehr gut.« Domino spielte mit ihrer Reitgerte. »Oberst, warum habt Ihr mich nicht über unsere ›Begleiter‹ informiert?«

»Begleiter? ... Ach so, ja, die ... merkwürdig, nicht wahr?«

»Wie lange folgen sie uns schon?«

»Die ersten erschienen, nachdem wir die zweite oder dritte Bande ausgehoben hatten«, erklärt Rafe. »Ich bin in ihr Lager geritten und habe ihnen gesagt, sie seien unerwünscht. Sie antworteten, es sei ihr gutes Recht zu reisen, wohin sie wollten.«

»Haben sie die Soldaten belästigt?« fragte Domino.

»Nein. Ganz im Gegenteil. Sie haben uns sogar geholfen. Ein paar von ihnen sind Heiler und haben Chase bei den Verwundeten unterstützt. Sie haben auch mit uns gehandelt ... glaube ich. Auf jeden Fall ist unser Proviant seit einiger Zeit frischer geworden.«

»Ich verstehe. Mach weiter wie bisher, Rafe, und behalte unser Gespräch vorläufig für dich.« Domino kratzte sich nachdenklich am Kinn. »Wenn wir wieder unterwegs sind, werde ich mal ein paar Wörtchen mit dem Quartiermeister reden.«

Die Bewohner der Versorgungswagen waren ganz aus dem Häuschen, als Domino auf ihrem grünen Hengst heranritt. Die Generalin lächelte bitter. Kerman Blaid hatte ihr stets geraten, niemals etwas zu reparieren, was nicht kaputt war. Sie hatte den Versorgungsbereich während der ganzen Reise vernachlässigt – und es hatte ihm gut getan. Trotzdem schadete es nicht, die Marketenderinnen und ihre Kollegen von Zeit zu Zeit darauf hinzuweisen, wer hier das Kommando hatte.

Obwohl Colum Vrame der eigentliche Quartiermeister war, teilte er sich diese Aufgabe mit seiner Frau, Bysha. In der alten Militärhierachie war für Frauen kein Platz gewesen, doch Domino beabsichtigte, dies zu ändern. Bysha würde die erste Frau sein, die rückwirkend in Dienst gestellt wurde – ob sie wollte oder nicht.

Bysha war es auch, die Domino entgegenkam. Aufgrund ihres schmalen, eckigen Gesichts und ihrer übergroßen Ohren glaubten viele, Bysha wäre elfischer Abstammung. Doch ihr braunes Haar und unwirsches Benehmen zeugten vom Gegenteil.

»General Blaid, wie schön, daß Ihr uns mal besuchen kommt«, rief sie. Ihre Stimme war hoch und schrill wie eine Trillerpfeife. »Ich nehme an, Ihr sucht Seth. Er ist im vordersten Wagen und macht Hausaufgaben.«

Domino schüttelte den Kopf. »Nein, Bysha, ich bin nicht wegen Seth gekommen. Ich möchte mit Colum reden. Wo ist er?«

»Colum? Keine Ahnung ... irgendwo hier ...« erklärte Bysha. Bei diesen Worten setzte sich Spite unvermittelt in Bewegung.

Der grüne Hengst trabte auf einen Wagen zu und steckte den Kopf durch die Plane. Aus dem Inneren ertönte ein merkwürdiges Jaulen. Spite sprang einen Schritt zurück und legte die Ohren an. Seine Augen glühten bösartig.

Domino war nicht überrascht, als sie Spites Beute sah – den verschollenen Quartiermeister.

»Feldwebel Colum«, sagte sie trocken, während das Pferd den armen Mann aus dem Wagen zog.

»General Blaid«, erwiderte er. Colum begab sich außer Reichweite von Spites Zähnen und salutierte. »Wie schön, Euch zu sehen.«

»Stehen Sie bequem, Colum«, sagte Domino.

Der Quartiermeister war ein großer, kräftiger Mann, den das gute Essen seiner Frau und die langen Fahrten auf einem Kutschbock etwas verweichlicht hatten. Seine Haut war blaß, und in seinem Haar zeigten sich die ersten grauen Strähnen.

»Steigt wieder in Euren Wagen, damit wir nicht anhalten müssen. Wir können uns auch in einem weniger formellen Rahmen unterhalten.«

»Jawohl, Sir«, erwiderte er. Colum versuchte vergeblich auf den fahrenden Wagen aufzuspringen. Spite streckte den Hals, als wolle er dem Quartiermeister einen Schubs geben, und plötzlich bekam der beleibte Feldwebel Flügel.

Domino grinste. »Ihr habt mit den verwahrlosten Gestalten gehandelt, die uns folgen, Colum. Da wir nicht wissen, was für Absichten sie haben, könntet Ihr Euch in großen Schwierigkeiten befinden.«

Colum erblaßte vor Schreck. »Sir, Ihr wißt doch, daß ich nie etwas tun würde, was der Kompanie schadet! Ihre Wünsche waren vollkommen harmlos.«

»Was für Wünsche?« fragte Domino mit vorgetäuschter Geduld.

»Seil, Sir, nur Seil.«

»Seil? Irgendein besonderes Seil?«

»Nein, Sir ...« erklärte Colum. Bysha unterbrach ihn und sprang vom Wagen.

»Mein Mann irrt sich, Sir. Die Seile waren etwas Besonderes. Sie wollten ein Stück der Stricke, die wir für die Galgen verwendet haben ... den Knoten, um genau zu sein.«

»Und was wollen sie damit?« sinnierte Domino. »Die Dinger sind vollkommen unbrauchbar. Der Knoten ist kaum zu lösen.«

»Genau das gleiche habe ich auch gedacht«, warf Colum ein, »und da sie schlechtes Seil gegen gutes Fleisch und Bier getauscht haben, dachte ich, Ihr hättet nichts dagegen.«

»Nein, Colum«, erwiderte Domino nachdenklich. »Für den Augenblick haben mich deine Argumente überzeugt. Aber trotzdem ... ich glaube, ich sollte unseren Freunden mal einen Besuch abstatten.«

»Seid vorsichtig, Sir«, mahnte Bysha. »Sie sind sehr empfindlich und ... nun, wie ein eingeölter Igel: glitschig und stachelig zugleich. Bitte gebt mir Gelegenheit, sie vorher von Eurem Besuch zu informieren, damit sie sich entsprechend darauf vorbereiten können.«

»Nun gut«, erklärte Domino, »aber egal, ob sie

bereit sind oder nicht, heute abend werde ich zu ihnen gehen.«

Nachdem das Nachtlager aufgeschlagen war und Domino die Hinrichtung von sechs Banditen überwacht hatte, wusch sie sich die Hände, kämmte ihr Haar und machte sich auf den Weg ins Lager des magischen Volkes. Sowohl Jord als auch Rafe boten ihr an, sie zu begleiten, doch sie lehnte ab.

»Wenn ich nur zehn Meter von meinem eigenen Feldlager entfernt in Schwierigkeiten gerate, dann verdiene ich es nicht besser.« Domino lachte. »Wenn ich bei Sonnenaufgang nicht wieder zurück bin, ruft die Kavallerie.«

Während sie sich dem fremdartigen Lager näherte, zählte Domino die anwesenden Personen. Sie schätzte, daß sich ungefähr ein Dutzend Menschen in der chaotischen Wagenburg aufhielten – Haustiere und nicht zu identifizierende Geschöpfe abgerechnet.

Domino hatte weniger Zeit, als ihr lieb war, um das seltsame Dorf aus kleinen und großen Zelten, Jurten und Zigeunerwagen zu studieren. Ein Empfangskomitee näherte sich ihr. Das beanspruchte ihre volle Aufmerksamkeit.

Der Anführer war ein buckeliger Mann, der nicht nur einen, sondern *zwei* Buckel hatte. Sein ungekämmtes, braunes Haar wirkte wie ein Mop, und aus seinem langen Gesicht blickten mürrische Augen. Ihm folgte eine Frau – die archetypische alte Hexe. Sie besaß eine Hakennase und fleckige, lederne Haut. Ihre knorrigen Finger umklammerten einen polierten Stab.

»Du!« kreischte die alte Hexe. »Domino! Dominik! Du machst mich krank ...«

Der Bucklige unterbrach das alte Weib, indem er kräftig auf den Boden spuckte. Dann richtete er sich zu seiner vollen Größe auf, breitete die Arme aus und sagte mit einer Reibeisenstimme: »Macht, was Ihr wollt, General Blaid! Dies ist eine öffentliche Straße, und wir haben das Recht, auf ihr zu reisen. Wir sind mächtige Magier ... Ich warne Euch ...«

Die alte Hexe rammte das silberbeschlagene Ende ihres Stabs auf den Fuß des Buckligen. »Halt's Maul, Mel. Domino hat keine Angst vor uns. Warum auch? Sie hat gegen den gefallenen Sonnenvogel gekämpft. Sie hat einen mythischen Pakt mit der Seehexe geschlossen; also hat sie keinen Grund, sich vor so armseligen Gestalten wie uns zu fürchten.«

Domino starrte die merkwürdige Gesellschaft verwundert an. Spite schien sich köstlich zu amüsieren. Domino spürte, wie er zwischen ihren Beinen vor Lachen bebte – das beunruhigte sie.

»Ihr habt mir einiges voraus«, sagte sie schließlich, »denn Ihr kennt meinen Namen, doch ich nicht den Euren. Vielleicht könntet Ihr das ändern.«

»Ich bin Mel«, erklärte der Mann. »Und ich komme aus dem fernen Osten. Hört nicht auf dieses alte Weib. Zittert, denn ich bin eine Macht, die man nicht unterschätzen darf!«

»Er ist ein Feld-, Wald- und Wiesenmagier«, widersprach die alte Hexe. »Man nennt mich das schrullige Großmütterchen. Du darfst mich Großmütterchen nennen. Ich kann die Zukunft vorhersagen.«

»Mangelhaft«, fügte Mel hinzu und spuckte erneut auf den Boden. »Aber wir sind vom Thema abgekommen. General Blaid ist gekommen, um unsere lustige Gemeinschaft kennenzulernen.«

»Ich weiß schon, was sie will, und du nicht. Ätsch!« rief das Großmütterchen und sprang in die Luft.

»Blödsinn!« zischte Mel. »Du weißt noch nicht einmal, was es zum Abendessen gibt.«

»Und ob ich das weiß«, widersprach das alte Weib. »Hafergrütze, Honig und Pfefferminztee. Ha!«

»Du ißt doch nie etwas anderes«, meckerte Mel. »Das ist wohl kaum ein geeigneter Test deiner Fähigkeiten.«

»Du bist ja nur neidisch.«

»Bin ich nicht!«

»Bist du doch!«

»Bin ich nicht!«

»Doch!«

Die beiden zankten sich weiter, während sie ins Lager zurückgingen. Domino schüttelte den Kopf und folgte ihnen.

Ein großes Feuer brannte inmitten der bunten Ansammlung unterschiedlicher Behausungen. Im Schein der Flammen bewegten sich schattenhafte Gestalten. Bei ihrem Anblick hatte Domino das Gefühl, sich bei Seth entschuldigen zu müssen. Seine naive Terminologie traf durchaus auf diese Leute zu.

Diese Menschen waren keine Gildenmagier, wie sie Prinz Rango während des Krieges begleitet hatten. Diese Menschen besaßen eine natürliche Affinität für Magie, und das hatte sie irgendwie verändert – genau wie das Gebiet um die Hauptstadt von den vier Artefakten verändert worden war, dachte Domino.

Sie sprang von Spites Rücken und setzte sich auf den Klappstuhl, der ihr von einer ausgemergelten Elfe gereicht wurde. Mel und die alte Hexe nahmen ebenfalls Platz. Der Rest des magischen Volkes kam neugierig näher.

»Nun, Sir, meine Fähigkeiten sagen mir, daß Ihr hierhergekommen seid, um festzustellen, was wir von Eurer Truppe wollen«, krächzte das Großmütterchen, »und um zu erfahren, warum wir gutes Fleisch gegen schlechtes Seil tauschen.«

»Das hätte jeder Lauscher herausfinden können«, murmelte Mel, »oder jeder, der keine Hafergrütze zwischen den Ohren hat.«

Domino ignorierte ihn. »Ja, aus diesem Grund bin ich hier. Ich habe einen Auftrag von Prinz Rango, und ich kann und werde nicht zulassen, daß mich irgend etwas an seiner Erfüllung hindert. Wenn ihr mir Schwierigkeiten bereitet, bin ich gezwungen, genauso hart gegen euch vorzugehen wie gegen die Banditen.«

Der zahnlose Mund des Großmütterchens verzog sich zu einem Grinsen. »Wir haben nicht die Absicht, Euch bei Eurer Mission zu behindern. Es bedarf nicht meiner Fähigkeiten, um zu wissen, daß Prinz Rango nicht ohne Grund vier seiner besten Leute in die Wildnis schickt.«

»Deine Kräfte!« Mel spuckte verächtlich ins Feuer. »Mach weiter, alte Hexe.«

»Um es möglichst einfach zu sagen, General Blaid«, fuhr das Großmütterchen fort, »wir brauchen das Seil für unsere Magie. Normalerweise muß man sehr lange suchen, bis man eine entsprechende Hinrichtung findet, aber Ihr geht wirklich stürmisch zu Werke.«

»Ich verstehe.« Domino dachte einen Augenblick über das Gehörte nach. »Ich habe nichts dagegen, solange Ihr unsere Vorräte an Seilen nicht über Gebühr beansprucht. Vielleicht erweist es sich sogar als vorteilhaft, daß ihr uns folgt. Die großen Seen sind eine gefährliche und magische Region.«

»Ja«, stimmte Mel zu, »doch Ihr habt den Seen bereits einmal getrotzt, und nun reist Ihr wieder dorthin. Allerdings mit einer ... *vorsichtigen* Geschwindigkeit.«

Domino blickte ihn wütend an. »Was soll das heißen, Zauberer? Wenn Ihr damit sagen wollt, daß ich meine Pflichten vernachlässige, werde ich Euch am nächsten Baum aufknüpfen lassen.«

Ein Raunen ging durch die Menge. Domino konnte nur einen Teil der Worte verstehen, die um sie herum geflüstert wurden: »Oooh, Fingerknochen!«, »Der Schädel gehört mir!«, »Haare! Haare und Fingernägel!«, »Ich will seine Kleider!«

Mel wurde leichenblaß. Er stieß ein tiefes Knurren aus und spuckte mit aller Kraft ins Feuer, so daß ein regenbogenfarbener Funkenregen auf die Anwesenden niederging.

»Na, na, na, meine Kinder.« Nachdem es der alten Hexe gelungen war, ihre aufgeregten Mitmenschen zu beruhigen, wandte sie sich wieder an Domino. »General Blaid, ich bin fest davon überzeugt, daß Mel Euch mit seiner Äußerung nicht kritisieren wollte. Wenn Ihr wollt, werde ich Euch als Zeichen unseres Vertrauens die Zukunft vorhersagen.«

Die alte Frau erhob sich und wankte einige Schritte auf Domino zu. Dann zeichnete sie mit ihrem Stab einen Kreis in den Staub und streute ein Pulver hinein.

»Zucker und Würze und alles Hübsche«, murmelte sie und lächelte ihren Gast freundlich an. »Das sage ich, weil Ihr so ein süßes Ding seid. Kalarans Magier haben bestimmt eine böse Überraschung erlebt, als sie Euch mit Fröschen, Schlangen und Welpenschwänzen verzaubern wollten ... daraus bestehen nämlich Jungs.«

Domino schenkte ihr ein schiefes Lächeln. »Schön, daß ich auf diese Art meinen Teil zum Sieg beitragen konnte.«

»Psst«, sagte das Großmütterchen und fuhr mit ihren knorrigen Fingern über das Muster im Sand. »Laßt uns sehen, was die Zukunft für Euch bereithält.«

Domino schwankte zwischen Zweifel und Faszination. Das braune Pulver begann zu glühen und sonderte einen süßlichen Geruch ab ... wie von frischgebackenen Plätzchen.

»Ich sehe eine lange Straße und Banditen, die an Bäumen hängen«, prophezeite die alte Frau.

»Was für eine Vorhersage!« kicherte Mel.

Domino preßte dem buckeligen Mann ihren Daumen hinters Ohr. Der Mann brach zusammen. Spite schnaubte. Sonst schien niemand den Vorgang bemerkt zu haben.

»Der Weg endet dreifach«, murmelte die alte Hexe. Sie hatte offensichtlich Mühe, die einzelnen Worte hervorzubringen. Mit jeder Silbe ging ihr Atem schwerer. »Der erste endet auf der Straße. Der zweite bei den großen Seen, und der dritte unter einer großen Kuppel. Ich sehen Euren Erfolg und Euer Versagen. Ihr werdet behalten, was Ihr verlieren wollt, und verlieren, was Ihr für die Wahrheit haltet.«

Mel stöhnte und spielte gelangweilt mit dem Sand in der Nähe des Feuers. Als seine Hand einen Klumpen heißer Asche berührte, stieß er einen lauten Schrei aus und sprang mit unerwarteter Gewandtheit auf. Dabei zerstörte er den magischen Kreis der Alten, und das Großmütterchen brach bewußtlos zusammen.

»Großmutter!«

Domino hob die alte Frau mühelos hoch, als sei sie nicht schwerer als eine Stoffpuppe (obwohl Domino nie eine Puppe besessen hatte – außer für Zielübungen). Sie legte die Hexe vorsichtig auf eine Pritsche, die aus dem Nichts aufgetaucht war. Die alte Frau kam langsam wieder zu sich. Domino richtete sie auf und reichte ihr eine Tasse Tee, die ihr ein kleiner grüner Kobold brachte.

»Die Necrotica will mit Euch sprechen«, flüsterte die alte Frau. »Sie hat eine Warnung für Euch ... ein Geschenk, genau wie meine Prophezeiung.«

Domino verzichtete darauf, den Wert der Vorhersage zu kommentieren. Sie glaubte nicht an solche Dinge ... und erst recht nicht, wenn sie so allgemein gehalten waren wie das, was sie gerade gehört hatte.

»Wo ist diese Necrotica?« fragte Domino. »Ich werde ihre Warnung beherzigen; aber glaubt ja nicht, daß ich mich dadurch von der Erfüllung meines Auftrags abhalten lasse.«

»Tapfere Worte, General Blaid«, ertönte eine rauhe Stimme aus der Dunkelheit, »doch meine Warnung hat nichts mit Eurem Auftrag zu tun. Sie betrifft die Folgen Eurer bisherigen Handlungsweise.«

»Sprecht.« Domino knirschte mit den Zähnen. Wenn das schon wieder eine dumme Bemerkung über ihre Reisegeschwindigkeit sein sollte ...

»Ich bin ein Nekromant«, erklärte die Stimme, »ein Totenmagier. Eure Taten helfen mir in vielfältiger Weise, also schulde ich Euch etwas ... Ihr bringt Gefahr über das Land, das Ihr eigentlich beschützen wollt.«

»Rätsel«, schnaubte Domino. »Ihr Magier sprecht immer nur in Rätseln. Wahrscheinlich, um Eure eigene Unfähigkeit zu verdecken. Ich bin nur ein einfacher Soldat, Nekromant. Ich habe gegen natürliche und unnatürliche Feinde gekämpft. Sagt mir klar und deutlich, was Ihr wollt. Ansonsten sehe ich keinen Grund, mich länger mit Euch zu unterhalten.«

»Die Legende sagt, daß General Blaid in diesem rüden Ton zur Seehexe gesprochen hat«, quietschte der Kobold, während er die Tasse des Großmütterchens auffüllte. »Er hat mehr Eier als Verstand, hieß es damals, doch ich glaube, die Seehexe weiß es besser.«

»Ja. Das habe ich auch gehört.« Eine ungewöhnliche Elfe trat aus der Dunkelheit.

Domino blickte die Necrotica mißtrauisch an. »Ein Elf, der mit den Toten lebt? Ich dachte immer, Euer Volk sei nur an natürlichen Phänomenen interessiert ... wie Wetter, Tiere und Blumen.«

»Das stimmt auch.« Die Necrotica lächelte unnatürlich. »Als ich den Geist einer Blume ins Leben zurückholen wollte, entdeckte ich mein ungewöhnliches Talent. Man kann damit ebensogut seinen Lebensunterhalt verdienen wie mit ›normaler‹ Elfenmagie. Beantwortet mir eine Frage, General Blaid: Wißt Ihr, warum man die meisten Verbrecher an einer Kreuzung hängt?«

»Nein. Darüber habe ich noch nie nachgedacht.«

Die Necrotica spielte mit den winzigen Schädeln an ihrer Halskette. »Das habe ich mir gedacht. Auf diese Art und Weise will man verhindern, daß die Geister der Ermordeten ihren Henkern folgen. Da die meisten Geister sich am Ort ihres Todes orientieren, werden sie durch die Vielzahl von Wegen verwirrt, die von einer Kreuzung abgehen, und dadurch auf ewig gefangen.«

»Die Hinrichtungen, die ich befohlen habe, fanden auf freiem Feld statt«, sagte Domino, »und wir sind nur langsam vorangekommen.«

»Richtig«, flüsterte die Necrotica. »Bis jetzt ist es mir gelungen, die Geister der Hingerichteten zu fangen – ein wahres Festmahl. Wenn die Exekutionen so weitergehen, werde ich bald nicht mehr in der Lage sein, sie aufzuhalten.«

Domino stand auf und pfiff nach Spite.

»Niemals! Der Gerechtigkeit muß Genüge getan werden, Necrotica.« Sie sprang auf Spites Rücken ohne zu warten, bis das Tier sich hingekniet hatte, und galoppierte davon. »Wir werden einfach unsere eigenen Kreuzungen bauen.«

Die Elfe riß erstaunt den Mund auf, und ein Raunen ging durch das magische Volk. Nur der kleine Kobold amüsierte sich. Er wälzte sich auf dem Boden und lachte wie verrückt.

»Das macht sie wirklich! Das macht sie wirklich!« quietschte er.

Domino winkte ihren Gastgebern zum Abschied zu. »Habt Dank für eure Warnungen und Prophezeiungen ... und für den Tee. Solange ihr euch an unsere Abmachung haltet, steht ihr unter meinem Schutz, und wenn nicht ... wird noch genug Seil übrig sein, um euch aufzuhängen.«

Als Domino zu ihrem Zelt zurückkehrte, hatte Seth bereits das Abendessen vorbereitet.

»Er hat schon gegessen«, sagte Seth und deutete auf Jord, dessen Silhouette sich im Licht einer Lampe gegen die Zeltwand abzeichnete. »Er wollte noch etwas arbeiten.«

»Sehr gut, Seth«, erwiderte Domino und klopfte ihrem Burschen anerkennend auf die Schulter. »Wie kommst du mit deinem Unterricht voran?«

»Ganz gut, glaube ich«, antwortete Seth und blickte verlegen zu Boden, »aber ich würde lieber mit dem Schwert üben, als Buchhaltung zu lernen.«

»Bin ich ein Buchhalter?« fragte Domino. Sie nahm sich ein Stück gerösteten Fasan.

»Nein, Sir!« rief der Junge erschrocken. »Ihr seid ein richtiger ... Mann!«

»Aber ich kann lesen, schreiben und rechnen«, sagte Domino, während sie ihre fettverschmierten Finger an der Hose abwischte. »Mein Vater hat immer darauf bestanden, daß das ein wesentlicher Bestandteil meiner militärischen Ausbildung sei.«

»Werde ich auch zum Soldaten ausgebildet?« fragte Seth vorsichtig. Ein hoffnungsvoller Unterton lag in seiner Stimme.

»Vielleicht«, erwiderte Domino. »Und vielleicht werde ich dir einen Bogen und ein Pferd geben, wenn ich von Bysha und Colum höre, daß du Fortschritte machst.«

»Wirklich?« Seth grinste. »Danke, Sir. Wenn Ihr keine weiteren Wünsche mehr habt, werde ich jetzt aufräumen.«

»Weitermachen, Seth. Ich werde mich jetzt waschen und umziehen.«

Als Domino ihr Zelt betrat, hob Jord die Hand, um anzuzeigen, daß er keine Störung wünsche. Sie legte die Rüstung ab und stellte sie vors Zelt, damit Seth sie ölen konnte. Jord arbeitete noch lange weiter. Seine Geliebte schlief bereits, als er das Licht löschte und ins Bett kam.

»Domi! Domi!« Er stieß sie liebevoll an. »Wach auf, Liebling!«

»Hmmmpf«, sagte Domino und kuschelte sich in die Arme ihres Geliebten. »Bist du für heute endlich fertig? Wie lange willst du eigentlich noch an dem Ding rumwerkeln?«

Jord löste sich aus Dominos Umarmung. »Nörgel nicht, Domi. Die Schriftrolle von Gwykander ist ein verdammt altes Artefakt, das in einer archaischen Sprache geschrieben worden ist.«

»Versteh mich nicht falsch«, erwiderte Domino und drückte den Dichter erneut an sich. »Ich weiß, wie schwer deine Aufgabe ist, aber verschiedene Leute haben sich darüber beschwert, wie langsam wir vorankommen. Ich muß mich beeilen.«

»Ufff!« keuchte Jord. »Hör auf, Domino! Du brichst mir ja alle Knochen im Leib!«

Domino ließ ihn sofort los und kicherte. Jord atmete tief durch und ging zum Angriff über.

Nach ein paar Minuten sagte er plötzlich: »Ich sollte in ein paar Tagen fertig sein.«

»Jord, ich weiß zwar, wie gut du bist, aber ...« Domino errötete. »Oh ... du redest von der Schriftrolle ... vergiß sie und widme dich lieber deinem General.«

»Ihr habt meine ungeteilte Aufmerksamkeit, Sir.«

Am nächsten Morgen sprach Domino mit Rafe und teilte die Kompanie in zwei Gruppen auf.

»Wir sind in letzter Zeit etwas leichtsinnig gewesen«, erklärte sie. »Ich glaube, wir können uns bei der Verteidigung der Wagen auf das magische Volk verlassen. Deshalb werde ich nur eine kleine Streitmacht unter Chases Kommando zurücklassen. Wenn ich mich recht erinnere, hat Kerran während des Krieges auch als Festungsbauer gearbeitet.«

»Das stimmt, Sir«, erwiderte Rafe. »Er ist ein hervorragender Zimmermann ... obwohl er nicht gerne darüber spricht.«

»Sehr gut. Er soll sich ein paar Männer schnappen und vorausreiten. Sie werden dort, wo wir unser Nachtlager aufschlagen, Galgen errichten.«

»Auf diese Weise ist bereits alles für unsere Ankunft vorbereitet.« Ein wölfisches Grinsen erschien auf Rafes Gesicht. »Aber ich verstehe den Grund nicht. Es ist kein großer Aufwand, jemanden zu hängen.«

»Das ist noch nicht alles, was sie zu tun haben«, ergänzte Domino. »Man hat mir gesagt, daß ich mit unseren Hinrichtungen ›Geister‹ auf die Menschheit loslasse. Dieses Problem läßt sich nur beseitigen, indem wir die Banditen an einer Kreuzung hängen. Also ...«

»Sie sollen Kreuzungen anlegen?« fragte Rafe verblüfft. »Und wohin sollen diese führen?«

Domino nahm einen Zweig und zeichnete ein Kreuz in den Staub. »Eine Kreuzung.« Dann fügte sie einen Kreis hinzu. »Und die Straße, zu der sie führt.«

Rafe blickte nachdenklich auf die Zeichnung. »Eine Geisterfalle! Sehr gut. Ich werde Kerran sofort Anweisungen geben.«

Das hügelige Gebiet der großen Sees erwies sich als hervorragendes Jagdrevier. Es gab reichlich Rotwild, und überall weidete Milchvieh auf saftigen Weiden. Nach dem Ende des großen Krieges hatte sich auch der Tourismus weiterentwickelt. Banditen schätzten diesen Landstrich nicht nur wegen seines aufkommenden Wohlstandes, sondern auch wegen der unendlich vielen Versteckmöglichkeiten.

Die beiden Kommandeure rieten ihren Soldaten, wie Männer auf der Flucht zu denken ... das fiel den Kriegern nicht sonderlich schwer, denn während des Krieges waren die meisten von ihnen ständig auf der Flucht vor Kalarans Horden gewesen. Zwischen den einzelnen Abteilungen entwickelte sich eine Art Wettkampf. Die Soldaten, die den Wagenzug bewachen mußten, fühlten sich in dieser Hinsicht benachteiligt. Sie glichen ihren verletzten Stolz aus, indem sie auf alles mögliche wetteten – wieviel Banditen man fangen würde, welcher Delinquent als erster sein Leben aushauchte und so weiter und so weiter.

Jord kämpfte weiter mit der Schriftrolle. Seine gute Laune und lockere Art verschwand jedes Mal, wenn er sich an die Arbeit setzte. Obwohl er seine Studien beinahe beendet hatte, zeigte er keinerlei Anzeichen von Freude oder Erleichterung – ganz im Gegenteil.

»Sieh dir das mal an, Domino«, sagte er eines nachts. »Normalerweise hat man solche Artefakte immer herausgeputzt. Sombrisio zum Beispiel ist ein prächtiges Schmuckstück, und Mothanger hat dieses faszinierende Leuchten, aber die Schriftrolle ist so ... so ... einfach.«

»Einfach?« Domino deutete auf den filigranen Rahmen, der die altertümliche Schrift umgab. »Das ist nicht ... *einfach*.«

»Vielleicht ist ›einfach‹ das falsche Wort«, gestand Jord. »›Subtil‹ wäre wohl eine bessere Beschreibung. Die Macht liegt in der Schriftrolle – und andererseits auch wieder nicht. Sie steckt in den Worten, im Wissen. Sie steckt in der Komposition ... welches Wort man welchem gleichbedeutendem Wort vorgezogen hat, welches Metrum man verwendet hat ... Diese Worte spiegeln die Ängste und Träume eines längst vergessenen Schreibers. Weißt du, Domi ... manchmal werde ich von ihnen regelrecht überwältigt.«

Domino drückte seine Hand. »Du bist ein Dichter und schwebst in höheren Sphären als ich. Ich bin zwar nur ein einfacher Soldat, aber ich glaube, ich weiß, wovon du sprichst. Paß nur gut auf die Schriftrolle auf, bis wir am See sind. Das ist alles, was ich von dir verlange.«

Sie nahm ihren Geliebten in den Arm. »Ich muß jetzt gehen. Willst du nicht mitkommen und dir die Hinrichtung ansehen? Kerran hat sich diesmal besonders viel Mühe gegeben. Seine ›Kreuzung‹ ist einfach wunderbar. Außerdem glaube ich, du könntest etwas Ablenkung vertragen. Du hast in letzter Zeit viel zu hart gearbeitet.«

»Du bist zu gut zu mir, Domino«, erwiderte Jord und steckte die Schriftrolle in einen metallenen Zylinder. »Ich könnte wirklich eine Pause vertragen.«

»Dann los. Sie werden nicht ohne mich anfangen. Trotzdem sollten wir uns beeilen.« Domino zerzauste das Haar ihres Geliebten. »Es ist schön, daß du mitkommst. Es tut mir nur leid, daß ich deine Hand nicht halten kann, während ich im Dienst bin.«

»Ich werde mir einen Ausgleich für später ausdenken.« Jord lächelte schelmisch.

Zwei Nächte und zwei Dutzend Hinrichtungen später, ruhte sich Domino aus, während Jord an der Schriftrolle arbeitete. Am frühen Abend hatte Domino mit ihren Offizieren in der Geisterfalle gegessen – Trost für Kerran und seine Truppe, denn man hatte an diesem Tag keine Banditen gefunden.

»Kerran hätte sich beinahe umgebracht«, bemerkte sie schläfrig. »Es hat mir so leid getan, daß ich ihm keine Räuber bringen konnte. Seine Leute haben sich heute besonders viel Mühe gegeben. Die Geisterfalle bestand vollkommen aus Stein. Sie hatten sogar prächtige Säulen errichtet, die man als Galgen verwenden konnte.«

»Ich fand es besonders hübsch, als sie die Strohpuppen angezündet haben, damit wir Licht beim Essen hatten«, sagte Jord, ohne von seiner Arbeit aufzublikken.

»Hübsch und irgendwie gruselig«, ergänzte Domino. »Warum machst du so ein mürrisches Gesicht? Wenn das so weitergeht, bekommst du noch Falten.«

Anstatt über ihren Scherz zu lachen, winkte Jord seine Geliebte zu sich.

»Sieh dir das bitte einmal an, Domino. Du mußt meinem Gedächtnis auf die Sprünge helfen ... obwohl keiner von uns die Nacht vergessen wird, in der Kalaran besiegt wurde.«

»Nein«, erwiderte Domino und hockte sich neben ihn. »Ich war einer von denen, die man dazu abgestellt hatte, Agonamerince zu beschützen. Während Rissa und Rango ihre magischen Spielzeuge benutzten, um Kalaran seiner Macht zu berauben, kam ich mir ziemlich nutzlos vor. Ich möchte nicht schlecht über Prinz Rango sprechen, aber ich glaube, der Kampf wäre kürzer gewesen, wenn er mir das Schwert gegeben hätte.«

»Angeber«, schimpfte Jord. »Nachdem Kalaran besiegt war, begann Agonamerince den Exorzismus von der Schriftrolle abzulesen. Ich hatte meine Augen geschlossen, um dem Klang des antiken Thermean besser lauschen zu können. Wenn ich mich recht erinnere, hörte der alte Mann recht plötzlich auf zu reden.«

Domino nickte. »Obwohl der alte Mann unter einem unheimlichen Druck stand, hat er immer weiter gelesen. Schließlich hat Kalaran gestöhnt, mit den Augen gerollt, und dann blieb er reglos liegen. Fast schien es, als hätte er in seinen letzten Minuten gelächelt. Allerdings habe ich in diesem Augenblick mehr auf Agonamerince geachtet. Der alte Mann griff sich an die Brust, las den Text zu Ende und brach zusammen ... Herzversagen.«

»... las den Text zu Ende, hm ...« Jord zog ein nachdenkliches Gesicht. »Bist du sicher, daß er den Text zu Ende gelesen hat?«

»Nun ... Kalaran war tot. Dafür waren wohl Ring und Schwert verantwortlich. Der Exorzismus sollte seinen Geist bannen, nachdem der Körper vernichtet war ... schließlich wollten wir keinen untoten Halbgott erschaffen.« Domino lächelte. »Der Körper ist verbrannt worden. Nur der Schädel ist übrig geblieben. Man hat ihn einen Monat lang vor dem Tempel ausgestellt und ihn dann in irgendein magisches Frühwarnsystem verwandelt. Selbst wenn Agonamerince den Exorzismus nicht beendet hätte, hätte Kalarans Geist keine Zuflucht mehr gehabt.«

»Hmmm ... auch wenn du mich für verrückt hältst, ich habe ein verdammt schlechtes Gefühl bei der Sache.« Jord hielt die Schriftrolle hoch. »Am unteren Ende der Schriftrolle kann man einige Druckstellen erkennen. Sie dürften von Agonamerinces Fingern stammen und die Stelle kennzeichnen, die er zuletzt gelesen hat. Wenn die Abdrücke wirklich von dem alten Mann stammen und in dem Augenblick entstanden sind, als er den tödlichen Anfall hatte ...«

Domino sah sich das Artefakt genauer an. »Ich kann zwar kein Thermean, aber ich sehe die Abdrücke. Unterhalb der Druckstellen befinden sich noch ein paar Zeilen.«

»Würdest du die Stelle wiedererkennen, bis zu der der alte Mann gekommen ist, wenn ich dir den Text vorlese?« fragte Jord.

»Vielleicht. Versuchen wir es.«

Jord rezitierte den archaischen Text mit einer sanften, unheimlichen Stimme, die der des alten Priesters zum Verwechseln ähnlich war. Domino stand auf und schloß die Augen, um sich besser konzentrieren zu können.

»Stop«, rief sie nach einigen Minuten. »Ich kann mich genau an die Worte erinnern ... *Quatendo erbub, altonfuss dermain aaah*!«

Jord starrte verwirrt auf die Schriftrolle. »Das letzte Wort ist nicht ›*aaah*‹, Domino.«

»Aber so hat Agonamerince es gelesen«, widersprach sie. »Dann ist er zusammengebrochen. Die Worte haben sich für immer in mein Gedächtnis eingebrannt.«

»Dann sind wir in Schwierigkeiten. Wenn meine Übersetzung stimmt, hat er den Exorzismus nicht beendet.«

»Ach! Das ist doch nur eine Formalität«, beschwichtigte Domino. »Der Körper war zerstört. Wo hätte Kalaran hingehen sollen?«

»Erinnerst du dich an die Warnungen der Necrotica?« fragte Jord, während er die Schriftrolle wieder in ihrem Zylinder verstaute. »Ein toter Körper bedeutet keinen toten Geist, und Kalaran war ein Halbgott.«

»Das gefällt mir ganz und gar nicht. Wenn es stimmt, was du sagst, dann ist eine Unterwasserhöhle mit Sicherheit der falsche Platz für die Schriftrolle. Wir sollten sofort umkehren.«

»Domino!« Jord packte ihren Arm, damit sie nicht das ganze Lager weckte. »Der Geist mußte irgendwo hingehen. Da wir nichts von irgendwelchen Geistern im Palast gehört haben, müssen wir davon ausgehen, daß er einen neuen Körper gefunden hat.«

»Du glaubst, daß er von jemandem Besitz ergriffen hat?« Domino nickte zustimmend. »Aber von wem?«

Jord kaute an den Fingernägeln. »Ich bin zwar kein Schüler der magischen Künste, aber ich habe mich ausführlich mit der Necrotica über Geister unterhalten. In unserem Fall sollten ähnliche Regeln gelten.«

»Bericht, Soldat!« brüllte Domino. Sobald die Worte ihren Mund verlassen hatten, schoß ihr das Blut ins Gesicht. »Ich meine ...«

»Macht nichts, Domino.« Er drückte ihre Hand. »Vielleicht habe ich mich unklar ausgedrückt. Normalerweise können Geister nur in eine Person fahren, wenn diese krank, verletzt oder sonstwie geschwächt ist. Es gibt zwei Menschen, auf die diese Kriterien zutreffen.«

»Rissa und Rango«, sagte Domino. »Sie waren sowohl verwundet als auch geschwächt. Beide wären ein geeignetes Gefäß für Kalarans Geist gewesen ...«

»Rango hat sich in letzter Zeit recht merkwürdig benommen«, erklärte Jord. »Er hat jeden von uns mit diesen Kleinmagiern losgeschickt, um die Artefakte, die Kalaran vernichtet haben, in alle Winde zu verstreuen.«

»Und was ist mit all den unnatürlichen Phänomenen?« fragte Domino. »Aber andererseits ... wenn Rango wirklich Kalaran ist, dann könnte er selbst die Ursache dafür sein.«

»Zumindest könnte er sie verstärkt haben«, erwiderte Jord. »Wir sollten Rango nicht mehr vertrauen.«

»Ich stimme dir zu. Wir werden weiterreisen und eine falsche Schriftrolle im See deponieren, damit wir auf jede Möglichkeit vorbereitet sind«, erklärte Domino. Die Entscheidung, ihrem Lehnsherrn zu mißtrauen, war ihr äußerst schwergefallen. »Falls wir uns irren, können wir uns ja bei Rango entschuldigen.«

»Und wenn er wirklich nur Rango ist«, sagte Jord lächelnd, »wird er dir verzeihen und einen Orden an die Brust heften.«

»Ich glaube nicht, daß das Rissa gefallen würde«, antwortete Domino. »Vielleicht könnte der Prinz jemand anderen damit beauftragen.«

»Ich melde mich freiwillig.« Jord grinste schelmisch. »Doch zunächst muß ich noch ein wenig üben.«

»Oh! Du bist also für heute fertig und hast nun endlich Zeit für mich?«

Während der nächsten Woche regnete es unaufhörlich. Die Straße bestand nur noch aus Schlamm. Schließlich blieben die Planwagen stecken und konnten nicht mehr befreit werden.

»Es ist nicht mehr weit«, sagte Domino und strich sich eine Haarsträhne aus dem Gesicht. »Seht ihr nicht, wie glücklich Spite ist? Ich sollte nicht mehr länger warten. Rafe, laß die Männer ein Lager aufschlagen. Ich werde mit einer kleinen Gruppe vorausreiten.«

»Zu Befehl, Sir. Ich bitte um Erlaubnis, Euch begleiten zu dürfen.«

»Erlaubnis erteilt, alter Freund.«

Domino ritt zu dem Wagen, in dem Jord Zuflucht gesucht hatte.

»Es ist Zeit«, erklärte sie. »Gib mir die Schriftrolle.«

»Ich komme mit, Domino«, sagte er. »Mein Pferd ist gesattelt und abmarschbereit.«

Bevor Domino etwas erwidern konnte, kam Piggon herangetrottet.

»Ich werde Euch begleiten, damit ich dem Prinzen sofort den erfolgreichen Abschluß Eurer Mission melden kann.«

»Ich ...«

»Ich will auch mitkommen«, mischte sich Seth ein. »Bitte!«

Domino seufzte.

»Bleibt irgend jemand hier?« fragte sie.

»Die meisten«, sagte Bysha, die ihrem Mann gerade einen Krug Wein brachte. »Manche Leute haben noch genug Verstand, um bei diesem Sauwetter im Trockenen zu bleiben.«

Sobald sie das Lager verlassen hatten, galoppierte Spite los. Domino fühlte sich wie auf einem Boot, das vom Sturm durchgeschüttelt wurde.

»Verdammt noch mal, Spite! Du weißt genau, daß ich seekrank werde!« brüllte sie und biß die Zähne zusammen, damit ihr Mageninhalt nicht den Weg ins Freie fand.

Spite war so schnell, daß er die anderen bald hinter sich ließ. Domino hörte Jord von Ferne rufen: »Domino, die Schriftrolle!«

Der metallene Zylinder flog durch die Luft. Domino hielt sich mit einer Hand an Spites Mähne fest und fing die Schriftrolle mit der anderen auf. Der grüne Hengst sprang ohne anzuhalten ins eiskalte Wasser des Sees. Domino schaffte es gerade noch rechtzeitig, die Schriftrolle zu verstauen, bevor die Wellen über ihrem Kopf zusammenschlugen.

Das Wasser schmeckte nach Forelle. Domino war dankbar für Spites Fähigkeit, sie Unterwasser atmen zu lassen. Bei ihrem ersten Tauchgang hatte sie einen magischen Dreizack mitgeführt, der dieselbe Fähigkeit besessen hatte. Domino fühlte sich wie ein Fisch. Sie sah und hörte so deutlich wie an der Oberfläche.

Spite lachte, während sie sich dem Grund des Sees näherten ... es war kein Schnaufen oder irgendein anderes tierisches Geräusch, sondern ein *menschliches* Lachen. Domino hielt sich weiter an der schaumweißen Mähne fest. Erschrocken bemerkte sie, wie die Gestalt zwischen ihren Beinen sich veränderte. Als sie endlich den Grund des Sees erreicht hatten, saß Domino auf der Hüfte eines menschenähnlichen Wesens.

Sie löste ihren Griff und trat einen Schritt zurück, um das Wesen genauer zu betrachten. Die meergrüne Haut und die weißen Haare waren noch immer vorhanden ... Domino riß erstaunt den Mund auf. Vor ihr stand eine elegante, nackte Meereselfe.

»Du ... Spite, du bist ein Mädchen!«

Spite lächelte ein strahlendweißes Lächeln. »Stimmt.«

»Aber du warst ein Hengst.« Domino spürte, wie ihr Röte ins Gesicht stieg. »Ich meine ... ich habe nachgesehen.«

Spite schnaubte. »Glaubst du, du seist die einzige, die sich als Mann verkleiden kann? Ständige Verwandlung ist ein wesentliches Merkmal des Wassers und seiner Kreaturen. Aber du hast dich mit wichtigerem zu beschäftigen, als mit dem, was sich zwischen meinen Beinen befindet.«

»Du hast recht«, sagte Domino und zog die Schriftrolle aus ihrem Hemd. »Ich muß das hier in seine Höhle bringen.«

Spite blickte sie mit pupillenlosen Augen an. »Die Höhle ist bewacht, Domino.«

»Ja, natürlich. Das war sie beim letzten Mal auch.«

»Hast du dich nicht gewundert, daß der Wächter damals so schnell aufgegeben hat?« fragte Spite verärgert und spielte mit einer Haarlocke. Ihre zarten Finger erinnerten Domino irgendwie an Pferdehufe.

»Nein«, erwiderte sie. »Ich bin einfach runtergegangen und hab' mir den Weg freigekämpft ... mit dem magischen Dreizack, den die Zwerge nur für diese Gelegenheit angefertigt haben. Trotz des Zaubers, der mich Unterwasser atmen ließ, hatte ich wahnsinnige Kopfschmerzen und habe nur rote Flecken gesehen. Doch ich habe mich wie ein echter Held verhalten und den Wächter besiegt.«

»Und du hattest einen süßen Hintern und eine knackige Figur«, sagte Spite. »Mama fand dich damals ziemlich niedlich, aber jetzt ist sie sauer. Sie hat herausgefunden, daß du sie hinters Licht geführt hast.«

»Ich?« stotterte Domino. »Ich wollte nicht ...«

»Das ist egal«, unterbrach Spite. »Letztes Mal ist die Hydra geflohen, nachdem sie ein Scheingefecht mit dir ausgefochten hat. Und dann hast du auch noch ein magisches Roß gefunden, das in einem Kristall gefangen war. Du hast es befreit, und das Tier hat dich und deine Beute an die Oberfläche getragen.«

»Kristall«, murmelte Domino. »Es war Eis, und es ist einfach geschmolzen.«

»Sag das deinem Liebhaber«, erwiderte Spite. »Ich zitiere nur das offizielle Epos. Letztes Mal war es einfach, doch diesmal wirst du kämpfen müssen.«

»Großartig!« Domino betrachtete die Schriftrolle. Vielleicht sollte sie das gefälschte Artefakt einfach fallenlassen. »Bist du noch immer auf meiner Seite, Spite?«

Die Elfe breitete die anmutigen Arme aus. »Natürlich, Domino ... sonst wärst du schon längst ertrunken.«

»Gut.« Domino kreuzte die Beine und sank langsam auf den Grund. »Beim letzten Mal sah es ungefähr so aus.«

Sie nahm eine Muschel und zeichnete ein Diagramm in den Sand.

»Der Grund ist hier etwas abgefallen und hat sich zu einem Kanal verengt. Die Höhle lag an diesem Kanal. Dort wird der Wächter sein. Damals konnte ich ihn vertreiben.«

»Du hast ihn mit deinem magischen Dreizack angegriffen, er hat ein paar Treffer eingesteckt und sich dann zurückgezogen. Stimmt's?«

»Das Ding hatte sieben Köpfe«, protestierte Domino. »Es hat mehr als nur ›ein paar Treffer‹ eingesteckt. Außerdem hätte es mich beinahe verletzt.«

»Vergiß es, General«, schnaubte Spite. »Diesmal wirst du es nicht mit einem Anfänger zu tun haben. Die Seehexe meint es ernst ... sie hat eine Feuerhydra auf dich angesetzt.«

»Feuer?« fragte Domino zweifelnd. »Im Wasser? Ist dir nicht bekannt, daß Feuer und Wasser sich nicht vertragen?«

»Ich habe auch gehört, daß man Feuer am besten mit Feuer bekämpft«, erwiderte Spite. »Und das ist das Blödeste, was ich je gehört habe. Auf diese Art und Weise bekommst du nur noch mehr Feuer.«

»Na gut. Ich gebe zu, daß Dummheit manchmal siegt. Aber selbst mit deiner Hilfe glaube ich nicht, daß ich einen siebenköpfigen, feuerspeienden Drachen besiegen kann.«

»Hydra«, korrigierte Spite. »Die sind schlimmer. Wenn du einer Hydra den Kopf abschlägst, wächst er wieder nach ... es sei denn, du brennst den Stumpf aus. Du hast nicht zufällig den Dreizack bei dir, oder?«

»Irgendwie schon«, sagte Domino. »Ich habe ihn damals hier zurückgelassen. Nachdem ich ihn auf den Wächter schleuderte, konnte ich nicht mehr atmen. Ich habe die Schriftrolle gepackt und bin so schnell geschwommen, wie ich konnte.«

»Dann ist er wahrscheinlich immer noch in der Höhle«, erklärte Spite. »Mama ist unglaublich schlampig. Nun denn ... ich habe einen Plan.«

»Hey, Hydra!« brüllte Spite. »Du hast siebenfachen Mundgeruch!«

Domino hockte in ihrem Versteck neben dem Höhleneingang und schüttelte mißbilligend den Kopf. Spite war offensichtlich ebenso unsensibel wie ihre elfischen Verwandten an der Oberfläche. Trotzdem schien ihr Plan zu funktionieren. Ein gigantischer Schatten schwamm aus der Grotte. Das Wasser in seiner Nähe erwärmte sich. Domino nahm einen schwefeligen Geruch wahr.

Die Hydra stürmte aus dem Kanal und zog eine Wolke von Blasen hinter sich her. Domino konnte kurz die drachenhaften Köpfe sehen. Das Wesen besaß schuppige Haut und einen schleimigen Fischschwanz.

Domino tauchte in den Kanal. Ihr wurde schlecht. Die ungewohnte Fortbewegungsart ließ bunte Flecken vor ihren Augen tanzen, und beinahe hätte sie den Eingang der Höhle verpaßt. Sie schwamm ein Stück zurück und duckte sich in eine korallenbewachsene Nische. Kleine weiße Tentakel schossen aus der lebenden Wand und griffen nach ihr.

Domino überkam ein Gefühl von Klaustrophobie. Sie wollte der unheimlichen Umgebung entfliehen, solange sie noch die Gelegenheit dazu hatte. Ihr Atem wurde schwächer, und Wasser drang in ihre Lungen. Zitternd verstaute sie die Schriftrolle in einer kleinen Öffnung, die gerade groß genug war, um den Zylinder aufzunehmen.

Als Domino sich umdrehte, um aus der Höhle zu entkommen, trat sie auf einen rundlichen Gegenstand. Er sah wie ein überwucherter Besen aus. Dort, wo ihr Fuß das Ding berührt hatte, waren die Korallen abgesprungen, und ein blasses rotes Licht strömte aus der Öffnung.

Domino geriet in Panik ... Angst vor dem, was sie verfolgen könnte. Trotzdem bückte sie sich, um den Gegenstand aufzuheben. Es war ihr Dreizack. Domino befreite die magische Waffe mit drei kräftigen

Schlägen aus ihrem lebenden Gefängnis. Mit jedem Schlag wurde das rötliche Licht intensiver und erhellte bald den ganzen Höhleneingang. Domino konnte wieder frei atmen.

Irgend etwas hatte versucht, ihr Angst einzujagen … und es hatte sein Ziel fast erreicht. Doch nun war Domino wieder Herr ihrer Gefühle und besaß eine Waffe, die für dieses nasse Element geschaffen worden war. Sie fletschte die Zähne und schwamm zurück in den Kanal.

Nachdem Domino den Kanal verlassen hatte, bot sich ihr ein erstaunlicher Anblick … Spite auf der Flucht vor der Hydra!

Die blaßgrüne Elfe schwamm so schnell sie konnte. Sie schlug Haken und duckte sich immer wieder, um einem Feuerstoß des Ungeheuers auszuweichen. Doch obwohl Spite die Schnelligkeit eines Lachses besaß, hatte sie auf Dauer keine Chance, dem Monster zu entkommen.

Domino bezweifelte, daß sie Spite noch rechtzeitig erreichen würde. Die Elfe wurde langsamer. Die wilde Verfolgungsjagd forderte ihren Tribut. Die Generalin konnte nur noch darauf hoffen, ihr Reittier zu rächen.

Unvermittelt griff eine unbekannte Macht in das Geschehen ein – doch keine göttliche. Ein gewaltiger Felsbrocken fiel von oben herab und nagelte den Schwanz der Hydra auf dem Boden fest. Spite schoß durchs Wasser und veränderte – sehr zu Dominos Verwunderung – erneut ihre Gestalt.

Die Elfe legte ihre menschenähnliche Form ab und verwandelte sich wieder in die vertraute Gestalt eines Pferdes … doch nur vertraut bis zur Schulter. Der Oberkörper lief zu einem Fischschwanz aus, dessen Schuppen von derselben seegrünen Farbe waren.

Domino schüttelte verwirrt den Kopf, biß die Zähne zusammen und blickte auf das Schlachtfeld. Der Sand schimmerte rötlich im Schein des Dreizacks. Der Felsbrocken, der die Hydra im Augenblick festhielt, war sicher nur ein Glückstreffer gewesen. Wenn das Monster sich wieder befreit hatte, konnten Domino und Spite nicht mehr auf Hilfe von der Oberfläche hoffen.

Obwohl das Ungeheuer sich darauf konzentrierte, seiner mißlichen Lage zu entkommen, hatte es noch immer einen Kopf übrig, um Domino zu bemerken. Ein Strahl flüssigen Feuers schoß aus dem einzelnen Kopf hervor.

Domino analysierte die Situation mit ihrem soldatischen Verstand und drückte sich mit aller Kraft von einem Felsen ab. Sie wurde zu einem menschlichen Torpedo, dessen Spitze der magische Dreizack bildete. Die Waffe traf einen der sieben Hälse des Monsters und nagelte ihn am Boden fest. Domino zog ihren Säbel, wich einem weiteren Flammenstoß aus und hieb auf den nächsten Kopf ein.

Hinter ihr stürzte sich Spite ins Kampfgetümmel. Der seegrüne Hengst trommelte mit den Vorderbeinen auf die Hydra. Die unbeschnittenen Hufe waren scharf wie Rasierklingen und hinterließen beim Aufprall blutende Wunden in der schuppigen Haut des Ungeheuers.

Das Wasser war rot ... und das nicht nur vom Licht des Dreizacks. Die Hydra erholte sich mit erstaunlicher Geschwindigkeit von ihren Verletzungen. Das Monster wußte, daß die Angreifer ihm keinen ernsthaften Schaden zufügen konnten. Es mußte nur darauf warten, bis einer der Gegner einen Fehler beging.

Domino schwang den Säbel, sprang hoch und schlug mit aller Kraft nach dem mittleren Kopf. Die

Klinge drang durch Schuppen und Fleisch, bevor sie am Knochen hängenblieb. Domino stieß nach, und der mächtige Kopf fiel zu Boden.

Die Hydra schrie vor Schmerz und Wut. Das Monster richtete zwei seiner verbliebenen sechs Köpfe auf Domino. Die Flammen verfehlten ihr Ziel, denn die Kriegerin bewegte sich mit der Geschicklichkeit eines Fischs. Statt dessen traf der Feuerstoß den Halsstumpf und machte ihn für immer unschädlich.

Spite stieß einen Freudenschrei aus, der jedoch bald zu einem verlegenen Husten wurde. Seepferd und erstaunlicherweise auch das Seemonster stellten den Kampf ein. Domino drehte sich langsam um, darauf gefaßt, einem neuen Gegner gegenüberzustehen.

Eine weibliche Gestalt stampfte über den Grund des Sees. Ihre Haut war fein und dünn – wie Seegras, das man an der Luft getrocknet hatte, um Papier herzustellen. Im Gegensatz zu Spites lebhaftem, hellem Grün besaß die sich nähernde Gestalt eine dunkelgrüne Hautfarbe. In ihrem Haar siedelte eine Vielzahl von Organismen. Trotz ihrer ungesunden Erscheinung strahlte die Frau Vitalität aus.

Domino erinnerte sich an Spites Erzählungen und dankte den Göttern, daß sie eine Frau war. Der bloße Gedanke an die Dienstleistungen, die die Seehexe von einem Mann einfordern könnte, reichten aus, um das zur Impotenz zu verdammen, was Domino gar nicht besaß.

Aus dem Augenwinkel heraus sah Domino, wie Spite erneut die Gestalt wechselte. Der obere Teil ihres/seines Körpers nahm wieder menschliche Züge an, während der untere Fisch blieb. Das Ergebnis dieser neuerlichen Verwandlung war eine klassische Meerjungfrau.

»Mama hat die Hydra entscheidend verbessert«, flüsterte Spite, nachdem sie wieder einen Mund hatte. »Ursprünglich besaß sie nur schwache, kurze Beine. Ich befürchtete schon, du seist ertrunken, als ich mich zu weit entfernt hatte, um dich mit meiner Magie zu schützen.«

Die Seehexe legte die Hand ans Ohr und formte sie zu einem Trichter. »Es ist nicht sehr höflich, so leise zu flüstern, Kind«, mahnte sie. Ihre Augen glänzten wie Perlen. »Früher hattest du bessere Manieren.«

Ohne den geringsten Kraftaufwand riß die Seehexe den Dreizack aus dem Boden und befreite die Hydra. Dann blickte sie zu Domino, die verlegen bemerkte, daß sie noch immer auf dem Rücken des Monsters stand.

»Domino Blaid«, sagte die Hexe. Sie zog das zweite ›o‹ provozierend in die Länge. »Das geht nicht.«

»Bitte?«

»Ihr kommt einfach hier herunter und greift eine meiner Kreaturen an. Das arme Ding hat doch nur seine Pflicht getan, und ihr hackt ihm den Kopf ab und brennt den Hals aus. Ihr habt es zu Tode erschreckt.«

Die Seehexe tätschelte einen der sechs Köpfe. Das riesige Tier leckte mit seiner gespaltenen Zunge über die Hand seines Frauchens. Die Szene erinnerte Domino an die heimischen Katzen ... wenn da nicht die zentimeterlangen Reißzähne gewesen wären.

»Sie hat Spite angegriffen«, erklärte Domino. »Ich hatte keine andere Wahl.«

Die Seehexe blickte die Meerjungfrau finster an. »Spite hat die Hydra ohne Grund provoziert. Sie ist zwar mächtig, aber nicht sonderlich intelligent und außerdem ein wenig jähzornig.«

Jähzorn scheint ein typisches Merkmal deiner Familie zu

sein, dachte Domino. »Egal«, erklärte sie laut. »Spite ist mein Waffenbruder. Ich stehe zu meinen Taten.«

»Ihr habt eine Menge Schwierigkeiten auf Euch genommen, um etwas vollkommen Nutzloses an einem unzugänglichen Ort zu verstecken«, bemerkte die Seehexe nachdenklich. »Wenn Ihr der Hydra keinen bleibenden Schaden zugefügt hättet, könnte ich vielleicht darüber hinwegsehen. Immerhin war es sehr amüsant.«

»Du kannst uns nicht dafür bestrafen, daß wir einen Wächter angegriffen haben, Mutter«, widersprach Spite. »Aus diesem Grund hast du die Hydra doch dorthin gestellt.«

Die Seehexe dachte einen Augenblick nach. »Eigentlich hatte ich erwartet, daß ihr nichts geschehen würde. *Das* ist der Grund, warum ich eine Hydra gewählt habe. Diese Kreatur erholt sich nicht nur besonders schnell von ihren Verletzungen, sondern sie kann sich je nach Bedarf auch neue Köpfe wachsen lassen. Ich mag es nicht, wenn man meinen Kreaturen Schmerzen zufügt. Und nun zu eurer Bestrafung ...«

»Moment!« rief Domino. »Ich glaube, ich kann die Sache ungeschehen machen. Allerdings benötige ich Eure Erlaubnis, für kurze Zeit an die Oberfläche zurückkehren zu dürfen.«

»O nein«, kicherte die Seehexe. »Glaubt Ihr, ich sei eine Art Guppy? Ihr habt Euren Auftrag erfüllt. Wenn ich Euch gehen ließe, würdet Ihr die Gelegenheit nutzen, um zu entkommen.«

»Ich bin nicht dumm«, erwiderte Domino. »Selbst wenn ich von hier entkommen würde, so reicht Eure Macht doch über diesen See hinaus. Ich würde eher sterben, als den Rest meines Lebens in Furcht vor Eurer Rache zu verbringen. Außerdem habt Ihr bereits darauf hingewiesen, daß die Schriftrolle, die ich in der Höhle versteckt habe, eine Fälschung ist. Wenn Ihr einen Boten mit dieser Nachricht nach Caltus schickt, wäre das mein sicherer Untergang. Und drittens habt Ihr Spite in Eurer Gewalt. Ich werde sie nicht im Stich lassen ... auch wenn sie mir manchmal auf die Nerven geht.«

»Was für eine hübsche Rede«, sagte die Seehexe. »Ich muß gestehen, daß Ihr meine Neugier geweckt habt. Ihr dürft gehen ... doch nur bis zu dem Boot, von dem Euch Eure Männer beobachten.«

»Es wird allerdings etwas dauern. Sie müssen erst an Land, um eine Besorgung für mich zu erledigen.«

»Ihr werdet sofort wieder zurückkehren«, befahl die Seehexe. »Eure Soldaten können es ins Wasser werfen.«

Domino wollte die Geduld der Hexe nicht unnötig strapazieren und erklärte Rafe so schnell wie möglich, worum es ging.

»Vergeßt nicht, Chase zu sagen, daß ich Pulver und Pillen brauche ... nichts Flüssiges«, sagte sie. »Ich muß wieder zurück.«

»Domino.« Jord ergriff ihre Hand. »Sei vorsichtig. Was du vorhast, ist sehr gefährlich.«

»Gefahr ist mein Beruf, Liebling«, erwiderte sie. »Ich bin nur froh, daß du in Sicherheit bist. Aber ich wäre noch glücklicher, wenn du wieder an Land gehen würdest. Wer weiß, was der Seehexe als nächstes einfällt.«

»Mein Platz ist an deiner Seite. Rafe kann mich sowieso nicht ohne meine Einwilligung zurück ans Ufer bringen. Ich war es, der das Boot gemietet hat.«

Domino akzeptierte ihre Niederlage, küßte Jords

Hand und salutierte Rafe. Während sie wieder auf den Grund des Sees sank, sah sie, wie das Boot sich aufs Ufer zubewegte.

Die Seehexe schürzte anerkennend die Lippen, als Domino sich wieder zu ihnen gesellte. Spite hatte inzwischen wieder ihre Pferdegestalt angenommen. Wahrscheinlich wollte sie es vermeiden, mit ihrer Mutter zu sprechen, und gleichzeitig für eine eventuelle Flucht vorbereitet sein.

Die Hexe holte einen Stapel Karten hervor. »Ich weiß, Ihr seid nicht Spotty Gulick, aber was haltet Ihr von einem kleinen Spielchen, um uns die Zeit zu vertreiben?«

Einige Partien Mau-Mau später schwebte ein Päckchen von der Oberfläche herab.

»Hübsches Seil«, bemerkte die Seehexe, während Domino das Paket auspackte. »Ihr wart sehr fleißig, wie ich gehört habe.«

Domino knurrte beleidigt, doch sie besaß Anstand genug, um ein Stück Seil abzuschneiden und es ihrer Gastgeberin als Geschenk anzubieten.

»Nun denn«, sagte Domino. »Würdet Ihr so freundlich sein, der Hydra diese Pillen zu verabreichen?«

»Was sind das für Pillen?« fragte die Hexe und starrte neugierig auf die kleinen, bunten Dinger in ihrer Hand.

»Hauptsächlich Mohn«, erklärte Domino. »Chase verwendet sie, um die Pferde vor einer Operation zu betäuben. Er hat mir ein halbes Dutzend für jeden Kopf gesandt.«

»Ihr wollt die Hydra doch wohl nicht operieren?« Die Seehexe riß die Augen weiter auf, als Domino für möglich gehalten hätte. Selbst Spite war über die ungewöhnliche Reaktion erstaunt.

»In einem gewissen Sinne ... ja.«

»Verrückter Mensch«, murmelte die Hexe und gab dem Monster die Pillen.

Nachdem die Hydra in einen tiefen Schlaf gesunken war, zog Domino ein schweres Henkerbeil aus dem Paket. Sie hielt die Klinge versuchsweise an ein Büschel Seegras. Die Stengel wurden sauber durchtrennt.

»Scharf«, bemerkte die Seehexe bewundernd.

»Ja«, erwiderte Domino und hieb auf den ausgebrannten Stumpf der Hydra. Der mächtige Schlag durchtrennte den Hals des Monsters kurz oberhalb des Körpers.

Die Hexe stieß einen wütenden Schrei aus. Domino klingelten die Ohren, während sie der klauenbewehrten Hand der Seehexe auswich.

»Das wird nicht nötig sein«, sagte sie und ließ die Axt fallen. »Spite, beruhige deine Mutter. Ich werde ihrer Kreatur kein Leid zufügen.«

Domino spürte eine leichte Strömung, als Spite an ihr vorbeirauschte, um ihre Mutter aufzuhalten. Die Kriegerin konzentrierte sich auf die frische Halswunde des Ungeheuers. Der Blutfluß geriet ins Stokken. Domino stand wieder auf und beobachtete erfreut, wie nicht nur einer, sondern zwei Köpfe aus dem Hals wuchsen. Sie trat einen Schritt zurück, damit die Seehexe das Ergebnis begutachten konnte.

»Bitte«, erklärte Domino stolz. »Ich habe Eure Hydra geheilt. Sie ist sogar besser als zuvor.«

»Na ja. Die Köpfe sind etwas schmächtig, und die Hälse erinnern mich eher an Aale als an Drachen. Trotzdem muß ich gestehen ... das habt Ihr gut gemacht.«

»Sind jetzt alle Unstimmigkeiten beseitigt?« fragte Domino. »Werdet Ihr mich ziehen lassen und mein kleines Geheimnis für Euch behalten?«

»Unter einer Bedingung«, sagte die Seehexe, während sie zärtlich über die kleinen Köpfe strich. »Ihr müßt Spite mitnehmen. Ich kann ihre Frechheit nicht länger ertragen.«

»Mit Freuden.«

Domino schwang sich auf Spites Rücken. Sie mußte die wandlungsfähige Elfe nicht zum Aufbruch drängen. Spite trug sie sofort an die Oberfläche. Das Boot folgte ihnen bis ans Ufer. Als sie aus dem Wasser stiegen, war Spite der gleiche stattliche Hengst wie zuvor.

Domino stieg ab und warf einen neugierigen Blick unter ihren treuen Gefährten. Kein Zweifel ... ein Hengst. Die grünen Augen des Pferdes glitzerten frech. Domino eilte zu ihren Freunden, um sie zu begrüßen.

»Es ist vollbracht«, sagte sie, hauptsächlich um Piggon zufriedenzustellen.

»Wir haben es gesehen«, erwiderte Jord. Er war etwas blaß um die Nasenspitze. »Du bist noch einmal zurückgegangen und hast der Hydra den Kopf abgeschalgen! Ein Wunder, daß die Seehexe dich nicht im selben Augenblick getötet hat.«

»Sie hat mir ihr Wort gegeben, daß ich versuchen dürfte, das Monster zu heilen«, erklärte Domino. »Einigen Wesen scheint ein Versprechen immer noch heilig zu sein.«

Rafe betrachtete derweil Spite. Auf seinem harten Gesicht lag ein Lächeln.

»Wie ich sehe, hat sie dir auch dein Pferd wiedergegeben.« Sein Grinsen wurde immer breiter. »Zum Glück haben nur wenige gesehen, was wir gesehen haben ... was für eine heiße Braut.«

Spite schnaubte wütend und scharrte mit den Hufen.

»Wenn ich an deiner Stelle wäre, würde ich nicht

darüber reden«, mahnte Domino. »Das könnte der Moral schaden. Wird die Kompanie morgen zum Aufbruch bereit sein?«

»Jawohl, Sir.«

»Gut. Sag Colum, er soll die Wagen leichter machen. Wir werden so schnell wie möglich reisen.«

»Gibt es Schwierigkeiten, Sir?«

»Nein, aber wir haben auf dem Hinweg viel Zeit verloren, die wir auf dem Rückweg wieder aufholen werden.«

»Sonst noch etwas, Sir?«

Domino blickte auf den schlammigen Boden und in den wolkenverhangenen Himmel. »Ich weiß, es ist hoffnungslos ... aber hast du ein Handtuch?«

Trotz Handtuch, heißer Milch und Tee bekam Domino eine Erkältung, so daß sie einige Tage wie in Trance ritt. Seth versorgte sie am Tag und Jord in der Nacht. Sowohl das magische Volk als auch Chase sandten Medikamente, doch sie wirkten nur langsam – hauptsächlich aufgrund von Dominos Weigerung, sich auszuruhen.

»Ich hasse Erkältungen«, sagte Domino, als Seth ihr einen Pfefferminztee reichte. »Ich fühle mich hundeelend.«

»Bleib lieber im Wagen«, schlug Jord vor. »Rafe kann für ein paar Tage das Kommando übernehmen.«

»Das soll wohl ein Scherz sein«, erwiderte Domino und nieste aus Leibeskräften. »Ich bin Domino Blaid!«

»Du bist nur verrückt. Ich weiß, daß es keinen Sinn hat, mit dir zu diskutieren, wenn du diesen Blick bekommst.«

Domino setzte ein hochmütiges Gesicht auf ... und nieste.

Als Kerran ihr am Nachmittag Bericht erstattete, war sie zu sehr damit beschäftigt, sich elend zu fühlen, als daß sie gefragt hätte, warum er zu ihr und nicht zu Rafe kam. Domino wollte Rafe nicht in Verlegenheit bringen; also wartete sie, bis Seth mit dem Tee hereinkam.

»Geh und such Rafe. Mir ist egal, wo er steckt, und wenn du ihn aus dem Bett zerren mußt.« Ihre Rede wurde durch einen ungewöhnlich heftigen Nieser unterbrochen. »Wenn du ihn nicht finden kannst, such denjenigen, der ihn zuletzt gesehen hat.«

Die Kompanie schlug bereits das Nachtlager auf, als Seth wieder zurückkehrte.

»Ich kann den Oberst nirgends finden. Er ist das letzte Mal gesehen worden, als er ins Lager des magischen Volks ritt.«

Domino versuchte nachzudenken. Das magische Volk hatte die Kompanie auch nach ihrer Abreise von den großen Seen begleitet. Es hatte sich wiederholt über die hohe Geschwindigkeit beschwert, doch Domino hatte alle Klagen abgewiesen. Sonst hatte sie mit den Leuten nur einmal zu tun gehabt: Das Großmütterchen hatte ihr Tee und Mel eine warme Decke geschickt.

Domino nippte an ihrem Pfefferminztee. »Ich muß persönlich nach ihm suchen. Kannst du mir trockene Socken und ein sauberes Gewand besorgen, Seth?«

»Zu Befehl, Sir.«

Sie bemerkte den besorgten Blick, den der Junge mit Jord teilte, doch sie schenkte ihm keine Beachtung. Im Augenblick wollte Domino sich einfach nur zurücklehnen und die wohltuende Wärme des Tees in ihrer Kehle genießen.

Als sie wieder erwachte, war es noch immer dunkel. In einer Ecke des Zeltes hockte eine Gestalt neben einer abgedunkelten Lampe. Draußen sangen die ersten Vögel, um die aufgehende Sonne zu begrüßen. Jord war nirgends zu sehen.

»Seth? Warum bist du hier, anstatt zu schlafen?« Domino setzte sich auf. Die Erkältung war auf wunderbare Weise verschwunden. »Und wo ist Jord?«

Der Junge blickte zu seiner Herrin auf. Er sah fürchterlich aus. »Er ist letzte Nacht ins Lager des magischen Volkes geritten, um sich nach Rafe zu erkundigen ... und er ist nicht zurückgekehrt. Als ich ihn suchen wollte, war das magische Volk verschwunden.«

Domino hielt sich nicht damit auf, Jord für seine Handlungen zu verfluchen. Er war Dichter und kein Soldat; also konnte man nicht erwarten, daß er Befehlen gehorchte. Auch schrie sie den Jungen nicht an. Es war seine Aufgabe, seine Herrin zu versorgen, und genau das hatte er getan.

»Hol Hauptmann Kerran und Feldwebel Colum«, befahl sie. »Sag Spite, er soll seinen grünen Arsch hierherbewegen ... du mußt ihn nicht persönlich herbringen. Erstatte mir umgehend Bericht, wenn du alles erledigt hast.«

»Jawohl, Sir!« rief der Junge und lief hinaus.

Domino legte die Rüstung an. Schmerzende Muskeln konnten sie nicht aufhalten. Kerman Blaid hatte sie darauf gedrillt, ständig bereit zu sein. Manchmal hatte sie ihn dafür gehaßt, doch jetzt war Domino dem alten Soldaten dankbar. Sie hatte einen fürchterlichen Verdacht.

»Seth«, sagte sie, als der Junge zurückkehrte, »hatte Jord den Zylinder dabei, in dem er seine Schriftrollen aufbewahrt?«

Seth kaute auf der Unterlippe, während er versuchte, sich zu erinnern.

»Ja, Sir. Ich bin mir ziemlich sicher. Ich habe ihm vorgeschlagen, ein Schwert mitzunehmen. Aber er hat nur gelacht und irgendwas gesagt von wegen ›die Feder sei mächtiger als das Schwert‹. Dabei hat er auf den Zylinder geklopft.«

Domino schnallte den Säbel um und trat aus dem Zelt, um sich mit ihren Offizieren zu besprechen. Sie wiederholte Seths Bericht in allen Details. Nur die Bedeutung von Jords Zylinder verschwieg sie.

»Ich werde sie finden. Kerran, Ihr übernehmt das Kommando über die Kompanie. Colum, Ihr werdet Euch um die Wagen kümmern ... und um Piggon.«

»Um den kleinen Bastard?« Der Quartiermeister war entsetzt. »Darf ich fragen, warum, Sir?«

»Falls das magische Volk Jord und Rafe getötet haben sollte«, erklärte Domino, »ist Piggon vielleicht mit ihnen im Bunde. Er müßte eigentlich noch schlafen. Seht zu, daß sich daran nichts ändert.«

»Zu Befehl, Sir!« Colum zog den Bauch ein und machte ein grimmiges Gesicht. Ein Quartiermeister bekam nicht oft Gelegenheit, sich bei einer gefährlichen Mission zu bewähren – jeder wußte, daß man schlafende Zauberer besser schlafen lassen sollte.

»General, wollt Ihr allein gehen?« fragte Kerran.

Wie auf ein Stichwort hin erschien Spite. Der grüne Hengst galoppierte den Hügel hinauf und trieb Nachthimmel, Taube und Rafes Pferd vor sich her. Tautropfen schimmerten auf ihren Fellen.

»Nein«, antwortete Domino. »Spite wird mich begleiten. Ich bin schneller, wenn ich allein reite.«

»Sir?« fragte eine leise Stimme aus Richtung Zelt. »Darf ich Euch begleiten? Ich könnte auf die Pferde aufpassen.«

Seth hatte die Zeltplane so fest umklammert, daß die Knöchel weiß hervortraten. Seine ganze Körperhaltung zeigte, daß er mit einer Ablehnung rechnete.

»Ich bemitleide den Pferdedieb, der versuchen sollte, eines dieser Tiere zu stehlen«, sagte Domino. »Trotzdem ... nein, Seth.«

»Zu Befehl, Sir.« Seth versteifte sich. »Kann ich mal mit Euch reden, Sir? Unter vier Augen?«

Obwohl Domino es eilig hatte, folgte sie dem Jungen ins Zelt.

»General«, bettelte Seth. »Ich sollte Euch begleiten. Ihr werdet mich brauchen. Ich verspreche, ich werde mich nützlich machen.«

»Seth, hör mal.« Domino versuchte, nicht allzu herablassend zu klingen. »Ich muß jetzt gehen.«

Der Junge atmete tief durch. »Ich habe Euch belauscht, als das Großmütterchen Eure Zukunft vorhergesagt hat. Ich habe mich in der Dunkelheit außerhalb des Lagers versteckt. Sie sagte, Kalarans Magier konnten Eure Bewegungen nicht vorhersagen, weil Ihr eine Frau wart und kein Mann. Seid mir bitte nicht böse, Sir, aber ich bin ein Mädchen.«

Domino fragte sich, ob überhaupt jemand dem Geschlecht entsprach, das er nach außen zur Schau stellte. Seth hatte gute Gründe gehabt zu verschweigen, daß sie ein Mädchen war, als Domino sie aus den Ruinen ihres Dorfes rettete. Und es war ebenso offensichtlich, warum sie sich als Junge verkleidet hatte, solange Rangos und Kalarans Armeen durch die Lande zogen. Domino beschloß, sich mit dem nächstliegenden Problem zu beschäftigen.

»Willst du weiter ein Junge bleiben?«

»Ja, Sir. Jedenfalls im Augenblick.« Seth straffte ihre/seine Schulter. »Darf ich Euch begleiten?«

»Ich gebe auf«, sagte Domino. »Aber halt dich aus den Kämpfen raus. Dein einziger Schutz ist, daß niemand mit dir rechnet.«

»Zu Befehl, Sir!« Seth bemühte sich redlich, nicht vor Freude in die Luft zu springen. »Ich bin bereit.«

Die Spur des magischen Volks war schnell gefunden. Spite war so schnell, daß sie das feindliche Lager schneller erreichen würden, als geplant.

»Langsamer«, zischte Domino. »Diese Mission ist zu wichtig, als daß wir uns deine Prahlereien leisten könnten. Nicht nur das Leben von Jord und Rafe steht auf dem Spiel, sondern auch die Schriftrolle von Gwykander.«

Spite gehorchte. Domino mußte ihn nicht mehr ermahnen. Sie wußte, daß ihr Reittier Mächte erkennen konnte, die für sie unsichtbar waren. Bei Einbruch der Nacht wies ihnen ein Lichtschein am Horizont den Weg zum magischen Volk. Das Lager lag ein Stück von der Hauptstraße entfernt in einer kleinen Mulde. Domino kletterte auf einen kleinen, baumbestandenen Hügel und blickte durch ihr Fernglas.

»Sie haben eine Wagenburg gebildet und ein großes Feuer in der Mitte entzündet. Von hier aus kann ich nicht feststellen, wo sie Jord und Rafe gefangenhalten. Zumindest kocht man sie nicht zum Abendessen.«

»Ich werde runtergehen und nachsehen«, sagte Seth. »Sie erwarten nur Euch.«

Zögernd stimmte Domino zu, und Seth verschwand in der Dunkelheit. Die nächtliche Stille wurde nur von Zeit zu Zeit durch das Schnauben der Pferde unterbrochen. Über eine Stunde verging, ohne daß etwas Besonderes im Lager des magischen Volkes geschah.

Als Seth wieder zurückkehrte, blitzten ihre Augen ungewohnt wild. Sie stand stramm und salutierte.

»Ich habe sie gefunden, Sir. Sie leben.« Seth machte eine kurze Pause, um wieder zu Atem zu kommen.

»Aber ich konnte nicht mit ihnen sprechen. Sie liegen gefesselt in einem von Mels Zelten.«

»Trug Jord ... seine Schriftrollen bei sich?« fragte Domino. Sie war bemüht, so gleichgültig wie möglich zu klingen.

»Nein, Sir«, erwiderte Seth und errötete ein wenig. »Man hat sie bis auf die Unterwäsche ausgezogen. Sie haben weder Waffen noch irgend etwas anderes.«

Domino befreite ein Stück Erde vom Gras. »Zeig mir, wie das Lager aufgebaut ist ... in allen Details.«

Seth hockte sich auf den Boden und zückte ihren Dolch.

»Das Lager ist in zwei Kreise aufgeteilt. Die Wagen stehen dicht beieinander. Dazwischen hat man Seile gespannt, und es gibt Wachen ... nicht nur Menschen.«

»Das ist nicht gut.«

»Es gibt auch magische Sicherungen. Sie stammen wahrscheinlich von Mel, und sie sind gefährlich. Ich habe beobachtet, wie ein Rabe in eine solche magische Falle getappt ist und anschließend eine Schleimspur hinter sich hergezogen hat.«

»Das ist nicht gut.«

»Ich glaube jedoch nicht, daß jeder im Lager mit dem Verlauf der Ereignisse einverstanden ist. Ich habe eine Gruppe von Leuten bemerkt, die offensichtlich verärgert waren.«

Dominos Gesicht hellte sich auf.

»Aber sie scheinen Angst vor ihren Führern zu haben ... vor Mel, dem Großmütterchen und der Necrotica. Sie fürchten, bestraft oder bei der Verteilung der Beute benachteiligt zu werden. Wir können keine Hilfe von ihnen erwarten.«

»Das ist nicht gut.«

»Zunächst habe ich es nicht bemerkt ... Sie haben

ihr Lager neben einer unserer Geisterfallen aufgeschlagen. Vielleicht ist es ja nur Zufall; aber ich habe vor ein paar Tagen gehört, wie ein Späher Oberst Rafe berichtete, daß unsere Geisterfallen beschädigt worden seien.«

»Das ist nicht gut.«

Domino kaute auf ihren Fingernägeln und dachte nach. Einige Minuten später wandte sie sich an Seth.

»Wir müssen noch heute nacht handeln. Sie rechnen noch mit keinem Angriff. Zuerst müssen wir die Gefangenen befreien, dann die Schriftrolle finden. Oder falls uns das nicht gelingen sollte …« Domino schluckte. »… müssen wir sie zerstören. Und dann werden wir das magische Volk seiner gerechten Strafe zuführen.«

Seth nickte. Sie war stolz, auf dieser Mission an der Seite ihrer Herrin zu stehen.

Domino blickte ihrer Dienerin fest in die Augen. »Du wirst Jord und Rafe befreien und dich anschließend um die Schriftrolle kümmern. Ich werde mitten ins Lager reiten und das magische Volk von deinen Aktionen ablenken.«

»Oh!.« Seth zuckte unwillkürlich zusammen. »Ich kann es schaffen … glaube ich.«

»Du *mußt* es schaffen«, betonte Domino. »Du bist wie geschaffen für diese Aufgabe. Wenn ich mich auf den Weg gemacht habe, wirst du die Pferde verstekken. Sobald du die Männer und die Schriftrolle in Sicherheit gebracht hast … macht, daß ihr wegkommt.«

»Was ist mit Euch, Sir.«

»Ich habe Spite«, erwiderte Domino. »Ich mach' ein bißchen Lärm und bin sofort wieder weg. Wir werden euch schon einholen.«

Das irritierte Blöken eines Kamels zeigte Domino, daß sie nicht mehr weit vom Lager des magischen Volkes entfernt waren.

»Jetzt«, flüsterte Domino heiser. »Viel Glück, Seth.«

»Danke, Sir. Auch Euch viel Glück.«

Nachdem Seth in der Dunkelheit verschwunden war, trieb Domino Spite an.

»Vorwärts, Pferd. Das Kind verläßt sich auf uns ... ein Kind, zwei Männer und ... das gesamte Königreich.« Domino strich über ihr Haar. »Warum hat mein Vater nur gewollt, daß ich Soldat werde?«

Spite wackelte mit einem Ohr. Offensichtlich war er zu sehr darauf konzentriert, möglichst elegant zu galoppieren, als daß er noch genug Energie für ein verächtliches Schnauben übrig hatte. Mähne und Schweif leuchteten im blassen Mondlicht, und die Sterne spiegelten sich in den Hufen. Trotz ihrer Sorgen gönnte sich Domino einen Augenblick des Staunens über die überirdische Schönheit des Hengstes.

Aufgrund von Seths Beschreibungen bereitete es Domino keine Schwierigkeiten, die magischen Fallen zu finden. Sie schimmerten wie Schlangenspuren im Licht der Morgensonne. Spite wurde etwas langsamer, trabte zwischen zwei Planwagen hindurch und sprang über die magischen Sperren, als existierten sie nicht.

Als sie die Mitte des Lagers erreichten, verwandelten sich die Schatten, die sie von Ferne beobachtet hatten, in reale Wesen – Männer und Frauen, Kobolde, Katzen, Hunde und Kamele. Domino widerstand der Versuchung, in Richtung des Gefangenenzelts zu blikken. Statt dessen straffte sie die Schultern und setzte ein hochmütiges Gesicht auf.

Die Menge verstummte, und zwei bekannte Gestalten kamen streitend auf Domino zu.

»Sie hätte noch gar nicht wach sein dürfen!«

»Natürlich nicht! Die Erkältung und mein Tee hätten sie noch für ein paar Tage flachlegen sollen.«

»Du und dein Tee! Meine verzauberte Decke hätte sie vom Schlaf abgehalten, so daß sie zu keinem vernünftigen Gedanken mehr fähig gewesen wäre.«

»Nein, nein, nein. Ich hab's dir immer wieder gesagt ... Tee ist die bessere Magie. Deshalb habe ich ihr einen Pfefferminz- *und* einen Hagebuttentee geschickt.«

»Das hättest du nicht tun dürfen! Meine Decke war Zauber genug.«

»Nein. Wir waren uns einig, daß sie eine typische Teetrinkerin ist. Also würde sie eher Tee trinken, als sich in eine häßliche Decke zu wickeln.«

»Häßlich!«

Das Großmütterchen und Mel warfen sich die unterschiedlichsten Schimpfnamen an den Kopf. Domino unterdrückte ein Lachen.

»Diesmal habt ihr euch selbst übertroffen«, sagte sie.

Die beiden Streithähne beendeten ihre Diskussion und blickten verlegen zu Boden.

»Ihr habt euch wirklich selbst übertroffen«, wiederholte Domino. »Einzeln hätten mich eure Zauber fertiggemacht, doch zusammen haben sie mich geheilt ... und jetzt werdet ihr euch mit mir auseinandersetzen müssen.«

»O ja, das werden wir«, erscholl eine rauhe Stimme aus der Dunkelheit. »Diese Idioten haben Euch eher auf unsere Fährte geführt, als ich geplant hatte. Egal ... ich habe genug Macht, um mit Euch fertigzuwerden.«

Die Necrotica erschien neben dem Feuer. Ihr kantiger Schädel wurde von grauen, fettigen Haaren eingerahmt. Die spitzen Ohren – Kennzeichen elfischer Schönheit und Eleganz – wirkten wie Teufelshörner.

Domino hatte einen Frosch im Hals.

»Hallo, Necrotica«, sagte sie und versuchte, ihre Stimme unter Kontrolle zu bringen. »Was für eine Überraschung.«

»Stimmt«, erwiderte die Elfe, »aber für dich, Domino.«

»General Blaid«, korrigierte die Angesprochene. »Ich kann mich nicht erinnern, Euch das ›Du‹ angeboten zu haben.«

»Wie Ihr wollt.« Die Necrotica zuckte mit den Schultern. »Mir ist egal, wie Ihr genannt werden wollt. Es interessiert mich nur, wie Ihr sterben werdet.«

»Ich werde nicht sterben«, entgegnete Domino und stieß Spite die Fersen in die Flanken.

Der Hengst reagierte nicht.

»Ich hoffe, Ihr hattet nicht die Absicht, von hier wegzureiten.« Die Necrotica kicherte böse. »Ich befürchte nämlich, Euer merkwürdiges Pferd hat sich ins Reich der Träume begeben. Warum steigt Ihr nicht ab und geht zu Fuß?«

Domino beabsichtigte, auf Spites Rücken zu bleiben, doch zu ihrem Entsetzen stieg sie bereits ab.

»Sehr schön, General Blaid«, flötete die Necrotica. »Folgt mir zum Galgenbaum. Ich möchte Euch ein paar Freunde vorstellen.«

Domino schlurfte in Richtung Geisterfalle. Sie versuchte unauffällig, ihre Finger, Zehen und andere Gliedmaßen zu bewegen – ohne Erfolg. Ihr Körper gehorchte nicht mehr ihren Befehlen.

»Gebt auf, General«, kicherte die Necrotica. »Ihr könnt noch nicht einmal mit den Ohren wackeln, wenn ich es nicht will.«

»Ich kann sowieso nicht mit den Ohren wackeln«,

erwiderte Domino trotzig. »Aber ich kann immer noch sprechen.«

»Das weiß ich.« Die Necrotica grinste verschlagen. »Ich will hören, wie Ihr um Gnade winselt und Euch die Seele aus dem Leib schreit. Deshalb habe ich Euch die Stimme gelassen.«

Während sie auf den Galgenbaum zugingen, dachte Domino, daß es einen entscheidenden Vorteil hatte, wenn der eigene Körper von jemand anderem kontrolliert wurde … Niemand konnte sehen, wie sie vor Angst schlotterte. Mel und die alte Hexe fesselten Dominos Hände. Offensichtlich vertrauten sie der Macht der Necrotica nicht.

»Wie lange dachtet Ihr, daß wir uns mit den Abfällen Eurer Soldaten zufriedengeben?« zischte die Elfe. »Wir mußten Kräuter und Lebensmittel eintauschen, um an die grundlegenden Werkzeuge unseres Berufs zu gelangen. Das ist eine unangemessene Einschränkung der wirtschaftlichen Entwicklung und nicht im Sinne der Politik Prinz Rangos. Trotzdem wart Ihr sehr nützlich für uns, General Blaid, und Ihr werdet uns noch viel mehr nützen.«

Sie breitete die Arme aus. Erstaunt beobachtete Domino, wie die Necrotica einen merkwürdigen Gesang anstimmte. Ihre Lippen formten sich zu einem ›O‹, und ein Geräusch, das an rollige Katzen erinnerte, verließ ihren Mund. Die Umstehenden zuckten zusammen und hielten die Hände vor die Ohren. Domino konnte sich diesen Luxus nicht erlauben. Statt dessen starrte sie mit Entsetzen und Faszination auf den weißen Rauch, der aus dem Mund der Zauberin strömte.

Der Qualm formte sich zu einer elastischen Masse, die sich bald in menschliche Gestalten verwandelte. Die Wesen waren zunächst nicht größer als ein

Strohhalm, doch während sie um die ausgestreckten Arme der Necrotica kreisten, nahmen sie schnell an Größe zu.

Domino erkannte einige der Gesichter und schlampigen Uniformen. Sie gehörten den Banditen, die sie aufgehangen hatte.

Die Necrotica formte das Ektoplasma zu einer Henkersschlinge und warf sie über den Galgen.

»Wir werden Euch aufhängen, General«, bemerkte die Zauberin unnötigerweise. »Und dann werde ich Euren Körper kontrollieren. Eure Seele ist vollkommen nutzlos für mich, doch einige meiner Gefährten haben mir bereits etwas dafür geboten ... und für die des Oberst und Eures Liebhabers.«

»Ich bekomme das Pferd«, unterbrach Mel.

Domino erschauerte, als die Schlinge um ihren Hals gelegt wurde. Kleine, kalte Hände streichelten über ihren Kopf. Unter dem Befehl der Necrotica stiegen Dominos Füße Stufen hinauf, die Kerran gebaut hatte. In wenigen Sekunden würde sie an ihrem eigenen Galgen baumeln.

Sie fragte sich, was Jord zu dieser poetischen Gerechtigkeit sagen würde.

»General Blaid!« schrie eine hohe Stimme.

Im selben Augenblick drang ein gefiederter Pfeil in den Hals der Necrotica, und die Elfe brach zusammen.

»Domi!«

Jord stürmte aus der Dunkelheit. Ein schäbiger Hexer und eine ebenso schäbige Katze versperrten ihm den Weg. Aus den Augenwinkeln beobachtete Domino, wie Rafe sich einen Weg zu seiner Vorgesetzten bahnte, doch beeinträchtigte es ihn eindeutig, daß er zu Fuß kämpfen mußte. Ein Pfeilhagel ließ vermuten, daß auch Seth nicht weit entfernt war.

Als die Necrotica zu Boden sank, erhielt Domino die

Kontrolle über ihren Körper zurück. Doch sie war nach wie vor gefesselt und hatte keine Möglichkeit, in den Kampf einzugreifen. Außerdem lag die ektoplasmische Schlinge noch um ihren Hals. Domino spürte, wie sie immer enger wurde. Die eiskalten Finger trommelten einen letzten Tattoo auf ihrer Kehle. Falls der Zauber nicht bald gebrochen wurde, würde Domino von einem Seil erwürgt werden, das sie selbst geknüpft hatte – egal ob jemand ihr den Boden unter den Füßen wegzog oder nicht.

Der Gedanke an diesen schmachvollen Tod nagte an Domino, und sie richtete ihre ganze Kraft und ihren ganzen Haß auf den Körper der Necrotica. Der Sieg war so nah gewesen. Doch jetzt würde sie sterben … genau wie ihre Soldaten, und niemand würde Kalaran aufhalten.

Bunte Flecken erschienen vor Dominos Augen, als kalte Hände ihr die Luft abdrückten. Das Blut pochte in ihren Ohren und überdeckte den Lärm des Kampfes, der um sie herum tobte. Domino wußte, daß der Tod nahe war … und dann begannen die Halluzinationen. Die Leiche der Necrotica erhob sich vom Boden. Der Pfeil steckte noch immer in ihrer Kehle, doch ihre Augen strahlten heller als zuvor. Sie streckte ihre klauenbewehrten Hände aus.

»Wenn man bereits tot ist, ist der Tod nur eine beiläufige Unannehmlichkeit«, keuchte die Necrotica. »Aber das werdet Ihr bald selbst herausfinden, General Blaid.«

Die Zauberin schwankte auf Domino zu. Offensichtlich wollte sie nicht warten, bis die eiskalten Hände ihre Beute erlegt hatten. Domino atmete tief durch. Sie spannte die Nackenmuskeln und sprang auf ihren Peiniger zu. Das ektoplasmische Seil fing ihren Sprung ab, doch Domino war zu hartnäckig, als daß die Geister ihr Genick brechen konnten. Sie pendelte zurück und stieß gegen *ein Hindernis,* – einen Menschen, vermutete sie, denn das Ding schrie, als es von ihren Stiefeln getroffen wurde. Domino drückte sich ab und schwang erneut auf die Necrotica zu.

Diesmal traf sie die Zauberin. Der rechte Fuß trieb den Pfeil tiefer in den Hals des untoten Monsters, während der linke das Nasenbein der Necrotica zertrümmerte.

Plötzlich waren Dominos Hände frei. Sie hob die tauben Arme – eine Kraftanstrengung, zu der nur ein Mensch im Angesicht des Todes fähig ist. Domino packte das Seil oberhalb des Knotens und zog.

Sie atmete leichter. Der Druck der Geisterhände ließ nach. Doch ihre Folter war noch nicht beendet. Die eiskalten Finger versuchten, Dominos Griff zu lockern. Winzige Geisterzähne nagten an ihren Knöcheln.

Blut lief ihr den Arm hinunter, aber Domino blieb standhaft. Sie kletterte weiter an dem geisterhaften Seil hinauf und erreichte schließlich den untersten Ast des Galgenbaums. Ihre selbstsicheren Gegner hatten sie nicht entwaffnet. Domino zog ihr Jagdmesser und hieb auf den Strick ein. Zunächst zeigte der Angriff keine Wirkung, doch dann rieselten kleine Geisterkörper auf den Boden. Domino machte ihren ersten freien Atemzug seit einer Ewigkeit und blickte hinab, um festzustellen, wie sie ihren Freunden helfen konnte.

Der Anblick ihrer Männer erfüllte sie mit Stolz. Jord hielt einen seiner Zylinder wie einen Zweihänder und schlug auf einen Feld- und Wiesenmagier ein, der versuchte, die Attacke mit seinem Stab zu parieren. Jord war flink genug, um der Waffe seines Gegners auszuweichen. Er machte das Beste aus seiner Situation.

Rafe hatte irgendwo ein Kamel aufgetrieben. Er

hieb von oben herab auf alles ein, was ihm in den Weg kam. Seth hatte das Bogenschießen aufgegeben. Sie sprang zwischen den Wagen herum und beseitigte die Fallstricke.

Einige Mitglieder des magischen Volks hatten offensichtlich die Seiten gewechselt, doch nach einer kurzen Analyse war sich Domino nicht mehr sicher, ob das mit Absicht geschehen war. Ein schlacksiger Mann wirbelte im Kreis herum und riß alles zu Boden, womit er in Berührung kam. In seiner Nähe bildeten sich sieben kleine Wirbelstürme, die weder vor Feind noch Freund haltmachten.

Domino schnappte sich den Rest des ektoplasmischen Seils und sprang vom Galgen herunter. Sie zog den Säbel und lief zu der Stelle, wo Spite noch immer regungslos verharrte. Die Kämpfenden gingen ihr wohlweislich aus dem Weg. Nur Mel blieb weiter auf dem grünen Hengst sitzen, bis Domino ihm die Klinge an den Hals legte.

»Ich nehmt mir wohl kaum ab, daß ich ihn nur beschützen wollte, oder?« fragte Mel.

»Nein«, knurrte Domino. »Befreie ihn von deiner Magie.«

»Spite steckt in einer magischen Aura, die sich der äußeren Form anpaßt«, erklärte Mel. »Ich habe sie nicht geschaffen; also kann ich sie auch nicht auflösen. Sonst hätte ich ihn schon längst gestohlen.«

Domino behielt ihre Zweifel für sich. Sie zwang Mel, abzusteigen.

»Hast du das gehört, Spite?« fragte sie. »Eine Aura, die sich der äußeren Form anpaßt.«

Spite reagierte sofort. Als die Hinterbeine sich in einen Fischschwanz verwandelten, konnte Domino die Aura sehen. Das glühende Feld veränderte die Form, um sich der neuen Gestalt anzupassen.

Als nächstes veränderte Spite seinen muskulösen Oberkörper. Anstelle des schweren Pferdekopfes und der kräftigen Brust erschien eine Meerjungfrau mit einem gewaltigen Busen. Ihr schaumweißes Haar war kurz geschoren, und ihre Hüfte war extrem schmal. Spite hatte alle Energie in den enormen Busen gelegt, um das magische Feld zu sprengen – und es gelang. Nachdem sie sich befreit hatte, fiel sie zu Boden und wedelte mit dem Fischschwanz.

»Äußerst originell«, bemerkte Domino. »Würdest du so nett sein, dich wieder zu verwandeln?«

»Neidisch?« fragte Spite und klimperte mit den Wimpern.

»Bestimmt nicht«, erwiderte Domino, »aber ich kann nicht auf einer Meerjungfrau reiten. Allerdings würden meine Männer herausfinden wollen, ob es nicht doch geht.«

Spites provozierendes Lächeln verschwand, und sie verwandelte sich wieder in einen stattlichen Hengst.

Mel versuchte, sich davonzuschleichen. »Bleibt, wo Ihr seid, Magier«, fauchte Domino. »Ich habe Euch ein paar Fragen zu stellen.«

Mel schnaufte verächtlich. »Und warum sollte ich sie beantworten?«

»Weil einer meiner Männer genau hinter dir steht.«

Jord hob seinen Zylinder, und Tinte tropfte auf Mels Schulter. Sie sah aus wie blaues Blut.

»Ich bin hier«, sagte er fröhlich. »Die Schlacht ist so gut wie gewonnen. Rafe und Seth treiben bereits die Gefangenen zusammen. Der grüne Kerl hilft ihnen dabei.«

»Und?« fragte Domino.

»Wir haben sie noch nicht gefunden, Domi«, antwortete Jord und blickte besorgt zu seiner Geliebten.

»Mel«, sagte Domino mit einer Ruhe, die sie nicht

empfand. »Falls du uns irgend etwas zu sagen hast, wäre *jetzt* der richtige Zeitpunkt dazu.«

Der Zauberer zitterte. Trotz Dominos Bemühungen war ihm der drohende Unterton in ihrer Stimme nicht entgangen.

»Ich will nicht sterben, General«, sagte er, »nicht für die Necrotica, aber ich weiß nicht, wovon Ihr redet.«

»General!« rief Rafe. Das Kamel trottete treu hinter ihm her. »Wir haben das Lager gesichert und diejenigen in Gewahrsam genommen, die sich uns widersetzt haben. Die Necrotica scheint tot zu sein. Ohne ihre Magie sind die Geister wieder in der Geisterfalle verschwunden.«

Domino schenkte ihrem Stellvertreter ein warmes Lächeln. »Sehr gut. Wir werden diejenigen, die auf unserer Seite gekämpft haben, mit einer Warnung ziehen lassen.«

»Sollen wir für die anderen Galgen errichten?«

Domino empfand eine plötzliche Abscheu vor dem Hängen.

»Nein«, sagte sie. »Wir werden sie enthaupten. Laß einen Richtblock in der Geisterfalle aufstellen. Vielleicht gibt es einen ausgebildeten Henker unter dem magischen Volk. Er kann sich soviel Körperteile nehmen, wie er will.«

Domino wandte ihre Aufmerksamkeit wieder Mel zu. »Ich will wissen, wo der Zylinder mit den Schriftrollen ist, den Jord bei sich trug, als ihr ihn gefangengenommen habt.«

Mel starrte sie stumm an. Domino überlegte gerade, ob sie es mit dem Großmütterchen versuchen sollte, als Seth herbeirannte.

»Oberst Rafe meldet, daß der wirbelnde Kerl ein ausgebildeter Henker ist. Er verlangt Finger und

Hände erster Wahl als Bezahlung. Außerdem wollte er wissen, ob er einen Delinquenten bereits ausschlachten dürfe, wenn dieser noch lebe ... dann sind die Glieder wertvoller.«

Domino zog ihren Säbel aus der Scheide. »Normalerweise würde ich eine solche Bitte ablehnen, doch ich habe hier eine Ausnahme von der Regel.«

Mels Augen wurden immer größer. »Die Necrotica hat niemandem etwas gegeben, ohne vorher den Wert der Sache zu überprüfen. Sie hat die Beute in einem Zelt gesammelt, und Herb hat es bewacht.«

»Wer ist Herb?«

»Der Kobold«, erwiderte Mel, der noch immer auf Dominos Säbel starrte. »Er ist unser Kräuterspezialist.«

»Er hat einen grünen Daumen, hmmh?« Domino kicherte.

Seth räusperte sich. »Herb hat uns geholfen, Sir. Er schwört, die Schriftrolle nie gesehen zu haben. Ich glaube ihm.«

»Nun gut, aber ich werde jeden in Stücke reißen, der mir bei dieser Angelegenheit in die Quere kommt ...« Domino verstummte. »Was zum Teufel ...?«

Unter dem Galgenbaum lief ein Welpe herum, der ein zylindrisches Objekt im Maul trug. Das kleine Tier stolperte immer wieder über seine riesigen Schlappohren und wedelte gutgelaunt mit dem Schwanz.

»Der gehört Vernon«, erklärte Mel. »Niedlich, aber wohl kaum ...«

Domino ignorierte ihn und ging zu dem Welpen. Der kleine Hund bellte fröhlich und wedelte noch heftiger – wenn das überhaupt möglich war. Als Domino sich bückte, um den Zylinder aufzuheben, packte ihn der Welpe und rannte ein paar Meter, bevor er ihn wieder auf den Boden legte. Domino sprintete hinterher, und das Spielchen wiederholte sich.

»Das verdammte Vieh spielt mit mir!« rief Domino ungläubig. »Holt den Besitzer.«

»Äh ... der ist tot, Sir«, antwortete Seth. »Das Kamel hat sich auf ihn gesetzt.«

»Es war sein eigenes Kamel«, ergänzte Mel traurig, »aber es hat ihn nie gemocht.«

»Na großartig.« Jancy hockte sich nieder und versuchte, so freundlich wie möglich zu klingen. »Kooomm! Kooomm! Ja wo ist denn das liebe Hündchen. Komm, gib mir den Stock.«

Der Welpe knurrte verspielt. Domino kroch auf allen vieren heran ... und der Hund schnappte sich den Zylinder und rannte davon.

»Verdammte Scheiße!« fluchte sie und setzte sich auf die Fersen. »Gib es mir! Sofort!«

Der Welpe verweigerte den Befehl. Dominos Gesicht wurde rot vor Wut. Hinter ihrem Rücken hörte sie leises Kichern. Sie wirbelte herum, und das Lachen hörte sofort auf.

»Sir«, sagte Seth. »Wenn ich Euch die Schriftrolle besorgen kann, darf ich dann den Welpen behalten?«

Domino blickte finster drein. »Soldaten handeln ihre Dienste nicht aus, Seth. Du gehörst zu meiner Kompanie, oder etwa nicht?«

»Natürlich, Sir.« Seth blieb standhaft. »Doch Eure Soldaten erhalten einen Anteil an der Beute. Ich habe Euch noch nie um ein Pferd, Gold oder eine Frau gebeten.«

»Das stimmt.« Domino unterdrückte ein befriedigtes Lächeln. »Besorg mir den Zylinder, und du darfst den Welpen behalten. Aber du wirst mit ihm Gassi gehen, ihn füttern und alles, was sonst noch dazugehört.«

»Jawohl, Sir!«

Der kleine Hund bemerkte erfreut, daß sich ihm ein neuer Spielgefährte näherte. Seth sprang nach vorne und griff nach dem Zylinder. Der Welpe quietschte vergnügt, packte das Objekt der Begierde und trottete stolz davon. Seth gab vor, sich nicht weiter für den Hund zu interessieren. Beiläufig nahm sie einen Stock vom Boden, warf ihn in die Luft und fing ihn wieder auf.

Das unbekannte Schauspiel faszinierte den Welpen. Kurz darauf hockte der Hund vor Seths Füßen und winselte aufgeregt. Das junge Mädchen warf den Stock, und der Welpe stürmte wild bellend hinterher. Bevor das Tier wieder zurückkehren konnte, hatte Seth bereits den Zylinder aufgehoben und ihn Domino gegeben.

»Iiih, Hundeseiber!« fluchte Domino. »Das Tier gehört dir, Seth. Aber wenn der Köter auf meine Matratze pinkelt, stelle ich dich vors Kriegsgericht.«

»Jawohl, Sir! Danke, Sir!« Seth zog ihren Gürtel aus und verwandelte ihn in eine Hundeleine. »Was jetzt, Sir?«

»Zunächst haben wir ein paar Hinrichtungen vorzunehmen. Wir sollten damit fertig sein, bis die Kompanie eintrifft, und dann machen wir, daß wir hier nach Hause kommen.«

»Zu Befehl, Sir.« Seth sah wesentlich unglücklicher aus, als man es von einem Kind erwarten würde, das gerade einen Welpen geschenkt bekommen hatte.

Domino zog ein nachdenkliches Gesicht. »Hast du irgendwas zu sagen?«

»Jawohl, Sir«, erwiderte Seth und blickte zu Mel hinüber. »Aber nicht hier.«

Domino seufzte und gab den Umstehenden ein Zeichen, sich zu entfernen. Nachdem sie außer Hörweite waren, sah sie dem Mädchen in die Augen.

»Rede, Soldat.«

»Müßt Ihr sie wirklich töten, Sir? Ich meine … wir kennen sie doch, und es tut ihnen offensichtlich leid.«

»Im Krieg werden Menschen nun mal getötet, Seth«, erklärte Domino. »Manchmal reicht es nicht aus sich zu entschuldigen.«

»Trotzdem, Sir …« bettelte Seth. »Ich kann mich nicht mit dem Gedanken anfreunden.«

Domino mußte sich beherrschen. »Ich werde über deinen Vorschlag nachdenken. Geh jetzt … und schick den Oberst zu mir.«

Domino steckte die Schriftrolle in den Gürtel. Die Generalin fühlte sich bei weitem nicht so gut, wie sie sich eigentlich hätte fühlen sollen. Rafe trat an ihre Seite. Das Kamel folgte ihm. Mittlerweile hatte der Oberst das Tier zum Lastenträger umfunktioniert.

»Verdammt noch mal, Rafe. Kannst du nirgendwo mehr hingehen, ohne daß dir dieses Ding hinterherläuft.«

»Wenn es mir schon folgt, kann es sich genausogut nützlich machen. Reiten kann ich es nicht. Ich werde seekrank.« Rafe zuckte mit den Schultern. »Ich möchte Euch nicht zu nahe treten, Sir, aber Ihr macht keinen sehr fröhlichen Eindruck.«

»Ich bin fröhlich«, fauchte Domino.

»Wie der General wünscht«, erwiderte Rafe respektvoll. Das ungebührliche ›Humpf‹ kam mit Sicherheit von dem Kamel. Trotzdem starrte Domino ihren Stellvertreter mürrisch an – nur für alle Fälle.

»Wie lauten Eure Befehle?«

»Wieviel Gefangene haben wir?«

»Acht … die Haustiere nicht mitgerechnet. Weitere

vier haben uns geholfen, einschließlich des kleinen Kobolds. Ich habe ihnen unter bestimmten Bedingungen eine Begnadigung gewährt. Die anderen sind tot. Selbst die Necrotica scheint tot zu sein; dennoch haben wir Wachen aufgestellt, um auf alles vorbereitet zu sein.«

»Die acht sind in sicherem Gewahrsam?« fragte Domino zögernd.

»Jawohl, Sir. Der Henker wartet auf Eure Befehle.« Rafe blickte seine Vorgesetzte prüfend an. »Und wie *lauten* Eure Befehle?«

Domino griff sich gereizt ins Haar. Sie wußte nicht, was sie tun sollte.

»Sollen wir sie wirklich hinrichten, Rafe? Sie haben zwar gegen uns gekämpft, aber sie sind so ... heruntergekommen, so armselig. Ich glaube nicht, daß wir sie töten sollten. Es ist irgendwie nicht richtig.«

Rafe legte den Kopf auf die Seite und dachte nach. »Ich weiß, was Ihr meint. Sie wußten noch nicht einmal, *was* sie erbeutet hatten.« Domino warf ihrem Kameraden einen erschreckten Blick zu. »Seht mich nicht so an, Domino. Ich werde bestimmt nichts ausplaudern. Wenn Jord nur eines seiner Gedichte verloren hätte, hättet Ihr Euch sicher nicht solche Sorgen gemacht.«

Domino lächelte. »Wir können sie nicht ungeschoren davonkommen lassen; aber was sollen wir tun?«

»Eine angemessene Strafe für acht freiberufliche Magier.« Rafe dachte angestrengt nach. »Vielleicht sollten wir sie auf ein Abenteuer schicken.«

»Oder ...« Ein böses Lächeln erschien auf Dominos Gesicht. »... wir könnten sie rekrutieren ... mit allen Pflichten und Beschränkungen, die das mit sich bringt.«

Rafe grinste. »Guuut! Eine Katastrophe für einen Freiberufler. Ich werde ihnen das Angebot unterbreiten ... wenn Ihr es wünscht, Sir.«

Domino straffte sich. »Mir gefällt die Idee. Sobald Feldwebel Colum hier ist, soll er Uniformen an die Rekruten verteilen.«

Am Abend lagen Jord und Domino wieder friedlich nebeneinander. Trotzdem wurde Domino weiterhin von Sorgen geplagt.

»Es reicht nicht, die Schriftrolle von Gwykander sicher aufzubewahren«, erklärte sie. »Wir müssen eine Möglichkeit finden, sie gegen Kalaran anzuwenden. Ich glaube nicht, daß er stillhält, während du den Exorzismus intonierst.«

»Du könntest ihn festhalten, während ich rezitiere«, schlug Jord vor.

»Das könnte ich. Rango ist nicht besonders stark. Doch ich bezweifle, daß wir nahe genug an ihn herankommen würden ... allein meine ich. Heutzutage sind immer ein oder zwei Wachen in seiner Nähe.«

»Wir suchen also nach einer Gelegenheit, wo mein Singsang nicht weiter auffallen würde«, sagte Jord. »Vielleicht eine Dichterlesung?«

»In antikem Thermean?« Domino schüttelte den Kopf. »Das funktioniert nicht. Kalaran ist doch kein Idiot.«

»Thermean wird noch immer bei einigen Gelegenheiten verwendet, Domi. Zum Beispiel bei besonders feierlichen Zeremonien.«

»Zeremonien?« wiederholte Domino. »So wie Hochzeiten oder Krönungen?«

»Gute Idee, Domi.« Jord küßte seine Geliebte auf die Nase. »Doch ich bin nicht derjenige, der die Hochzeit abhält. Der Hohepriester ist zwar alt, aber nicht senil.

Er würde es mit Sicherheit bemerken, wenn wir die Texte vertauschen. Meinst du, wir können ihm vertrauen?«

»Nein«, erwiderte Domino, ohne zu zögern. »Vielleicht sind einige Priester korrupt. Es gibt nur wenige Menschen, denen ich mich anvertrauen würde ... aber leider sind sie im ganzen Königreich verstreut.«

»Das ist kein Zufall«, bemerkte Jord. »Es dürfte äußerst schwierig sein, sich mit ihnen in Verbindung zu setzen.«

»Schwierig, aber nicht unmöglich«, entgegnete Domino grinsend. »Kalaran hat einen schweren Fehler begangen, als er uns Piggon mit auf die Reise gegeben hat. Wir werden ihm eine kodierte Nachricht unterjubeln, die er an unsere Freunde weiterleiten soll. Ich werde ihm erzählen, wir würden eine Hochzeitsüberraschung planen.«

Jord schüttelte bewundernd den Kopf. »Mir gefällt dieser Plan, Domino. Ganz liebevoll ausgetüftelt. Apropos ›Liebe‹ ... glaubst du nicht, daß es bereits zu spät ist, um heute noch etwas zu unternehmen?«

»Aber nur im Hinblick auf Kalaran«, erwiderte Domino und nahm ihren Geliebten in den Arm.

»Domi«, keuchte Jord. »Du brichst mir schon wieder alle Knochen im Leib.«

Am nächsten Morgen ging Domino zu Piggon.

»Was haltet Ihr von unseren neuen Rekruten?« fragte sie mit einem übertrieben freundlichen Lächeln. »Ich gebe zu, daß Eure Gegenwart mich dazu inspiriert hat, die Kompanie mit arkaner Macht zu verstärken.«

Piggon fühlte sich geschmeichelt. »Ein weiser Entschluß. Wir reisen sehr viel schneller, seit Ihr sie Eurer Truppe einverleibt habt. Ich habe den Prinzen von unserer wahrscheinlichen Ankunftszeit unterrichtet. Die Vorbereitungen für die Hochzeit werden entsprechend beschleunigt werden.«

Domino lächelte noch immer. »Wunderbar! Allerdings wird noch so viel zu erledigen sein ... Jancy und ich sind nämlich Brautjungfern.«

»Ich weiß«, erwiderte Piggon. »Ich habe erst gestern mit Squill gesprochen. Jancy Gaine teilt Eure Meinung. Es gefällt ihr gar nicht, daß sie der Prinzessin in solch einem kritischen Augenblick nicht beistehen kann. Ich weiß auch, daß Spotty Gulick Trauzeuge sein wird. Selbst dieser fürchterliche Gar wird eine Rolle bei der Zeremonie spielen ...«

»Vielleicht ist er für die Opfergaben zuständig«, sagte Domino. »Er hat eine merkwürdige Einstellung zum Tod.«

»Eine künstlerische.« Piggon erschauerte. »Ich habe mit Spido darüber gesprochen.«

»Hmmm«, sagte Domino so beiläufig wie möglich. »Ihr redet mit Euren Kollegen?«

»Manchmal«, antwortete Piggon. »Wir haben viel gemeinsam.«

Domino lächelte noch freundlicher und ritt näher an den Magier heran.

»Könnt ihr ein Geheimnis für Euch behalten, Piggon?«

Der Kleinmagier blickte mit einer Mischung aus Neugier und seiner üblichen Arroganz auf Domino.

»Solange es nicht gegen meine Pflichten verstößt«, sagte er. »Doch ich glaube kaum, daß Ihr dem Prinzen ein Leid zufügen wollt.«

»Niemals«, erklärte Domino bestimmt. »Niemand

hat es je gewagt, meine Treue zu Prinz Rango in Frage zu stellen. Trotzdem muß ich von Euch verlangen, daß Ihr weder Rissa noch Rango etwas von unserem Gespräch erzählt.«

»Nun ... da Ihr mir versichert, daß Ihr keine bösen Absichten hegt, stimme ich zu.«

»Wunderbar!« Domino beugte sich zu Piggon hinüber. »Wie ich bereits erwähnt habe, sind Jancy und ich die Brautjungfern, und traditionsgemäß müssen wir eine Überraschung für die Braut vorbereiten.«

»Wie kann eine Tradition überraschend sein?« fragte Piggon.

»Keine Ahnung«, erwiderte Domino. »Ich verstehe die Frauen immer noch nicht.«

»Ihr und jeder Mann, der jemals geboren wurde.« Piggon nickte verständnisvoll.

»Ich habe mir immer wieder überlegt, wie ich Jancy erreichen könnte, um diese Überraschung mit ihr abzusprechen.«

»Ihr wollt, daß ich mit Squill Verbindung aufnehme und Eure Botschaft weiterleite?« fragte Piggon.

»Genau. Und wenn Ihr schon mal dabei seid, könntet Ihr auch gleich Spotty und Gar daran erinnern, daß sie ähnliche Pflichten haben.« Domino zuckte mit den Schultern. »Als ich noch unter dem Namen Dominik lebte, war ich immer für solche Dinge verantwortlich. Wahrscheinlich denken sie nicht daran, daß ich inzwischen vom anderen Geschlecht bin.«

»Das ist sehr weise von Euch, General«, bemerkte Piggon. »Bereitet Eure Botschaft vor. Es wird mir eine Freude sein, sie weiterzuleiten.«

»Könnt Ihr einen direkten Kontakt herstellen?« fragte Domino. »Vielleicht sind die anderen Kommunikationsspezialisten nicht so verschwiegen wie Ihr.«

Piggon dachte einen Augenblick nach. »Es wird mich viel Kraft kosten, aber es ist durchaus möglich«, sagte er schließlich.

»Sehr gut.« Domino setzte sich wieder aufrecht und salutierte. »Ich werde die Botschaften bis heute abend ausgearbeitet haben.«

Die Nachricht, die sie und Jord entwarfen, las sich wie folgt: »Wir müssen uns im geheimen treffen, um Hochzeit und Krönung vorzubereiten. Ich schlage den ›Onyx-Adler‹ als Treffpunkt vor. Wann werdet ihr ungefähr zurückkehren? Bitte erzählt Rango und Rissa nichts davon. Es soll eine Überraschung werden.«

»Ich bin immer noch nicht zufrieden«, sagte Domino und las den Text erneut. »Aber alles Wesentliche ist darin enthalten. Der ›Onyx-Adler‹ als Treffpunkt sollte Warnung genug sein. Während des Krieges haben wir dort unsere Einsatzbesprechungen abgehalten. Gespielt haben wir nur im ›Angetrunkenen Engel‹.«

»Wir können nicht noch deutlicher werden«, mahnte Jord. »Es ist zu gefährlich. Schließlich ist einer von Kalarans Dienern unser Verbindungsmann.«

»Ich weiß, Liebling. Ich weiß.«

Piggon verschickte die Nachrichten noch am selben Abend und erstattete Domino sofort Bericht.

»Ich habe Eure Antworten«, sagte er. Eine stolze Verbeugung verbarg seine Verlegenheit. Domino und Jord waren halbnackt. »Jancy Gaine und Stiller Gulick werden ihre Ankunftszeit rechtzeitig durchgeben und Euch am vereinbarten Ort treffen. Ich konnte weder Spido noch Gar Quithnick erreichen. Wahrscheinlich sind sie immer noch in Gelfait und damit außerhalb der Reichweite meiner Magie.«

Domino nickte. »Danke, Piggon. Ihr habt Prinz Rango gut gedient. Jetzt können wir nur noch hoffen, daß uns genug Zeit bleibt, wenn wir nach Caltus zurückgekehrt sind.«

NACHSPIEL

Am Morgen der Hochzeit schimmerte der Himmel grün und golden. Das Gold stammte von der aufgehenden Sonne, und das Grün von den drei Kometen, die ihre Bahn am Firmament zogen. Kichernde Kammerzofen umschwärmten General Domino Blaid, um sie auf die Zeremonie vorzubereiten. Domino seufzte. Nichts war bisher nach Plan verlaufen.

Nach ihrer Rückkehr hatte sie sich zunächst um ihre Soldaten gekümmert, Prinz Rango Bericht erstattet und war dann in den ›Onyx-Adler‹ gegangen. Jancy hatte ihr eine Nachricht hinterlassen – doch sie hätten sich sowieso bei der Anprobe getroffen.

Spotty hatte sich verspätet. Er hatte über einem Pokerspiel mit dem Drachen Schmirnov die Zeit vergessen. Sein Zwergenfreund Ibble hatte ihn mit Gewalt aus der Höhle gezerrt. Gar Quithnick war überhaupt nicht aufgetaucht. Wie Domino von Prinz Rango erfahren hatte, blieben schon seit geraumer Zeit Nachrichten von dem Assassinen und seinem Begleiter Spido aus.

Das einzig Erfreuliche war, daß Prinzessin Rissa ihre Befürchtungen teilte. Jancy hatte sie mit der Feinfühligkeit einer stumpfen Streitaxt informiert, und Rissa hatte zugegeben, daß sie selbst seit einiger Zeit einen ähnlichen Verdacht hegte.

Domino setzte sich gehorsam hin, damit die Kammerzofen ein Wunder an ihrem kurzgeschorenen Haar vollbringen konnten. Im Nebenraum fluchte Jancy, während irgend jemand die Lockenwickler aus ihrer blonden Mähne entfernte. Die Berserkerin verfügte über einen umfangreichen Sprachschatz – ohne Zweifel der Einfluß Sombrisios.

Domino wünschte, sie hätte die Macht von Ring und Schwert zur Verfügung. Jord und Spotty setzten im Augenblick die erste Stufe ihres Plans in die Tat um. Domino machte sich keine Sorgen, denn die beiden hatten die Unterstützung des abtrünnigen Priesters Lemml Touday. Wie schwer konnte es sein, einen alten Hohepriester zu bändigen?

Stiller Gulick und Jord Inder warteten vor der Sakristei der Kathedrale von Dym auf ein Zeichen Lemml Toudays, daß alles in Ordnung sei.

»Der Segen aller Götter, Göttinnen und Halbgötter des Lichts sei mit Euch, Euer Eminenz. Ich wünsche Euch einen guten Tag«, hörten sie ihren Verbündeten beim Betreten der Sakristei sagen.

Fenelais, der frisch ernannte Hohepriester, war bekannt für seine Eigenheiten – eine davon war es, sich allein umzuziehen und einige Minuten zu meditieren, bevor der Gottesdienst begann. Obwohl die Verschwörer von Fenelais' exzentrischem Verhalten gehört hatten, waren sie doch von seiner Antwort überrascht:

»Ein guter Tag für mich, törichter Eindringling«, knurrte eine kalte Stimme, »doch für dich bedeutet er den Tod!«

Jord und Stiller stürmten in die Sakristei. Ein alter Mann mit kahl rasiertem Schädel stand über dem reglosen Körper Lemml Toudays. Blut lief aus der Nase des abtrünnigen Priesters. Der alte Mann war in eine zeremonielle Robe gehüllt. Auf seiner Brust prangte das Symbol seines Gottes – eine goldene Sonne mit Diamanten.

»Udan Kann!« fauchte Stiller. Seine Haut war mit einem Mal von Flecken übersät.

»Du kennst mich? Pech!« zischte Udan Kann. »Dieses Wissen wird dein Ableben nur beschleunigen.«

Stiller zog sein Schwert und stürzte sich auf den Hingu-Meister. Udan Kann wich dem Schlag mit der Geschmeidigkeit einer Prostituierten aus. Er berührte Stiller am Arm, und der stämmige Krieger fiel zu Boden.

Jord wollte gerade in den Kampf eingreifen, als er die heisere Stimme Calla Mallaniks hinter sich hörte.

»Mach, daß du wegkommst, Dichter«, sagte er. »Domino würde uns nie verzeihen, wenn dir etwas zustieße.«

Der Elf spannte seinen silbernen Bogen und feuerte zwei goldene Pfeile ab, die niemals das Herz eines Übeltäters verfehlten. Die beiden Geschosse rasten auf ihr Ziel zu – hundert Prozent Overkill –, doch Udan Kann pflückte sie aus der Luft.

Der Hingu-Meister schleuderte die Pfeile auf den Elfen zurück. Der erste durchtrennte Callas Bogensehne, der zweite nagelte seinen Stiefel fest.

»Ich werde mich gleich um dich kümmern«, lachte Udan Kann.

»Nicht, wenn ich es verhindern kann!« brüllte Stiller Gulick und ging zum Angriff über. Er hob sein Schwert, als wolle er das Gesicht seines Gegners dem anderen Ende seines Körpers angleichen.

Udan Kann drehte sich noch nicht einmal um, als er die Hand hob, um Spotty in die Augen zu stechen.

»›Schlangenaugen‹«, kicherte er. »Du würfelst doch, oder?«

»Das Schmuckstück auf Eurer Brust ...«, sagte Jord. »Das ist Anachron. Das Amulett, das Gar Quithnick nach Gelfait zurückbringen sollte!«

Udan Kann taumelte zurück, als hätte ihn ein Schlag getroffen. Er griff nach dem Amulett, während er mit der anderen Hand einen weiteren Pfeil aus der Luft pflückte, der soeben Callas neubespannten Bogen verlassen hatte.

»Ja, das ist Anachron. Der Ausgestoßene hat sowohl mich als auch euch im Stich gelassen. In beiden Fällen ist ihm sein Streben nach Perfektion wichtiger als seine Aufgabe gewesen.«

»Verdammter Gar Quithnick!« fluchte Spotty Gulick.

»Ich habe Gar niemals vertraut«, bemerkte Calla und legte einen neuen Pfeil an.

Udan Kann schwankte plötzlich und griff sich an die Brust. Die kalten Augen quollen ihm aus den Höhlen. Der alte Hingu-Meister sank auf die Knie und stöhnte.

»Gar, mein Sohn. Ich hatte nicht das Recht, dich ›Ausgestoßener‹ zu nennen«, keuchte er. Seine Stimme wurde immer schwächer. »Kuo-Tatz ... Was für eine wunderbare Verwendung für die ›Berührung des fernen Todes‹. Wahrlich, ich hätte dich Hingu-Grashanshao nennen sollen!«

Udan Kann atmete ein letztes Mal, brach zusammen und hauchte sein Leben aus. Sein bester Schüler hatte die letzte Prüfung bestanden.

»Gar scheint doch noch gewonnen zu haben«, sagte Stiller Gulick. Während er den toten Assassinen respektvoll betrachtete, verschwanden die Flecken in seinem Gesicht. »Lebt Lemml noch?«

Jord sah nach. »Ja ... den Göttern sei Dank. Udan Kann wollte wahrscheinlich noch etwas mit ihm spielen.«

»Ich frage mich, warum Gar es zuließ, daß er mit dem Amulett entkommen konnte?« grübelte Calla. Er wischte das Blut aus dem Gesicht des abtrünnigen

Priesters und leistete Erste Hilfe. »Er hätte ihn ohne weiteres töten können.«

Jord kniete sich neben den toten Hingu-Meister und nahm ihm die Priesterrobe ab. »Vielleicht hat er Verdacht geschöpft und wollte uns auf diese Art warnen.«

»Er hätte genausogut selbst kommen können«, widersprach Stiller. »Das wäre wesentlich sicherer für uns gewesen.«

»Stimmt«, erwiderte Jord, »aber er konnte nicht wissen, daß Rango besessen ist ... nur daß der gefallene Sonnenvogel noch immer lebt. Wenn Udan Kann nicht zurückgekehrt wäre, hätte das Rango in Gefahr bringen können.«

»Das macht Sinn ... für einen Hingu-Meister«, sagte Stiller. »Ich hoffe nur, daß Gar noch lebt. Wo immer er auch sein mag.«

»Die Legende besagt, daß Anachron zu seinem früheren Träger zurückkehrt, wenn der gegenwärtige getötet wird«, erklärte Jord. »Das Amulett ruht immer noch auf Udan Kanns Brust.«

»Dann ist Gar also tot. Ich hätte auf ihn gewettet«, murmelte Stiller traurig. »Er war ein Irrer, aber er war unser Irrer.«

Calla Mallanik legte Lemml auf eine Bank ... und sprang erschreckt zurück.

»Bei allem was heilig ist«, rief er. »Ich habe den Hohepriester gefunden, und er lebt!«

»Ich nehme an, Kalaran wollte jeden überflüssigen Konflikt mit den kirchlichen Instanzen vermeiden«, erklärte Stiller. »Ich werde mich um ihn kümmern, Calla. Du hast einen gefährlichen Auftrag zu erledigen.«

»Soll ich unters Dach klettern und als Heckenschütze dienen?« fragte Calla.

»Nein.«

»Soll ich nachsehen, ob noch weitere Assassinen in den Büschen lauern?«

»Nein.«

»Was denn?«

»Ich möchte, daß du Gars Sachen anziehst und seinen Platz bei den Feierlichkeiten einnimmst.«

»Oh!« Calla machte ein finsteres Gesicht und zog die Uniform seines verschollenen Freundes an. »Moment! Sagtest du nicht, er sei tot? Worüber sorgst du dich dann?«

»Ich habe auch gesagt, daß ich auf ihn gewettet hätte«, erwiderte Stiller. »Beeil dich. Die Musik hat bereits begonnen.«

Trompeten leiteten den königlichen Marsch von Regaudia ein, als Prinzessin Rissas Kutsche vor der Kathedrale vorfuhr. Daisy trug ein prächtiges Kleid. Sie war sehr stolz auf ihre neue Rolle als Hofdame. Mit einem herrischen Wink befahl sie den unten stehenden Soldaten, die Kutschentür zu öffnen.

»Seit meiner frühesten Kindheit bin ich in die Schlacht gezogen«, murmelte Domino vor sich hin, »und ich hatte niemals Angst. Warum fürchte ich mich dann ausgerechnet jetzt?«

»Vielleicht weil du kein Pferd zwischen den Beinen hast.« Jancy kicherte. »Bei Sif! Ich habe meine erste Schlacht bereits vor meiner Geburt geschlagen – meine Mutter war ebenfalls eine Berserkerin. Und trotzdem ... ich bin auch unruhig. Wie fühlst du dich, Rissa?«

Die Prinzessin lugte hinter ihrem enormen Brautstrauß hervor.

»Ich bin ebenfalls nervös. Wer würde das nicht sein?

Wenn man bedenkt, welchen Verdacht wir hegen ... Ich wünschte nur, wir müßten die Sache nicht in aller Öffentlichkeit durchziehen.«

»Du weißt, warum es nicht anders geht«, erinnerte Domino ihre Freundin. »Kalaran würde den Exorzismus nicht widerstandslos über sich ergehen lassen. Hoffentlich bemerkt er nicht, daß Jord anstelle des Hochzeitstexts die Schriftrolle von Gwykander vorliest. Jord hat so viel wie möglich auswendig gelernt, damit es nicht so auffällt, aber ...«

»Es gibt eine Menge ›aber‹«, unterbrach Jancy. »Jetzt können wir nichts mehr ändern. Die Zeit der Schlacht ist gekommen. Laßt uns zu euren Lichtgöttern beten ... und zu meinen nordischen Totengöttern.«

»Amen«, stöhnte Rissa. »Amen!«

Die Prozession zog in die Kathedrale von Dym. Die Menge jubelte und drückte gegen die uniformierten Wachen. Blumen regneten auf die Braut herab, ebenso wie Vogelfutter, kleine Münzen, Plätzchen und so weiter.

»Für die Fruchtbarkeit«, erklärte Jancy der verblüfften Prinzessin.

»Verdammt«, fluchte Domino.

Als sie das Innere der Kathedrale erreicht hatten, traten Prinz Rango, Stiller Gulick und Calla Mallanik aus der Sakristei. Stiller hielt ein reich verziertes Kissen in Händen, auf dem die neu gefertigten Kronen von Faltane lagen. Der Hohepriester folgte dem Bräutigam gemessenen Schrittes. Er trug ein reich verziertes, ledergebundenes Buch. Ein Schleier verbarg sein Gesicht.

»Ist das Jord?« flüsterte Jancy.

»Keine Ahnung«, erwiderte Domino.

»Psst«, sagte Prinzessin Rissa.

Seth war die erste, die das Seitenschiff verließ. Das

kleine Mädchen trug ein Diadem aus Rosenblüten und hielt einen Eimer in der Hand, der mit Rosenblüten gefüllt war.

»Langsamer, Rehlein, langsamer«, mahnte Daisy. »Und jetzt Ihr, Hauptmann Ibble.«

Der Zwerg trug Kniebundhosen, eine kurze Weste und ein weißes Hemd. Seine Füße steckten in Sandalen, und er rauchte eine lange Pfeife. Auf seinen Händen ruhte ein Satinkissen, auf dem die Hochzeitsringe lagen.

»Sehet den Ringträger!« sagte Daisy ehrfürchtig. »Ist er nicht niedlich.«

Ibble warf ihr einen giftigen Blick zu, bevor auch er das Seitenschiff verließ.

»Und nun Ihr, General Blaid«, befahl Daisy, »und Jancy ein paar Schritte dahinter.«

Als die Braut auf den Altar zuschritt, schwoll der königliche Marsch zu einem triumphalen Crescendo an. Die Menschen auf der Galerie überschütteten das Brautpaar mit Rosenblüten. Die geladenen Gäste winkten vergnügt.

Spite hatte ihre Elfengestalt angenommen und stand neben Rafe und seiner Frau – und dahinter die überlebenden Kleinmagier. Einige Männer aus Dominos Kompanie füllten die Reihe auf.

Als Rissa den Altarraum erreichte und ihren Platz an Rangos Seite einnahm, drehte sich die Gemeinde wie ein Mann um. Das Orchester spielte die letzten Takte des königlichen Marsches und verstummte.

»Meine lieben Einwohner von Faltane«, erklang eine rauhe Stimme, »wir sind hier zusammengekommen, um diese beiden Menschen im heiligen Bund der Ehe zu vereinigen und ihre Krönung zu feiern.«

Die Gemeinde applaudierte begeistert. Jancy sah zu

Domino hinüber. Ihr Blick schien zu fragen: »Ist das Jord?« Domino zuckte mit den Achseln.

Domino versuchte Blickkontakt mit Stiller herzustellen, um irgendein Zeichen zu erhalten. Der kleine Krieger begutachtete die königliche Garde. Ein unsicherer Ausdruck schlich sich auf sein ansonsten unlesbares Gesicht. Spotty war im Vorteil gegenüber Domino, denn er konnte die Seitenflügel und den hinteren Teil der Kathedrale einsehen. Domino konnte nur in den Altarraum blicken.

Zunächst schien alles in Ordnung sein. Die königlichen Wachen trugen dieselben grün-schwarzen Uniformen, die auch Dominos Alltagskleidung war. Einige wirkten gelangweilt – verständlich, denn der Hohepriester intonierte inzwischen das traditionelle Ritual. Andere ließen ihre Augen wachsam durch die Kathedrale schweifen. Sie waren stolz, ihrem Prinzen an einem so wichtigen Tag dienen zu dürfen. Und wieder andere hatten die Hände auf die Schwerter gelegt – kampfbereit.

Domino musterte die Gesichter der Männer. Sie erkannte nicht einen einzigen. Sie war zwar ein Kavallerieoffizier, doch in vielen Schlachten hatte sie an der Seite der Infanterie gekämpft. Normalerweise hätte sie zumindest *ein* Gesicht erkennen müssen.

Domino sah erneut zu Spotty hinüber. Seine Haut war gefleckt. Ihre Blicke trafen sich, und Domino nickte unauffällig. Leider waren weder Jancy noch Calla Mallanik in der Armee. Für sie sahen alle Uniformierten gleich aus. Wenn es zum Kampf kommen sollte – und es *würde* zum Kampf kommen –, wüßten sie nicht, daß sie gegen eine Übermacht zu kämpfen hatten.

Der Hohepriester murmelte den antiken Text, und die Gemeinde lauschte ehrfürchtig.

Plötzlich wurde Prinz Rango unruhig. Er trat von einem Bein aufs andere. Der Hohepriester murmelte weiter ... vielleicht etwas schneller als zuvor.

Prinz Rangos Unruhe übertrug sich auf seine Garde. Die Gelangweilten strafften sich, und die Wachsamen packten ihre Schwertgriffe fester. Einige der anwesenden Priester beugten sich vor. Sie verfolgten aufmerksam die Worte, die aus dem Mund des Hohepriesters kamen. Als sie bemerkten, daß der verschleierte Geistliche sich nicht an den vorgeschriebenen Text hielt, schüttelten sie verwirrt die kahlen Köpfe.

»Sif!« flüsterte Jancy. »Es geht los, und ich habe meine Axt nicht dabei!«

»Dolche«, murmelte Domino und deutete mit dem Kopf auf das Kissen, das Calla hielt.

»Einen Augenblick!« rief Prinz Rango. »Was soll der Unsinn? Wer hat den Hochzeitstext gegen dieses Gefasel ausgetauscht?«

»Wieso, Liebling?« fragte Prinzessin Rissa gedehnt. »Ich wußte gar nicht, daß du Thermean beherrschst ...«

Rango/Kalaran versteifte sich. Rissa hatte ihn ertappt. Es war schon kaum zu glauben, daß der einstige Kriegerprinz sich in einen fanatischen Buchhalter verwandelt hatte, aber antikes Thermean ...

»Meine Liebe«, erwiderte er mit honigsüßer Stimme. »Ich habe mich intensiv auf diesen Tag vorbereitet. Ich dachte, ich hätte einige Unstimmigkeiten bemerkt. Auf wessen Befehl hin ist die Zeremonie abgeändert worden?«

Rissa grinste entschlossen und zauberte Kalarans Schädel unter dem Brautstrauß hervor. Stiller zog sein Schwert. Calla legte das Kissen ab und nahm seinen

Bogen zur Hand. Domino und Jancy stellten sich schützend vor Prinzessin Rissa.

»*Ich* habe den Befehl gegeben, die Zeremonie zu ändern«, sagte Rissa und warf den Schädel auf den Marmorboden. »Wir hatten so unsere Zweifel ...«

Der Schädel zersprang. Zwischen den Knochensplittern erschienen Dämon und Lichtbote. Nebel stieg vom Lichtboten auf und verwandelte sich in eine geisterhafte Gestalt, welche die Züge Prinz Rangos trug.

»Du hast meine Braut und meinen Körper, Kalaran«, rief Rangos Geist. »Es ist Zeit, den Prozeß wieder umzukehren!«

»Betrug! Schwarze Magie!« kreischte Kalaran. »Wachen!«

In der Kathedrale brach die Hölle los. Die Hochzeitsgäste schrien panisch auf, als die Soldaten ihre Schwerter zogen und auf den Altar zurannten. Rafe und Spite kamen ihren Freunden zu Hilfe. Rafe hielt ein Schwert in der Hand und Spite ein merkwürdig geformtes Hochzeitsgeschenk.

Kalaran kannte die Quelle der wirklichen Gefahr und taumelte auf Jord zu. Prinzessin Rissa hielt ihn am Arm fest.

»Hexe!« knurrte er.

»Dämon!« erwiderte sie.

Ibble setzte die Ringe ab und reichte Jancy und Domino je einen Dolch. Berserkerin und Kavallerieoffizier wirbelten herum, um sich den Angreifern zu stellen. Spotty war mittlerweile zum Angriff übergegangen.

»Wollt ihr Soldaten eurer eigenen Armee angreifen?« brüllte Kalaran. »Wollt ihr Männer erschlagen, die nur ihre Pflicht tun?«

Stiller unterbrach seinen Angriff ... ebenso wie Domino.

Sie hatten denselben Gedanken: Konnten sie kaltblütig Männer ermorden, die nur den Eid gegenüber ihrem Lehnsherrn erfüllten?

Jancy Gaine störte sich nicht daran.

»Scheiß drauf!« rief sie und drückte dem ersten Soldaten ihren Blumenstrauß ins Gesicht. Den zweiten spießte sie auf. »Ich bin Söldner!«

»Cash and Carry!« Der klassische Kriegsschrei der Elfensöldner erfüllte die Kathedrale, als zwei Pfeile von Calla Mallaniks frisch repariertem Bogen schnellten. »Sterbt recht schön, ihr dummen Scheißer!«

Zwei Gardesoldaten folgten Callas Aufforderung und gerieten ins Taumeln. Beiden steckte ein Pfeil im Auge. Sie stürzten über die Brüstung der Priestergalerie und bespritzen die Geistlichen mit Blut.

»Wunderbar!« jauchzte Jancy. »Vorwärts, Domino. Auf geht's! Du trägst doch keine Uniform!«

Domino blickte an ihrem lavendelfarbenen Kleid hinunter. Ein Lächeln erschien auf ihrem Gesicht, und sie entriß einem Gardisten das Schwert.

»Für Rissa!« schrie sie und rammte dem Vorbesitzer ihrer Waffe die Klinge in den Bauch. »Für Rissa!«

Stiller Gulick rammte einen Soldaten, der versuchte Jord zu köpfen.

»Das war Selbstverteidigung«, erklärte er, während er den Kopf des Mannes auf den Marmor knallte und ihn entwaffnete. »Machst du dir überhaupt irgendeine Vorstellung davon, was Domino mit mir anstellen würde, wenn Jord etwas zustößt?«

Kalaran warf Rissa mit unmenschlicher Stärke zu Boden. Er wollte Jord erreichen, doch Rangos Geist versperrte ihm den Weg. Kalaran versuchte, ihn beiseite zu schieben. Entsetzt bemerkte der Fürst der Finsternis, wie sich der Geist mit seinem Arm vereinigte.

Rango hatte die Kontrolle über seinen Körper teilweise wiedererlangt.

»Ups! So empfängt man also jemanden mit offenen Armen«, kicherte Prinz Rango.

Prinzessin Rissa stöhnte vor Schmerz. »Rango, das war schrecklich!«

»Vielen Dank, Liebling«, erwiderte der körperlose Prinz.

Jancy hatte keine Zeit, sich über Wortspielereien zu amüsieren. Sie hatte ihren Dolch verloren, und das fremde Schwert in ihrer Hand war ungewohnt. Drei Krieger hatten sie von Rissa weggedrängt. Sie wurde langsam schwächer.

Spite kämpfte sich zu Domino durch. Sie hatte sich in einen barbusigen, grünen Zentauren verwandelt. Ohne zu zögern sprang Domino auf den Rücken des Fabelwesens. Spite warf Jancy ihr Hochzeitsgeschenk zu.

»Kriegerin«, rief der Zentaur. »Kastrator!«

Die Soldaten wichen zurück und hielten sich die Hände vor die Weichteile. Sie glaubten, Jancys Kriegsnamen vernommen zu haben. Die Angesprochene fing das Paket auf und zog ihre Axt heraus.

»Bei Hels schwarzweißen Haaren!« jubelte sie. »Jetzt geht der Tanz erst richtig los!«

Selbst Ibble und Seth beteiligten sich nun am Kampf – Ringträger und Blumenmädchen, Rücken an Rükken. Es war ein fürchterliches Gemetzel. Die Hochzeitsgäste verhielten sich vollkommen ruhig. Wer floh, war das nächste Opfer.

Jord ließ sich von alledem nicht aus dem Rhythmus bringen. Obwohl seine Kehle inzwischen schmerzte, las er immer weiter. Kalaran spuckte auf den Dichter. Sein Speichel wurde zu einem Feuerball, der immer größer wurde, je näher er seinem Opfer kam.

Rissa schrie und trat Kalaran in die Eier, doch Jord konnte sie nicht mehr helfen. Das Feuer verbrannte Meßbuch und Priesterrobe ... dann erschien ein Lichtblitz auf Jords Brust. Das Feuer verschwand. Der Poet war nackt und hielt die Schriftrolle von Gwykander in Händen. Um seinen Hals hing ein Amulett.

»Anachron!« stöhnte Kalaran. »Und die Schriftrolle! Macht hier eigentlich niemand, was man ihm befiehlt?«

Stiller gluckste hämisch, während er einen weiteren Gardisten zu Boden streckte.

»Gut, daß Domino Initiative bewiesen hat. Aber für Anachrons Anwesenheit bist nur du allein verantwortlich. Udan Kann hat es uns gebracht.«

»Udan Kann!« Ein Lächeln erschien auf dem Gesicht des gefallenen Sonnenvogels.

»Freu dich nicht zu früh, du Möchtegern-Gott«, ergänzte Calla Mallanik. »Gar Quithnick hat Udan Kann mit der ›Berührung des fernen Todes‹ getötet. Du bist auf dich allein gestellt.«

»Verfluchter Gar Quithnick!« zeterte Kalaran. »Und ich verfluche auch euch! Anachron kann euch nicht alle beschützen!«

Der Halbgott spuckte erneut ... diesmal auf Calla Mallanik. Der Elf wich dem Feuerball mühelos aus, doch Seth und Ibble waren nicht so geschickt. Der Zwerg bekam die volle Wucht des magischen Feuers zu spüren. Der Rest traf das Mädchen.

»Du Bastard!« kreischte Rango, als die beiden kleinen Gestalten zusammenbrachen. »Mir reicht's!«

Der Geist packte den Halbgott am Kragen und schüttelte ihn, als wolle er gewaltsam seinen Körper zurückerobern. Jord, nackt und versengt, las mit schlafwandlerischer Sicherheit weiter. Seine unzähligen Dichterlesungen hatten ihn gestählt.

»*Quatendo erbub, altonfuss dermain! Akanetendo, ranma! Tendo soon, pan gen da ma! Royu gah haf!*«

Der Angriff des Prinzen hielt Kalaran davon ab, weiteren Schaden anzurichten. Als die letzten Worte des großen Exorzismus verklungen waren, floh Kalarans Seele aus Prinz Rangos Körper.

Die Dämonenfigur glühte wie die Schwärze zwischen den Sternen ... und dann nahm sie Kalarans Seele in Besitz, wie sie zuvor Prinz Rangos Körper in Besitz genommen hatte.

Der Kampf hörte sofort auf, als Jord seine Lesung beendete. Die Schlacht war gewonnen. Prinz Rango half Rissa auf die Beine, die ihm gerade erneut in die Eier treten wollte. Sie blickte ihm in die Augen und lächelte.

»Das ist mein Prinz!« erklärte sie mit lauter, klarer Stimme.

Die Menge spendete stürmischen Applaus – allerdings wußte niemand, ob die Intensität des Beifalls auf Prinz Rangos Rückkehr zurückzuführen war oder auf den Umstand, das Gemetzel überlebt zu haben.

Domino sprang von Spites Rücken und rannte zum Altar. Sie verschwendete keinen Blick für Jord. Statt dessen eilte sie zu den beiden versengten Körpern, die in der Nähe des Altars lagen. Calla Mallanik schüttelte betrübt den Kopf und versuchte, Domino aufzuhalten.

»Sie sind tot«, sagte er. »Du kannst nichts mehr für sie tun.«

»Vielleicht«, erwiderte Domino und stieß ihn zur Seite. »Jord, bring mir das verdammte Amulett!«

Der Dichter kam herbeigeeilt. Beim Anblick seines wohlgeformten Hinterns ging ein anerkennendes Raunen durch die Menge. Er zog Anachron aus und legte es auf Seths Brust.

»Du hast recht«, murmelte er. »Es hat die Kraft zu heilen.«

»Aber es kann keine Toten auferstehen lassen«, fügte Domino besorgt hinzu. »Ich hoffe, es ist noch nicht zu spät.«

Das Amulett setzte ein reines, helles Glühen frei, und schon bald war Seth davon eingehüllt. Es wurde totenstill in der Kathedrale ... Seth erhob sich und schüttelte die verbrannten Überreste ihres Kleides ab. Die Menge jubelte.

Domino drückte das Mädchen an die Brust. Rissa hockte sich nieder und riß ihre Schleppe ab, um Seth zu bedecken.

»Danke, königliche Hoheit«, flüsterte Seth. Sie blickte fasziniert auf das Amulett. »Und auch dir ... danke, Anachron.«

»Ibble!« kreischte Stiller. »Benutz das Amulett bei Ibble, Domino!«

Domino griff nach Anachron. Das Amulett leuchtete ... und verschwand.

»Es ist weg!« rief Prinzessin Rissa. »Aber wohin?«

»Nach Gelfait, nehme ich an«, sagte Stiller und blickte auf die Leiche seines Kameraden. »Gar Quithnick lebt wahrscheinlich noch. Gelfait existiert außerhalb von Raum und Zeit. Deshalb hat es so lange gedauert.«

»Was für eine Ironie«, bemerkte Jord, während er einen toten Gardisten seiner Hose und Jacke beraubte. »Gar lebt, aber wir werden ihn nie wiedersehen. Und das Verschwinden des Amuletts hat uns Ibble genommen.«

»Noch nicht«, erklang eine vertraute Stimme aus dem versengten Haufen. »Wir Zwerge sind ziemlich zäh ... und feuerunempfindlich. Sonst wären wir wohl kaum so gute Schmiede.«

Lachen und Beifall folgte der Erklärung des Zwergs. Stiller sank auf die Knie und umarmte seinen Freund.

»Such dir ein paar Hosen«, sagte er. »Wir haben noch eine Trauung und eine Krönung vor uns.«

»Wartet!« Daisy kam herbeigerannt. »Ihr könnt die Zeremonie nicht fortsetzen. Überall liegen Leichen herum, und die Hochzeitsgäste sind blutverschmiert.«

Rissa blickte zu ihrem Verlobten. Rango nickte und nahm sie in den Arm.

»Wir können und wir werden!« erklärte Rissa. »Nach allem, was wir durchgemacht haben, darf die Hochzeit nicht mehr verschoben werden.« Sie sah Daisy tief in die Augen. »Keine Angst. Wir werden eine kleine Pause einlegen, um die Leichen wegschaffen zu lassen.«

»Was sollen wir damit machen, Rissa?« fragte Jancy und hob die Dämonenfigur auf.

»Könntest du während der Zeremonie auf sie aufpassen?« fragte Rissa. »Wir werden uns später den Kopf darüber zerbrechen müssen, wie wir sie wieder loswerden.«

Während die Leichen beseitigt wurden, holte man Lemml Touday und den Hohepriester aus der Sakristei. Der Hohepriester vollzog die Trauung. Lemml nahm den Ehrenplatz an seiner Seite ein. Das Meßbuch war verbrannt, und der alte Mann kannte den Text nicht auswendig. Das verkürzte die Zeremonie erheblich.

Dann knieten die Frischvermählten nieder, um gekrönt zu werden. Ihre Kameraden bildeten einen Halbkreis um das Paar. Die blutigen und zerschlagenen Gesichter strahlten vor Stolz.

Nur Ibble stand ein Stück entfernt und hielt das Kissen mit den Kronen. Während der Hohepriester um weise und gerechte Herrscher betete, musterte der Zwerg die beiden Herrschaftssymbole. Als der Hohepriester nach der Königskrone griff, um sie Rango aufs Haupt zu setzen, zuckte der Zwerg zurück.

»Hmmm ... Meint Ihr, was Ihr in Eurem Gebet gesagt habt?« fragte er.

Der Hohepriester blickte ihn verwundert an. »Natürlich, Freund Ibble. Glaubt Ihr, ich wollte einen Herrscher wie Kalaran?«

Der Zwerg zuckte die Achseln. »Ich wollte mich nur vergewissern, daß Ihr es nicht einfach nur so pro forma gesagt habt. Mit Menschen weiß man ja nie. Ich kann mich noch erinnern, wie Stiller dem Drachen das Pokern beigebracht hat ...«

»Ibble«, rief Stiller. »*Was* willst du uns damit sagen?«

»Ich habe diese Kronen hier untersucht. Du weißt, Stiller, wir Zwerge sind große Handwerker.«

»Stimmt.«

»Ich möchte zwar noch eine zweite Meinung von Calla einholen, aber ich würde sagen, daß man diese Kronen verhext hat. Es sind Kontrollgeräte, und ratet mal, wer die Kontrolle ausüben wird.«

»Kalaran!« Prinz Rango schnappte nach Luft.

Calla Mallanik betrachtete die Kronen und nickte. »Ich stimme Ibble zu. Der gefallene Sonnenvogel hatte Pläne mit eurem Königreich, die die Lebensspanne eines einzelnen Menschen weit überschreiten. Durch diese Kronen hätte er auch spätere Könige kontrolliert.«

»Und Königinnen!« rief Jancy entsetzt. »Bei Sifs leuchtendem Haar! Das ist ... häßlich!«

Ein dumpfes Fluchen drang aus ihrem Gewand. Der gefangene Halbgott konnte offensichtlich noch sehr gut hören.

»Wenn diese Kronen verflucht sind«, sagte Prinz Rango, »werden wir die Krönung eben ohne Kronen fortsetzen.«

»Mir soll's recht sein«, erwiderte Rissa. Ein Schauer lief ihr über den Rücken, als sie die Kronen betrachtete. »Ich habe Kronen nie gemocht. Sie sind so unbequem.«

Es gab keine weiteren Unterbrechungen mehr. Als die Menge jubelte, um ihre neuen Herrscher zu feiern, schimmerte und bebte die Kathedrale plötzlich. Die Anwesenden nahmen ihre Umgebung vorübergehend wie durch einen Schleier war. Als sie wieder klar sehen konnten, war die Kathedrale verschwunden und durch ein ähnlich großes Gebäude ersetzt worden ... nur ohne Dach.

Am Himmel zogen die drei grünen Kometen ihre unregelmäßige Bahn.

»Was ist das?« fragte Rango.

»Eine Art Arena«, antwortete Stiller.

Die Gefährten blickten sich um. Die Gemeinde saß in dem großen Rund. Diejenigen, die auf den Galerien gewesen waren, hockten auf hölzernen Bänken, und die anderen auf schmalen, harten Stühlen. Braut und Bräutigam standen auf einem kleinen Hügel, der von einer großen Wiese umgeben war. Ein unbekannter Künstler hatte weiße Linien in das Gras gemalt. Dort, wo früher die Sakristeien gestanden hatten, befanden sich nun merkwürdige Unterstände.

»Ich glaube, ich weiß, was passiert ist«, sagte Jord Inder. »Kalaran hat nicht gelogen, als er behauptete, die Anwesenheit so vieler magischer Artefakte würde einen Riß im Raum-Zeit-Kontinuum verursachen. Die magischen Phänomene haben nachgelassen, nachdem wir zu unseren Abenteuern aufgebrochen waren. Nun haben wir wieder verschiedene magische Gegenstände in Caltus versammelt.«

»Die Schriftrolle!« sagte Domino und hob das Schriftstück vom Boden auf.

»Die Kronen!« ergänzte Ibble.

»Der Dämon«, sagte Jancy und zog die Figur aus ihrem Gewand. »Oder der gefallene Sonnenvogel, wenn ihr wollt.«

»Die geschwächte Realität kann die Gegenwart all dieser Artefakte nicht ertragen«, bemerkte Calla. »Wollt ihr wissen, was die Lösung ist?«

»Ein Abenteuer!« knurrte Stiller. Sein Gesicht war mit Flecken übersät.

»Drei Abenteuer«, korrigierte Calla.

»Wir sollten die Schriftrolle wieder zum See bringen«, sagte Domino. »Natürlich die echte. Es wird schon nicht so schlimm werden. Es sind nicht mehr viele Banditen übrig.«

»Wenn die Kronen so mächtig sind wie die anderen Artefakte, könnte ich versuchen, sie in einer Partie Poker zu verlieren«, schlug Stiller vor. »Ich habe Schmirnov versprochen, nach der Hochzeit zurückzukehren.«

»Der Dämon ist unser größtes Problem«, erklärte Rissa. »Jancy?«

»Ich würde den alten Bastard nur allzu gerne loswerden«, erwiderte die Berserkerin. »Außerdem hatte ich sowieso nicht vor, euch auf der Hochzeitsreise zu begleiten. Was ist mit dir, Calla?«

»Solange ich nicht in die Armee eintreten muß«, entgegnete der Elf. »Das Königreich belohnt seine Helden wesentlich üppiger, als es seine Soldaten bezahlt.«

»Ich werde euch begleiten«, sagte Ibble. »Ich werde mich viel sicherer fühlen, wenn ich dieses verdammte Ding in einen meiner magischen Felsen gepackt und versenkt habe. Eine kleine Statue könnte einen potentiellen Entdecker in Versuchung führen, aber ein häßlicher Stein ...«

»Dann sind wir uns also einig«, verkündete König Rango. »Aber unsere Realität wird noch so lange durchhalten müssen, bis wir die Hochzeitsfeier hinter uns gebracht haben. Seht, die Diener bringen bereits Erfrischungen.«

Die Lakaien trugen weiße Hemden und Hosen und schwer bepackte Bauchläden. Sie verteilten Plastikbecher, Popcorn und Erdnüsse unter den Anwesenden.

Daisy führte einige Diener zu ihren königlichen Herrn.

»Das Wetter ist so schön, daß ich angeordnet habe, Tische auf dem Rasen aufzubauen«, erklärte sie. »Es gibt nur einen Wermutstropfen. Der Wein ist verdorben. Wir haben nur noch dieses ekelhafte süße Zeug und jede Menge Eis.«

Die Hochzeitsgäste stöhnten. Nur Prinz Rango nahm einen Schluck von der braunen Flüssigkeit.

»Süß«, sagte er, »aber mir schmeckt's.«

Rissa lachte und nahm ihn in den Arm. »Jetzt weiß ich, woher Kalaran seinen fürchterlichen Geschmack hatte. Ich hätte es wissen müssen.«

Musiker spielten fröhliche Weisen, und die Militärkapelle unterstützte sie nach Leibeskräften. In der unsichtbaren Welt hinter den Mauern der Arena traktierte ein Geiger sein Instrument. Die neue Königin und der neue König reichten ihren Freunden die Hände.

»Kommt«, sagte Königin Rissa. »Wir wollen einen Reigen tanzen, um einen neuen Anfang zu feiern.«

Während die Menschen sich im Kreis drehten, beendeten die drei Kometen ihren chaotischen Flug, stießen zusammen und explodierten. Der ganze Himmel wurde von einer leuchtenden Wolke bedeckt. Noch nicht einmal die gigantische Echse, die durch die Stadt zog, konnte ihr Licht verdunkeln.

NACHWORT

Seit ich im Jahre 1963 zum ersten Mal *A Rose for Ecclesiastes* (dt: ›Die 2224 Tänze des Locar‹) gelesen habe, bin ich ein Fan von Roger Zelazny. 1974 habe ich meine erste Convention besucht (die Worldcon). Roger war Ehrengast, und ich wollte ihm unbedingt sagen, wie gut er war.

Schließlich bekam ich kurz vor seinem frühen und unerwarteten Tod die Gelegenheit, mit ihm bei dem vorliegenden Projekt zusammenzuarbeiten. Die Herausgeber von *Baen Books* haben mich gebeten zu erzählen, wie es dazu kam. Roger hat sich mit seinem Lebenswerk ein eigenes Denkmal geschaffen. Er braucht mein Lob nicht. Doch es ist eine alte Tradition, daß Freunde und Verwandte des Verstorbenen eine Schaufel Erde aufs Grab streuen. Dies ist meine Art, auf Wiedersehen zu sagen.

Auf einer Convention werden weit weniger Geschäfte getätigt, als ich früher einmal geglaubt habe. Eine dieser seltenen Gelegenheiten ergab sich, als Jim Baen mich und zwölf weitere Schriftsteller zu einem Abendessen auf der World Fantasy Con einlud.

Jim war Rogers Verleger seit den frühen Siebzigern. Damals gab er auch die beiden Magazine *If* und *Galaxy* heraus. Ich war freudig überrascht, Roger auf der kleinen Feier zu treffen. Ich dachte, man hätte uns nur eingeladen, weil wir alte Freunde von Jim waren.

Das traf auch zu ... doch Roger erklärte während des Essens, daß dies nicht der einzige Grund sei. Seit einiger Zeit trug er sich mit dem Gedanken, ein Universum ›umgekehrter Fantasy‹ zu schaffen, an dem mehrere Autoren gleichzeitig arbeiten sollten. Es ging um Helden, die ihre magischen Artefakte wieder verschwinden ließen, *nachdem* das Gute gesiegt hatte.

Roger wollte sich auf die einleitenden Sequenzen und den Schluß beschränken. Die einzelnen Abenteuer hatte er nur in groben Zügen ausgearbeitet. Er hatte bereits seine Freunde Jane Lindskold (die ebenfalls an diesem Abend anwesend war), Mike Stackpole und Bob Asprin für das Projekt gewonnen. Bill Fawcett (ein gemeinsamer Freund von Jim und mir) sollte das Geschäftliche übernehmen. Es gibt niemanden, der zuverlässiger ist als er. Jim Baen würde das Buch veröffentlichen.

Doch es fehlte noch immer eine Geschichte. Während wir aßen, sagte Roger mit lauter Stimme: »Hey, David. Wen könnten wir wohl überreden, die letzte Geschichte zu übernehmen?«

Ich schlug meine Kollegin am gegenüberliegenden Ende des Tisches vor. Sie erklärte, sie sei zu beschäftigt, und lehnte ab.

Ich war auch sehr beschäftigt, doch das Projekt reizte mich. Schließlich handelte es sich um humoristische Fantasy – Roger war ein Meister darin, und ich hatte noch nie etwas derartiges geschrieben. Ich wußte nicht, ob ich es schaffen würde. Normalerweise hätte ich mich nicht daran gestört. Ich lerne, indem ich etwas ausprobiere, doch hier lag der Fall anders. Roger Zelazny war jahrzehntelang mein Vorbild gewesen. Ich wollte mich nicht vor ihm blamieren – auch wenn er mich selbst vorgeschlagen hatte.

Ich habe es trotzdem versucht. Roger sandte mir seine Zwischensequenzen (die ich urkomisch fand) und den Entwurf für meine Geschichte. Ich benutzte Rogers *The Furies* als stilistische Vorlage. Es ist, oberflächlich gesehen, eine ausgesprochen komische Geschichte, doch knapp unter dieser Oberfläche schlägt sie einem ganz schön auf den Magen – meiner Meinung nach eine der besten SF-Geschichten, die je geschrieben wurden.

Ich schrieb meine Geschichte, die anderen die ihren, und Roger gab ihnen einen Rahmen. Anfang Mai rief er mich an, um zu fragen, ob ich ihn und die anderen am Projekt Beteiligten auf die WFC '95 nach Baltimore begleiten würde. In dieser Stadt hatte Roger seine Karriere begonnen. Während unseres Gesprächs sagte er mir, daß er meine Geschichte komisch finde. Auch mit den anderen Schreibern war er sehr zufrieden, besonders mit Jane.

Ich wünschte, Roger würde dieses Nachwort schreiben.

Ich wünschte, ich würde Roger in Baltimore treffen.

Ich wünschte, ich würde noch mehr von Rogers wunderbaren Geschichten lesen können.

Er hat mir und unserem ganzen Genre so viel gegeben! Wir haben nicht das Recht, noch mehr zu verlangen. Trotzdem vermisse ich ihn.

Band 20 292

David Gemmell

Der Dunkle Prinz

Parmenion, der Löwe von Macedonien, ist noch nicht am Ende seines Weges angekommen. Und seine Aufgabe besteht nicht mehr allein darin, die Gegner seines Meisters Philipp zu besiegen, denn dem König ist ein Thronfolger geboren: Alexander, der Dunkle Prinz. Dieser kann das Schicksal der Menschen entscheiden. In ihm wüten die Mächte des Lichts und der Finsternis, und sie werden den jungen Prinzen und sein Reich vernichten – wenn Parmenion, der geniale Stratege, nicht im rechten Augenblick eingreift ...

Nach *Der Löwe von Macedonien* ist dies der zweite große Roman von DAVID GEMMELL um den heldenhaften Spartaner Parmenion – ein Buch, in dem sich die überlieferte Historie mit der mythischen Dimension der Fantasy verbindet.

BASTEI LÜBBE

Sie erhalten diesen Band im Buchhandel, bei Ihrem Zeitschriftenhändler sowie im Bahnhofsbuchhandel.